Joseph Wambaugh
Der Rolls-Royce-Tote

Joseph Wambaugh

DER ROLLS-ROYCE-TOTE

Roman

ZSOLNAY EDITION

Titel der Originalausgabe
THE SECRETS OF HARRY BRIGHT

Aus dem Amerikanischen von Nikolaus Stingl

Published by arrangement with Bantam Books, Inc., New York
and William Morrow & Co. Inc., New York, together with Perigord Press

Dieser Titel erscheint bei Zsolnay mit freundlicher Genehmigung
der Hestia Verwaltungs-GmbH, Rastatt
Umschlaggestaltung: VPM, Petra Ernst
Umschlagillustration: Markus Lüperz
Druck und Bindung: Ebner Ulm
Printed in Germany 1991
ISBN 3-552-04335-7

Dieses Buch ist vor allem
Dee gewidmet

Diesmal geht mein Dank für die wunderschönen Copsprüche an Beamte des San Diego Police Department, San Diego Sheriff's Department, National City Police Department, Palm Springs Police Department, Riverside County Sheriff's Department und des Desert Hot Springs Police Department

sowie

an die vielen Wüstenratten, die freundlicherweise soviel außergewöhnliches Lokalkolorit beisteuerten

und

an meine Lektorin Jeanne Bernkopf für ihre ausgezeichnete Arbeit.

Denn dieser mein Sohn war tot und ist wieder lebendig geworden; er war verloren und ist gefunden worden.

Lukas 15,24

Prolog

Das Geheimnis

Die einmotorige Cessna 172 war ein winziges Pünktchen auf dem Radarschirm des Lindbergh-Flughafens von San Diego. Die Fluglotsen überwachten außerdem ein weiteres Pünktchen, PSA Flug 182, unterwegs von Los Angeles. Plötzlich das Unmögliche: zwei Pünktchen verschmolzen.

Von der Cessna hörte man nie wieder etwas. Sie fiel herunter wie eine abgeschossene Taube. Der letzte offizielle Funkspruch des PSA-Piloten lautete: »Tower, wir sinken! Hier spricht PSA!«

Es folgten siebzehn Sekunden Schweigen, aber das Tonband enthielt die letzten Worte des Piloten: »Das wär's, Baby. Reißt euch zusammen.«

Man entdeckte an jenem Montagmorgen im Jahre 1978, nach der bislang schlimmsten Luftkatastrophe innerhalb des Landes, noch eine Nachricht auf dem Tonband, eine Spielart des Satzes, der auf Sterbebetten wie auf allen Schlachtfeldern des Lebens am häufigsten geäußert wird. Ein Kind schreit nach seinen Eltern. Die letzten Worte auf dem Tonband: »Ma, ich liebe dich.«

Viele Bewohner des North Park hielten es für ein gewaltiges Erdbeben. Entsetzt warteten sie auf Nachbeben. Dann verwandelten ein Feuersturm und ein Pilz aus schwarzem Treibstoffrauch das Entsetzen in Panik. Manche glaubten nun, die Vorhersage sei eingetroffen: San Diego gehöre tatsächlich zu den ersten russischen Zielen.

Die Explosion katapultierte 144 Menschen und Menschenteile wie Raketen aus dem Flugzeug. Der erste Polizist am Schauplatz hatte keine Ahnung, wie er es anstellen sollte, gegen tobende Brände, auf den Straßen herumschreiende Menschen und alles verhüllenden Rauch anzukämpfen. Später sagte er, es sei wie in dem alten Zeichentrickfilm von Warner Brothers gewesen, wo Löcher in Menschenform in Hauswänden klafften. Der junge Cop rannte in ein einstöckiges Leichtbauhaus, das von einem menschlichen Geschoß getroffen worden war. Er fand einen Mann, der auf eine nackte Frau ohne Kopf einschrie, die im Bett seiner Frau lag. Als seine Hysterie sich legte, rief der Mann plötzlich: »Moment mal! Das ist ja gar nicht meine Frau! Meine Frau hat nicht so große Titten.«

Er hatte recht. Eine Frau aus dem Flugzeug war durch die Hauswand geschmettert worden und genau auf dem Bett gelandet, das die Ehefrau, die zu den vielen, in Panik flüchtenden Menschen gehörte, kurz davor geräumt hatte.

Das einzige »überlebende Opfer«, das ins Krankenhaus eingeliefert wurde, war eine blutbesudelte Frau, die man benommen an der Absturzstelle liegen fand. Sie wurde eilends im Krankenwagen weggefahren, und als man ihr das Blut und das zerfetzte Fleisch abgewaschen und sie gegen den Schock behandelt hatte, stellte sich heraus, daß es sich um eine Autofahrerin handelte, die vorbeigekommen war und deren Windschutzscheibe urplötzlich nicht von einem, sondern von *drei* fliegenden Leibern zerschmettert wurde. Sie war schleudernd zum Stehen gekommen und aus einem Auto herausgesprungen, das plötzlich von Gliedmaßen und Rümpfen, berstenden Schädeln und platzenden Organen überquoll. Man stellte fest, daß die Patientin körperlich unversehrt war. Sie hatte nicht einmal blaue Flecken.

Der erste Cop am Schauplatz sah nicht wenige Dinge, die immer wiederkehrende Alpträume und unliebsame Erinnerungen hervorrufen sollten, aber keine war lebhafter als der kniende Mann. Er trug Sportschuhe, ausgebeulte Khakihosen und ein Baseballtrikot der San Diego Padres. Zuerst hielt der junge Cop den Knienden für einen

Leichenfledderer. Dann sah der Cop eine an die Schulter des Padres-Trikot angesteckte Polizeimarke und glaubte, der Kniende sei ein Polizist außer Dienst, der zu helfen versuchte. Der junge Cop wollte ihn gerade auffordern, die brennenden Häuser nach Verletzten abzusuchen, als er sah, daß der Kniende etwas auf dem Boden musterte. Der Mann starrte einfach durch seine Brille, den Kopf hebend und senkend, um durch den Doppelschliff deutlicher zu sehen.

Als der junge Cop nahe genug herankam, um selbst hinzusehen, jaulte er auf und wandte sich ab. Dann nahm er sich zusammen und rief einen anderen, rauchgeschwärzten Cop, der mit einem requirierten Gartenschlauch auf ein brennendes Haus zueilte. Beide Polizisten näherten sich behutsam dem Knienden. Der Kniende bewegte sich ein paar Zentimeter, als wollte er ihnen die Sicht nehmen, als wollte er seinen Fund beschützen. Dann sahen die Cops es deutlich. Zuerst fing der eine, dann der andere Cop zu kichern an. Gleich darauf gackerten sie und verloren die Beherrschung. Sie bogen sich und brüllten vor Lachen, gerade als ein empörter Pressefotograf sie sah und ein Bild schoß. Die Nachrichtenagenturen unterdrückten das Bild, als die Cops später, bei der Einsatzleitung, die Umstände erklärten, die den vermeintlich makabren Ausbruch hervorgerufen hatten.

Hinterher waren sie nicht imstande, den Knienden ausfindig zu machen. Nach einigem Nachdenken waren sie nicht einmal sicher, daß die Marke an seinem Baseballtrikot ein Abzeichen des San Diego Police Department gewesen war. Was immer der Kniende erfahren haben mochte, es würde in den kommenden Jahren sein Geheimnis bleiben.

1. Kapitel

Die Macho-Eidechse

25 Grad nördlich und südlich des Äquators ziehen sich zwei schmale Gürtel über den Erdball, in denen die Strömung von Winden und Ozeanen verhindert, daß Regengüsse die Erde durchdringen. Ohne schützende Wolkenschicht unter sich kann die Sonne ungehindert Feuchtigkeit aus Boden, Pflanzen, Tieren saugen. Der Nachthimmel in solchen Gegenden ist sehr klar, und es wird plötzlich kühl, wenn die Bodenhitze zum Himmel zurückschießt. Das tägliche Aufheizen und nächtliche Abkühlen der Bodenoberfläche erzeugt gewaltige Winde. Wo es Berge gibt, wird die aufsteigende Heißluft von kühler Luft aus den Bergen abgelöst, die die Canyons hinabtost und das Land noch stärker austrocknet.

Früher meinte man, solche Gegenden seien für normale Menschen unbewohnbar, aber es hat ja auch noch niemand behauptet, in Hollywood lebten normale Menschen. Es waren vermutlich die Exzesse des guten Lebens während Hollywoods goldenem Zeitalter, die sie dort hinaus trieben, zwei Autostunden von Los Angeles entfernt, aber in eine andere Welt.

Leute, die so lebten, als wären sie mit Cadillac-Cabrios kurzgeschlossen, Leute, die behaupteten, sie trügen Kokain an den Genitalien, um den Anschluß nicht zu verlieren, stellten fest, daß sie zum erstenmal seit Jahren tatsächlich abschalten konnten. Die Wüste besaß Magie.

Zunächst nahmen manche sie gar nicht wahr. Die Wüste wirkte abweisend und feindselig, aber recht bald sahen die umliegenden Berge nicht mehr aus wie Schlackenhalden. Die Berge nahmen edle Formen, elegante Umrisse an. Die Filmstars sprachen von den zarten Pastelltönen der Wüste und unaufhörlich wechselnden Beleuchtungstricks. Wolkenschatten von flaumigen Kumulusbänken sprenkelten die Berge und Hügel mit Licht und hingetupftem Dämmer. Als Filmstar konnte man neben dem Pool oder in einer natürlichen heißen Quelle sitzen und zusehen, wie die Schatten magische Farbwirbel bildeten und die korallenroten, scharlachfarbenen und purpurnen Kaktusblüten und wilden Blumen sich über den Vordergrund ergossen. Die Vorhügel waren so dicht mit Verbenen überzogen, daß sie Purple Mountains, Purpurberge, hießen. Und dann gab es noch die Nächte, kühle Nächte, in denen Filmsterne echte anstaunten. Der Große Wagen glühte wie ein Diamantbesatz an einer Säbelscheide.

So bot Palm Springs eine Zuflucht, eine Freistatt zwischen den Filmen. Sie kamen alle: Gable, Lombard, Cagney, Tracy, Hepburn, die Marx-Brothers, sogar die Garbo. Und wieviel Angst sie auch vor der Zeit haben mochten, diese Leute, die sich nicht verändern durften, die Wüste hatte auch darauf eine Antwort. Das warme, trockene Klima linderte Arthritisschmerzen, Schleimbeutelentzündungen, Lungenbeschwerden. Alle fühlten sich kräftiger, spielten Tennis und Golf, schwammen, kapriolten wie Errol Flynn.

Die Überraschungen nahmen kein Ende. In der Dämmerung strahlte die über dem Pazifik untergehende Sonne von hinten den Gipfel des Mount Jacinto an. Das vermittelte den aufregenden Eindruck, *unmittelbar* westlich des Berges sei die Stadt, seien die Leuchtreklamen der großen Kinos. Die sabbernden Meuten mit ihren Stiften und Notizblöcken und Blitzlichtern schienen *unmittelbar* auf der anderen Seite zu sein. Das war alles so tröstlich, daß sie sich entspannen und wie Kinder spielen konnten. Für *sie* strahlte der große Beleuchter am Himmel den Berg an. Sie waren in Sicherheit. Sie konnten sich ausruhen, denn beruhigend nahe, immerdar wartend, lag Hollywood.

Dann, nachdem das Showbusiness Sand und Kakteen nach seinem Geschmack fand, fielen natürlich Landerschließungsfirmen in die Wüste ein wie Rommels Panzer. Sie fingen in Palm Springs an und drangen schließlich nach Süden bis Cathedral City, Rancho Mirage, Palm Desert, Indian Wells, La Quinta vor. Das Coachella Valley wurde überrollt.

Es schien, als könne die Erbauer von Country Clubs und Feriensiedlungen absolut nichts aufhalten. Diese großen Raupenschlepper könnten es mit dem Filmmonster Godzilla aufnehmen, hieß es. Aber einer von Godzillas kleinen Vettern bremste sie ein bißchen. Offenbar bieten bestimmte Teile des Coachella Valley die letzte Chance für ein winziges, gefährdetes Lebewesen namens Fransenfingereidechse. Das ist ein unscheinbares kleines Kerlchen mit überlappenden Augenlidern, fettem Bauch und schneeschuhartigen Füßen für das Leben im Sand. Trotzdem ist es zur größten Hoffnung der Umweltschützer geworden, den Schub, den Hollywood vor so langer Zeit ausgelöst hat, zu verlangsamen. Aber einige der reichsten und berühmtesten Leute der Welt haben Grundbesitz im Gefilde des Fransenfingers, deshalb setzen Spieler nicht viel auf das kleine Reptil.

Heute gibt es mindestens fünfzig Golfplätze im Coachella Valley und über zweihundert Hotels, und der geringe Feuchtigkeitsgehalt der Wüste ist durch ungeheuren Raubbau am Grundwasser für immer verändert worden.

Aber es gibt Stellen im Tal, die dem Raubbau großer Raupenschlepper nicht zugänglich sind. Eine davon ist die kleine Stadt Mineral Springs, etwa zehn Meilen außerhalb von Palm Springs. Das hat einen einfachen Grund: Wind. Ein Wüstenwind, der zehntausend Windturbinen antreiben könnte. Die Handelskammer von Mineral Springs nennt die Winde »wohltuende Brisen«. Die Einwohner nennen sie Sturmböen.

Es sei nur noch wenig Sand übrig, sagen die Einwohner. Den habe es glatt bis zum Salton-See gepustet. Dieser Wind könne Sandkörner und Steine regnen lassen, als ginge in der Wüste ein Hagelschauer nieder. Autos, die man mit offenen Fenstern habe stehen lassen, müsse man mit der Spitzhacke freilegen, sagen sie.

Aber 1978 beschlossen die guten Leute von Mineral Springs, daß sie, Wind hin oder her, ein paar von den Touristendollars von ihren Nachbarn auf der anderen Talseite abhaben wollten. Schließlich war ihr Mineralwasser, das mit 80 Grad Celsius aus dem Boden sprudelte, sauber und roch nicht nach verfaulten Eiern wie Mineralwasser meistens. Tatsächlich war es so sauber, daß sie einen Bundeszuschuß wollten, um das Phänomen des geruchlosen, heißen Mineralwassers zu studieren, bis jemand darauf hinwies, daß der Geruch wahrscheinlich weggeblasen wird, ehe er die Nase überhaupt erreichen kann.

Die Einwohner befanden, daß ihre kleine Stadt, wenn sie ernst genommen werden wollte, unter anderem auch eine eigene Polizeitruppe brauchte, und so beschlossen sie, die Stelle eines Polizeichefs auszuschreiben, und entschieden sich schließlich für einen Veteranen mit vierzehnjähriger Dienstzeit im Büro des County Sheriff. Paco Pedroza war davor außerdem Sergeant beim Los Angeles Police Department gewesen und in der Hoffnung ins Wüstenklima gewechselt, die chronische Bronchitis seiner Tochter auszukurieren.

Die Stadt Mineral Springs glaubte, mit einer dreiköpfigen Polizeitruppe auszukommen, bis deren neuer Chef auf ein paar territoriale Probleme hinwies. Mineral Springs, das zwar abgelegen, aber von den reichen Wüstenferiensiedlungen aus leicht zugänglich war, bot mehr Chemikern eine Heimat als das California Institute of Technology, aber es waren alles Amateure. Die einsamen, windgezausten Wüstencanyons waren voller Kobras, einer kriminellen Rockerbande, die davon lebte, daß sie fässerweise Methamphetamin braute. Wenn es einen idealen Platz für Speedküchen gab, dann hier. Der Äthergeruch von »Crank« oder »Crystal« wurde halbwegs bis Indio geblasen, kaum daß er dem Labor entstieg. Es bestand keine Gefahr, daß Cops sich wie in gewöhnlichen Wohngegenden buchstäblich in ein Labor hineinschnüffelten. Also gab es in der Stadt und drum herum haufenweise Harley-Öfen und Chopper, und sie waren umtriebiger als der Rotary Club.

Zusätzlich zu den Crankküchen war Mineral Springs mit seinen billigen Wohnungen auch noch ein idealer Platz für die meisten Absahner, die scharenweise in reiche Ferienorte einfallen, um die Touristen auszunehmen. Es hatte zwei Rehabilitationszentren und eine Entziehungsanstalt für die Exsträflinge und »resozialisierten« Rauschgiftsüchtigen und Alkoholiker des Coachella Valley. Das einzige herrschaftliche Anwesen am Ort hatte ein Lude gebaut, der in der Hochsaison in Palm Springs dreizehn Pferdchen laufen hatte, die in den Hotels anschafften. Der früh erworbene Ruf eines freizügigen Lebensstils brachte zudem eine Nudistenkolonie, und die Nudistenkolonie brachte Horden von Drachenfliegern, die bei den tückischen Winden oft Bruch machten. Es war keine leichte Stadt für Cops, denn die Exsträflinge, Rocker, Crankdealer, Einbrecher aus Palm Springs, Nudisten, Räuber und Luden, geilen Drachenflieger, Rauschgiftsüchtigen und Säufer wollten nicht unbedingt eine wie immer geartete Polizeitruppe.

Paco Pedroza brauchte findige Cops, und sie mußten aus dem richtigen Holz sein, um es in dieser Gegend zu schaffen, denn der nächste polizeiliche Zuständigkeitsbereich, wo vielleicht Hilfe verfügbar war, war zehn Meilen entfernt.

Er gab jedem Cop, den er über die Jahre anheuerte, die gleiche Ermahnung mit: »Ich brauch Leute mit Erfahrung auf der Straße und Mumm, aber außerdem brauchen sie was *noch* Wichtigeres: Diplomatie. Wenn du ganz allein da draußen bist, ohne Hilfe weit und breit, mußt du die Leute *bequatschen* können, daß sie nach deiner Pfeife tanzen. Vergiß eins nicht: Hier draußen kannst du nicht mit ›Sonst passiert was‹ kommen.«

Und Paco gab jedem Cop, den er anheuerte (außer der einzigen Frau, Ruth Kosko) die gleiche Warnung mit: »Ich schikanier dich nicht wegen der Waffen, die du rumschleppst. In deinem Auto haben wir M-14-Gewehre mit Dreißigermagazin, das kannst du in Dreiersalven verfeuern. Du kannst 'n 44er Magnum oder 'n 45er rumschleppen, mit 'ner Ladung so heiß, wie's nur geht. Du kannst 'ne gespannte und gesicherte Neun-Millimeter rumschleppen, wenn du noch mehr Schuß brauchst. Du kannst 'ne Panzerfaust rumschleppen und dir als Reserve noch 'n Derringer in den Arsch stecken, wenn's dir dann besser geht. Ich schikanier dich nicht wegen der Knarren, die du rumschleppst, auch wenn's nicht salonfähig aussieht. Und groß 'ne Kleiderordnung gibt's auch nicht. Schuhwichse ist mir schnurz, die schmilzt die Sonne eh weg. Mir ist schnurz, ob du in der zweiten Nachtschicht ab und an 'n Nickerchen einlegst, wenn's unbedingt sein muß. Ich hab bloß 'n paar Regeln für meine Cops: kein Stoff und keine Klauereien, und zwar nie. Und kein Saufen im Dienst. Und kein abweichendes Sexualverhalten innerhalb der Stadtgrenzen mit jemand unter vierzig, auch wenn du nicht im Dienst bist. Und das wär's eigentlich schon an Regeln.«

Letzteres ging darauf zurück, daß die 150 alleinerziehenden geschiedenen Frauen und Witwen, die im Wohnwagenpark wohnten (den die Bürger Mid-Life Junction nannten), den Chief völlig meschugge machten. Sie kreuzten jeden Monat mit einer zehnseitigen Liste all dessen, was in der Stadt nicht stimmte, bei der Stadtratssitzung auf und gingen davon aus, daß an fast allem der Polizeichef schuld war. Paco Pedroza, der dazu stand, ein sexistisches Schwein zu sein, ging davon aus, daß all diese Kellnerinnen, Maniküren und Friseusen, die in Mineral Springs wohnten, aber zur Arbeit in die Ferienorte pendelten, darunter litten, daß die Anzahl der verfügbaren Frauen die der Männer weit überstieg, außer während der Hochsaison, wenn die Reisegesellschaften in die Wüsten einfielen. Also ermunterte er seine Cops, durch Teilnahme an ihren Kaffeekränzchen »P.R.-Arbeit« zu leisten. Aber seine Cops waren größtenteils junge Schnösel, und die Leerbrenner von Mid-Life Junction wirkten auf sie noch älter, als sie waren. Nachdem die Presse anfing, einen besonders gefährlichen Abschnitt des Wüstenhighways »Blood Alley« zu nennen, fingen die Cops an, Mid-Life Junction »No Blood Alley« zu nennen.

Als Paco Pedroza den Anruf von der Hollywood Division des Los Angeles Police Department bekam, der ihn von einer möglichen neuen heißen Spur in einem kalten, aber aufsehenerregenden Mordfall in der Wüste unterrichtete, der die Stadt Mineral Springs tangiert hatte, versprach er den Jungs von seiner alten Alma mater totale Kooperation. Dann legte er auf und schickte seiner aus acht Mann und einer Frau bestehenden Polizeitruppe eine Hausmitteilung, sie bekämen Besucher vom Planeten Hollywood, worauf er seine Sekretärin und Buchhalterin ein Bild von einer zusammengerollten Seitenwinderschlange mit der Inschrift »Wir scheißen drauf, *wie* sie's in L.A. machen« zeichnen ließ, das er an seinen Eingangskorb heftete.

Paco Pedroza schleppte seinen übergewichtigen Körper die Treppe hinauf aufs Dach des als Polizeirevier, Rathaus und Gefängnis dienenden Gebäudes, zog sein senfgelbes Hawaiihemd aus und stöhnte über den Anblick seiner schwabbeligen Brust, die jedes Jahr einen Zentimeter abzusacken schien.

»Ich sollt mir von unseren Gästen aus Hollywood was Schwarzes, Spitzenbesetztes und *Großes* von Frederick's mitbringen lassen«, stöhnte Paco seinem Sergeant zu. Dann quetschte er eine seiner behaarten Brüste, ließ sich in einen ramponierten Gartenstuhl fallen und sagte: »Da haben wir's. Mir hilft nicht mal mehr 'n Stütz-BH. Keine Burritos mehr für mich armen Mexikaner.«

Coy Brickman war mit einundvierzig zehn Jahre jünger als Paco und mehrere Zentimeter größer, und er sah in seiner blauen Uniform noch größer aus.

»Glauben die etwa, zwei großkotzige Stadtcops können 'n siebzehn Monate alten Fall ohne Spuren aufklären?« Coy Brickman rupfte angewidert an einem Sandwich mit Hackfleischklößchen, das er sich im einzigen Feinkostladen der Stadt besorgt hatte, und spülte mit einem Liter Orangensaft nach.

Paco lehnte sich zurück, ließ die Strahlen der Wüstensonne sich über seinen bronzefarbenen Bauch hermachen und sagte: »Ob die mir welche von den Schnüfflern schikken, die ich von früher kenne?«

»'n siebzehn Monate alten Fall ohne Spuren klärt man nicht besonders oft«, wiederholte Coy Brickman.

»Und?« Paco zuckte die Achseln und schloß die Augen. »Die können sich 'ne Woche in 'nem Heilbad in Palm Springs amüsieren, sich 'ne Gesichtsmaske und 'ne Fangopackung machen und einen blasen lassen. Apropos blasen, was macht'n der Wind?«

»Wohltuende Brise«, sagte Coy Brickman, der zusah, wie sich im Tal die Staubteufel und Wirbelwinde bildeten.

Paco Pedroza seufzte und sagte: »'ne Brise in dieser bescheuerten Stadt könnte 'nem Erdhörnchen die Nüsse wegpusten. Bring mir was zum Essen mit, wenn du's nächste Mal bei Humberto's vorbeifährst.«

»Drei, vier Hühnertacos, okay?«

»Lieber vier«, murmelte der Chief, ohne noch einmal die Augen aufzumachen. »*Mit* Bohnen. Ein Gutes hat dieser bescheuerte Wind. Man lernt, leise zu furzen, und keiner merkt was.«

Und während Paco döste und sein Sergeant ein frühes Abendessen aus Hackfleischklößchen ohne Fleisch zu sich nahm, wurde ein Säufer aus Palm Springs namens Beavertail Bigelow aus einer Ginkaschemme rausgeschmissen, weil er Stunk machte. Beavertail, eine schmierige, runzlige Wüstenratte mit einem Aussehen, als wäre er auf einem in der zweiten Reihe geparkten Esel mit aufgeschnallter Schlafrolle in die Stadt gewankt, trank jeden Tag, an dem es in der Stadt nicht schneite, einen Liter Gin, wie es hieß, ging nie nach Hause, wenn die Cops es ihm sagten, und hatte ungefähr so viel Respekt vor der Staatsgewalt wie Sacco und Vanzetti.

Die Cops wünschten sich, den Scheißkerl würde eines Nachts, wenn er auf einem Tisch auf dem Picknickgelände in der Oase seinen Rausch ausschlief, eine Springflut bis nach Indio spülen. Aber er war eine echte Wüstenratte. Er haßte Menschen, kannte sich mit feindseligen Umgebungen aus und hätte am Bodennullpunkt fünfzig Megatonnen überleben können.

Beavertail Bigelow war sechzig Jahre alt, wog weniger als sechzig Kilo, hatte kein Kinn und wäßrige Augen, und man sagte ihm nach, er habe Schultern wie Reagan – und zwar Nancy. Seinen Spitznamen verdankte er dem flachen, ovalen Kaktus gleichen Namens, der im Coachella Valley verbreitet war, eine Spezies, die harmlos aussah, aber winzige, mit Widerhaken versehene, haarige Stacheln trug. Es ging die Redensart: »Du glaubst, der kleine Schlappschwanz hat keinen Biß, bis du ihn drückst.«

Wie die Dunkelheit, so sank auch Beavertail Bigelow nieder, nämlich auf seinen Lieblingstisch auf dem Picknickgelände in der Oase. Er ruhte zehn Faden tief in einem Beafeater-Schlummer, als eine große, dunkle Gestalt ihn hochhievte und sein Gestell zu einem wartenden Auto schleppte, das auf den Highway nach Twenty-nine Palms zuröhrte.

An diesem Highway gab es ein Schnellrestaurant, wo ein Busfahrer regelmäßige Ruhepausen und haufenweise Annäherungsversuche an eine Bedienung machte. Der unbeaufsichtigte Bus war im Licht neben dem Straßenschild geparkt, aber niemand sah die dunkelgekleidete Gestalt ihr schmuddeliges Bündel schleppen. Beavertail Bigelow wurde dreißig Minuten später auf dem Rücksitz des Busses gefunden, als sein Geschnarche zwei Ledernacken auf dem Weg zur Kaserne weckte. Er wurde abzüglich seines Cowboyhutes aus dem Bus geworfen und mußte nach Mineral Springs zurücktrampen, weshalb er auch Busfahrer auf die Liste der Dinge setzte, die er haßte.

Bis Beavertail den Stadtrand von Mineral Springs erreichte, knallte ihm die aufgehende Sonne in die Augen. Sein Kleinhirn war von Gindünsten vernebelt, und seine durchweichte Großhirnrinde gab seinem verwüsteten kleinen Körper widersprüchliche Befehle. All die Millionen marinierter Gehirnzellen feuerten ohne Ziel drauflos. Beavertail Bigelow war ausgedörrt und verwirrt.

Er beschloß, quer durch eine Meile Wüste direkt zum Picknickgelände in der Oase zu gehen, wo es einen von einer natürlichen Quelle gespeisten Trinkbrunnen gab. Er hielt den Mund krampfhaft geschlossen und atmete durch die Nase, damit die Schleimhäute feucht blieben, aber sein schmaler Schädel heizte sich bereits auf. Die Sonne stand unmittelbar über dem Horizont, stieg aber rasch und warf purpurne, blaßrote, karminrote und blaue Farbtöne über die Santa Rosa Mountains.

Beavertail ging auf, daß der Gin die Austrocknung wie verrückt beschleunigte. Sein Knochenmark brutzelte. Könnt mir genausogut 'n Fön ins Maul stecken, wie 'n Liter Gin saufen und durch die Wüste lostapern, dachte er. Dann kam er zu dem Schluß, daß er nicht bei Anbruch der Dämmerung hier draußen rumtorkeln würde, wenn er haufenweise Geld hätte wie Johnny Cash und Liz Taylor und Liza Minelli und die ganzen anderen reichen Schwanzlutscher, die in die Wüste kamen, um sich im Eisenhower-Sanatorium vom Suff kurieren zu lassen. Er steckte bloß in diesem gottverdammten Schlamassel, weil er arm war.

Beavertail war mittlerweile so ausgepumpt, daß er sogar von einem Cop Hilfe angenommen hätte, falls einer zu sehen gewesen wäre, aber er vermutete, daß die alle irgendwo in ihren Streifenwagen pennten, die faulen Säcke. Er mußte sich zusammenreißen und verschnaufen, deshalb wankte er auf einen Süßhülsenbaum zu, den Schattenspender der Wüste. Der war etwa zehn Meter hoch, ein eindrucksvolles Exemplar mit gerundeter Krone und borkiger Rinde.

Er erschreckte einen Rennkuckuck, der hinter einem Strauß Wüstenlavendel hervorsprang und mit flatternder Haube davonschoß. Die duftenden Blüten und das kräftige Minzaroma lockten Schwärme von Bienen an, aber dieses Exemplar war im Augenblick bienenfrei, also kauerte sich Beavertail daneben, wobei er darauf achtete, einen großen Chollakaktus nicht zu stören. Die leiseste Berührung der

Sproßglieder des Kaktus spickt einen mit Stacheln, und doch nisten Vögel darin. Noch so ein Geheimnis der Wüste.

Während Beavertail wie ein Morongo-Indianer dahockte und mit jeder Minute gereizter wurde, erspähte er einen gestreiften Gecko, der auf einer kleinen Sandwehe ein paar Liegestützen machte. Der Gecko warf Beavertail Bigelow einen kurzen, fiesen Blick zu und pumpte, um Eindruck zu schinden, noch etwa fünf Liegestütze. Man hält die »Liegestütz«-Bewegung für eine Zurschaustellung territorialer Dominanz, und dieses zehn Zentimeter lange Reptil hatte solche Angst, daß es bereits bei seiner dritten Serie war.

Plötzlich machte die Echse zum Schein einen Schritt auf Beavertail Bigelow zu und quälte sich *noch* drei Liegestütze ab, obwohl ihr die kleine Zunge mittlerweile vor Erschöpfung schlaff herabhing und die Augen in den Schädel zurückglitten.

Beavertail wurde sehr neugierig. Die Wüstenratte rappelte sich knirschend auf und stellte die Echse wie ein Revolverheld. »Du bist gar kein Fransenfinger, du kleiner Schwanzlutscher«, sagte Beavertail zu dem Gecko. »Ich kann dich in den Arsch treten, und wen juckt's?«

Mit diesen Worten versuchte Beavertail Bigelow dem Gecko einen raschen Tritt zu versetzen, aber da seine Gehirnzellen aufs Geratewohl drauflos feuerten, traf er nur Wüstenluft. Beavertail segelte über die Sandwehe und landete platt auf seinem knochigen Rückgrat. Er gab ein Jaulen von sich und bekam zur Antwort ein wohlklingendes Pling. Zunächst dachte er, der Klang stamme von einer draufgehenden Bandscheibe, deshalb schob er sich behutsam in Sitzhaltung.

Er nahm an, der kleine Schwanzlutscher habe sich nach Hause verkrümelt, bis er sah, was die Echse bewacht hatte. Das Arschloch *war* zu Hause! Es hatte in seinem Schatz gewohnt, der nun kraft überlegener Größe Beavertail Bigelows Eigentum war. Es war eine komisch aussehende Ukulele.

Beavertail hob sie auf, staubte sie ab und sah, daß sie

heil war. Wie zum Teufel kam sie hierher? Wahrscheinlich von einem vorbeifahrenden Lastwagen gefallen. Er konnte sie saubermachen und bei einem Pfandleiher versetzen, den er in Cathedral City kannte, wo es keine Kathedralen, aber haufenweise Second-hand-Läden und so viele Schwulenbars gab, daß die Kneipenhocker der Wüste zu sagen pflegten: »Bist du verheiratet, Mann, oder wohnst du in Cathedral City?«

Als Polizisten später darüber nachdachten, wie ein aufsehenerregender Mordfall in Palm Springs durch vermeintlich zufällige Entdeckungen methodisch enträtselt wurde, konnten sie nicht bestreiten, daß eine wachsende Beweiskette von einer sehr machohaften Echse geschmiedet worden war.

2. Kapitel

Die Abrechnung

Präsident Ronald Reagan war noch nicht im Century Plaza Hotel eingetroffen, um die Wahlergebnisse abzuwarten, aber einen halben Block weiter, in der Avenue of the Stars, machte Sidney Blackpool gerade einen Besuch in einer Bürosuite, als er zwei Männer neben einer Limousine stehen sah. Sie trugen Anzüge mit Weste, Hemden mit angeknöpftem Kragen, gestreifte Krawatten und glänzende Flügelkappenschuhe, aber trotz der Klamotten hatten sie nicht das fetzige Aussehen eines George-Bush-Schickis. Zum einen hingen ihre Arme so komisch herunter, und sie wirkten ungefähr so fröhlich wie Jack Nicklaus, wenn er am achtzehnten Loch die Putt-Linie bestimmt.

Sidney Blackpool fühlte sich nie wohl, wenn er an Secret-Service-Agenten vorbeiging, aber er hatte in den letzten einundzwanzig Jahren verschiedentlich Gelegenheit dazu gehabt, wenn Politbonzen in die Stadt kamen. Wie die meisten Polizisten hielt er Secret-Service-Agenten nicht für *richtige* Cops, deshalb war er nicht völlig entspannt, als er mit einer Smith & Wesson unter der Jacke vorbeischlendern mußte. Echte Cops erkannten einen Zivilschnüffler sofort, aber er hatte immer Angst, daß einer von diesen Kerlen vielleicht die Ausbuchtung des Revolvers erspähen und ihm mit dem Kolben einer Uzi eine John-Hinckley-Gehirnmassage* verpassen würde, ehe er sich ausweisen konnte.

* John Hinckley schoß 1981 Präsident Reagan und dessen Pressesprecher Brady nieder, ehe er von Sicherheitsbeamten überwältigt werden konnte. (Anm. d. Übers.)

Daß man ihn Black Sid nannte, hatte nichts mit seinem Aussehen zu tun. Tatsächlich war sein Haar sandbraun und graumeliert, seine Augen waren fahlgrün, und er hatte die Art von sommersprossiger Haut, die jedesmal, wenn er ohne Sonnencreme eine Runde Golf spielte, eine Keratose geradezu herauszufordern schien.

»Der Traum jedes Hautarztes«, sagte sein Dermatologe. »Nur weiter so, und mit Vierzig gehen Sie dann von etwas häßlich Klingendem wie Keratose zu etwas hübsch Klingendem wie Melanom über.«

Die Leute fragten immer, ob er seinen Spitznamen daher habe, daß er ein Dirty-Harry-Cop mit schwarzen Handschuhen war, und dann erklärte er, daß Polizisten Spitznamen lieben und man, wenn man Sidney Blackpool heißt, ganz selbstverständlich Black Sid wird. Er sagte ihnen allerdings nicht, daß »Black Sid« sein zynisches Auftreten widerspiegelte, eine Miene, die besagte, daß das Jüngste Gericht gar nicht früh genug kommen könne. Und er sagte nicht, daß er *erheblich* mehr Johnnie Walker Black Label Scotch trank, als gut für ihn war – ergo Black Sid.

Die sexy Sekretärin an dem wie ein Ölfleck geformten Jugendstilschreibtisch ließ Sidney Blackpool nicht warten. Sie hatte zweifellos keine Schwierigkeiten, ihn als Cop zu erkennen, und fragte: »Sergeant Blackpool?«, kaum daß er das Büro betreten hatte.

Der Kriminalbeamte wollte es sich gerade bequem machen und vielleicht feststellen, ob sie so nett war, wie sie aussah, als sie sagte: »Oh, Sie müssen nicht warten. Mr. Watson erwartet Sie.«

Victor Watsons Büro war nicht ganz so überladen wie das Schloß von Versailles, aber es hatte einen Louis-Quinze-Parkettboden. Und es gab Terrakotta-Urnen und chinesische Vasen auf diesem Boden, und italienische Rokokospiegel, und ein Ölgemälde von J.M.W. Turner an der Wand, und Tischplatten aus poliertem Granit, und einen lackierten Schreibtisch, falls es denn ein Schreibtisch war, der wie eines dieser Zehntausend-Dollar-Dinger aussah, die angeblich Form und Funktion miteinander verbinden, aber aussehen wie ein Organ, das man dem Bauch eines Dinosauriers entnommen hat.

Sidney Blackpool schaute sich in diesem ganzen leicht bekloppten Kunstgemisch nach Victor Watson um, als eine Stimme aus dem angrenzenden Salon sagte: »Hier drin, Sergeant Blackpool.«

Das kleinere Zimmer war eine Wohltat. Es war ordentlich, mit knubbigen Polstermöbeln und Holz, echtem Holz, und kernigen, einprägsamen Akzenten. Es war ein Männerzimmer, und die Schreibtischplatte aus poliertem Granit spiegelte die Pupillen und Augäpfel des sonnengebräunten, lächelnden Mannes dahinter wider.

»Kommt Ihnen bei diesem Büro nicht das Kotzen?« sagte Victor Watson.

»Wer hat's entworfen, Busby Berkeley?« sagte der Kriminalbeamte trocken.

»Meine Frau, fürchte ich.«

»Fehlt bloß noch 'n singender Wasserfall«, sagte Sidney Blackpool, schüttelte dem älteren Mann die Hand und wurde zu dem graugelben Sofa gebeten.

Jedermann wußte, wer die »Frau« war, selbst wenn er noch nie von Victor Watson gehört hatte. Sie war früher einmal ein Spitzenfilmstar gewesen und erlebte nun ein Comeback als heimtückische Mörderin in einer Seifenoper im Abendprogramm.

Zwei Kristallgläser und ein Eiskübel standen auf dem schlichten Cocktailtisch aus Eiche, aber die Figurengruppe aus der Ming-Dynastie, die neben einer vollen Flasche Johnnie Walker Black Label stand, hatte nichts Schlichtes.

Victor Watson schaute auf seine Armbanduhr, natürlich eine Patek Phillipe, und sagte: »Spät genug für einen Drink, Sergeant? Sie sind fast schon außer Dienst.«

»Um den Dienst mach ich mir keine Sorgen«, sagte Sidney Blackpool. »Bloß um meine Leber. Vier ist spät genug.«

Victor Watson setzte sich neben ihn, goß drei Fingerbreit Scotch in jedes Glas und gab dann zwei Eiswürfel in beide Drinks. Er war so braungebrannt, daß seine Krähenfüße sich beim Lächeln totenbleich kräuselten, genauso kalkweiß wie sein Haar. Seine Hände waren zart, und auch sie waren mit weißen Haaren bedeckt.

»Sagen Sie mal, ärgert es Sie, daß Sie hierhergeschickt werden, um irgendeinen Millionär in einem siebzehn Monate alten Mordfall bei Laune zu halten?«

»Nicht, solange er die Drinks spendiert, Mr. Watson«, sagte Sidney Blackpool, während er den älteren Mann über den Rand seines Glases beäugte.

Victor Watson verlagerte sein Gewicht auf dem Sofa und zupfte dabei die Bügelfalten seiner Nino-Cerrutti-Bundfaltenhose zurecht. Zu seiner Aufmachung gehörten außerdem eine Brokatweste, die (zumindest in Beverly Hills und Umgebung) nach fünfzigjähriger Versenkung wieder in Mode war, und italienische Slipper mit Fransenzunge.

Dann sah er, wie die zynischen grünen Augen des Kriminalbeamten ihn musterten, und sagte: »Wenn ich in meinem Stadtbüro im Geschäftsviertel bin, trage ich keine Kleider aus einer Pariser Boutique.«

Sidney Blackpool brachte ein halbherziges Lächeln zustande und trank kommentarlos weiter. Bis jetzt hatte der Kerl sich nur für den verkorksten Geschmack seiner Frau und seinen französischen Modedesigner entschuldigt. Sei's drum, er spendierte die Drinks.

Als hätte er seine Gedanken gelesen, goß Victor Watson ihm nach und sagte: »Sie wollen mich doch nicht etwa fragen, woher ich weiß, daß Sie Johnnie Walker Black Label trinken, oder?«

Victor Watson kicherte, und die glänzenden Granitaugen wurden ein kleines bißchen weniger durchdringend. »Ein kindischer Trick, ich weiß, aber solche Sachen beeindrucken die Idioten in dieser Stadt. Ich hab Ihren Lieutenant gefragt, als ich Ihre Dienststelle angerufen habe, und er hat Ihren Partner gefragt.«

»Mein Partner ist in Urlaub. Kommt erst in ein paar Wochen zurück.«

»Richtig, das hat man mir auch gesagt. Er muß jemand in Ihrer Dienststelle gefragt haben.«

»Ist schon okay«, sagte Sidney Blackpool, und der Scotch wärmte ihm Bauch und Kehle, und wenn das so weiterging, würde er den Kerl allmählich vielleicht ganz gut leiden können.

»Wie alt sind Sie, Sergeant?« fragte Victor Watson.

»Zweiundvierzig.«

»Ich bin erst neunundfünfzig, und Sie haben gedacht, ich wäre neunundsechzig.«

»Das hab ich nicht gesagt.«

»Schon gut; ich weiß, wie ich aussehe. Das Leben ist nicht immer so nett zu mir gewesen. Mit neunzehn war ich mal zwei Tage Gast Ihres Departments. Ich hab von der Ladefläche eines Lastwagens Sandwiches an die Textilarbeiter in der Innenstadt verkauft und wegen Parkens im Halteverbot ein paar Strafzettel gekriegt. Ich konnte es mir nicht leisten, sie zu bezahlen, und eines Tages hat mich einer von euren Verkehrscops in der Fahndungsliste gecheckt und verhaftet. Der Richter hat gesagt, fünfzig Dollar oder drei Tage. Ich hatte schlicht keine fünfzig Dollar. Dieses Lincoln Heights war vielleicht ein beschissenes Gefängnis. Ich hab mich dreimal prügeln müssen, um meine Unschuld zu retten.«

»Haben Sie sie gerettet?«

»Für eine Weile«, sagte er. »Dann habe ich meine jetzige Frau geheiratet und einen ihrer Filme finanziert und bin jeden Tag von den Studioganoven gruppengebumst worden.«

Sidney Blackpool ertappte sich beim Picheln, dabei hatte er sich beim letzten Mal, als er es nicht schaffte, das Trinken aufzugeben, gelobt, genau das nicht zu tun. Ach was, scheiß drauf, wenn man sich auch die Lebensgeschichte eines Industriellen anhören mußte...

»Bedienen Sie sich«, sagte Victor Watson, und Sidney Blackpool goß großzügig ein.

»Die Leute glauben, ich hätte mein Geld mit Landerschließung gemacht«, fuhr Victor Watson fort und nippte zurückhaltend. »Den großen Reibach hab ich mit High Tech gemacht. Ich habe zwar nur zehn Klassen Grundschule, aber ich kann alles verkaufen: Klamotten, Autos,

Schund, Grundstücke. Sie brauchen bloß zu sagen, was, ich kann's verkaufen.«

Mittlerweile ließ Sidney Blackpool sich treiben. Von Westen her sickerte das Sonnenlicht durchs Fenster, und der zwölf Jahre alte Johnnie Walker ließ den neunundfünfzig Jahre alten Victor Watson wie einen alten Kumpel wirken.

»In dieser Gegend schafft man's nur durch Berühmtheit«, fuhr Victor Watson fort. »Ein Haufen Leute, über die sogar die Zeitschrift *Forbes* schreibt, kriegen von jedem rotzigen Oberkellner in der Stadt eine Abfuhr. Wenn Sie groß rauskommen wollen, haben Sie zwei Alternativen: kaufen Sie sich die Vermarktungsrechte an einem Sportereignis, was das zweitbeschissenste Geschäft der Welt ist, oder steigen Sie ins Filmgeschäft ein, was das allerbeschissenste ist. Ich habe eine dritte Möglichkeit entdeckt und einen berühmten Filmstar geheiratet. Die Tische werden auf ihren Namen reserviert. Ich werde fotografiert, wenn ich mit ihr zusammen bin. Ich gehe ihretwegen zu Partys. Mittlerweile kann ich hingehen, wo ich will, und kalte Kartoffelsuppe essen, und jeder kennt mich. Spielen Sie Golf?«

»Um die Wahrheit zu sagen, ja«, bestätigte Sidney Blackpool.

»Wir spielen mal zusammen. Ich mag den Platz von Bel Air. Ich bin in einem halben Dutzend Clubs, aber ich komme nicht viel zum Spielen. Was wissen Sie über den Mord an meinem Sohn?«

Der Kerl konnte ohne Kupplung die Gänge wechseln, und ehe der Kriminalbeamte antworten konnte, sagte Victor Watson: »Sie haben vielleicht gelesen, daß mein Junge letztes Jahr aus unserem Haus in Palm Springs verschwunden ist und draußen in der Wüste, in der Nähe eines Kaffs namens Mineral Springs, ermordet aufgefunden wurde.«

»Ich habe nie gelesen, ob man den Täter gefaßt...«

»Man hat nicht«, sagte Victor Watson, und bloß eine Sekunde lang flackerten seine Augäpfel. Dann stand er auf und ging zum Fenster, wo er auf die gegen Santa Monica sinkende Sonne starrte.

»Ich frage mich, was ich für Sie tun kann«, sagte Sidney Blackpool.

»Ihr Department muß sich einfach einschalten, Sid«, erklärte Victor Watson mit einem ganz leichten Anflug von Leidenschaft. »Ich will nichts Schlechtes über die Polizei von Palm Springs oder sonst jemanden sagen. Aber es ist jetzt schon siebzehn Monate her, und...«

Victor Watson war nicht der Typ, der die Selbstbeherrschung verlor, und er tat es auch jetzt nicht. Er lächelte, kehrte zum Sofa zurück und setzte sich neben den Kriminalbeamten. »Ich habe erfahren, daß mein Sohn an dem Tag, an dem er starb, möglicherweise in Hollywood gewesen ist. Es könnte sein, daß die Ereignisse, die zu dem Mord in der Wüste führten, in Hollywood ihren Anfang nahmen. In diesem Fall müßte sich die Hollywood Division der Polizei von Los Angeles als zuständige Behörde an der Untersuchung beteiligen, richtig?«

»Moment mal, Mr. Watson.« Sidney Blackpool schmeckte das überhaupt nicht. Er hatte genug Fälle, auch ohne in einen kalten Mordfall in Palm Springs hineingezogen zu werden, bei dem so ein Kerl Dampf machte.

»Hören Sie mir zu, Sid«, sagte Victor Watson und beugte sich zu Sidney Blackpool hin. »Ich weiß, es ist nicht ganz astrein, Sie da hineinzuziehen, aber ich muß diese Untersuchung in Gang halten. Ich weiß nicht, an wen ich mich wenden soll. Das ganze gottverdammte Geld, das ich den Republikanern in den letzten vier Jahren gegeben habe, und trotzdem ist das F.B.I. schon nach drei Tagen ausgestiegen. Und die Polizei von Palm Springs hat nach sechs Monaten aufgehört. Sicher, sie rufen mich immer noch an, aber sie haben keine Spuren. Und mein Sohn, mein Junge, der...«

»Ich denke schon, daß ich ein paar Anrufe machen kann, Mr. Watson«, erbot sich der Kriminalbeamte. »Aber erzählen Sie mir erst mal was von der neuen Information, aufgrund derer Sie glauben, daß Hollywood betroffen ist.«

»Ich war sechsunddreißig Jahre alt, als Jack geboren wurde«, sagte Victor Watson. »Meine Töchter waren schon auf der High-School, als er kam. Meine erste Frau war wahrscheinlich zu alt zum Kinderkriegen, aber es hat geklappt. Und wie. Er hatte einen IQ von hundertvierzig. Und er war ein begabter Klavierspieler. Und er hatte den makellosesten Golfschwung, den Sie je gesehen haben... Sagen Sie, wissen Sie über Depression und Verzweiflung Bescheid?« Ohne auf eine Antwort zu warten, sagte Victor Watson: »Ich kann Ihnen sagen, daß Verzweiflung nicht bloß akute Depression ist. Verzweiflung ist *mehr* als die Summe vieler schrecklicher Einzelheiten. Depression ist das Fegefeuer. Verzweiflung ist die Hölle.«

Der Kriminalbeamte hätte beinahe die Figurine aus der Ming-Dynastie vom Cocktailtisch gefegt, so rasch grapschte er nach dem Johnnie Walker.

Victor Watson bemerkte es nicht. Er redete einfach mit gleichbleibender, allmählich gespenstisch anmutender Stimme weiter. »Wissen Sie, wie sich ein Mann fühlt, wenn er seinen Sohn verliert? Er fühlt sich... unvollständig. Nichts auf der ganzen Welt wirkt mehr wie vorher oder *ist* wie vorher. Er geht umher und sucht nach Bruchstücken seiner selbst. *Unvollständig*. Und... und dann gehen all seine Tagträume und Phantasien zurück zum Juni letztes Jahr. Woran er auch denkt, es muß vor dem Zeitpunkt liegen, als er den Anruf wegen seines Sohnes bekam. Verstehen Sie, er versucht einfach ständig, die Uhr zurückzudrehen. Er will bloß noch eine Chance. Wofür? Er kann es nicht einmal genau sagen. Er will sich mitteilen. Was? Er weiß es nicht genau.« Und dann stieß Victor Watson einen Seufzer aus und sagte: »Die alte, ererbte Scham zwischen Vätern und Söhnen.«

»Ich würde Ihnen ja gern helfen, Mr. Watson.« Sidney Blackpool wurde es unerklärlich warm. Er knöpfte sich den Kragen auf, nahm die Krawatte ab und stopfte sie in die Jackettasche.

»Lassen Sie mich ausreden, Sid«, sagte Victor Watson ruhig. »Es ist wichtig, daß ich alles... nun ja... methodisch darlege. So bin ich nun mal. Zunächst ist er nicht in der Lage, ans Telefon zu gehen, der Vater eines toten Jungen. Besonders da so viele Leute glauben, sie müssen anrufen, um ihr Beileid auszusprechen. Ein Freund ruft viermal an, und schließlich spricht man mit ihm, und er sagt: ›Warum hast du nicht zurückgerufen? Ich möchte deinen Kummer *teilen*.‹ Und man sagt zu ihm: ›Du blöder Scheißkerl. Wenn du irgendwas davon teilen könntest, würde ich's dir geben! Ich würde dir alles geben, du dummes Schwein!‹ Und da habe ich diesen Freund natürlich verloren.«

Als handelte es sich um ein Geständnis, merkte sich Sidney Blackpool, daß Victor Watson dreimal die Person gewechselt hatte, ehe er bereit oder vielleicht *fähig* gewesen war, es in der ersten Person zu erzählen.

»Dann konnte ich wochenlang nur an die schlimmen Momente denken. Ich konnte mich nicht an die guten Zeiten erinnern, die guten Dinge, die wir gemeinsam erlebt hatten, Jack und ich. Nur die Probleme. Nur die schlimmen Zeiten. Wissen Sie was? Früher machte mich Alkohol aufgekratzt und fröhlich. Mittlerweile rühre ich kaum mehr welchen an, weil er mich trübsinnig und gemein macht. Darf ich nachgießen?«

»Ja.« Der Kriminalbeamte begann sich den Nacken zu massieren. Er bekam Kopfschmerzen an der Schädelbasis. Es war mehr als warm. Es war *stickig*, und doch konnte er die Papiere auf der Schreibtischplatte aus poliertem Granit von der Belüftung an der Decke flattern sehen.

»Am einundzwanzigsten Juni letztes Jahr fuhr mein zweiundzwanzigjähriger Sohn Jack nach seinem letzten Semester an der U.S.C.* nach Palm Springs. Er fuhr allein, wollte sich aber mit seiner Verlobten treffen, die im letzten Jahr an der U.C.L.A.** studierte. Er war zwei Tage und zwei Nächte dort, und dann verschwand er. Genau wie mein Auto. Ich habe dort einen Rolls-Royce stehen, weil ich manchmal von L.A. nach Palm Springs fliege, anstatt zu fahren. Unser Hausdiener in Palm Springs stellte fest,

* University of Southern California (Anm. d. Übers.)

** University of California Los Angeles (Anm. d. Übers.)

daß das Auto weg war, und in der zweiten Nacht machte er sich Sorgen und rief uns an. Jack wurde zwei Tage später in der Wüste gefunden, in irgendeinem gottverlassenen Canyon in der Nähe von Palm Springs. Er hatte einen Kopfschuß, und das Auto wurde mit seiner Leiche darin verbrannt.«

»War er... äh, war er...«

»Ja, er war schon tot, als man das Auto ansteckte.«

»Man?«

»Er, sie, man. Wer auch immer. Zunächst glaubte die Polizei, es hätte irgendeinen Unfall gegeben, bei dem er von einer unbefestigten Straße abgekommen und in einen Canyon gestürzt war, und das Auto hätte Feuer gefangen. Aber bei der Autopsie stellten sie fest, daß seine Lungen, obwohl er völlig verbrannt war, innen kaum angesengt waren. Und es war sehr wenig Kohlenmonoxid in seinem Blut. Und dann fanden sie eine Kugel vom Kaliber achtunddreißig in seinem Kopf. Ich habe noch einen Pathologen hinzugezogen, und er war derselben Meinung. Jack wurde erschossen und war tot oder lag im Sterben, bevor ihn jemand verbrannt hat.

Das FBI bezeichnete es als eindeutigen Mord, möglicherweise Entführung und Mord, aber außerhalb ihrer Zuständigkeit. Die Polizei von Palm Springs hat so ziemlich aufgegeben. Ich habe daran gedacht, Privatdetektive zu engagieren, aber ich kenne den Unterschied zwischen Privatschnüfflern im Kino und echten. Selbst wenn ich einen guten finden könnte, keine Polizeibehörde sagt Privatdetektiven auch nur die Uhrzeit.«

»Und was hat das L.A.P.D. damit zu tun?«

»Es ist das Beste, was mir seit einer Weile passiert ist«, sagte Victor Watson. »Am Montag habe ich von meinem Rolls-Royce-Vertragshändler in Hollywood eine Nachricht bekommen, daß es Zeit wäre, den Wagen zur Inspektion zu bringen. Es war eine Notiz beigeheftet, daß sie es versäumt hätten, mir einen Reifen zu berechnen, der am einundzwanzigsten Juni vergangenen Jahres gekauft worden war. Das ist der Tag, an dem Jack verschwunden ist! Natürlich fuhr ich umgehend zu dem Rolls-Royce-Händler, und der Kundendienstmechaniker hat Jack auf einem Foto identifiziert. Mein Junge war an diesem Nachmittag mit dem Rolls *dort* und hat einen Reifen gekauft, weil seiner Luft verlor.«

»Haben Sie die Polizei von Palm Springs davon unterrichtet?«

»Gestern. Sie haben sich natürlich bei mir bedankt. Sie haben gesagt, sie würden bei dem Rolls-Royce-Händler anrufen und nachfassen. Das heißt, sie erfahren dasselbe, was ich erfahren habe, und nehmen es zu den Akten. Aber hören Sie, das Verbrechen hat vielleicht in Hollywood *seinen Anfang genommen*. Vielleicht hat Jack hier jemanden getroffen, oder er ist hier entführt worden, oder er hat hier einen Anhalter mitgenommen, oder ...«

»Das sind ein Haufen Vermutungen, Mr. Watson«, sagte Sidney Blackpool und verkniff es sich, sich noch ein weiteres Mal über den alten Johnnie Walker herzumachen. »Dieser Fall gehört der Polizei von Palm Springs.«

»Aber die sind mit ihrem Latein am Ende. Und ich habe bereits eine Belohnung von fünfzigtausend Dollar für *jeden* sachdienlichen Hinweis ausgesetzt. Ihr Department ist groß, Sid. Mehr Möglichkeiten.«

»Sehen Sie, die meisten Morde und die meisten Verbrechen werden im allgemeinen durch die Kunst des Gesprächs aufgeklärt, nicht durch die Kriminologie. Es ist *ihre* Stadt. Sie wissen, mit wem sie reden müssen. Ich kann da nicht reinplatzen und aus nichts einen Fall konstruieren.«

»Es gibt dort eine Antwort. Ich *weiß* es! In den Wüstenstädten gibt es eine Menge unaufgeklärte Morde. Vielleicht können Sie frischen Wind in die Sache bringen.«

»Ferienorte sind Durchgangsstädte«, wandte der Kriminalbeamte ein. »Da kann es durchaus eine Menge ungeklärter Morde geben. Das heißt nicht, daß die Polizei inkompetent ist.«

»Daß die Sache von einer *anderen* Seite betrachtet wird, das ist alles, was ich vom L.A.P.D. will. Jemand hat meinen Jungen erschossen und seine Leiche verbrannt. Jemand hat ihn da liegen lassen, so daß... Tiere hatten sich an ihm zu schaffen gemacht. Kojoten, Skunks, Bussarde, alles mögliche Viehzeug. Wüstentiere.«

»Sie können wirklich nicht auf Gerechtigkeit hoffen, nachdem so viel Zeit vergangen ist, Mr. Watson.« Sidney Blackpool kapitulierte und griff nach dem Johnnie Walker Black Label, goß sich diesmal aber nur sechs Kubikzentimeter ein.

»Ich weiß, Sid. Ich will keine Gerechtigkeit.«

»Was wollen Sie dann?«

»Rache natürlich. Ein Quentchen Rache.«

»Rache. Und was von mir?«

»Ermitteln Sie den oder die Mörder, selbst wenn Sie keine Verhaftung vornehmen können. Selbst wenn es keinen, über jeden vernünftigen Zweifel erhabenen Beweis gibt, der einen Staatsanwalt zufriedenstellen würde.«

»Und was wollen Sie dann tun?«

Victor Watson stand erneut auf und ging vor dem Fenster auf und ab. Mittlerweile war die Sonne fast verschwunden, und sein gebräuntes Gesicht nahm die Farbe eines blauen Flecks an. Er sagte: »Ich habe mir kürzlich einen Dokumentarfilm angesehen, in dem Jane Goodall sich furchtbar aufregte, weil eine ihrer Affenmuttern eines der benachbarten Affenbabys *gefressen* hat. Nach all ihren Jahren in der Forschung hat sie nicht gewußt, daß sie zu menschlicher Grausamkeit fähig sind. Pah, das ist doch keine Entdeckung. Eine *echte* Entdeckung wäre es gewesen, wenn die Nachbarmutter gewartet hätte, bis die Mörderin einschläft, und ihr dann den Schädel eingeschlagen hätte. Genau das unterscheidet den Menschen von anderen Primaten. Nicht dieser Quatsch, daß wir uns unserer Sterblichkeit bewußt sind. Was uns unterscheidet, ist unsere Fähigkeit zur Rache und unser *Bedürfnis* danach.«

»Sie wollen den Mörder umlegen lassen, ist es das? Das ist ein Job für Charles Bronson, nicht für mich.«

Victor Watson wandte sich dem Kriminalbeamten zu, und nun sah er unter der Lichtleiste wie ein alter Mann aus. Seine Augen und Wangen waren im Dämmerlicht hohl. Er sagte: »Seien Sie nicht albern. Ich bin kein Verbrecher, aber ich habe genug Geld, um Leute auf viele Arten zu bestrafen. Ich kann auf meine eigene Art Rache nehmen, ohne jemandem körperlichen Schaden zuzufügen.«

Plötzlich traf ein Kopfschmerzanfall Sidney Blackpool wie ein Schlagschuß.

»Davon ginge es Ihnen auch nicht besser, Mr. Watson«, sagte der Kriminalbeamte, dem klamm war. Seine Achselhöhlen waren klatschnaß.

»Seiner Mutter wird das auch nicht helfen. Sie hat sich mit dem Kummer abgefunden. Mütter können das. Ich habe alles versucht: Psychotherapie, Religion, Zen. Nichts vermindert meinen Zorn. Ich weiß einfach, daß *Sie* mir helfen können. Intuition hat mich zu dem gemacht, was ich bin.«

»Ich? Ich bin einer von vielen, die in der Mordkommission von Hollywood Station arbeiten. Ich bin zufällig hierher geschickt worden, um mit ihnen zu reden, weil sonst keiner verfügbar war.«

»Ich habe *Sie* verlangt«, sagte Victor Watson.

»Sie haben *mich* verlangt?«

»Ich habe ein paar Nachforschungen über die Teams der Mordkommission angestellt. Wenn sich herausgestellt hätte, daß sich Jacks Spur an diesem Tag zu unserem Haus in Bel-Air zurückverfolgen läßt, hätte ich dasselbe bei der West L.A. Station getan. Oder in Beverly Hills, wenn er dort gesehen worden wäre. Ich hätte bei jeder Behörde, ganz gleich welcher, die es rechtfertigen konnte, in den Fall einzusteigen, den Mann herausgesucht, den ich brauche.«

»Und was haben Ihre *paar Nachforschungen* über mich ergeben?«

»Sie sind ein sehr guter Ermittler, Sie trinken Johnnie Walker Black, und Sie spielen Golf. Das Golfspiel hielt ich für ein Omen. Ich gehöre einem Country Club in der Wüste an und kann Ihnen Zugang zu jedem anderen Platz verschaffen, auf dem Sie spielen wollen. Nehmen Sie Ihre Schläger mit.«

»Glauben Sie, mein Department erlaubt mir, die anfallende Arbeit hinzuschmeißen und nach Palm Springs abzuhauen, einfach so?«

»Nehmen Sie sich eine Woche von Ihren aufgelaufenen Überstunden, Sid. Nehmen Sie Ihren Partner mit. Ich habe erfahren, daß sein Urlaub erst in zehn Tagen endet. Sie beide werden eine Suite in einem erstklassigen Hotel bewohnen. Es wird Ihnen gefallen. Ich habe hier Kopien von allen Polizeiberichten.« Victor Watson klopfte gegen seine Schreibtischschublade. »Sie können sie bei Gelegenheit lesen und während eines richtig schönen Urlaubs ein bißchen ermitteln. Ihr Lieutenant hat gesagt, es wäre kein Problem.«

»Das ist nicht vernünftig.«

»Sie sind der beste Mann, der mir derzeit zur Verfügung steht, und das ist wirklich die reine Wahrheit.«

»Woher kennen Sie meinen Lieutenant?«

»Ich bin einer der Sponsoren der Polizeiolympiade und des Prominentengolfturniers der Polizei, und ich habe vor, Ihren Chef zu unterstützen, falls er beschließt, sich pensionieren zu lassen und als Bürgermeister zu kandidieren. Einer Ihrer Vorgesetzten hat uns zusammengebracht.«

»Was wissen Sie sonst noch über mich?«

»Ich weiß von Ihrem Jungen.«

»Verflucht!« sagte Sidney Blackpool, der entsetzt merkte, wie sehr ihn das Wohlgefühl, das er angesichts der ganzen Gratisdrinks und der Aussicht auf einen Golfurlaub hatte, ins Schwitzen brachte.

»Während wir über meinen Jungen geredet haben, hat Ihr Lieutenant gesagt, daß Sie auch Ihren Jungen verloren haben, bei einem Surfunfall.«

»Mein Lieutenant hat ein großes Maul.«

»Das ist auch ein Omen! Es ist mehr als das. Mir zu helfen, könnte Ihnen helfen. Von Vater zu Vater. Meine Gerechtigkeit könnte im kleinen...«

»Sie haben bereits gesagt, daß Sie keine Gerechtigkeit wollen. Hören Sie, Mr. Watson, mein Sohn ist seit vierzehn Monaten tot. Ich hab das Durchdrehen fast hinter mir. Ich brauche diesen Von-Vater-zu-Vater-Scheiß nicht.«

»Wenn ich mir die richtige Art von Hilfe kaufen könnte,

würde ich es tun. Zum erstenmal seit Jahren brauche ich verzweifelt etwas, und es ist nicht zu kaufen. Ich fühle mich völlig hilflos. Für einen Mann wie mich ist es schrecklich, hilflos zu sein. Hören Sie, Sie haben doch schon zwanzig Jahre abgerissen, stimmt's?«

»Einundzwanzig.«

»Sie könnten die Polizeiarbeit an den Nagel hängen, wenn Sie es sich leisten könnten, aber Sie können von der Pension nicht leben, stimmt's? Wahrscheinlich müssen Sie einer Exfrau Unterhalt bezahlen?«

»Nein, das Luder hat mir 'n Gefallen getan. Sie hat vor ein paar Jahren wieder geheiratet.«

»Andere Kinder?«

»Eine Tochter, siebzehn. Lebt bei ihrer Mutter.«

»Ich improvisiere einfach, Sid. Sehen Sie, ich weiß nicht viel über Sie, bloß das, was ich wissen muß. Also nehme ich an, Sie möchten lieber heute als morgen von dem Straßenmüll weg, aber Sie können nicht von der Pension leben, ohne zu arbeiten, stimmt's? Kennen Sie Deputy Chief Phil Jenks?«

»Er hat sich vor ein paar Jahren pensionieren lassen. Ich hab von ihm gehört.«

»Er ist Sicherheitschef von Watson Industries. Er ist außerdem Sicherheitsberater von drei Firmen für elektronische Kommunikation, an denen ich in San Francisco, San Diego und Denver beteiligt bin. Ich bezahle ihm neunzigtausend pro Jahr.«

»Das ist sehr schön für ihn.«

»Ich wollte sein Gehalt gerade auf glatte hundert erhöhen, als er letzten Monat einen schweren Herzanfall hatte. Sieht so aus, als müßten wir ihn ersetzen. Diesmal suchen wir nach einem jüngeren Mann. Einem pensionierten Polizeibeamten, natürlich. Wir bevorzugen einen alleinstehenden Mann, dem es nichts ausmacht, ein paar ganz hübsche Städte zu bereisen.«

»Ich habe nicht die leiseste Ahnung von Computer-Hardware, Mr. Watson.«

»Sie kennen sich mit Dieben aus, oder? Ein Dieb ist ein Dieb. Was braucht man da noch zu wissen? Sid, wenn Sie mir aus der Wüste bringen, was ich brauche, haben Sie alle Qualifikationen, die ich je verlangen könnte. Mit Phil Jenks habe ich einen Spiel-oder-Zahl-Vertrag abgeschlossen, wie das in der Branche meiner Frau heißt. Falls ihm der Job nicht gefiel, konnte er kündigen, und ich hätte ein Jahresgehalt zahlen müssen. Rufen Sie Phil Jenks an. Ich gebe Ihnen seine Nummer. Fragen Sie ihn, wie ihm der Job gefallen hat. Er ist auch Golfer. Wir haben die Vollmitgliedschaft für Country Clubs in San Diego, San Francisco und Denver. Wir haben Dauerkarten für die Spiele der Lakers, und . . .«

»Ja, ja, ich hab's kapiert«, sagte Sidney Blackpool. »Und im Moment hab ich 'ne Migräne, aus der könnten Sie zwei machen.«

»Rufen Sie mich morgen an, Sid«, sagte Victor Watson und hielt dem Kriminalbeamten die Tür auf. »Denken Sie daran, selbst wenn überhaupt nichts dabei herauskommt, haben Sie immerhin einen schönen Golfurlaub, bei Übernahme aller Kosten. Und ich meine *alle*.«

»Bei so was kann überhaupt nichts herauskommen«, sagte der Kriminalbeamte.

»Omina, Sid.« Victor Watsons Stimme war so hohl wie seine Augen unter der Lichtleiste. »Vielleicht sind wir miteinander verbunden, Sie und ich. Weil wir sie verstehen.«

»Sie?«

»Die alte, ererbte Scham zwischen Vätern und Söhnen. *Jetzt* verstehen wir sie. Ich brauche eine Abrechnung, Sid. Irgendeine Art von Abrechnung für all... diesen... beschissenen... *Zorn*.«

»Ich rufe Sie in jedem Fall an.«

»Tun Sie das«, sagte Victor Watson und schloß die Tür zum Salon, während der Kriminalbeamte sich zwischen den Vasen und Urnen und Krügen durchschlängelte und ihm vage aufging, daß dieses ganze Designergeschirr wahrscheinlich zehnmal soviel wert war wie der Spiel-oder-Zahl-Vertrag, den man ihm gerade angeboten hatte. Wodurch er sich so fühlte, als ob in seinem Bauch eine Maus Wasserski führe. Er hoffte, er würde eine Toilette finden, und zwar pronto.

3. Kapitel

Der Musikant

Nur her mit euren erschöpften, euren armen, euren geballten Massen«, sagte Chief Pedroza einmal vor einer Versammlung aller Polizeichefs des Coachella Valley. »Wir übernehmen was von dem Kleckerkram, den ihr nicht gebrauchen könnt, aber verschont uns mit euren Kriminalfällen! Ich hab nur einen Kriminalbeamten, und was Kriminallabors angeht, *verursachen* die einzigen Labors um Mineral Springs Kriminalität. Ich meine die Speedküchen, die von den Rockern betrieben werden. Wenn also eure Kriminalfälle nach Mineral Springs reinspielen, müßt ihr drauf gefaßt sein, ohne allzu viel Unterstützung von meiner Achtmanntruppe klarzukommen.«

Bis zum Verschwinden von Jack Watson im Jahre 1983 hatte Paco Pedroza nie irgendwelchen Ärger mit Kriminalfällen aus Palm Springs oder sonstwoher gehabt. Victor Watsons Anwesen lag in dem alten, Las Palmas genannten Bezirk von Palm Springs, nicht weit von Häusern, die früher Hollywoodlegenden gehört hatten. Mittlerweile verlagern sich die besten Wüstenadressen talabwärts, aber in den alten Zeiten war Las Palmas Mittelpunkt einer piekfeinen Schlafstadt. Die Häuser sind groß und alt, hinter Mauern und fast undurchdringlichem Oleander versteckt. Die meisten Straßen sind labyrinthartig verschlungen, und so mancher neue Cop in der Stadt hat sich bei der Verfolgung ausgefuchster einheimischer Jugendlicher in den Wohnvierteln von Las Palmas verirrt.

Die Einwohner von Las Palmas, besonders die älteren

Einwohner, gehen selten einkaufen. Lebensmittel und anderer Bedarf werden von Lieferwagen gebracht. Tatsächlich wurde nach Jack Watsons Verschwinden ein Auslieferungsfahrer mit Vorstrafenregister wegen Einbruchs drei Stunden lang bei der Polizei von Palm Springs verhört.

Am zweiten Tag nach Jack Watsons Verschwinden, noch bevor die verstörten Eltern des Opfers im Privatjet von Los Angeles aus auf dem Flughafen von Palm Springs einflogen, hatte die Polizei das Anwesen in Las Palmas ziemlich gründlich untersucht. Anfangs dachten sie, der junge Mann sei, während er schlief, aus seinem Zimmer entführt worden. Das Bett war ungemacht, die Alarmanlage war nicht eingeschaltet, und eine Schiebetür im Gästezimmer war nicht ganz verschlossen.

Victor Watsons Haus war so gut mit Alarmanlagen ausgestattet, daß er draußen sogar ein Dutzend Infrarot-Lichtschranken hatte. Sie kosteten 1000 Dollar pro Stück und waren weit oben an dem Zaun angebracht, der das Grundstück umschloß. Sie sollten Kletterer erfassen, waren aber nicht an Übertragungsgeräte angeschlossen wie der Innenalarm. Das äußere Infrarotsystem läutete nur im Haus selbst und alarmierte so die Watsons oder Nachbarn oder einen vorbeikommenden Streifenwagen. Mit Funk oder Telefon ließ es sich nicht koppeln, weil es zu häufig falschen Alarm gab. Vögel, Tiere, ein fallendes Blatt konnten das System auslösen.

Das Infrarot bestand aus einem Sender und einem Empfänger am Ende eines unsichtbaren Strahls, der eine gerade Linie beschrieb, auf einen Spiegel auftraf, zurückgeworfen wurde und präzise auf den Empfänger fiel. Es war entfernt möglich, daß jemand mit viel Sachkenntnis und Übung den Strahl mit einem anderen Spiegel unterbrechen konnte, wenn dieser blitzschnell so haarscharf eingestellt wurde, daß der Strahl genau zum Empfänger zurückkam. James Bond brächte das fertig, befanden die Polizisten, vermutlich aber kein Ganove aus Palm Springs.

Die Polizei und das FBI nahmen in diesen ersten Tagen viele falsche Spuren auf, während sich Victor Watson, das drahtlose Telefon in der Hand, am Ort des Geschehens herumdrückte und zum erstenmal die Ohnmacht des Verbrechensopfers erlebte. Er wurde am zweiten Tag um sechs Uhr morgens angerufen. Von einer Frau, die sagte, Jack Watson werde »ganz in der Nähe in der Wüste« festgehalten, und er solle weitere Anweisungen abwarten. Selbstredend konnte »ganz in der Nähe« im offenen Wüstengelände irgendwo im Umkreis von fünfhundert Quadratmeilen bedeuten. Victor Watson meinte, er habe im Hintergrund Druckluftbremsen zischen und Autos mit hoher Geschwindigkeit vorbeisausen hören. Das war der einzige Hinweis, außer daß ein älterer Nachbar am Tag zuvor einen roten Lieferwagen in der Auffahrt der Watsons hatte wenden sehen. Es hatte vielleicht nichts zu bedeuten, aber es war alles, was sie hatten.

Um sieben Uhr morgens, als Paco Pedroza zu Hause gerade fünftausend Kalorien verputzte und keiner seiner Sergeants auf dem Revier war, ging bei der Polizei von Mineral Springs ein Anruf der Polizei von Palm Springs ein. Zu allem Unglück für Paco war der einzige Cop, der in dieser Nacht auf dem Revier war, Officer Oscar Albert Jones, ein vierundzwanzigjähriger ehemaliger Surfer, der ein Jahr für die Polizei von Laguna Beach und ein Jahr für die Polizei von Palm Springs gearbeitet hatte, ehe er es für klug hielt, sich zu verändern. Als er noch bei der Polizei von Palm Springs war, hatte O.A. Jones den größten Teil seiner Zeit im Taubenrevier von Whitewater verbracht und mit seiner Neun-Millimeter-Automatic auf Tauben und Eselhasen geballert, die insofern völlig sicher waren, als O.A. Jones sie auch mit einer Schrotflinte nicht getroffen hätte. Trotzdem verschoß er fast jeden Abend eine Schachtel Reservemunition. Einmal geriet er so in Verzückung, daß er alle vernikkelten Hohlspitzpatronen verschoß, die er bei sich hatte, und ohne Kugeln von einem Sergeant erwischt wurde, worauf O.A. Jones als Outta Ammo Jones – Ohne-Muni-Jones – bekannt wurde.

In der Nacht, die O.A. Jones ermutigte, bei der Polizei von Palm Springs zu kündigen und sich ohne Ablösesumme von Mineral Springs übernehmen zu lassen, fuhr er auf der Indian Avenue Streife und erspähte zufällig einen Betrunkenen, der bei Rot über die Straße torkelte. O.A. Jones folgte dem Betrunkenen, der Shorts und ein Tanktop trug und auf dem Trottoir nordwärts schlurfte.

Als O.A. Jones den Kerl einholte, sah er, daß es gar kein Betrunkener war. Es war Hiram Murphy, ältester Sohn von Moms Murphy, Oberhaupt eines Clans, der nach Art der Zigeuner im Wüstental umherzog, die vielen Rentner übers Ohr haute, ihnen durch Trickbetrügereien die Ersparnisse abknöpfte und das Geld zum Ankauf von Speed verwendete, das sie sich in die Arme knallten. Tatsächlich hatten die Rauschgiftcops in den Armen von Moms' jüngstem Sohn Rudolph frische Einstiche festgestellt. Der war neunzehn, hatte aber den Verstand eines Sechsjährigen, und seine Brüder schossen ihn nicht mit Crank, sondern mit Heroin voll, weil ihn das ruhiger stellte. Das war die Sorte Familie, der Moms vorstand, und deshalb war O.A. Jones entzückt, Moms' Ältesten, Hiram, aufgrund einer Überdosis Crystal und Barwhisky in wackligem Zustand anzutreffen.

Hiram war in einer Schwulenbar gewesen und hatte versucht, das Familiengeschäft auf das Ausnehmen von Tunten auszudehnen. Nur war er leider so häßlich, daß er nicht landen konnte. Er hatte Augen und Ohren wie eine Fledermaus, und er roch wie ein durchgebrochener Blinddarm.

»Hallo, du Mißgeburt«, sagte O.A. Jones, während er seinen Streifenwagen neben Hiram Murphy ausrollen ließ. »Du bist zu abgefüllt zum Laufen. Los, wir fahren.«

Hiram Murphy war so verbiestert und bösartig wie üblich, aber er war auch ein Feigling. Er hätte mit niemandem, geschweige denn mit einem stämmigen, jungen Cop wie O.A. Jones Stunk angefangen, wenn er nicht mindestens einen seiner Brüder dabei hatte, der mit einem Klauenhammer auf der Lauer lag. Er murmelte leise ein paar »Saftsäcke« und »Arschlöcher«, stieg aber hinten in den Polizeiwagen ein, die Hände mit Handschellen auf den Rücken gefesselt.

Auf der Fahrt zum Revier demonstrierte der blonde Cop Hiram Murphy die »Gitterfahndung«, die Hiram überhaupt nicht schmeckte. Der ehemalige Surfer flüsterte etwas, das Hiram nicht verstand, und als Hiram »Was is los?« sagte, wandte sich der junge Cop im Fahren halb um und flüsterte es mit etwas lauterer Stimme. Aber es war trotzdem unverständlich für den zugeknallten Ganoven.

»Red lauter, verflucht noch mal«, sagte Hiram Murphy, den der Gedanke, ohne seine Mama in den Knast zu wandern, ziemlich verdroß.

Mittlerweile war es dunkel genug, die Scheinwerfer anzumachen, und O.A. Jones schaltete seine an, wandte sich zu Hiram Murphy auf dem Rücksitz um und sagte es *noch einmal*.

Diesmal wurde Hiram Murphy *sehr* gereizt. Er beugte sich vor und sagte: »Red lauter, du Arschloch! Was'n überhaupt los mit dir?«

Und dann wurde Hiram Murphys Gesicht ZACK! an dem schweren Stahldrahtgitter plattgequetscht, als O.A. Jones auf die Bremse stieg und alle vier Räder blockierte.

Nachdem Hiram Murphy mit Fluchen und Brüllen aufgehört hatte, sagte O.A. Jones: »Ich hab bloß *versucht*, dir zu sagen, daß 'n Pudel vor uns auf die Straße gelaufen ist. Ich hab 'ne Vollbremsung machen müssen, um das arme kleine Ding zu retten. Tut mir ja soooo leid.« Hiram Murphy wußte jetzt, was die Gitterfahndung war.

Sie waren nur noch drei Kreuzungen vom Revier entfernt, als eine Einheit des Sheriffs auf dem Highway 111 die Verfolgung eines Fahrzeugs aufnahm und durchgab, man habe auf sie *geschossen*. Binnen zehn Sekunden sickerte Adrenalin aus O.A. Jones' rosa Ohren, und er donnerte auf das Verfolgungsfahrzeug zu, das Schwierigkeiten hatte, an einem gestohlenen 1983er BMW-Tourenwagen dranzubleiben.

Dreißig Minuten nach Einbruch der Dunkelheit hatten sich zwölf weitere Streifenwagen aus Palm Springs, von der Highway Patrol, dem Sheriff von Riverside, der Polizei von Indio und sogar der Polizei von Mineral Springs der Jagd auf der Interstate 10 angeschlossen, zuerst Richtung Indio und dann zurück, da das verfolgte Auto immer wieder schlitternd wendete und vom Freeway runter- und wieder draufbretterte.

Der BMW, so stellte sich heraus, enthielt einen ziemlich guten Fang. Es war der Stoppuhrbandit, so genannt, weil er bei vier Raubüberfällen auf Banken im Tal die Zeit nahm, bevor und nachdem er über den Schalter setzte, und längst verschwunden war, ehe die Cops auf den heimlich ausgelösten Alarm reagieren konnten. An diesem Abend war der Stoppuhrbandit gerade auf dem Nachhauseweg von einem Banküberfall in Indian Wells, als ein Wagen des Sheriffs ihn anzuhalten versuchte, weil er an einer Ampel ein bißchen langsam reagiert hatte. Die Jagd war auf.

Der Stoppuhrbandit knüppelte gerade die Monterey Avenue in Palm Springs hinunter, als O.A. Jones, der die Verfolgung am Funkgerät mithörte, ihn aus der Gegenrichtung abfing. Der junge Cop spielte Haschmich mit den herannahenden Scheinwerfern, wich in letzter Sekunde aus, verschätzte sich aber leicht. Mit Hiram Murphys Gebrüll im Ohr wurde O.A. Jones von dem heranrasenden BMW rechts vorne erwischt und um grauenvolle 360 Grad herumgewirbelt, worauf er gegen einen dreizehn Meter hohen Telefonmast knirschte, der das Polizeiauto in der Mitte knickte. Der BMW hob wie eine Rakete von der Straße ab, krachte gegen eine Dattelpalme und schleuderte den Stoppuhrbanditen auf die Straße, neben einen mit Handschellen gefesselten und mausetoten Hiram Murphy, der seinerseits in der Sekunde des Zusammenpralls vom Rücksitz des Polizeiautos gefegt worden war.

O.A. Jones blieb, lediglich mit Nasenbluten und einer leichten Gehirnerschütterung, angeschnallt auf dem Vordersitz, und ihm dämmerte verschwommen, daß er in Schwulitäten war. Zu mehr reichte es nicht angesichts seines sich wie Brei anfühlenden Kopfes und seines darin herumschwappenden Gehirns, aber während ein Dutzend Sirenen am Unfallort zusammenströmten, begriff O.A. Jones binnen Minuten, daß man ihn, weil er sich mit einem gefesselten, hilflosen Gefangenen auf dem Rücksitz auf diese selbstmörderische Verfolgungsjagd eingelassen hatte, wegen Totschlags belangen konnte. In den Scheinwerferstrahlen sah er ganz deutlich, daß Hiram Murphy wie eine Rüttelschwelle im Asphalt aussah.

O.A. Jones wand sich aus seinem zu Schrott gefahrenen Streifenwagen heraus und war eben dabei, verzweifelt eine »Mann, Sergeant!«-Geschichte zusammenzustoppeln, die *entfernt* plausibel klang, als ein Beamter der Highway Patrol in den Scheinwerferstrahl gerannt kam und sagte: »Bist du okay?«

»Vorläufig ja«, murmelte O.A. Jones, der hoffte, daß man ihn in den Copknast im County-Gefängnis stecken würde, denn ein vierundzwanzigjähriger ehemaliger Surfer, der außerdem ein ehemaliger *Cop* war, würde im regulären Knast binnen drei Minuten vernascht werden.

Dann sagte der Highway-Cop: »Du hättest dem Kotzus delicti keine Handschellen anlegen müssen. Der ist toter als Omas Kitzler. Der andere auch!«

O.A. Jones bemühte sich noch, *daraus* schlau zu werden, als zwei weitere Streifenwagen schleudernd zum Stehen kamen. Es kamen immer mehr, die Sirenen gellten aus drei Richtungen.

Der zweite Cop am Schauplatz, Deputy des Sheriffs, sagte: »Verdammt, ich hab gedacht, es wär nur einer in dem BMW! Der zweite muß sich auf'm Rücksitz versteckt haben. Können ihm ruhig seine Handschellen abnehmen, der ist toter als John De Loreans Kreditkarten.«

Und das taten sie auch. Sie gaben die Handschellen O.A. Jones, der allmählich wieder zwei und zwei zusammenzählen konnte und klugerweise die Klappe hielt.

Die Zeitungen meldeten den Tod der Stoppuhrbanditen, und zwar *beider*, von denen einer Mitglied einer durch die Wüste zigeunernden Bande von Trickbetrügern gewesen sei, die vergebens plärrten, ihr Verwandter Hiram sei bloß ein Crankdealer, Einbrecher und Taschendieb gewesen, habe aber nie im Leben eine Bank ausgeraubt. Aber Moms Murphy kam ziemlich bald ins Grübeln. Vielleicht war ihr

Sohn Hiram gar nicht der kleine Schleimscheißer, für den sie ihn immer gehalten hatte. Er hatte ein Doppelleben geführt! Hiram war Fahrer des berühmten Stoppuhrbanditen gewesen! Eigentlich war Moms Murphy irgendwie stolz.

Aber ein Sergeant aus Palm Springs, der die zerschmetterten Autos untersuchte, geriet in einige Verwirrung. Wie kam das Blut, von dem O.A. Jones behauptete, es sei *seins*, auf die *Heckscheibe* des Streifenwagens? Dieser Zusammenstoß warf ein paar eigenartige Probleme auf.

Er schaute O.A. Jones aus zusammengekniffenen Augen an und sagte: »Von *dem* Unfall würd ich gern den Flugschreiber bergen und mal sehen, was *wirklich* passiert ist.«

Und da sein Sergeant O.A. Jones auch nicht besser leiden konnte als sein Lieutenant, der ihn überhaupt nicht leiden konnte, sagte O.A. Jones: »Mann, Sarge! Sie wissen doch, Chief Pedroza in Mineral Springs sucht 'n erfahrenen Mann. Ich hab mir überlegt, ich geh mal hin und red mit ihm. Vielleicht heut abend?«

»Du kannst bis morgen warten«, sagte der Sergeant. »Der freut sich bestimmt, den Cop anzuheuern, der den Stoppuhrbanditen erledigt hat. *Und* seinen Komplizen.«

So beschloß O.A. Jones, sein Palm-Springs-Khaki gegen Mineral-Springs-Blau einzutauschen. Er lernte Sergeant Harry Bright kennen, der Paco Pedroza davon überzeugte, daß O.A. Jones ein »guter Kerl« sei, der es verdiene, bei der Polizei zu bleiben. Und O.A. Jones hatte zufällig Dienst, als der Anruf betreffs der Lösegeldforderung für Jack Watson beim Polizeirevier von Mineral Springs einging.

Die Polizei von Mineral Springs war überhaupt nur verständigt worden, weil Victor Watson meinte, er habe außer dem Jaulen dahinrasender Autos im Hintergrund möglicherweise auch das Zischen von Druckluftbremsen gehört. Das FBI folgerte, daß der Anruf vielleicht aus einer Raststätte oder einem Schnellrestaurant gekommen sei. Alle Polizeidienststellen bekamen diese Information nebst der Anweisung, sich bei keiner in Betracht kommenden Raststätte blicken zu lassen, sondern dem FBI und der Polizei von Palm Springs deren Lage mitzuteilen, falls sich eine in ihrem Gebiet befände.

Mehr brauchte es nicht für O.A. Jones, der darauf bedacht war, bei seinem neuen Boss, Paco Pedroza, Eindruck zu schinden. Er flankte über den Schalter des Polizeireviers wie der jüngst verblichene Stoppuhrbandit, sprang in seinen Streifenwagen und düste auf die Raststätte am Highway nach Twenty-nine Palms zu. Er entdeckte zu spät, daß er den außer Betrieb gesetzten Streifenwagen mit dem kaputten Funkgerät fuhr.

O.A. Jones verbrachte den Rest der Nacht damit, auf jeder Straße und jedem Weg im Umkreis von zehn Meilen um die Raststätte Staubwolken aufzuwirbeln, wobei er zweimal beinahe mit den Hinterrädern im Sand festfuhr. Die Wüstennacht, die selbst zur heißen Jahreszeit recht kühl ist, hätte ihm eine recht angenehme Fahrt zum Highway beschert, nur wartete O.A. Jones, bis seine zweite Nachtschicht fast zu Ende und der aufsteigende Feuerball über den Bergen sichtbar war, ehe er es schaffte, seinen Streifenwagen einen Meter tief im feinsten Wüstensand festzufahren. Worauf er sich beim Versuch, sich freizuschaufeln, den Knöchel verstauchte.

Bald darauf liefen *zwei* Suchaktionen in der Wüste. Eine nach dem Sohn von Victor Watson, die andere nach Officer O.A. Jones vom Mineral Springs Police Department.

Der FBI-Agent, der mit dem Hubschrauberpiloten des Sheriffs mitflog, genoß an diesem Spätnachmittag einige höchst spektakuläre Landschaften. Der Pilot war ein draufgängerischer Vietnamveteran, der vom einfachen Volk »Skypork« – Himmelsschwein – genannt wurde, aber den Künstlernamen »Pigasus« bevorzugte. Sie hatten bereits wieder aufgetankt und waren zum Salton Sea geflogen, einem 74 Meter unter Meeresniveau liegenden See, der die Stelle eines prähistorischen Sees einnimmt, dessen Wasserlinie in weißem Travertin in die Granitwand eingesprengt ist.

Dann düsten sie nordwärts über den Painted Canyon und nach Nordwesten Richtung Thousand Palms. Sie flogen zurück nach Palm Springs, die schiere Felswand hinauf über Andreas Falls, wo Frank Capra einen Teil von *In den Fesseln von Shangri-La* gedreht hat, und in die umliegenden Canyons, und zwar aufgrund der Theorie, daß die Behauptung der Kidnapper, sie seien »ganz in der Nähe«, stimmte. Pigasus schwebte nach Westen zur Bummelbahn von Palm Springs, zog für die Touristen im Zug eine Schau ab, und schwenkte dann nach Norden Richtung Little San Bernardino Mountains mit ihren Canyons, ihren Verstekken und ihrer Wüste, die nur mit allradgetriebenen Fahrzeugen zugänglich sind.

Die Flugshow war im wesentlichen Augenwischerei Victor Watson zuliebe, und außerdem genoß es Pigasus, dem FBI-Agenten, der von den Kunststückchen grün anlief, einen Heidenschiß einzujagen. Es gab *haufenweise* rote Lieferwagen in einem Tal dieser Größe, und noch mehr, die aus der Luft rot *wirkten*, und haufenweise andere, die zwar nicht direkt rot waren, aber in Bodennähe so wirken konnten, wenn ein achtundsiebzigjähriger Gentleman aus Palm Springs mit Trifokalbrille sie sah.

In der Wüste holt man aus seinem Treibstoff nicht viel Kilometerleistung heraus. Das heißt, wenn man zu Fuß geht. Man kann so etwa fünfzehn Kilometer aus seinem Körper herausholen, *falls* man seinen Körpertank mit vier Liter Wasser füllt. Man holt viel weniger heraus, wenn man eine marineblaue Polizeiuniform mit Koppel trägt und eine Neun-Millimeter-Pistole und in einem Beinhalfter eine versteckte Kanone mitschleppt. Besonders, wenn man einen schwer verstauchten Knöchel und von der Wüste nicht den blassesten Schimmer hat.

Als O.A. Jones zum Umfallen erhitzt und müde wurde, plumpste er der Länge nach hin und atmete auf dem Wüstenboden, wo es etwa 15 Grad heißer war, als es *dreißig Zentimeter* über dem Boden gewesen wäre, durch den

Mund. Als er die Kraft aufbrachte weiterzugehen, ignorierte O.A. Jones die vielen Wüstenvögel, die einer Ratte wie Beavertail Bigelow einen Hinweis auf Wasserstellen geliefert hätten. Er hatte keine Ahnung, daß Wachteln am Spätnachmittag *zum* Wasser fliegen, und hatte, wenn er auf Tauben schoß, kein einziges Mal bemerkt, daß auch sie am Spätnachmittag und Abend in Scharen zu Wasserstellen fliegen. Er hatte keine Ahnung von Indikatorpflanzen – Platane, Weide, Rohrkolben, Pappel –, wo er hätte graben können. Er torkelte direkt an einer Kalksteinhöhle vorbei, die ein großes Becken mit kaltem, sauberem Wasser enthielt. Er machte einen beschwerlichen Umweg, weil er Angst davor hatte, auf einen Berglöwen zu treffen, obwohl man in dieser Gegend seit dreißig Jahren keinen mehr gesehen hatte.

O.A. Jones hatte ein paar sehr beunruhigende Gedanken: Wenn bloß der Sommer dieses Jahr nicht so früh gekommen wäre. Wenn er bloß in Laguna Beach geblieben wäre, wo er aufgewachsen war. Wenn er bloß nicht so auf die Entführung von dem Jungen von diesem reichen Knaben abgefahren wäre. Wenn er bloß nicht diesen Weg in den Canyon genommen hätte, weil er glaubte, er sähe ein Lagerfeuer. Wenn bloß alles schneller ginge, damit er nicht Vögel in Zeitlupe fliegen sähe. Wenn bloß seine Arme und Beine nicht kribbeln würden. Wenn er bloß nicht blauer würde als seine Uniform.

Dann hörte es O.A. Jones: die Musik. Und er dachte, das wär's dann! Scheißharfen und Engel! Dann hörte er es *wieder*. Es war ein Banjo! Jemand spielte Banjo und sang!

O.A. Jones blieb torkelnd stehen und lauschte. Er wußte nicht, wie verwirrend ein Klang, der von Canyonwänden zurückgeworfen wird und wie ein Gewehrschuß hin und her prallt, da draußen sein kann, besonders wenn die Körpertemperatur zwei Grad über normal ist und noch steigt. O.A. Jones hörte etwas, das wie ein anspringender Automotor klang. O.A. Jones humpelte auf seinem geschwollenen Knöchel in Zeitlupe los. In die falsche Richtung.

Unterdessen hatte Victor Watson den *zweiten*, von einem FBI-Agenten mitgehörten Anruf von der Frau bekommen, die diesmal von einem Ort aus anrief, der keine akustischen Hinweise lieferte. Sie wies Victor Watson an, 250 000 Dollar in Zehnern und Zwanzigern zu beschaffen und sie in einen großen Koffer zu packen. Man befahl ihm, mit seinem weißen Mercedes eine umständliche Route abzufahren, die für die Polizei von Palm Springs, die neben den Bundescops die zweite Geige spielte, keinerlei Sinn ergab. Er sollte zum Whitewater Canyon hinausfahren, dann auf dem Highway 10 zurückkehren, dann die Route 62 hinauf Richtung Devil's Garden, dann zurück Richtung North Palm Springs. Es war offensichtlich, daß die Kidnapper, falls sie das Auto mit dem Geld beobachteten, ein Luftfahrzeug bräuchten, und die einzigen Luftfahrzeuge, die an diesem Tag in der Luft waren, waren Verkehrsmaschinen aus Palm Springs und Hubschrauber verschiedener Polizeidienststellen. Victor Watson wurde angewiesen, in präzisen, zwanzigminütigen Abständen zu Hause anzurufen, was angesichts der einsamen Strecke hinauf zu den Little San Bernardino Mountains und wieder zurück unmöglich war.

Beim *dritten* Anruf hörten die Kidnapper mit der Spiegelfechterei auf. Mrs. Watson nahm ihn entgegen, während ihr Mann unterwegs war. Die Frau trug ihr auf, Victor Watson, wenn er anrief, zu sagen, er solle auf dem Highway 10 bis zur Abzweigung Thousand Palms fahren und von da aus Richtung Norden zur Oase an der Dillon Road.

Wie sich herausstellte, waren die Kidnapper gar keine Kidnapper. Es waren zwei Herumtreiber namens Abner und Maybelle Sneed, die normalerweise vom Potanbau in Oregon lebten, aber nach Süden gezogen waren, weil die Polizei den Pflanzern von Oregon inzwischen stark einheizte. Sie hatten in Palm Springs drei Tage Urlaub eingelegt, in den Nachrichten vom Verschwinden von Jack Watson gehört und sich zur Bücherei begeben, um eine Ausgabe des »Gold Book«, des *Who's Who* von Palm Springs, durchzusehen. Dann hatten sie bei der Apotheke haltgemacht, die dem Anwesen der Watsons am nächsten lag, und während Maybelle Sneed den Apotheker beschäftigte, grapschte sich Abner das Register hinter der Kasse und fand die Telefonnummer des Kunden Victor Watson. Das war eine Sache von etwa 120 Sekunden für Leute mit einem IQ von 75, und das, nachdem Victor Watson mehr als 15 000 Dollar für Alarmanlagen und ausgeklügelte Sicherheitssysteme ausgegeben hatte.

Der einzige überraschende Zug, den die Möchtegern-Erpresser an diesem Tag machten, bestand darin, daß Abner ein Motorrad mietete und in der Nähe von Pushawalla Palms darauf lauerte, daß der Watsonsche Mercedes nordwärts vorbeikam. Sein Plan war, den Himmel nach Cops abzusuchen und, wenn alles okay aussah, auf den Highway rauszupreschen, Victor Watson zu überholen und ein Schild hochzuhalten, auf dem stand: »Werfen Sie das Geld hinaus, und Sie erfahren, wo ihr Sohn ist.«

Abner und Maybelle waren erstklassige Potfarmer, gewissenhaft und fair zu den Kunden. Sie waren stolz auf ihr Produkt, verfeinerten es sorgsam und konservierten es wie Omas Pfirsiche mit Gläsern, Gummiringen und Aufklebern. Aber sie waren keine Kidnapper, und sie waren miserable Erpresser. Abner suchte mit einem nagelneuen Fernglas den Himmel nach Luftfahrzeugen ab, dachte aber überhaupt nicht an einen Sender in dem Mercedes, der den Bundescops, die sich weit außerhalb seiner Sichtweite aufhielten, Signale gab.

Gleich nachdem Abner auf seiner Honda herangeröhrt war und mit dem Mercedes Kontakt aufgenommen hatte, bewirkte ein Signal von Victor Watson, daß Pigasus herbeiflog. Kurz nachdem Victor Watson den Koffer aus dem Wagenfenster geworfen hatte, hatte der FBI-Agent Abner den gescheiterten Erpresser in seinem Gesichtsfeld.

Unterdessen wartete Maybelle in einer Dattelbar an der Dillon Road. Es war eine dieser Straßenbuden, die Datteln aus dem Coachella Valley, Dattelriegel und Dattel-Milchshakes verkaufen. Maybelle war bei ihrem dritten Dattel-Milchshake, als sie Abner erspähte, der über und über staubig, breit grinsend und kichernd auf der Honda herangeröhrt kam, den Koffer quer auf dem Lenker balancierend. Während Maybelle die Familienlimousine anwarf, flitzte Abner nach Westen auf den Randstreifen und ließ die Honda hinter einer Tamariske stehen, wo er versuchte, den verschlossenen Koffer aufzukriegen.

»Abner, steig in das Scheißauto!« brüllte Maybelle mit ihrer kleinen Quieksstimme. »Wir packen später aus!«

Aber Abner konnte es nicht abwarten, festzustellen, wie 250 000 Dollar aussahen, und fing an, auf Maybelle zu fluchen, als wäre sie daran schuld, daß der Koffer verschlossen war.

»Wir müssen los!« quiekte Maybelle, sprang aus dem Auto und rannte auf die Tamariske zu, wo Abner auf den Koffer einhämmerte wie der Gorilla in dem Werbespot für Samsonite-Gepäck.

Maybelle war die erste, die den Helikopter in der Ferne sichtete. Sie deutete mit dem Finger darauf und kreischte, und als der Luftaufklärer merkte, daß ihre Tarnung im Eimer war, arbeitete sich Pigasus an Abner und Maybelle heran. Abner führte sich auf wie ein Affe, dessen geschlossene Faust in einer Kürbisfalle steckt. Er konnte einfach nicht loslassen, selbst als sie ins Auto gesprungen waren. Er fummelte immer noch an dem Kofferschloß herum, als Maybelle einen Dekorationskarabiner vom Rücksitz nahm und auf die Kabine des Hubschraubers richtete.

»Um sie abzuschrecken«, sagte sie später.

Während Maybelle auf der Dillon Road nach Nordwesten raste, linste Abner aus dem Fenster auf den verfolgenden Hubschrauber. Ein Mündungsblitz war das letzte, was er je sah.

Abner starb nicht sofort, und Maybelle starb überhaupt nicht, obwohl sie eine Kugel im Bein hatte und eine weitere neben ihrem Schlüsselbein steckte, als die Verfolgungsjagd zu Ende war.

Es war eine typische Polizeijagd. Ehe sie vorbei war, waren sechs verschiedene Polizeidienststellen daran beteiligt, was ganz normal ist. Alle fuhren schlitternde Wenden, was ganz normal ist. Mehrere Streifenwagen gaben Schüsse ab, was ganz normal ist. Das Ganze artete beinahe zu einem internen Feuergefecht aus, bei dem sich Cops während der fünfunddreißigminütigen Jagd in höchster Geschwindigkeit gegenseitig beschossen, und auch das ist völlig normal.

Es war eine recht spektakuläre Jagd, wie Jagden in der Wüste eben sind. Im offenen Gelände dauern sie oft sehr lang. Zum Glück für O.A. Jones ging diese bis zu einem entlegenen Canyon in der Nähe von Mineral Springs, wo er sich zu verkriechen und auszuruhen beschlossen hatte, weil er meinte, in dieser gottverlassenen Gegend Banjos, Automotoren und Gesang zu hören.

Gegen Ende herrschte allenthalben Angst, Inferno und erhöhte Adrenalinausschüttung. Als Maybelle ihre letzte, schlitternde Wende fuhr und in der Nähe eines Canyonweges, der zu O.A. Jones führte, Bruch machte, war das Ergebnis genau das gleiche wie immer bei Verfolgungen mit hoher Geschwindigkeit. Die ersten dreizehn Cops, die aus ihren Autos sprangen oder mit Kanonen aus dem Fenster zielten, brüllten den Verdächtigen dreizehn einander widersprechende Befehle zu.

Alle einander widersprechenden Befehle hatten eins gemeinsam: sie endeten alle mit dem Wort Arschloch.

Während all das Gebrüll und Arschloch-Geschrei und Gefuchtel mit Knarren in vollem Gange war, schlingerte ein von Paco Pedroza gefahrenes Auto heran. Er sprang heraus und rannte auf die vordersten Cops zu, die sich, Handfeuerwaffen und Schrotflinten auf das qualmende Wrack gerichtet, hinter dem ersten Verfolgungsfahrzeug verschanzt hatten.

Der lauteste uniformierte Cop überbrüllte alle. Er bellte: »Du verwichstes Arschloch, du versyphtes, streck die Flossen aus'm Fenster, oder wir pusten dir deine Scheißrübe weg.«

Und Paco Pedroza, sein Abzeichen an sein Hawaiihemd gepinnt, kam angerannt und brüllte: »Alles hält die Schnauze! Hier befehle ich!«

Aber der große laute Cop funkte auf einer anderen Frequenz. Seine Augen quollen hervor, sein Gesicht war wie rohes Fleisch, seine Schrotflinte zitterte, und er bellte: »Du verwichstes Arschloch, du versyphtes, streck die Flossen aus'm Fenster, oder wir pusten dir die Rübe weg!«

Also schrie Paco: »SCHNAUZE! HIER BEFEHLE ICH!«, was ihm ungeteilte Aufmerksamkeit verschaffte.

Dann wandte Paco, der endlich das Kommando hatte, das Gesicht dem Auto der Verdächtigen zu, und seine Augen quollen hervor, und sein Gesicht war wie rohes Fleisch, und Paco schrie: »Du verwichstes Arschloch, du versyphtes, streck die Flossen aus'm Fenster, oder wir pusten dir die Rübe weg!«

Maybelle gehorchte, doch Abner versank in ein Koma, aus dem er nicht mehr erwachen sollte.

Es war vorbei. Und weil niemand gern zugibt, daß er eine sehr gefährliche Knallerei veranstaltet hat, insbesondere falls ein paar Kugeln irgendwo gelandet sein sollten, wo sie nicht hingehörten, fanden auf einmal alle Verfolger Gründe, den Schauplatz fast so schnell zu verlassen, wie sie gekommen waren. Es ist, wie wenn man in einer Pennerherberge einen Teppich lüftet: Sie wuseln davon wie Küchenschaben.

Niemand fand je genau heraus, wer Maybelle und Abner so mit Kugeln vollgepumpt hatte. Nicht, daß das eine Rolle spielte. Alle stimmten darin überein, daß sie es verdient hatten, gelöchert zu werden, und die Cops wünschten bloß, sie hätten ihre Muni in Zyanid tauchen können, weil Maybelle nicht abkratzte.

Ehe der Hubschrauberpilot zum Polizeirevier von Palm Springs zurückkehrte, wo Victor Watson mittlerweile mit dem FBI wartete, erspähte er etwas, das wie ein großes, einen Hang hinaufkrabbelndes Tier aussah. Es war ein eigenartiges Tier, oben weiß und an den Hinterläufen dunkel. Pigasus schwebte ein wenig näher heran und sah, daß das Weiße oben das sonnenverbrannte Fleisch von O.A. Jones war, der in seinem Delirium idiotischerweise das Hemd ausgezogen hatte.

Sie nahmen ihn neben einem kleinen Kamm auf. Auf der anderen Seite des Kammes war ein Pfad, der in den Canyon führte. Abseits des Pfades, unten im Canyon, wohin er zwanzig Meter tief gestürzt war, lag ein verbrannter Rolls-Royce, der die Überreste von Jack Watson enthielt.

Der erste Cop, der in den Canyon abstieg, hätte sich fast übergeben, als er den verkohlten Leichnam sah, an dem Truthahngeier und Kojoten gefressen hatten. Die Kojoten hatten den Schädel beinahe kaputtgenagt. Hätten sie es getan, hätten die Pathologen unmöglich ein Einschußloch ausmachen können. Der Fall wäre vielleicht als Autounfall klassifiziert und geschlossen worden.

Paco Pedroza war entschieden geneigt, seinen Surfercop schon deshalb zu feuern, weil er überhaupt da rausgefahren war, nur sorgte O.A. Jones für den einzig möglichen Anhaltspunkt in der Mordsache. Nachdem das FBI sich aus dem Fall zurückgezogen hatte, blieb der Polizei von Palm Springs ein vertrackter Mord, und alles, was sie hatten, war O.A. Jones, der jedermann davon überzeugte, er habe nicht phantasiert, als er den banjospielenden und singenden Kerl und gleich danach das Geräusch eines davonrasenden Fahrzeugs gehört hatte. Man nahm an, daß der Mörder von Jack Watson zwei Tage nach dem Mord zu dem verbrannten Auto zurückgekehrt war. Vielleicht um etwas zu holen. Officer O.A. Jones hatte einen Musikanten gehört.

O.A. Jones überredete einen Lokalreporter, einen Artikel zu schreiben, in dem er als »der Schlüssel zu dem Rätsel« bezeichnet wurde. Der Reporter nannte ihn außerdem einen »mutigen Polizeibeamten«, der es auf sich genommen habe, die Wüstencanyons nach dem vermißten Jungen aus Palm Springs zu durchkämmen.

Paco Pedroza hätte seinen bescheuerten Helden trotzdem gern nach Laguna Beach zurückgeschickt, wo er sich auf seinem Kartoffelchip-Surfbrett mit dem Seetang herumschlagen konnte. Aber das ging nicht, weil der Stadtrat von Mineral Springs O.A. Jones wegen vorbildlicher Pflichterfüllung lobend erwähnte.

4. Kapitel

Präsident McKinley

Otto Stringer sah aus wie das große Los in einer Staatslotterie. Er wartete mit zwei Koffern und einem Satz Golfschläger auf seiner vorderen Veranda. Er grüßte seine Nachbarn wie Ronald Reagan an der Tür der Air Force One. Er trug ein nagelneues, pinkfarbenes Golfhemd aus Polyester, das zu seinen Pausbacken paßte, einen ärmellosen Acrylpullover mit pinkgrünem Schottenmuster und eine grüne Ben-Hogan-Golfmütze. Er hatte erwogen, in Knickerbocker-Golfhosen zu investieren, dann aber gefunden, daß einer vielleicht erst mal unter hundert kommen sollte, bevor er aufgemotzt wie ein Byron Nelson von einer Vierteltonne nach Palm Springs reinschneite.

Als er Sidney Blackpools Anruf betreffs der Ferien in Palm Springs bekam, konnte er es nicht fassen. Er konnte *überhaupt nicht* fassen, wieviel Gutes ihm passiert war, seit er aus einem verrückten Job bei den Rauschgiftcops ausund in einen verrückten Job bei den Mordschnüfflern von Hollywood eingestiegen war, wo er sich zumindest sicher fühlte. Während seiner letzten Monate im Rauschgiftdezernat hatte er einen ganzen Haufen nicht zu übersehender Botschaften vom Meister höchstselbst bekommen. Otto war kein sehr religiöser Mensch – ein nicht ganz lupenreiner Agnostiker, wie er sich selbst bezeichnete –, der nur in gefährlichen Situationen zu seinem früheren Presbyterianertum zurückfand. Die Hinweise, von denen er annahm, daß sie vom Großen Boß kamen, waren keine Botschaften Marke »persönlich und vertraulich«, die, wie er früher immer fürchtete, Jimmy Carter zu bekommen *glaubte*, wenn er neben dem heißen Draht saß. Nein, die waren für jedermann klar zu erkennen. Und sie waren *ominös*.

Da war zum Beispiel die Episode kurz vor seinem Ausscheiden, als er sich breitschlagen ließ, mit einem Undercover-Spitzel bei einem Cokekauf mitzumischen, und warum ein fast vierzigjähriger Cop mit sechzehnjähriger Dienstzeit nicht schlauer war, war an sich schon ein Rätsel und ein schlimmes Vorzeichen. Der Spitzel war einer von diesen Hepatitisdrückern, der vor jedem Cop, der ihn hopsnahm, damit prahlte, daß er für das FBI oder die Drug Enforcement Agency arbeitete. Otto Stringer erklärte ihm, was ihn angehe, sei jeder, der mit Bundescops zusammensteckte, ungefähr so willkommen wie ein Zwickel voller Herpes, weil die DEA ständig versuchte, den Stadtcops vom Rauschgift ihre Verdienste streitig zu machen, wenn sie nicht gerade versuchte, ihnen ihre Informanten streitig zu machen.

Nachdem sie einander verstanden, bequatschte der Spitzel Otto, mit ihm bei dem Cokekauf mitzumischen, damit Otto später vor Gericht als Hauptzeuge auftreten konnte. Der Spitzel überzeugte Ottos Lieutenant, daß keiner von den anderen Rauschgiftcops des Dezernats *weniger* wie ein Cop aussah, insofern Otto gebaut war wie ein Sandsack.

Probleme ergaben sich in dem Moment, in dem sie das Motelzimmer betraten, wo der Kauf mit »einem sehr netten hawaiischen Typ« über die Bühne gehen sollte. Das größte Problem war, daß kein Schnupfkram da war. Noch irgendwelche anderen Drogen. Noch irgendein hawaiischer Typ, weder ein netter, noch sonst einer. Es war eine glatte Verlade. Sie wurden von drei Samoanern in Empfang genommen, deren kleinster sich nicht in eine Telefonzelle hätte quetschen können und die einen eingleisigen Verstand hatten.

Die Samoaner klopften sie nach Waffen ab, übersahen jedoch den unter Ottos Bauchfett verborgenen Antennendraht. Aber der Sender war gestört. Die Antenne übertrug die Handlung nicht zu dem Rauschgiftcop, der in dem Lieferwagen unmittelbar hinter dem Motelparkplatz am Abhörgerät saß. Die Fragen waren sehr einfach und direkt.

»Wo 's das Geld, Mann?« fragte ein Samoaner.

»Ich will mit Sammy reden«, sagte der Spitzel. »Wo is Sammy?«

ZACK. »Wo 's das Geld, Mann?«

»Das is also gar kein richtiger Deal!« bellte der Spitzel dem Abhörmann zuliebe. »Das is ne glatte Verlade, hä?«

ZACK. »Wo 's das Geld, Mann?«

»Ich hätt wissen müssen, daß das 'ne Verlade is«, schrie der verängstigte Junkie in Richtung Sender. »'ne Scheißverlade!«

ZACK. »Wo 's das Geld, Mann?«

»Hör ma', ich kann dir die Knete holen!« kreischte der Spitzel. »Ich bring dich ma' eben hin! Mach ma' eben die Tür auf, dann...«

ZACK. »Sag's mir«, sagte der Samoaner mit dem eingleisigen Verstand. »Ich geh's holen.«

Unterdessen hielt Otto, unbewaffnet und hilflos, mit dem zweiten Samoaner Pfötchen. Der dritte hatte ihn beim Genick, mit einem Schauerhaken, der sich als seine Hand erwies.

Das Blut aus Mund und Nase des Spitzels bespritzte die Wand, und Otto nahm an, daß die Wanze die Handlung nicht übertrug, also beschloß er, die Sache selbst in die Hand zu nehmen und etwas bekanntzugeben. Er sagte: »Das reicht jetzt! Ich bin Polizeibeamter! Ich befehle Ihnen, diesen Mann loszulassen und die Tür zu öffnen!«

ZACK. Ottos Schädel prallte von der Wand ab und hinterließ einen Riß im Verputz.

»Also gut, ich bin *kein* Cop«, sagte Otto.

ZACK. Es schien für die Samoaner so oder so keine Rolle zu spielen.

»Schluß mit dem Scheiß, Mann. Wo 's das Geld?« fragte der erste Samoaner Otto Stringer.

In diesem Moment begann die Wanze in Ottos Hosen zu funktionieren. Der Cop, der die Abhörvorrichtung überwachte, gab ein Notsignal, aber bis sechs Rauschgiftcops die Moteltür eingeschlagen hatten, war Otto von allen drei Samoanern, die ihn lediglich mit der flachen Hand schlugen, über den Küchentisch gebreitet worden. Was lediglich einen Zahn gekostet, zwei weitere gelockert und ihm Picassoaugen eingebracht hatte. Sie wechselten sich ab. Ehe Otto wegtrat, dachte er an die Eisdiele. Ziehen Sie eine Nummer! Der nächste? Wer ist der nächste?

Natürlich revanchierten sich die Retter für Otto insofern, als alle Samoaner »sich der Festnahme widersetzten« und eimerweise mit Wasser begossen werden mußten, damit sie aufwachten und sich noch ein bißchen widersetzen konnten. Aber das war ein schwacher Trost für Otto Stringer. Die Abreibung, die er von den Samoanern bezogen hatte, setzte ihn für fünf Tage außer Dienst. Und das war noch nicht einmal der dickste Hammer.

Der ereignete sich am »Bundesfreitag«, wie die Cops den Freitagnachmittag nennen, an dem das Bundesgebäude so aussieht, als hätte es eine Bombendrohung bekommen. Alle Beamten und Bürokraten kommen frühzeitig dem Wochenendverkehr zuvor, besonders nachdem sie ihre Gehaltsschecks gekriegt haben.

An diesem Nachmittag warteten die Rauschgiftcops auf dem internationalen Flughafen von L.A. auf eine kolumbianische Coke-Connection, und wegen eines plötzlichen Ausbruchs romantischer Leidenschaft kamen Otto Stringer und mehrere andere Cops beinahe ums Leben.

Officer Heidi war Rauschgiftcop. Sie war ein geschmeidiges, schönes, athletisches Geschöpf von neunzig Pfund mit langen, wohlgeformten Beinen, und Weibchen hin oder her, sie war das Aggressivste, was Otto je erlebt hatte. Niemand hatte je einen so starken Dobermann wie Heidi gekannt. Einmal hatte sie bei einer Rauschgiftrazzia tatsächlich den Griff einer verschlossenen Küchenschrankschublade gepackt und das ganze Möbelstück quer durchs Zimmer gezerrt. Heidi war sehr gut in ihrem Job, und sie wußte es. Ihr entging nie ein Gramm oder ein Flake Koks oder Pot, wenn sie Gepäck beschnüffelte, und sie war an diesem Tag auf dem Flughafen in Hochform. Heidi machte sich mit Lust und Liebe über das kolumbianische Gepäck her. Ihr Hundeführer war ungeheuer stolz. Die anderen Rauschgiftcops waren ungeheuer stolz. Officer Desmond war ungeheuer *erregt.*

Desmond war ein Bombenhund. Er hatte Heidi noch nie gesehen. Er hatte überhaupt noch nie einen Rauschgifthund gesehen. Desmond war weder geschmeidig noch schön, noch athletisch. Er war ein heruntergekommener Bluthundmischling mit einem schlimmen Fall von Schuppen, Mundgeruch und Augen wie Walter Mondale. Desmond war, wie Otto Stringer, ein abgetakelter Polizist.

Die Cops von L.A. führten an diesem Nachmittag eine routinemäßige Bombenüberprüfung durch. Irgendein übereifriger Sicherheitscop hatte einen Verdacht bezüglich eines vertrottelt wirkenden Studenten, der dem Angestellten am Ticketschalter ein paar sonderbare Fragen über Gepäck gestellt hatte. Desmond wurde hinzugezogen, um den Flughafenleuten zuliebe, die wegen einer kürzlichen Bombendrohung immer noch überdreht waren, ein bißchen herumzuschnüffeln. Desmond also saß gerade im Zollbüro und machte, was er wollte, das heißt, er döste neben der Klimaanlage, als Heidi hereingetänzelt kam. Die *gut* aussah. Die auf *action* aus war.

Heidi fuhr so auf ihren Job ab, daß sie vor Vorfreude schrie, vor Ungeduld wimmerte, kleine Knurrer von sich gab, wenn sie bei einer Tasche mit Dope einen Treffer erzielte. Desmond betrachtete Heidis wogende Brust, ihre schwellenden Hinterläufe, das Kräuseln ihres Nackens, wenn ihr schwarzes Fell im Licht glänzte, und seine blutunterlaufenen Mondale-Augen flitzten im Kreis herum wie die der armen Waise Annie.

Sein Hundeführer sagte später, er hätte es nie für möglich gehalten, daß der alte Desmond Frühlingsgefühle kriegte. Auch sein Hundeführer war damit beschäftigt, Heidi zu bewundern, wie sie in jedes Gepäckstück hineinfetzte und es in Stücke zu reißen versuchte, ehe man sie wegziehen und das Dope beschlagnahmen konnte. Aber mit Sicherheit troff Geifer von Desmonds schlaffen Lippen auf den Boden. Und der Hundeführer war im Bilde, als er bemerkte, was da so rosa und glänzend unter Desmonds Bauch hing. Der alte Desmond hatte einen Ständer gekriegt!

Selbstverständlich sollen Bombenhunde das genaue Gegenteil von Rauschgifthunden sein. Sie sollen fügsam sein, *sehr* fügsam. Sie sollen den Sprengstoff erschnüffeln, dann ruhig davontraben und sich brav hinsetzen, damit zufrieden, die Bombenexperten machen zu lassen.

Bei Heidis viertem Treffer passierte es. Vielleicht hatte Desmond von diesen unglaublich scharfen kleinen Knurrern einfach einen zuviel gehört, niemand wußte es genau. Desmond schnappte auf wahnsinnige, haarsträubende, leidenschaftliche Weise über. Während der bekloppte Student seine Platte wiederholte – »Wer, ich? Das ist nicht *mein* Koffer, warum behandeln Sie mich so« –, stieß Desmond ein fürchterliches Geheul aus.

Später ging ihnen auf, daß er Heidi damit sagen wollte: »Willst du mal richtige Schellen sehen? Ich zeig dir zwei, die gongen wie Big Ben!«

Desmond ging auf den verdächtigen Koffer los, wie die Raiders einen Quarterback überrollen.

Der Student mußte gar nicht gestehen. Sie mußten ihn nie über seine verfassungsmäßigen Rechte belehren. Der Student kreischte: »NEIIIIIIIIN!« und ging zu Boden, wie durch den Kopf geschossen. Genau wie alle Rauschgiftcops. Genau wie die Cops vom Sicherheitsdienst des Flughafens, die Zollbeamten, Desmonds Hundeführer und jeder andere mit einem höheren IQ als Desmond. Jeder außer Heidi, die mit ihrer Arbeit aufhörte und den alten Desmond bewunderte, von dem sie fand, daß er ganz schön scharf aussah, wie er diesen Koffer einfach so durch den ganzen Raum zerrte.

Der Inhalt hätte, wie sich herausstellte, diese Ecke des Gebäudes dem Erdboden gleichmachen können. Er tat es nicht. Und Desmond, der Hund, war mit dem Überprüfen von Gepäck auf dem Flughafen *fertig*. Genau wie Otto Stringer, der sagte: »Vielen Dank, aber ich weiß schon Bescheid, was 'ne Möse anrichten kann, ich hab nicht erst sehen müssen, wie Desmond wegen Heidi gaga wird. Und ich glaub nicht, daß ich noch mehr Szenen mit Urwaldtypen brauche, die bei sich daheim sein und in 'nem Minislip aus Kokosnußschale Palmen umlegen sollten anstatt Cops. Deswegen glaub ich, ich nehm einfach die Versetzung zu den Hollywoodgreifern an. Streicht einen Dope-Cop.«

Sidney Blackpool hielt wie versprochen um zehn Uhr vormittags in Otto Stringers Auffahrt. Er fuhr seinen Toyota Celica, und seine Garderobe machte nicht annähernd so viel her wie die von Otto. Sidney Blackpool trug ein marineblaues Golfhemd aus Baumwolle, gelbbraune Baumwollhosen und leichte Slipper.

»Du siehst umwerfend aus«, sagte er zu Otto, »aber noch mehr Gepäck, und wir mieten 'n Anhänger. Wir sind bis zur Oberkante beladen.«

»Ich darf dich dran erinnern, daß wir nach Palm Springs fahren, Liiiebling!« sagte Otto, während er versuchte, seine Schläger auf den Rücksitz des Toyota zu stopfen. »Da muß man so auftreten, als spielt man drei unter Par. Du solltest dich wirklich 'n bißchen aufmotzen, Sid. Ich will mich nicht mit dir schämen müssen.«

»Ich wette, für diesen Pullover sind hundert Schottenbabys qualvoll gestorben«, sagte Sidney Blackpool. »Willst du fahren?«

»Ich bin zu aufgedreht«, sagte Otto. »Ich hab gestern nacht keine drei Stunden geschlafen. Was meinst du, wie unser Hotelzimmer ist? Quatsch, Zimmer. Suite! Suuuuuiiiiite!«

Sidney Blackpool hielt auf den Hollywood Freeway zu, und sie waren auf dem Weg. Als sie am Autobahnkreuz in der Innenstadt vorbeifuhren, warf Otto einen Blick auf das Polizeigebäude im Parker Center, schauderte beim Gedanken an die gerade zu Ende gegangene Schicht beim Rauschgiftdezernat und fand es unmöglich, das Feriengrinsen abzustellen. Er glaubte allmählich, daß er vielleicht doch alt genug werden würde, um seine Pension zu kassieren, jetzt wo er bei der Hollywood Station untergebracht war und ein Team mit Black Sid bildete, den er vor zwölf Jahren, als sie in der Newton Street Streife gegangen waren, kennengelernt hatte. Wenn Sid bloß nicht ständig so trübsinnig gewesen wäre.

»Warte, bis das Drachenweib davon erfährt«, sagte Otto träumerisch.

»Ist das deine Exfrau? Wann hast du sie zuletzt gesehen?«

»Ich seh weder sie *noch* ihre kleinen Drachen. In den zwei Jahren, wo wir verheiratet waren, hab ich von keinem dieser erwachsenen Bälger je 'n freundliches Wort gehört. Meine *Ex*-Exfrau hatte drei Blagen, und *alle* war'n sie eklig.«

»Ein Polizistenlos ist nicht grandios«, sagte Sidney Blackpool.

»Vielleicht lern ich in Palm Springs 'ne neue Exfrau kenne«, sagte Otto. »'ne nette. 'ne reiche. Meine beiden Exfrauen haben die Augen beim Sex bloß deshalb zugemacht, weil sie's nicht leiden konnten, mitanzusehen, wie ich mich amüsiere. Den meisten Spaß im Bett hab ich gehabt, wenn sie sich *gerührt* haben, und das ist zweimal passiert, einmal auf jeder Hochzeitsreise. Die haben mich bankrott gemacht. Meine Gläubiger haben schließlich gesagt, sie erlassen mir meine Schulden für zehn Cents auf den Dollar, und ich hab gesagt, seid ihr verrückt? Wer hat schon *so viel* Geld! Wenn die mich jetzt sehen könnten!«

»Vielleicht kehren wir besser um und schauen bei deinem früheren Dienstzimmer in der Innenstadt vorbei«, sagte Sidney Blackpool. »Du könntest 'n Dutzend Dämpfer gebrauchen. Spar 'n bißchen Treibstoff für den Wiedereintritt, ja? Unser Urlaub wird vielleicht stinklangweilig.«

»Nie und nimmer!« sagte Otto. »Ich hab schon von unserem Hotel gehört, und dieser Watson, du weißt doch, wer dem seine Alte ist. Der macht *nichts* auf die Billige. Der will Ergebnisse.«

»Da gibt's keine Ergebnisse, Otto.«

»Ja, aber wir können so tun, als ob. Das heißt, wenn wir

gerade auf dem Golfplatz sind. He, erinnerst du dich an den Putter, den ich mir kaufen wollte, als wir das letzte Mal im Griffith Park gespielt haben? Ich hätt ihn mir kaufen sollen. Ich wette, die setzen in Palm Springs die Preise rauf. Meinst du, wir sollten vielleicht unterwegs anhalten und 'n paar Golfbälle kaufen?«

»Große Golfer wie wir brauchen bloß einen pro Nase.«

»Weißt du was, Sidney, vielleicht können wir in Palm Springs *beide* 'ne reiche Schnalle finden. Ich mein, wie viele solche Chancen werden wir je noch kriegen? Wir wohnen in 'ner Hotelsuite, brauchen für Drinks und Essen bloß zu unterschreiben und...«

»Eine Frau hat mir gereicht«, sagte Sidney Blackpool. »Mehr als gereicht.«

»Ja, aber man soll auch keine gutaussehenden Schnallen heiraten. Ich wette, deine Exfrau ist 'ne Wucht.«

»'ne Wucht. Ja, das ist sie.«

»Das nächste Mal will ich 'ne häßliche«, sagte Otto. »Die sind dankbarer. Und es ist okay, wenn sie alt ist. Scheiße, ich bin schließlich auch alt.«

»Jünger als ich.«

»Ja, aber ich steh vor der großen Wende, Sidney. Nummer vier null. In zwei bescheuerten Wochen bin ich *im mittleren Alter*!«

»Vierzig ist kein mittleres Alter. Nicht direkt.«

»Weißt du, daß Paul McCartney genau in deinem Alter ist? Ist das nicht 'n Ding. Kommt einem vor, als wären die Beatles vor einem Jahr noch jung gewesen, wie? Ich krieg meinen Vierzigsten nicht aus dem Kopf. Macht mir richtig zu schaffen. Gott sei Dank für diesen Urlaub. Lenkt mich vom mittleren Alter ab. Das erste, was nachläßt, ist das Gedächtnis.«

»Das ist das zweite.«

»Ich weiß, ich weiß! Meinst du, *davor* hab ich keine Angst?«

»Krieg dich ein, Otto«, sagte Sidney Blackpool. »Wirf deinen Fallschirm nicht ab. Der Urlaub wird vielleicht 'n Reinfall.«

»Black Sid«, sagte Otto kopfschüttelnd. »Du siehst

nicht, daß das Glas halb leer ist, du siehst nicht mal das Glas. Einer wie du kriegt bestimmt 'ne ganz ausgedörrte Kehle. Übrigens, neulich morgens hab ich in der *Times* 'n Artikel über Anhedonie gelesen. Je davon gehört?«

»Kann ich nicht behaupten.«

»Tja, ich glaub, du hast Anhedonie. Das befällt vielleicht nur einen von hundert. Es bedeutet, daß man keinen Spaß haben kann. Genau wie du auf dem Golfplatz. Du siehst aus, als hätte dich Torquemada mit der heißen Zange bei den Eiern, anstatt einfach das Spiel zu genießen.«

»Keiner *genießt* Golf«, sagte Sidney Blackpool. »Und wie kommst du drauf, daß es ein *Spiel* ist?«

»Jedenfalls, Leute mit Anhedonie werden von gar nichts angetörnt. Sie tun bloß so, als ob.«

»Wie ich.«

»Man weiß nicht, ob's angeboren ist oder nicht. Den Leuten ist einfach alles scheißegal. Ich hab an den alten Black Sid mit dem leeren Blick gedacht.«

»Vielleicht ist es nicht immer angeboren«, sagte Sidney Blackpool und Otto Stringers rosige Hängebacken liefen rot an, und Sidney Blackpool wußte, daß Otto plötzlich an Tommy Blackpool hatte denken müssen, obwohl sie nie über seinen Jungen gesprochen hatten.

Otto wechselte jäh das Thema, indem er sagte: »Wenn ich mich bloß nicht so aufgedonnert hätte. Wär ich noch in Uniform, bräucht ich 'n Rettungsspreizer, um mein Koppel abzukriegen. Meinst du, ich säh komisch aus in Golf-Knikkerbockers?«

»Auch nicht komischer als Pavarotti oder Tip O'Neill«, sagte Sidney Blackpool, stellte das Radio auf einen Sender mit leichter Musik ein und drehte die Lautstärke gerade so weit auf, daß Otto etwas Konkurrenz hatte.

»Du bist dünn, *und* du hast noch Haare. Es ist nicht fair, das mittlere Alter.«

»Du hast noch 'n paar hundert übrig«, sagte Sidney Blackpool. »In Palm Springs kaufen wir dir 'n Toupet.«

»Wenn ich 'ne reiche Schnalle heiraten würd, könnt ich mir 'n eingewebtes Haarteil leisten.«

Sidney Blackpool bildete erst seit zwei Monaten ein Team mit Otto Stringer und konnte ihn prima leiden, außer daß er meinte, er müßte vielleicht einem TWA-Mechaniker ein Paar Ohrenschützer abkaufen, um klarzukommen.

»Haben dich die Vierzig... besinnlich gemacht, Sidney?« fragte Otto.

»Nein«, sagte Sidney Blackpool. Er war noch vierzig Jahre alt gewesen, als er Tommy zum letztenmal gesehen hatte. Danach hörte Sidney Blackpool auf, sich vor dem mittleren Alter zu fürchten. Tatsächlich fürchtete er gar nichts.

»Mich machen sie's schon«, sinnierte Otto. »Ich glaub, ich bin alt genug, um mich mit 'ner netten, häßlichen, reichen Schnalle zur Ruhe zu setzen. Ob Yoko Ono wohl nach Palm Springs geht? Ich hab da diese Phantasievorstellung, ich würd die alte Yoko gern in 'nem Erdbeerfeld bimsen. 'ne Art Tribut an die Beatles.«

»Das ist allerdings sehr besinnlich«, sagte Sidney Blackpool, zog den Toyota in den Fünften hoch und wurde bezüglich des Urlaubs ein bißchen weniger zynisch. Vielleicht könnte er diesen verkorksten Hook abstellen, der ihm in letzter Zeit seine Abschläge ruinierte.

Das Hotel war das beste, was die Stadt zu bieten hatte. In der Eingangshalle war ein gekachelter Springbrunnen mit blauen und roten Unterwasserlampen. Es gab jede Menge Rattan und Flechtwerk und weiße Deckenventilatoren. Das Hotel hatte einen Stutzflügel in der Bar, imitierte mexikanische Bögen überm Balkon, Resopal-Cocktailtische und mehr Hängefarne als Hawaii. Kurzum, es war gerade häßlich genug, Otto Stringer zu der Bemerkung zu veranlassen, es sei absolut wun-der-bar.

Während sie sich eintrugen und auf einen Pagen warteten, lief Otto zu einem Thronsessel aus Korb, setzte die Sonnenbrille auf und sagte: »Schnell! Wer bin ich?«

»Keine Ahnung«, sagte Sidney Blackpool. »Wer denn?«

»Reverend Jim Jones, Blödmann!«

»Der hat sich erschossen«, sagte Sidney Blackpool.

»Werd nicht morbid, Sidney«, sagte Otto.

Es war ein freundliches Hotel, wie die meisten in der Wüste, und wie die meisten sah es so aus, als wäre es in den fünfziger Jahren entworfen worden, einem lausigen Jahrzehnt für die Architektur, aber für die meisten Wüstenratten das letzte Jahrzehnt, das überhaupt noch einen Pfifferling wert gewesen war. Diese Einstellung der Wüstenmenschen spiegelte sich auf vielerlei Weise wider. Wenn all die Touristen nach Chicago, Kanada und Beverly Hills heimkehrten, richten sich die Wüstenbewohner wieder in der Eisenhower-Ära ein. Obwohl nur zwei Stunden von L.A. entfernt, war es entschieden *keine* Stadt für Nouvelle-Cuisine-Pizza mit Dijonsenf und Trüffeln obendrauf.

Ein Mann am Empfang sagte: »Oh, Mr. Blackpool und Mr. Stringer? Ich habe ein Päckchen für Sie.«

Er verschwand einen Moment und kam mit einem gelben Umschlag zurück, der verschlossen und mit Klebeband zugeklebt war. Er reichte ihn Otto, der grinste und Sidney Blackpool zuzwinkerte. Das mußte das Geld sein. Victor Watsons Sekretärin hatte versprochen, daß sie sich um alle Hotelkosten und Golfarrangements kümmern und daß etwas »Geld für Auslagen« im Hotelsafe auf sie warten würde.

In der Eingangshalle befand sich die übliche Palm-Springs-Mixtur. Gruppenreisende aus Iowa in Sportjacketts, die aussahen wie batteriebetrieben, ein jüngerer William-Morris-Agent auf Wochenendurlaub mit seiner Indiana-Jones-Lederjacke und einem Heft des *Rolling Stone* und mehrere ehemalige Beinbrecher aus Las Vegas mit Zigarren und Diamanten und nicht einer geraden Nase in dem ganzen Verein. Außerdem waren noch zwei Nutten da, die Frühschicht arbeiteten und so taten, als hätten sie Lust, schwimmen zu gehen, aber wie Truthahngeier um die Gruppenreisenden herumflatterten.

Während sie dem Pagen eine der geschwungenen Treppen hinauffolgten, sagte Otto: »Ich hab mal gehört, Palm

Springs ist der Ort, wo reiche Juden zum Sterben hingehen.«

»Ja, wenn sie Kubaner und Haitianer nicht ausstehen können.«

»Ich könnte hier sterben«, sagte Otto.

»Kommt nicht drauf an, wo du stirbst«, sagte Sidney Blackpool. »Auf das *Wann* kommt's an. Und manchmal kommt's darauf auch nicht an.«

»Versuch wenigstens, nicht morbid zu sein, Sidney«, sagte Otto. »He, ich glaub, ich hab grad Farrah Fawcett in der Eingangshalle gesehen!«

Ihre Suite, die aus zwei Schlafzimmern und zwei Bädern bestand, begeisterte Otto, der dem Pagen in einem Anfall von Verschwendungssucht einen Fünfer Trinkgeld gab. Es erwartete sie ein Eiskübel, eine Flasche recht guter kalifornischer Wein und ein Obstkorb, mit den besten Empfehlungen des Managers.

Sidney Blackpool testete gerade sein Riesenbett, als Otto durch die Verbindungstür hereingestürzt kam, die rosigen Wangen weiß verfärbt.

»Was ist los, kann dein kleines Herz nicht so viel Luxus verkraften?« fragte Sidney Blackpool.

»Sidney!« schrie Otto. »Was meinst du, wieviel Watson uns für Spesen gibt? Ich meine, Spesen für *eine Woche*?«

»Fünfhundert?« Sidney Blackpool zuckte die Achseln. »Ich meine, Essen und Trinken hier im Hotel werden bezahlt, also...«

Otto drehte den gelben Umschlag um, und die Scheine fielen aufs Bett. Zwanzig Stück: Fünfhundertdollarnoten.

»Ich hab nicht mal gewußt, wessen Bild drauf ist!« flüsterte Otto. »Hallo, Präsident McKinley!«

»Er hat gesagt, wir müßten vielleicht für ein paar Informationen bezahlen, aber...«

»Wir können das nicht behalten, Sidney.«

»Warum können wir nicht?«

»Zehn Mille? Ich hab meine gottverdammte Pension noch nicht sicher! Noch vier Jahre bis dahin, Baby.«

»Wir werden doch nicht *bestochen*, Herrgott noch mal.«

»Okay, wir müssen Buch führen und jeden Dollar abrechnen. Wenn wir irgendwelche Spuren finden und Spitzel bezahlen, müssen wir abrechnen.«

»Spinnst du? Wir sind zum Golfspielen hergekommen. Die Untersuchung ist doch Quatsch!«

»Ich weiß, ich weiß! Wir müssen ihm mindestens neun Riesen zurückgeben. Verdammt, ich hab Bremsspuren in der Hose!«

»Ich bin beeindruckt von dem Geld, Otto. Ich meine, *richtig* beeindruckt. Ich hab noch nie zehn Riesen auf einmal gehabt, aber...«

»Okay, okay, aber du hast deine Pension sicher. Ich nicht. Geben wir ihm acht Riesen zurück. Zwei können wir als Spesen für eine Woche rechtfertigen. Cops einen ausgeben, von Spitzeln Informationen kaufen und so was.«

»Denken wir doch mal drüber nach«, sagte Sidney Blackpool. »Was sind schon zehn große Lappen für 'n Kerl wie Watson? In seinem Büro hat er mehr als das in 'nen bescheuerten Schreibtisch investiert, der aussieht wie 'n Stück verfaulte Leber.«

»Okay, okay, wir geben sechs Riesen zurück«, sagte Otto. »Damit kann ich leben.«

»Komm, wir laufen zur Bar runter und trinken einen«, sagte Sidney Blackpool. »Ich brauch 'n Johnnie Walker.«

»Zur Bar runterlaufen?« rief Otto ungläubig. »Ruf den Zimmerservice an! Wir müssen nirgendwohin laufen. Scheiße, ich seh nicht, wie wir zehn Riesen ausgeben könnten, auch wenn wir's versuchen. Vielleicht fünf. Wieviel in so 'ner Stadt wohl 'ne Massage kostet? Wieviel Trinkgeld man wohl für 'ne Massage geben muß? Ob wir das wohl ausgeben könnten, selbst wenn wir's *versuchen*? Vielleicht sieben. Vielleicht könnten wir's rechtfertigen, sieben zu behalten. Wenn wir's *versuchen*. Moment mal! Hat nicht jemand dieses arme Schwein McKinley *erschossen*?«

5. Kapitel

Der Gläubige

Er wurde schon seit der Grundschule Wingnut – Flügelmutter – genannt. Der Grund war offensichtlich: seine Ohren. Willard Bates sah wirklich wie eine Flügelmutter oder wie ein VW-Käfer mit offenen Türen aus. Dreizehn Monate lang war er Cop in Orange County, hatte nichts als Kummer und dachte daran, die Polizeiarbeit ganz an den Nagel zu hängen.

Die großen Probleme für Wingnut Bates dort in Orange County nahmen zwei Wochen nach Abschluß seiner Polizeiausbildung ihren Anfang. Eines Nachmittags fuhr er, mit seinem Ausbilder als Beifahrer, im Streifenwagen an Disneyland vorbei. Sein Partner, Ned Grogan, beäugte zufällig gerade eine Braut auf dem Fußgängerüberweg, die für ihren Tag im magischen Königreich Shorts und ein »Kiss«-T-Shirt trug, als sie plötzlich beinahe geküßt *wurde*, und zwar von einem Lincoln mit New Yorker Nummernschildern. Der versäumte es, wegen der Fußgänger zu bremsen, und zischte mit fünfundsechzig Stundenkilometern vorbei.

Wingnut preschte bei Gelb los und rauschte über eine sechsspurige Kreuzung hinter dem New Yorker Lincoln her. Sein Partner zog seinen Sicherheitsgurt fester und sagte: »Sachte, Kleiner. Das gibt nur 'n Strafzettel.«

Wingnut schaffte es, den Wagen zu erwischen, weil der Fahrer sich von der ersten auf die zweite Spur und wieder zurück schlängelte, obwohl unmittelbar vor ihm gar keine Autos waren.

»'n Besoffener«, nörgelte Ned Grogan. »Ich will jetzt aber keinen Besoffenen aufschreiben. Ich will mir 'n heißes Pastrami holen gehen.«

Es war wirklich ein Besoffener, so betrunken, daß er die rotierenden Lichter hinter sich nicht sah und nicht hörte, wie Wingnut Bates ihn mit gellendem Signalhorn zum Anhalten aufforderte. Wingnut mußte dem Betrunkenen die Sirene praktisch ins Ohr heulen lassen, ehe der Lincoln schlingernd am Bordstein zum Stehen kam.

Wingnut hatte bis dahin noch nie einen betrunkenen Fahrer aufgeschrieben. Er war begierig darauf, seinen ersten Alkoholtest im Einsatz vorzunehmen, und versuchte, sich an alle Instruktionen zu erinnern, ohne in seinem Notizbuch nachzuschlagen. Aber Ned Grogan kam seinem Auftritt zuvor.

»Da rüber«, sagte Ned Grogan zu dem Touristen mittleren Alters, der aus dem Lincoln torkelte. »Auf den Bürgersteig, ehe *noch* so'n Betrunkener Sie umbringt.«

»Marvin Waterhouse«, sagte der Betrunkene und versuchte, Ned Grogan die Hand zu schütteln. »Hoffe, ich bin nicht zu schnell gefahren, Officer. Komm immer 'n bißchen durcheinander auf diesen kalifornischen Highways. Nicht wie zu Hause.«

»Kann ich bitte Ihren Führerschein sehen?« fragte Wingnut, und Marvin Waterhouse beguckte die sommersprossige Nase des jungen Cops und sagte: »Bist du 'n *echter* Cop, Jungchen?«

»Geben Sie ihm einfach den Führerschein, Marvin«, seufzte Ned Grogan. »Machen wir vorwärts.«

»Klar, klar«, sagte Marvin Waterhouse, und Ned Grogan wich vor der Wolke von fünfundvierzigprozentigem Bourbon zurück. »Bin ich zu schnell gefahren? Tut mir sehr leid.«

Als Wingnut gerade mit dem Alkoholtest loslegen wollte, sagte Ned Grogan: »Sehen Sie mal, Marvin, Sie wissen und wir wissen, daß Sie zum Fahren *und* zum Laufen zu betrunken sind.«

»Ich glaub nicht, daß ich...«

»Erzählen Sie mir keine Schoten, Marvin, ich will Ihnen gerade 'ne Chance geben.«

»Jawohl, *Sir*.« Marvin Waterhouse war kein Idiot. »Wie Sie meinen, Officer.«

»Wo ist Ihr Hotel?«

»Ich bin im Disneyland«, sagte Marvin Waterhouse.

»Okay, also auf der anderen Straßenseite gibt's 'n Taxistand. Ich will, daß Sie Ihr Auto abschließen, in ein Taxi steigen, zum Hotel zurückfahren und ins Bett gehen. Versprechen Sie mir, daß Sie das machen, Marvin?«

»Jawohl, Sir!« sagte Marvin Waterhouse. »Sofort.«

Wingnut war enttäuscht, aber es war nicht das erste Mal, daß ihm eine Verhaftung durch die Lappen ging, wenn Ned Grogan ein Sandwich oder eine Enchilada oder sonstwas wollte. Wingnut glaubte, daß sein Partner auch einen streunenden Hund fressen würde.

Als Marvin Waterhouse sich anschickte, auf den Fußgängerüberweg zu torkeln, packte Wingnut ihn am Ellbogen und sagte: »Ich helfe Ihnen lieber.«

Ned Grogan blieb auf der anderen Seite der belebten Kreuzung und sah über sechs Spuren mit Disneyland-Verkehr zu, wie Wingnut Bates, der wie ein revolverschleppender Pfadfinder aussah, den New Yorker Touristen auf den Taxistand zuführte.

Und dann machte Marvin Waterhouse einen Fehler, den viele Oststaatler machen, wenn sie zum erstenmal in den Westen kommen. Er griff in die Tasche, zog eine Zwanzigdollarnote hervor und stopfte sie Wingnut ins Koppel.

Es ging so schnell, daß Marvin Waterhouse schon halb im Taxi war, als Wingnut das Geld ansah. Die Straße war gerammelt voll mit Autos und Fußgängern, aber niemand bemerkte Marvins Geste von New Yorker Dankbarkeit. Nur spürte Wingnut tausend Blicke. Der Kerl glaubte, er lasse sich schmieren! Verfluchte Scheiße, er war gerade *bestochen* worden!

»Bei uns gibt's so was nicht!« rief Wingnut Bates und sprang auf das Taxi zu. »Sie können nicht...«

Es war zu spät. Die Tür wurde von Marvin Waterhouse zugeknallt, und der Taxifahrer fuhr los.

»ER HAT MICH BESTOCHEN!« brüllte Wingnut über den Verkehrslärm hinweg Ned Grogan zu, der auszuknobeln versuchte, ob sein unerfahrener Partner in der Hitze ausgerastet war.

»Was?« schrie Ned Grogan.

»ICH BIN BESTOCHEN WORDEN!« brüllte Wingnut Bates und rannte hinter dem Taxi her, das die Kreuzung überquert hatte, aber von Autos aufgehalten wurde, die versuchten, auf den Parkplatz von Disneyland zu kommen.

»Wingnut, komm sofort zurück!« kreischte Ned Grogan, aber Wingnut düste bereits über die Kreuzung, wobei er versuchte, sich an die Strafvorschrift für Beamtenbestechung zu erinnern. Er verursachte beinahe zwei Zusammenstöße, als Autofahrer auf die Bremse stiegen, um nicht einen uniformierten Cop zu überfahren.

Ned Grogan wurde auf der falschen Seite der Kreuzung festgehalten, da die Ampel darauf eingestellt war, den Verkehrsstrom von Disneyland zu bewältigen. Der Cop sprang mit der Absicht in den Streifenwagen, eine schnelle Wende hinzulegen und durch den Verkehr zu stoßen, nur wurde sein Streifenwagen in dem Moment, in dem er sich einfädelte, von einem Touristen aus Duluth gerammt, was ihm ein Schleudertrauma einbrachte, das ihn für eine Woche außer Dienst setzte. Ned Grogan schaffte es, sich aus dem zu Schrott gefahrenen Streifenwagen zu winden, sah zu seinem Entsetzen, daß sich eine Kreuzung weiter nördlich eine riesige Menschenmenge angesammelt hatte, und konnte sich denken, warum. Er griff nach dem Mikrophon und forderte Verstärkung an.

Als Wingnut das Taxi erwischte, war der Fahrer verblüfft. Marvin Waterhouse war sehr verblüfft.

Wingnut kam herangeschnauft und riß die Tür auf. »Wir machen so was nicht!« keuchte er. »Wenn ich glauben würde, daß Sie in krimineller Absicht gehandelt haben, würd ich Sie *anzeigen*!«

»Was hast du denn, Kleiner?« Marvin Waterhouse war

verdutzt. »Nimm's ruhig! Ich will, daß du dir nach der Arbeit 'n Drink genehmigst!«

»Ich nehm Ihr Geld nicht, Mister«, rief Wingnut.

»Also, ich will's nicht. Gib's 'ner wohltätigen Einrichtung für Cops!« sagte Marvin Waterhouse stur.

»*Sie* nehmen es!«

»Ich nehm's nicht!« sagte Marvin Waterhouse.

Wingnut versuchte, Marvin Waterhouse den zerknitterten Zwanziger in die Hemdentasche zu stopfen, aber der Betrunkene, mehr oder weniger auf seinem eigenen Gelände, wurde patzig. »Nimm die Pfoten weg!« bellte er. »Ich nehm nix!«

Bis das erste Polizeiauto am Schauplatz eintraf, wälzten sich Marvin Waterhouse und Wingnut Bates in einer gnadenlosen Rauferei im Gully. Eine aus etwa sechzig Leuten bestehende Menschenmenge sah zu, darunter ein paar abgefüllte Hüttenarbeiter, denen es nicht gefiel, daß ein junger Cop auf einen Mann mittleren Alters mit Tätowierungen einprügelte. Die Arbeiter fingen an zu schimpfen, und eins führte zum anderen.

Als es vorbei war, wanderten Marvin Waterhouse *und* die beiden Arbeiter wegen tätlichen Angriffs auf einen Polizeibeamten ins Gefängnis. Der unglückliche Taxifahrer verlor eine Tageseinnahme, indem er auf dem Polizeirevier saß und Aussagen diktierte. Wingnut Bates' Streifenwagen mußte zur Werkstatt geschleppt werden, und Ned Grogan mußte zum Röntgen und zum Anlegen einer Halsmanschette ins Krankenhaus geschleppt werden.

Das letzte, was Ned Grogan sagte, als er von den Sanitätern abtransportiert wurde, war: »Sagt Wingnut, es war eine wirkliche Ehre, ein solches Beispiel polizeilicher Rechtschaffenheit mitzuerleben. Ich bin ja *so* stolz. Und sagt dem henkelohrigen kleinen Scheißer, er soll mal lieber drauf gefaßt sein zu *ziehen*, sobald ich wieder auf den Beinen bin, denn wenn ich ihn sehe, hat er ungefähr so viel Chancen wie 'ne Edelboutique in Bangladesch.«

Der Vorfall mit Marvin Waterhouse machte den Sergeant von der Sitte auf Wingnut Bates aufmerksam. Ihm fiel auf, daß Wingnut so copähnlich wirkte wie ein Kinderstar. Deshalb würde er einen hervorragenden Undercover-Agenten während der Hochsaison abgeben, in der sie Klagen über nicht registrierte Huren bekamen, die die Auswärtigen abzockten, eine üble Sache in einer Stadt, die sich mit Disneyland brüstete.

Als er Wingnut Bates fragte, wie er eine vorübergehende Versetzung zur Sitte fände, griff der Frischling mit beiden Händen zu, besonders da Ned Grogan bald wieder den Dienst aufnehmen würde und Wingnut sich so sicher fühlte wie ein U-2-Flug über Kamtschatka oder die US-Football-Liga.

Wingnut dachte, es würde ihm gefallen, ein Sittencop zu sein, aber sie fingen sofort an, ihm Streiche zu spielen, wie es Sittencops zu tun pflegen. Bei seinem ersten Auftrag sagten ihm zwei ältere Cops, er werde gegen ein berüchtigtes Callgirl eingesetzt, das sich als Masseuse für Hausbesuche tarnte. Sie gab in Undergroundzeitungen eine Kleinanzeige auf, die lautete: »Wenn du mich wünschst, ruf die angegebene Nummer an und sag mir, was du wünschst und wieviel es dir bedeutet. Mach *genaue Angaben*, Liebling.«

Der Grund für die Mahnung, *genaue Angaben* zu machen, war, daß das Mädchen keine Anrufe von Sittencops wollte, und wie alle Nutten war sie mit dem Präzedenzfallrecht hinsichtlich der Verleitung zu Straftaten besser vertraut als die meisten Anwälte in Orange County. Jeder Cop, der anrief, bekam eine Tonbandaufnahme vorgespielt, die die Mahnung wiederholte und um eine Rückrufnummer bat. Nur dann machte die Nutte den Anruf und verhandelte über die Abwicklung. Die meisten Geschäfte machte sie mit männlichen Touristen, die nichts dagegen hatten, die Telefonnummern von Hotelzimmern zu hinterlassen.

Wingnut bekam gesagt, man wolle, daß die Nutte mit seiner Telefonstimme vertraut wurde, damit es keine Probleme gäbe, wenn er sich später zum Rendezvous einfand. Von den anderen Cops wurde ihm gesagt, er solle ans Telefon gehen und einen sorgfältig formulierten Text vorlesen.

Nachdem er die Nachricht der Sittencops durchgelesen hatte, sagte Wingnut Bates: »Aber ist das nicht Verleitung zu einer Straftat, solches Zeug zu ’ner Nutte zu sagen?«

»Üüüüberhaupt kein Problem«, sagten die Sittencops. »Die Gesetze über Verleitung zu Straftaten ändern sich dauernd. Sag einfach *genau* das, was im Text steht.«

Und während Wingnut im Squadroom seinen Text probte, bis alle drei Sittencops darin übereinstimmten, daß es so *gerade* richtig wäre, wählte einer von ihnen die Nummer der Nutte. Nur war es nicht die Nummer der Nutte. Es war die Nummer von Wingnuts Wohnung. Der Sittencop wartete, bis Wingnuts neue Braut sich meldete, und sagte dann: »Einen Moment, bitte«, in den Hörer. Nur *war es nicht* Wingnuts neue Braut. Es war ihre Mutter, Eunice, die nicht viel davon hielt, daß ihre Penny einen Cop heiratete, wo sie doch von einem Zahnarzt aus Costa Mesa mit gewissen Aussichten im Leben einen Antrag bekommen hatte.

Als Eunice sagte: »Wer ist denn da?«, gab man den Hörer Wingnut Bates, der seinen Text vortrug. Er sagte: »Hallo, Knackarsch. Ja, ich hab deine Nachricht gekriegt, und ja, ich will, daß du dich auf meine Nase setzt, und ja, fünfzig Piepen sind ooo-kay! Bloß vom Reden mit dir hab ich ’n Ständer gekriegt, der ist größer als ’n Ein-Kilo-Schläger aus Louisville!«

Und dann hörte Wingnut Bates die Stimme seiner Schwiegermutter kreischen: »Willard! Willard! Bist du *verrückt* geworden?«

Das waren so die Sachen, die neuen Sittencops passierten. Einmal bearbeitete er eine Beschwerde über Nillenhobler in einem Kino neben einem Pornobuchladen, der beunruhigend nahe bei Disneyland lag. Das Kino zeigte *Debbies durstige Lippen*, mit einem erstaunlich scharf aussehenden Pornostar in der Haupt- und siebenunddreißig Typen in den Nebenrollen. Sie setzten Wingnut in die vorderste Reihe, mit der Anweisung, nach hinten gerannt zu kommen, wenn sie ein Signal gäben. Ein Signal bedeutete, daß sie jemand erwischt hatten, der sich einen abmelkte. Sie sagten ihm außerdem, sie hofften, er trage ein Suspensorium, denn es wäre sehr unprofessionell, wenn er bei der Betrachtung von Debbies durstigen Lippen einen Ständer kriegen würde.

Fünf Minuten später stürmte einer der Sittencops, die sich als Kunden ausgaben, aufgebracht in die Eingangshalle und sagte zum Manager: »Der kleine Kerl da in der vordersten Reihe mit den Koboldohren, der grabscht den Leuten an die Eier! Das is'n Perverser! Ich will mein Geld zurück!«

Und dann kam ein weiterer Sittencop, der sich als Kunde ausgab, herausgestakst und sagte entrüstet: »Ich hab mir verdammt noch mal fast den Knöchel gebrochen, wie ich da vorn auf'm Boden ausgerutscht bin! Da sitzt 'n kleiner Wichser, der spritzt alles voll! Man könnt glatt Wasserski fahren auf dem ganzen Glibber in dieser bescheuerten Show! Ich will mein Geld zurück!«

Und so weiter.

Während die Sittencops rausgingen, um sich auszukichern, packte der Kinomanager, dem die Abschüttler, die die regulären Kunden vertrieben, bis obenhin standen, Wingnut Bates beim Kragen und zerrte ihn kurzerhand aus seinem Sitz, was einen reflexartigen Schwinger von Wingnut Bates und einen Vergeltungsschlag des Kinomanagers zur Folge hatte, und recht bald war eine Riesencatcherei im Gang, die die Kunden in Panik aus dem Kino strömen ließ.

Bis den anderen Cops aufging, daß schon wieder ein Scherz ins Auge gegangen war, und sie ins Kino zurückgerannt kamen, hatte sich die Keilerei in den Pornobuchladen nebenan verlagert, wo der Kinomanager einen Regentanz aufführte, weil er einen Schwinger geschlagen und gegen die Wand gehauen hatte. Er hüpfte mit kaputter Hand kreischend und brüllend auf und ab, und Wingnut lag ausgestreckt zwischen den Dildos und Transvestiten-Pinups und dachte, daß es bei der Sitte auch nicht viel besser war als im Streifendienst.

Seine Polizeikarriere in Orange County endete nicht wegen eines ins Auge gegangenen Scherzes, sondern bei einem rechtmäßigen Einsatz gegen eine Hure in einem Hochhaushotel, wo er beinahe erschossen wurde. Bei diesem Einsatz sollte Wingnut als junger Schadensregulierer einer Versicherung auftreten, der sich in der Stadt aufhielt, um den Schaden zu bewerten, den ein Winterunwetter bei einem Strandgrundstück in Seal Beach angerichtet hatte. Das war die Tarngeschichte, falls er das Glück hatte, eine verdächtige Nutte zu treffen, die seit mehreren Wochen in einer ganz bestimmten Hotelbar anschaffte.

Wingnut hatte strikte Anweisung, sich gegenüber der Nutte bis Mitternacht bedeckt zu halten, was der früheste Zeitpunkt war, zu dem das Sicherungsteam eine Überwachung beenden konnte, die es am anderen Ende der Stadt durchführte. Er sollte einfach in der Bar herumlungern, das Mädchen in ein Gespräch verwickeln, falls er das Glück hatte, mit ihr in Kontakt zu kommen, und sie dann hinhalten, bis das Sicherungsteam eintraf. Er sollte ihnen ein vorher abgesprochenes Signal geben, falls sie sich ihm als Prostituierte anbot. Dann würden sie reinkommen, sie hopsnehmen und in den Knast verfrachten.

Das war der Plan. Nur hatte Wingnut schon drei Margaritas intus, als er die zierliche, junge Zuckerpuppe hereinschlendern und sich zwei Stühle weiter an der Bar niederlassen sah. Sie war kein bißchen älter als Wingnut. Sie erinnerte ihn irgendwie an Debbie aus der schiefgelaufenen Kinovorstellung. Wingnut bedauerte sie, aber er arbeitete immerhin schon so lange bei der Sitte, daß ihm das Bedauern von Nutten hinterher leid getan hatte. Er hatte einmal während einer Sittenrazzia eine pinkeln gehen lassen, und als sie die abgeschlossene Badezimmertür eingeschlagen hatten, hatten sie bloß noch die durchs offene Fenster wehenden Vorhänge gesehen. Und das, nachdem sie bereits sechs andere Cops gefragt hatte, ob sie mal aufs Klo gehen könne, und nicht durfte, was Wingnut den Blödmann-des-Monats-Preis einbrachte.

Und so freundete sich Wingnut, von Tequila und Salz angeschickert, mit dem Mädchen an. Sie hieß Sally und ging mit ihrem »Angebot« einfach nicht weit genug, den

Bestimmungen des Strafgesetzes zu genügen. Sie fragte Wingnut, ob sie auf sein Zimmer gehen könnten, um das Gespräch fortzusetzen.

»Warten wir noch 'n Weilchen«, sagte Wingnut. »Was hast du's so eilig?«

»Hast du's denn nicht eilig?« Sally lächelte keß. »Bin ich nicht was, wofür man sich *gern* beeilt?«

»Doch, klar«, sagte Wingnut. »Aber wir haben noch nicht übers... *Geschäft* geredet.«

»Machen wir das doch in deinem Zimmer«, sagte sie.

»Ist vielleicht nicht angenehm, die Bedingungen, mein ich.«

»Wird schon angenehm sein«, sagte sie.

»Gib mir 'n Hinweis«, sagte Wingnut, und nun versuchte *er*, keß zu wirken, nur sah sie allmählich verschwommen aus. Es war eine ganze Menge Kaktussaft für den jungen Cop.

»Gehen wir hoch, und ich erzähl mehr, wenn wir im Aufzug allein sind«, sagte sie.

»Trinken wir noch einen«, sagte Wingnut.

»Hör mal, Schätzchen, du bist furchtbar süß«, sagte Sally, »aber ich hab nicht die ganze Nacht Zeit. Wenn du nicht interessiert bist, muß ich mich auf die Socken machen.«

»Warte doch mal!« sagte Wingnut, der schon sah, wie ihm seine Verhaftung durch die Lappen ging. »Okay, wir reden im Aufzug weiter.« Scheiß drauf. Mit so einem zarten kleinen Mädchen konnte er nicht viel Probleme haben.

Das Hotel war zu dieser Nachtzeit sehr still. Am Aufzug stand schon ein nett aussehender Mensch, als sie wie Hochzeitsreisende Arm in Arm herbeigeschlendert kamen. Der junge Mann trug eine Strickjacke, Hosen mit Aufschlägen und billige Slipper, deshalb kam es Wingnut überhaupt nicht in den Sinn, daß er der Haupthahn einer Nutte sein könnte. Das waren angeblich alles übel aussehende Bimbos mit Seidenhemden, Ohrringen und Krokostiefeln.

Wingnut wäre ein leerer Aufzug lieber gewesen. Er mußte das Angebot schnell kriegen, denn es gab gar kein Hotelzimmer. »In welchen Stock wollen Sie?« fragte Wingnut den jungen Mann mit der Strickjacke und hoffte, er würde auf einem der unteren Stockwerke aussteigen und Wingnut so etwas Zeit mit der Nutte verschaffen.

»Ganz hoch«, sagte der junge Bursche lächelnd, und als Wingnut auf den Knopf drückte, sagte der junge Bursche: »Ganz hoch.«

»Ich hab doch den obersten Stock gedrückt«, sagte Wingnut gereizt.

»Ich mein deine *Hände*«, sagte der junge Mann und zog einen vernickelten Revolver Kaliber 32. »Streck sie *ganz* hoch.«

Im zehnten Stock brachten sie ihn hinaus. Sie waren tüchtig und sehr schnell. Während die Nutte die Fahrstuhltür aufhielt, schob ihr Partner Wingnut an die Wand und hatte binnen dreißig Sekunden seine Brieftasche, seine Armbanduhr und sein Kleingeld. Dann fand der Partner in der Gesäßtasche des jungen Cops Wingnuts Handschellen.

»Bist du 'n Cop?« japste die Nutte.

»Ja, von der Sitte«, sagte Wingnut. »Ihr seid verhaftet.«

»Du bist tot«, sagte der junge Mann.

»Ihr seid nicht verhaftet«, sagte Wingnut.

»Geh in den Aufzug zurück«, befahl der junge Mann, aber Wingnut sagte: »He, weißt du was? Ihr laßt *mich* gehen, und ich laß *euch* gehen!«

»Ich bin nicht so blöd wie du«, sagte der junge Kerl und fesselte Wingnut mit beiden Händen an die Haltestange des Aufzugs.

»Mach doch nicht so was«, sagte Wingnut, während der Aufzug hinabfuhr. »Haut doch einfach ab. Ich geb euch 'n Vorsprung.«

»Das haste schon«, sagte der junge Typ, bevor er und die Hure ausstiegen, zum Abschied winkten und den Knopf drückten, der Wingnut zum Penthouse schickte.

Die Handschellenkette erlaubte ihm durchaus, die Schalttafel des Aufzugs zu erreichen. Wingnut quetschte mit seiner sommersprossigen kleinen Nase den Alarmknopf, und als die Hotelangestellten ihn fanden und wegen eines Ersatzschlüssels für die Handschellen auf dem Polizeirevier anriefen, befand Wingnut Bates, daß Orange County ein ganz schlechtes Pflaster war.

Er hatte das Gefühl, daß ihm eine Karriere im Polizeidienst dennoch zusagen könnte, aber vielleicht in einer etwas dünner besiedelten, ruhigeren Stadt. Er hörte, daß sie in einem kleinen Department in der Nähe von Palm Springs Cops suchten. Wingnut lernte Sergeant Harry Bright kennen, der ihn interviewte und sagte, er sei entwicklungsfähig und scheine ein guter Kerl zu sein.

Ironischerweise war es ein weiterer Scherz im Polizeirevier von Mineral Springs, der zu einem klitzekleinen Durchbruch im Mordfall Jack Watson führen sollte.

Es hat noch nie irgendwo eine Truppe Cops gegeben, die nicht mindestens einen Scherzkeks ertragen mußte. Da Mineral Springs neun Cops hatte, hatten sie noch Glück, daß sie bloß einen hatten. Er hieß Frank Zamelli, und sie nannten ihn Scherzkeks-Frank. Er war acht Jahre lang Cop im Gebiet um die Bay gewesen, und in einem anderen Leben war er der Typ, der in Schnabelschuhen Größe fünfzig im Thronsaal rumrannte und der Herzogin mit einer Schweinsblase auf den Hintern klatschte. Er war zweiunddreißig Jahre alt, groß und drahtig, und seine Augen waren noch echsenhafter als die von Geraldine Ferraros Altem. Die anderen Cops wünschten sich heiß und innig, das Vaudeville würde wieder zum Leben erweckt, damit er vielleicht den Polizeidienst aufgab.

Zunächst einmal tickte er nicht richtig, was die chemische Keule anging. Scherzkeks-Frank besprühte alles. Im Winter besprühte er die Streifenwagen, unmittelbar hinter dem Kühlergrill, wo die Belüftungsschläuche waren. Wenn sie dann in einer kalten Nacht die Heizung anmachten, heulten sie Rotz und Wasser, ehe ihnen aufging, was passiert war. Er besprühte auch die Mikros ihrer Funksprechgeräte. Sie kriegten es erst mit, wenn sie sie in die Hand nahmen, um etwas durchzugeben, und ihre Augen von dem Gasrückstand tränten. Oder er besprühte vor einer großen Inspektion einen Helm. Das war schon ätzend. So strammzustehen, mit dem Helm auf der Nase und brennenden Augen. Durch Scherzkeks-Frank Zamelli kamen eine Menge blutige Rachegelüste zum Vorschein.

Eine Variante des Tränengases war die Masche mit der Tüte und dem Eiscremestiel, bei der er mit einer Tüte und einem Eiscremestiel einen Haufen warme Hundescheiße aufschaufelte und sie unter das Armaturenbrett eines Streifenwagens stopfte, falls die Cops so doof waren, ihn unverschlossen zu lassen, wenn er sich im Umkreis von fünf Meilen aufhielt. Er fand es einfach *riesig*, sich irgendwo zu verstecken und zuzusehen, wie zwei verwirrte Cops aus dem Auto sprangen und wie Cockerspaniels umeinander herumschnüffelten, nachdem sie die Schuhsohlen überprüft hatten.

Selbst Zivilangestellte waren nicht sicher, wenn Frank einen Wahnsinnsanfall von Scherzhaftigkeit hatte. Auf seinem alten Revier gab es eine sehr dralle, verheiratete Sekretärin, die heimlich mit dem Captain ausging und alle Annäherungsversuche Franks zurückwies.

Es ging das Gerücht, sie würde jedesmal, wenn ihr Alter geschäftlich nach L.A. flog, vom Captain gebürstet, aber sie gab sich keusch und führte sich auf wie Prinzessin Di. Als schließlich ein überhitzter Scherzkeks-Frank ein »Ja« als Antwort nicht akzeptieren wollte, nachdem er sie gefragt hatte, ob er *aufhören* solle, sie um eine Verabredung zu bitten, sagte sie: »Hör mal, vielleicht weißt du 'n zarten Wink nicht zu schätzen. Ich will's mal so sagen: Ich geh mit dir aus, wenn Jeane Kirkpatrick Playboy-Bunny wird.«

Dann bekam Frank von seinem Sergeant den Befehl, die Sekretärin des Chefs nicht länger zu »belästigen«. Die Anordnung kam vom Captain selbst, der Frank als den »Spaghettifresser-Cop« bezeichnete. Die ethnische Verunglimpfung gab den Ausschlag. Sie kamen auf Scherzkeks-Franks Liste. Aber er konnte das giftige Luder oder den Captain schlecht mit Tränengas besprühen. Was er allerdings tun konnte, war zu warten, bis sie eines Abends nach

Hause ging, und sich dann über den Fotowürfel herzumachen, den sie auf ihrem Schreibtisch stehen hatte. Er war voller Bilder von ihrer unbedarften, neunzehnjährigen Tochter, die sich um den Titel der Miss California bewarb und die sie behandelte wie eine Nonne mit den heiligen Stigmata. Scherzkeks-Frank steckte ein Foto eigener Art in die Seite des Würfels, die zum Squadroom zeigte, wo mehrere vorbeikommende Kriminalbeamte später einen Blick darauf warfen und wissen wollten: »Wer ist denn *das*?«

»Meine Tochter!« antwortete die Sekretärin stolz, bis der dritte Beamte dieselbe Frage stellte. Das machte sie stutzig, denn sie wußten alle sehr gut, wessen Bilder in dem Würfel waren. Dann drehte sie ihn um und kreischte.

Scherzkeks-Frank hatte ein Foto eingeschoben, das er in der Zeitschrift *Hustler* gefunden hatte, ein Foto mit Biber, mit *klaffendem* Biber. In Farbe.

Als sie ins Büro des Captains stürzte, um den Kopf von Scherzkeks-Frank zu fordern, versuchte ihr Boß und gar nicht so heimlicher Liebhaber sie durch den Hinweis zu beruhigen, sie habe keinen Beweis dafür, daß es der dreckige Itaker gewesen sei, und daß es vielleicht besser wäre, die Sache vorläufig auf sich beruhen zu lassen. Bis sie auf den Trophäentisch hinter ihm und auf ein Porträt seiner Frau und seines Sohnes Buster hinwies, der an seinem zehnten Geburtstag Wange an Wange mit seiner ihn abgöttisch liebenden Mutter posierte. Nur, daß das Gesicht auf dem Bild nicht mehr Buster gehörte. Die kleine Rotznase des Captains hatte jetzt die Fresse eines ortsansässigen Junkies mit Zulufrisur. Buster sah aus wie Rupert der Drücker, der aussah wie Leon Spinks, nachdem Larry Holmes ihm die Scheiße aus dem Leib geprügelt hatte, was ihn häßlicher denn je machte.

Was Scherzkeks-Frank erledigte, war eine Schreckensherrschaft im Countygefängnis, die um ein Haar zu ihm zurückverfolgt worden wäre. Sie begann, als ein Betrunkener ihm siebenundzwanzig Worte an den Kopf warf, deren letztes »Makkaroniarsch« lautete. Der Betrunkene brüllte außerdem herum, er werde wegen Freiheitsberaubung und

Polizeibrutalität klagen, bis Scherzkeks-Frank von dem ganzen Gequake Kopfweh kriegte. Er wollte bald in Urlaub gehen und hatte keine Lust auf gerichtliche Vorladungen, und so trug er sich, anstatt im Countyknast sich selbst als verhaftenden Beamten anzugeben, spontan als Officer U.F. Puck nebst erfundener Dienstnummer ein.

Die Schreckensherrschaft nahm ihren Anfang. In den nächsten paar Wochen fertigte Scherzkeks-Frank sieben Dreckschleudern ab, indem er sie betrunken im Countygefängnis einlieferte, festgenommen von U.F. Puck. Dann erzählte Scherzkeks-Frank ein paar anderen Cops, wie leicht es war, klugscheißerische Kotzbrocken abzufertigen, die »beinahe« betrunken genug waren, sie rechtmäßig festzunehmen. Recht bald gab es haufenweise Grenzfälle von Trunkenheit mit sehr üblen Manieren, festgenommen von Officer U.F. Puck.

Dann flog die Sache auf. Besonders, weil Officer Puck nie vor Gericht erschien und von empörten Angeklagten als hochgewachsener Weißer, untersetzter Schwarzer und dicker Mexikaner beschrieben wurde.

Ein Angeklagter war sich absolut sicher, daß Officer Puck Chinesisch-Amerikaner war, und er müsse es wissen, sagte er, denn er sei selber Chinese und sie sprächen denselben Dialekt.

Es kam zu einer gründlichen, internen Untersuchung dieses Falles, in die drei Polizeidienststellen einbezogen wurden. Scherzkeks-Frank Zamelli bekam den Befehl, sich einem Test mit dem Lügendetektor zu unterziehen, sagte jedoch, es kränke ihn, daß sein Wort als Beamter und Gentleman in Zweifel gezogen werde, er habe das feuchtkalte Klima um die Bay, von dem er Schmerzen in den Kniegelenken bekomme, satt und ziehe nach Süden, in die Gegend um Palm Springs, wo die Leute, wie er erfahren habe, länger lebten als Ziegenhirten in Abchasien.

Sechs Monate später arbeitete Scherzkeks-Frank für Chief Paco Pedroza, nachdem Sergeant Harry Bright befunden hatte, daß Frank ein guter Kerl sei, der *möglicherweise* besonderer Aufsicht bedurfte. Paco wußte Franks Mätzchen letztlich sogar zu schätzen, solange sie Ergebnisse brachten. Eines Tages zum Beispiel versuchten die Deputies des Sheriffs, bei einem Crankdealer von Mineral Springs einen Durchsuchungsbefehl zu vollstrecken, und sie fragten Paco, ob einer seiner Cops den Modus operandi des Dealers kenne. Sie wollten mit ihrem Durchsuchungsbefehl *schnell* ins Haus kommen, ehe das Crystal runtergespült und andere Beweismittel zerstört wurden.

»Üüüüüüberhaupt kein Problem«, sagte Scherzkeks-Frank, der wußte, daß der Crystalchemiker einen instandgesetzten 1959er Mustang besaß, den er mehr liebte als Äther. Dreißig Minuten später wurde der am schmuddligsten aussehende Dope-Cop aus der Truppe des Sheriffs von Officer Zamelli »festgenommen«, der den Undercover-Cop mit auf den Rücken gefesselten Händen die Straße entlang zerrte und dabei laut genug brüllte, alle Anwohner aufzuwecken, von denen die meisten um zehn Uhr noch schliefen.

Scherzkeks-Frank machte einen Heidenkrach, als er, seinen »Verdächtigen« am Arm, auf die Veranda des zweistöckigen Holzhauses polterte. Er stützte sich auf die Klingel, bis er eine Stimme aus dem oberen Fenster sagen hörte: »Ja, was willste denn?«

»Hier ist die Polizei!« brüllte Scherzkeks-Frank. »Gehört jemand in dem Haus hier 'n Mustang?«

»Was ist damit?« fragte die Männerstimme einigermaßen beunruhigt.

»Ich hab den Kerl hier erwischt, wie er das Autoradio geklaut hat. Ich glaub, er hat's mit 'nem Montiereisen geknackt. Der Lack ist ganz zerkratzt, und die Scheibe ist eingeschlagen, und...«

Der Crankdealer rutschte das Geländer hinunter. Scherzkeks-Frank hörte es zweimal rumsen, und zehn Sekunden später riß der barfüßige »Chemiker« im Bademantel die Tür auf und brüllte: »Mein Mustang? Dieses Arschgesicht hat meinen Oldtimer aufgebrochen?«

Während der Crankdealer davon abgehalten wurde, den »Gefangenen« anzugreifen, stürzten sich sämtliche Deputies ins Haus. Der Chemiker sah sich mit dem kleinen Arschgesicht den Platz tauschen und saß gleich darauf kläffend in denselben Handschellen da, während die Dope-Cops gemächlich zwischen dem Methamphetamin-Smörgasbord umherschlenderten und mit beiden Händen Drogen aufschaufelten.

Paco Pedroza bewunderte einfallsreiche Cops wie Scherzkeks-Frank, aber Frank spielte seinem Chef auch nie Streiche. Den Sergeants auch nicht. Erstens mochte er Sergeant Harry Bright zu sehr, und zweitens hatte er einen Heidenschiß vor Sergeant Coy Brickman, der eigentlich nicht fies war, aber fies *aussah*. Scherzkeks-Frank mochte Typen nicht, die einen anstarrten, als hätten sie seit 1969 nicht mehr geblinzelt. Er machte seine Scherze nur mit den acht anderen Angehörigen der Polizeitruppe von Mineral Springs. Eines seiner bevorzugten Opfer war natürlich Wingnut Bates.

Wingnut wog mittlerweile ein bißchen mehr und war in den zwei Jahren, die er in Mineral Springs war, gereift. Er mochte hier fast alles lieber als Orange County. Natürlich mochte er die Sommer nicht, in denen die Temperatur auf über 48 Grad hochschoß. Und er mochte die *Tiere* nicht.

Einmal fing Scherzkeks-Frank auf Streife einen Waschbären, nachdem der kleine, maskierte Einbrecher ein Loch in das Dach eines Hauses gerissen und eingedrungen war. Er verfrachtete das Tier heimlich in Wingnuts Streifenwagen, was den Waschbären stinksauer machte. Der Waschbär *fraß* Wingnuts Uniformjacke. Wingnut ertrug es.

Aber es gab ein Tier, das er nicht ertragen konnte: eine Schlange. Klapperschlangen, Seitenwinder, Indigoschlangen, das spielte keine Rolle. Er hatte vor jeder Schlange Angst. Er hatte sogar vor *Bildern* von Schlangen Angst. Wenn er einen Schlangennotruf bekam, pflegte zwischen ihm und dem betroffenen Bürger keine Postkarte mehr Platz zu haben, und Wingnut war dabei der Hintermann. Als Scherzkeks-Frank das erfuhr, ging er los, kaufte sich eine ein Meter zwanzig lange Gummischlange und bastelte in Wingnuts Spind eine ausgeklügelte Falle zusammen. Als Wingnut eines Sonntagabends nach der Rückkehr von der Spätschicht den Spind aufmachte, fiel ihm die Schlange auf die Schulter, was den armen Wingnut schreiend aus dem Umkleideraum, die Treppe hinunter und zur Tür des Reviers hinausjagte, wovon die Ablösung der zweiten Nachtschicht, die glaubte, Wingnut hätte eine Bombe entdeckt, einen Heidenschreck bekam.

Wingnut Bates zitterte immer noch, als er in dieser Nacht im Eleven Ninety-nine Club eintraf. Obgleich kein aggressiver oder gewalttätiger junger Bursche, war Wingnut Bates auf der Suche nach Scherzkeks-Frank Zamelli, der zu Hause im Bett lag und sich allerlei zusammenträumte.

Es hatte nach der Bildung des Mineral Springs Police Department ungefähr dreißig Minuten gebraucht, bis ein Unternehmer Cactus Mike's Bar & Grill aufkaufte und sich eine heiße kleine Copkneipe einrichtete. J. Edgar Gomez, ein ehemaliger Highway-Patrol-Mann, nannte seine Bar den Eleven Ninety-nine Club, nach dem Funkcode, den die meisten Polizisten Kaliforniens verwenden, um anzuzeigen, daß ein Cop dringend Hilfe braucht. Zur »Ausschmückung« der Kneipe wählte der Expatrolcop verschiedene Ikonen aus. Eine davon, von Blattgold umrahmt und von einer Bildleuchte angestrahlt, war ein Zwanzig-auf-fünfundzwanzig-Hochglanzfoto von Clint Eastwood, wie er sich eine 44er Magnum ans Gesicht hielt. Eine weitere zeigte General George S. Patton, wie er eine seiner Automatics mit Elfenbeingriff in der Hand wog. Und auf die einzige Wand, die groß genug war, um »Kunst« Platz zu bieten, ließ J. Edgar Gomez einen aus der Horde der ortsansässigen Alkoholiker ein von ihm selbst entworfenes Wandgemälde malen. Es war eine Miniatur von Michael Jackson mit brennenden Haaren und Prince in seinem *Purple-Rain*-Kostüm. Michael Jacksons Haare wurden von bernsteinfarbenem Regen gelöscht, für den von oben eine lebensgroße Studie von John Wayne in Cowboyklamotten sorgte, der auf die Androgynie von heute pißte.

Der Expatrolmann hatte obendrein noch ein paar obligatorische Wandsprüche eingestreut. Einer lautete: »Arbeitslosigkeit ist entwürdigend. Gebt Mr. Ellis seinen Job zurück« – was sich auf den Decknamen des staatlichen Henkers von Kanada bezog, der gezwungenermaßen in den Ruhestand getreten war, nachdem dieses Land die Todesstrafe außer Kraft gesetzt hatte.

Ein zweites Motto lautete: »Laß die ewige Flamme nicht verlöschen. Klick dein Bic für Jan Holstrom« – was die Stammgäste an die Sammelaktion erinnerte, die es dem Eleven Ninety-nine Club ermöglichte, eine Spende von 154 Bic-Feuerzeugen an das Zuchthaus von Soledad zu schikken, zu Händen von Jan Holstrom, dem Insassen, der Charles Manson angezündet und ihn beinahe umgebracht hatte.

Es gab noch andere Mitteilungen, die von Zeit zu Zeit je nach Anlaß hastig angebracht wurden. Auf einem Schild über der Bar stand: »Blödelsportarten verboten.« Dies verwies auf den neuesten Fimmel des Zwergenwerfens. Einer der besten Kunden der Bar war ein Zwerg namens Oleg Gridley, der es nicht nur verzieh, von einem Ende der Bar zum anderen geschmissen zu werden, sondern sogar dazu ermunterte, weil unweigerlich auch ein paar von den Mädchen die Werfmanie kriegten und er dann und wann eine angrabbeln konnte.

Auf der Damentoilette stand: »Nur weibliche Säugetiere.« Kurzum, man brauchte Anglerstiefel, um durch die Testosteron-Überschwemmung zu waten, was den Eleven Ninety-nine Club zu einer ziemlich normalen Coptränke machte.

An der Bar saßen ungefähr zwölf Cops aus dem ganzen Tal, zwei Groupies aus der No-Blood Alley, die zu dieser Nachtzeit so allmählich zwanzig Jahre jünger aussahen, und ein LKW-Fahrer, der J. Edgar Gomez vergeblich klarzumachen suchte, daß dessen neuester Wandspruch im Sinne der schweigenden Mehrheit einiges mit dem Kind und dem Bade gemein hatte und vielleicht umgeschrieben werden sollte. Er lautete: »Frauen, die eine Abtreibung wollen, gehören ohne Umstände hingerichtet. Wir sind für das Leben.«

In die Debatte war auch O.A. Jones verwickelt, den Paco Pedroza, der keine Gründe gefunden hatte, ihn zu feuern, immer noch streng überwachte. Da war der Stoppuhrbandit. Da war die Entdeckung des Autos, in dem Jack Watson gestorben war. Alles, was er machte, war fragwürdig, aber irgendwie wurde er zur lokalen Legende.

Paco Pedroza sagte, es habe keine solche potentielle Katastrophe in einer Wüste gegeben, seit Mussolini Äthiopien eingenommen habe. Paco machte sich Sorgen darüber, daß er Leute wie Scherzkeks-Frank und Outta Ammo Jones und Choo Choo Chester hatte, aber zumindest sorgten sie dafür, daß es ihm nie langweilig wurde.

Choo Choo Chester Conklin war einer der letzten von Paco Pedroza eingestellten Streifencops, und der einzige Schwarze. Chester war fünf Jahre lang beim Coachella Police Department gewesen und hätte noch viel länger dort bleiben können, wenn man ihn nicht beschuldigt hätte, Eilpakete nach 1600 Pennsylvania Avenue, Washington, D.C. zu schicken.

Sie konnten eigentlich nicht *beweisen*, daß Chester derjenige war, der Pakete ans Weiße Haus schickte, aber zwei Bahnpolizisten erwischten ihn dabei, wie er sich auf dem Boden eines Güterwaggons mit dem Körper eines schlafenden Lumpensammlers abmühte. Chester behauptete, er habe versucht, den Alki *aus* dem Güterwagen zu ziehen, um ihn zum Gefängnis zu bringen, obgleich wohlbekannt war, daß Stadtcops nicht herumliefen und für die Southern Pacific aufräumten.

Ernste Unannehmlichkeiten bekam er, als die Eisenbahncops einen am Hals des Lumpensammlers festgebundenen, an den damaligen Berater des Weißen Hauses Edwin Meese adressierten Umschlag fanden. Der Brief lautete: »Ich bin wirklich bedürftig. Es gibt wirklich Hunger in Amerika. Versorgen Sie mich, und ich wähle republikanisch.«

Ebenfalls in die Bardebatte einbezogen war Beavertail

Bigelow, der von J. Edgar Gomez erst in die Kneipe eingelassen worden war, nachdem er geschworen hatte, er habe am sechsten November nicht wie angedroht für die Demokraten gestimmt. J. Edgar Gomez war, wie die meisten Excops und Cops im allgemeinen, infolge eines überdrehten Straßenzynismus' rechter Republikaner. Er wollte, daß der Eleven Ninety-nine Club zu hundert Prozent an Ronald Reagan und seine Partei ging.

Beavertail hatte sein Beefeater-Limit für die laufende Vierundzwanzig-Stunden-Periode fast erreicht, wurde allmählich biestig und geneigt, einen Krach vom Zaun zu brechen. Er fing an, über die siegreiche Reagan-Bush-Liste herzuziehen, bis J. Edgar Gomez, der hinter der Bar stand, eine Zigarre im Mund herumrollte und versuchte, im Stehen zu dösen, ein blutunterlaufenes Auge aufmachte und ihm einen funkelnden Blick zuwarf, der besagte: »Du bist bloß auf Abruf hier drin.«

Beavertail war halb bedröhnt, aber er hatte kapiert. »Also gut«, sagte er. »Sie sind *alle* Luschen und Miststücke und Fotzen und Pappnasen!«

Es war okay, Reagan und Bush herunterzumachen, *sofern* man im gleichen Atemzug auch Mondale und Ferraro nannte. Dann warf Beavertail einen Blick durch die Bar auf den einzigen Schwarzen im Lokal, Choo Choo Chester, und sagte: »Du hast wohl für Reagan gestimmt. Schließlich hast du ja Edwin Meese diese ganzen Pakete...«

»Fang nicht mit *dem* Scheiß an!« warnte J. Edgar Gomez mit wild gesträubten Augenbrauen. »Das Gerücht ist gestorben, und wir haben's satt! Jetzt trink deinen Gin und mach heute abend keinen Zoff!«

Und so tranken die alte Wüstenratte und der junge schwarze Cop einfach ihre Drinks und taten so, als würden sie einander nicht beachten, aber jeder ging davon aus, daß Beavertail noch nicht fertig war mit Choo Choo Chester, der noch was bei ihm gut hatte, weil er *vielleicht* der Typ war, der Beavertail auf die Busfahrt nach nirgendwo geschickt hatte.

Dann fing Choo Choo Chester mit J. Edgar Gomez wegen der Musikbox Streit an. Die jungen Cops motzten den Kneipenwirt ständig wegen dessen Schallplattensammlung an.

»Ich seh nicht ein, warum wir nicht einen bescheuerten Song haben können, der in diesem Jahrhundert geschrieben worden ist!« stöhnte Choo Choo Chester. »Harry Babbitt und Snooky Lanson stehen mir bis *hier*. Frank Sinatra mit seinem ›Set 'em up, Joe‹ steht mir bis hier.«

»Vielleicht seid ihr jungen Hüpfer nicht mal *fähig*, Songs wie ›Bewitched, Bothered and Bewildered‹ zu begreifen«, seufzte der Kneipenwirt. »Was habt ihr mal für Jugenderinnerungen? ›Wake Me Up Before You Go-Go‹?«

»Wir müssen mal was Neues spielen«, beharrte Choo Choo Chester. »Scheiße, ich könnt genausogut Telefonist sein und mit 'nem an die Ohren geklebten Scheißkopfhörer durchs Leben gehen!«

Das stimmte. Vier von den zwölf Cops in der Kneipe trugen Kopfhörer und hatten ihre Krawallkisten neben sich stehen.

»Was gibt's an Van Halen oder Duran Duran auszusetzen?« machte O.A. Jones geltend.

»Keine Hardrocker«, sagte J. Edgar Gomez.

»Okay, dann Elton John. Scheiße, der ist doch *alt*.«

»Keine Softrocker«, sagte J. Edgar Gomez.

»Wie wär's dann mit Police?« fragte Choo Choo Chester. »Wie kann 'n Kerl wie du, der der Polizei dreißig Jahre geopfert hat, was gegen 'ne Rockgruppe namens Police haben?«

»Werd bloß nicht komisch«, sagte J. Edgar Gomez.

»Verdammt, Edgar, besorg wenigstens *eine* Hall-and-Oates-Scheibe! Die sind sanft!«

»Das sind abgewichste Rocker«, sagte J. Edgar Gomez.

»Die Beatles sind wohl auch noch nicht alt genug?«

»Die haben mit dem Scheiß angefangen«, sagte J. Edgar Gomez. »Hätten ihr beschissenes Yellow Submarine auf Grund setzen sollen.«

Und so fort. Es war praktisch hoffnungslos, aber die jungen Cops protestierten jeden Abend. Es gab Schlager aus den Dreißigern, Vierzigern und Fünfzigern, und ein bißchen Country-Musik. J. Edgar Gomez ließ Willie Nelson zu, da der Kneipenwirt davon ausging, daß Willie diesen Hippie-Cowboy-Schmus mitmachte, weil er mit den mittleren Jahren nicht klarkam. J. Edgar hatte durchaus Verständnis für Verschrobenheiten in der Lebensmitte. Und doch ließ er Willie Nelsons Musik erst zu, nachdem der Sänger *Stardust* eingespielt und es fast so gut gemacht hatte wie Hoagy Carmichael selbst.

»Was ist los mit dir?« sagte O.A. Jones zu Wingnut Bates, als der junge Cop mit den Henkelohren bibbernd in die Bar kam und mit zitternder Hand eine Zehndollarnote auf den Tresen warf.

»N-n-nichts«, sagte Wingnut Bates. »Außer daß ich Frank Zamelli umbring.«

»Ach ja, wann denn?«

»Morgen. *Heut nacht*, wenn er noch kommt.«

»Ja? Tja, war in letzter Zeit ziemlich langweilig hier.«

»Ich bring ihn um. G-g-g-gib mir 'ne *doppelte* Margarita, Edgar.«

»Was hat'n Scherzkeks-Frank diesmal gemacht?« fragte O.A. Jones, während er eine abgeschlaffte Mittelalte aus der No-Blood Alley beäugte, die bis ein Uhr morgens wie ein Facelifting für 6000 Dollar aussehen würde.

»'ne Sch-Sch-Schlange!« schrie Wingnut.

»Er hat dir 'ne *Schlange* ins Auto gelegt?«

»Meinen S-S-S-Spind«, sagte Wingnut.

»Das geht zu weit«, sagte O.A. Jones. »Sogar für Scherzkeks-Frank. War's 'ne Königsschlange? Erzähl mir bloß nicht, es war 'ne Klapperschlange! Das würd ich nicht glauben!«

»G-G-G-Gummi«, sagte Wingnut Bates, packte die Margarita mit beiden Händen und kippte die Hälfte hinunter.

»Ach soooooo, Gummi! *So* schlimm ist das aber nicht, Wingnut. So schlimm ist das nicht.«

»Ich g-g-glaub, ich bring ihn um«, sagte Wingnut. »Lieber Himmel, ich sto-sto-stotter ja!«

»Allerdings. Trink aus, vielleicht beruhigst du dich dann.«

»Ich glaub!« schrie Wingnut. »Ich glaub, ich b-b-bring ihn...«

»Wie war das?« schrie O.A. Jones auf.

»Bißchen ruhiger!« grollte J. Edgar. »Ich komm in dem bescheuerten Laden bloß zum Ausruhen, wenn ich im Stehen döse. Wie so'n bescheuerter Wellensittich.«

»Ich glaub! I believe!« sagte O.A. Jones und lief zur Musikbox hinüber, die gerade *Green Eyes* von Helen O'Connell spielte. »I believe! He, Edgar, ist das nicht 'n Song aus *deiner* Zeit? Hast du den nicht mal in dieser Box gehabt?«

»Was?«

»›I Believe‹! Wie geht das doch gleich?«

Ohne die Zigarre aus dem Mund zu nehmen oder die Augen aufzumachen, sang J. Edgar Gomez: »›I believe for every drop of rain that falls, a flower groooooows!‹«

»Ja, das ist es!« sagte O.A. Jones.

»›I believe that somewhere in the darkest night, a candle gloooows.‹«

»Okay, reicht schon!« sagte O.A. Jones. »Das ist es! Wingnut, das ist es!«

»Was ist was?«

»Der Song, den ich den Killer in der Wüste hab singen hören, als ich den jungen Watson gebraten in seinem Auto gefunden hab!«

»Du hast gesagt, es war ›Pretend‹.«

»›Pretend you're happy when you're bluuuuuue‹«, sang J. Edgar Gomez plötzlich. »Ich fand Nat King Cole einfach *riesig*.«

»Ich hab gedacht, es wär ›Pretend‹«, sagte O.A. Jones, »aber der Song hat nie richtig geklungen, als die Schnüffler von Palm Springs ihn mir vorgespielt haben. Ich meine, ich hab gedacht, ich hätte den Kerl was von ›Pretend‹ singen hören. Jetzt denk ich, es war ›I Believe‹. Ja! Ich denk, das ist es!«

»Das ist aber ganz was anderes als ›Pretend‹«, sagte J. Edgar Gomez, der schließlich doch die Augen aufmachte.

»Du hast zuviel Wodka getrunken. Ich hab dir gesagt, Whisky ist besser für deinen Kopf.«

»Ich weiß, es war *irgendwas* mit ›believe‹«, sagte O.A. Jones stirnrunzelnd.

»*Ich* glaub jedenfalls nicht, daß das so wichtig ist«, sagte J. Edgar Gomez. »Und mir wär's recht, wenn du leiser wärst. Beavertail ist am Einpennen. Vielleicht kommen wir heute nacht ohne Keilerei davon.«

»›I believe‹«, sagte O.A. Jones. »Morgen ruf ich die Schnüffler in Palm Springs an. Ich bin die einzige Spur zu dem Killer.«

»Mir kommt das nicht wie'n bedeutender Hinweis vor«, sagte J. Edgar Gomez und machte die Augen wieder zu.

»Ich ruf sie morgen an«, sagte O.A. Jones.

»Ich bring morgen Scherzkeks-Frank Zamelli um«, sagte Wingnut Bates.

6. Kapitel

Schwimmende Särge

Erwarte bloß kein Mitleid von dem Scheißkerl«, sagte Otto Stringer mit Bezug auf ihren Captain. »Der ist der schlimmste Sklaventreiber der Copwelt.«

»Ich glaub nicht, daß wir Mitleid brauchen, Otto«, sagte Sidney Blackpool. »Keiner wird je was von den zehn Riesen erfahren, und selbst wenn, dann sind's Spesen. Kein Haken dran.«

»Der Betrag, Sidney. *Das* ist der Haken. Damit krallen sie uns. Damit haben sie uns beim Wickel, wenn unser Department je dahinterkommt.«

»Niemand kommt dahinter. Entspann dich. Mach deinen Tequila mit Tomatensaft alle. Wie kannst du das Zeug bloß trinken?«

»So«, sagte Otto Stringer, der sich bei Einbruch der Dunkelheit in einem Liegestuhl am Swimmingpool fläzte. Er pfiff sich den Großen ein und winkte einer Kellnerin mit Gardenie im Haar, die in einem orangefarbenen Muumuu – Palm Springs stand auf Hawaii und Exotik im allgemeinen – hüftwippend zum Pool herüberkam.

»Noch einen?« fragte sie lächelnd, was Otto die drohenden Vierzig und das Erlöschen der Sexualität zutiefst bedauern ließ.

»Das war einfach *hümm*-lisch, Liebling«, sagte Otto, »aber ich glaub, ich probier mal 'n anderen.«

»Das ist der vierte andere, den du gehabt hast«, sagte Sidney Blackpool. »Durcheinandertrinken ist kitzlig.«

»Keine Sorge«, sagte Otto. »Mal sehen, ich hab mir nie

viel aus Martini gemacht, deshalb probier ich jetzt mal ’n Martini, glaub ich. Wie wär’s mit ’nem Wodka-Martini, meine Liebe.«

»Zitrone oder Olive?«

»Beides. Und ’ne Cocktailzwiebel. Lieber zwei Cocktailzwiebeln.«

»Wodka-Martini«, sagte sie, auf ihren Block kritzelnd. »Mit Salatbeilage.«

Während die Cocktailkellnerin hüftwippend auf die Bar zuging, seufzte Otto, legte die Hände hinter den Kopf und hörte auf, den Bauch einzuziehen. Er trug nagelneue Doppeltgewebte und weiße Slipper, dazu einen weiteren Golfpullover aus Acryl, diesmal rosa und kastanienbraun, über einem kastanienbraunen Hemd.

Sidney Blackpool trug dieselben Hosen wie früher, war aber für den Abend zu einem grünen Golfhemd und einem weißen Pullover mit V-Ausschnitt übergewechselt. Palm Springs ist sehr salopp, und man hatte ihnen gesagt, daß nur ein paar Restaurants in der gesamten Wüste auf Jackett bestanden. Niemand außer den Speisesälen von Country Clubs verlangte Krawatten, aber sie hatten für alle Fälle Jacketts und Krawatten mitgebracht.

»War’s dir heute heiß genug, Liebling?« fragte Otto, während er zwei Frauen um die Dreißig beobachtete, die zum Pool herausgeschlendert kamen, zu den beiden Kriminalbeamten hinsahen und ohne ersichtliches Interesse wieder hineingingen.

»Ja, wird schon heiß genug gewesen sein«, sagte sein Partner achselzuckend.

»Das ist die Hälfte der Konversation. Also, wo essen wir heute abend?«

»Keine Ahnung. Was soll ich mir darum Gedanken machen?«

»Das ist die andere Hälfte der Konversation.«

»Was für ’ne Konversation?«

»Die Palm-Springs-Konversation«, sagte Otto. »Ich hab heute so’m Verein von Leuten am Pool zugehört. Das ist das einzige, was sie sagen. Heiß genug heute; und wo essen wir heute abend. Damit hat sich's.«

»Aufregend.«

»Das ist alles, worum sie sich Gedanken machen müssen«, sagte Otto. »Die bewegen sich nicht mal so viel, daß ihre Uhren aufgezogen bleiben.«

»Reiche Leute, Otto. Nicht so Leute wie du und ich.«

»Wir sind reich, Sidney«, erinnerte ihn Otto.

»Bloß diese Woche.«

»*Das* siehst du richtig«, sagte Otto, was neben Hawaiihemden und Schnurrbärten à la Tom Selleck der diesjährige Cop-Manierismus war. Der Ausdruck »*Das* siehst du richtig«.

»Diese Kellnerin ist einsame Spitze«, sagte Otto. »Das ist die Sorte, die versucht, einen mit Blicken fertigzumachen.«

»Du hast doch gesagt, du suchst nach häßlichen Schnallen.«

»Zum Heiraten. 'ne reiche, häßliche Schnalle zum Heiraten. Nicht zum Urlaubmachen. Das gefällt mir so an Yoko Ono. Die sieht aus wie die Hauptdarstellerin im Kabuki-Theater, und das sind alles Männer. Die würd ich auf der Stelle heiraten.«

»Unterschreiben wir für unsere Drinks und gehen wir essen«, sagte Sidney Blackpool.

»Für Drinks unterschreiben«, sagte Otto grinsend. »Laß *mich* unterschreiben. Ich will 'n großes Trinkgeld für diesen kleinen Herzensbrecher reinschreiben. Die wird noch an Otto Stringer denken, wenn die Woche rum ist.«

»Hoffentlich reichen zehn Riesen«, sagte sein Partner, und sie schlenderten nach drinnen.

Der Speisesaal war wie der Rest des Hotels, aber es gab weniger Korb- und Rattanmöbel, und die Blumenmuster waren nicht außer Kontrolle geraten. Der Oberkellner war formell gekleidet, und die Kellner trugen den üblichen Wüstenchic: weißes Hemd, schwarze Fliege, kein Jackett.

Die Speisekarte hochzuheben, erforderte zwei Hände. Tatsächlich sagte Otto Stringer, der dahinter verschwand:

»Sidney, ich könnte das Ding morgen mit zum Pool rausnehmen, zwei Stangen drunterschieben und hätte genug Schatten für mich, 'n Golfwagen und Liz Taylor.«

»Die hat nicht mehr deine Größe«, sagte Sidney Blackpool, der sich schlüssig zu werden versuchte, ob er Sachen, die er nicht richtig buchstabieren konnte, bestellen oder sich mit einer Copsause begnügen sollte. Das hieß Steak oder Hochrippe.

»Ich bin froh, daß die das Französisch übersetzen«, sagte Otto. »Ich hasse Restaurants, wo die Speisekarte ganz auf französisch oder italienisch ist.«

»Wie oft ißt du denn in Restaurants, wo die Speisekarte in irgend'ner anderen Sprache als Englisch, Spanisch oder Chinesisch ist?«

»Sidney, ich bin 'n Mann von Welt! Rufen wir 'n Weinkellner.«

Genau da kam der Oberkellner an den Tisch und sagte: »Haben die Gentlemen schon gewählt?«

»Ich nehm was Frittiertes«, sagte Otto. »Ich eß immer Frittiertes.«

Otto blieb schließlich nicht dabei, sondern lernte eine Menge ungewohnter und sehr reichhaltiger europäischer Gerichte kennen. Er fing an mit Champagner und Schnekken und rotem Kaviar, weil sie das gute Zeug nicht hatten. Er machte weiter mit Kalbfleisch in einer Champagnercremesauce, in der man eine Gabel verlieren konnte. Er aß eine Portion Fettucine Alfredo, weil es das, wie den Mount San Jacinto, eben gab. Er hörte auf mit einem halben Pfund Marzipan und flambierten Crêpes, weil er etwas wollte, was angezündet wurde.

Sidney Blackpool, dem klar wurde, daß er sein Johnnie-Walker-Limit weit überschritten hatte, nahm nur ein Glas Champagner, Kalbspiccata mit Zitrone und Kapern, einen grünen Salat und kein Dessert zu sich.

Otto hatte die Crêpes halb aufgegessen und sagte gerade: »Sidney, du mußt dich mal entspannen und gehenlassen«, als er den Schluckauf kriegte.

»Verdammt«, sagte er.

»Bestellen wir dir 'n Magenbitter und 'ne Limone. Bei mir hilft's«, sagte Sidney Blackpool.

»Dieser Schluckauf kommt mir komisch vor«, sagte Otto, auf dessen Oberlippe Schweißtröpfchen standen. »Ich glaub, ich lauf mal eben zum Klo und...«

Er schaffte es gerade noch. Otto übergab sich zehn Minuten lang. Als er zurückkam, war er bleich und wacklig.

»Du bist 'n bißchen grün um die Kiemen«, bemerkte sein Partner.

»Mir ist gerade 'n schicker Fraß für hundert Mäuse aus'm Gesicht gefallen!« stöhnte Otto.

»Na ja, es war das erste Mal für dich, Otto. Morgen klappt's schon besser. Auf *die* Tour hat sich dein Magen noch nicht eingestellt.«

»Mann, ist mir schlecht«, sagte Otto. »Und jetzt hab ich Hunger!«

»Gehen wir ins Bett«, sagte Sidney Blackpool.

»Aber ich wollte das *Nacht*leben kennenlernen.«

»Schlafen wir uns richtig aus. Morgen kannst du dir Frühstück ans Bett bestellen. Da bist du gleich 'n neuer Mensch.«

»Morgen halt ich mich an Frittiertes«, sagte Otto.

»Ich laß dir gleich morgen früh vom Zimmerservice 'n Teller Frittiertes bringen«, versprach sein Partner.

Eine Sintflut. Noch nie hatte es in der Wüste soviel geregnet. Sidney Blackpool sah zu, wie direkt auf dem Kamm des Mount San Jacinto eine schreckliche Springflut wie eine Welle anschwoll und dann auf das Hotel herabstürzte. Männer und Frauen schrien. Es war fürchterlich, und obwohl sein Leben in Gefahr war, mußte er stehenbleiben und der nächsten Wand aus Wasser standhalten, denn er konnte ihn auf dem Wellenkamm hüpfen sehen: einen Sarg. Der bleiverkleidete Sarg hüpfte wie ein Surfbrett aus Fiberglas. Sidney Blackpool weinte mit den anderen, zum Untergang verurteilten Hotelgästen, aber nicht seines drohenden Todes wegen. Er weinte, weil er wußte, daß der

Sarg den ertrinkenden Körper von Tommy Blackpool trug, der sich in einem rot-schwarzen Schutzanzug wie Ismael anklammerte, während der Sarg plötzlich davonzutrudeln begann, das Coachella Valley hinab.

»Tommmmmmmy!« schluchzte er, und dann war er wach. Es dämmerte. Er war zur gefürchteten Trinkerstunde aufgewacht, was ihm recht geschah, nachdem er so viel Johnnie Walker Black hinuntergeschüttet hatte. Das Bett war durchweicht, wie stets nach einem der immer wiederkehrenden Träume von Tommy Blackpool.

In dem Traum klammerte sich Tommy oft an seinen Sarg, manchmal auch an sein Surfbrett, das ihm durch die riesige Welle in Santa Monica, die ihn ertränkt hatte, vom Fußriemen gerissen worden war.

Manchmal träumte Sidney Blackpool einfach, daß Tommy, der in jenem Sarg in der kalten Erde lag, bis auf die Haut durchnäßt wurde. Etwa bei Gewittern. Sidney Blackpool haßte Gewitter mittlerweile und wünschte sich inzwischen, er hätte Tommy einäschern lassen. Seine Exfrau hatte es vorgeschlagen, dann aber nachgegeben, als er auf einer Erdbestattung bestand. Wie viele vom Glauben abgefallene Katholiken konnte er den Dogmen, die ihm in der Grundschule eingebleut worden waren, nicht völlig entrinnen. Obwohl die moderne Kirche Mysterien, Rituale und Erdbestattungen nicht mehr hochhielt. Die Toten sollten mit unversehrtem Gebein des Erlösers harren? Er wußte nie genau, warum sie es früher forderten, aber er hatte Tommy in der Erde bestattet. Und jetzt bereute er es jedesmal, wenn es regnete. An den Tagen, an denen er durchdrehte, las er die Wettervorhersage noch vor den Schlagzeilen.

In all seinen Jahren als Cop – sogar während der Rassenunruhen von Watts, als er in einem brennenden Kaufhaus eingeschlossen war und glaubte, er würde bei lebendigem Leibe verbrennen – war er nie in sogenannten »kalten Schweiß« gebadet aufgewacht. Nie hatten ihn Träume von Feuer gequält. Es waren diese Träume von Wasser und Tommy, so kalt. Sidney Blackpool zitterte, als er sich zur Dusche schleppte, fühlte sich sehr alt und hoffte, die Kopfschmerzen eindämmen zu können, die an seiner Schädelbasis einsetzten.

Kalter Schweiß. Ein Vater, der von etwas so *Ungeheuerlichem*, etwas so *Unnatürlichem* wie seinem in der Erde liegenden, achtzehnjährigen Sohn träumte, *der* hatte diesen Ausdruck geprägt. Er duschte, rasierte sich, zog sich an, nahm drei Aspirin und ging nach unten, in der Hoffnung, daß die Kaffeebar des Hotels früh öffnete.

Otto Stringer bekam sein Frühstück wie versprochen im Schlafzimmer serviert. Es war ein für Palm Springs typischer Novembertag. »Erwartungsgemäß«, wie der Discjokkey im Radio sagte. Etwa 25 Grad, mit einer Luftfeuchtigkeit um 19 Prozent, somit angenehm und belebend. Otto verdrückte vier Eier, zwei Portionen Speck, Toast, Marmelade und Kaffee. Er duschte, rasierte sich, zog ein babyblaues Golfhemd mit um den Hals geschlungenem, marineblauem Pullover an, und ihm wurde klar, daß sie noch nicht entschieden hatten, wo sie spielen sollten.

Sie hatten die Namen von drei Spitzenpros, die in einigen von Amerikas berühmtesten Country Clubs Spiele für sie arrangieren würden. Victor Watsons Sekretärin hatte Sidney Blackpool versichert, daß sie, selbst wenn noch nicht alle Plätze zur offiziellen Eröffnung der Wüstensaison 1984-85 bereit wären, in so gut wie jedem Club, den es gab, eine Vereinbarung für sie treffen könne. Als Otto in die Kaffeebar kam, hatte sein Partner neben sich auf der Theke eine Ausgabe von *Palm Springs Life* nebst der Akte mit den Polizeiberichten zu dem Mord an Jack Watson liegen.

»Was ist amüsanter zu lesen?« fragte Otto und nickte einer der tausend Tageskellnerinnen der Wüste zu, die es schwer haben, während der kurzen Touristensaison über die Runden zu kommen, und die alle herumlaufen, als täten ihnen die Füße weh.

»Morgen«, sagte sie und goß Otto Kaffee ein. »Ist es Ihnen heut heiß genug?«

»Klar doch«, sagte Otto.

»Das ist die Hälfte der täglichen Konversation«, sagte Sidney Blackpool zu Otto.

»Wo essen wir heute abend?« fragte Otto, womit er die andere Hälfte erledigte.

»Willst du heute Golf spielen oder unsere Show für Watson abziehen?«

»Ich hab mir überlegt, Sidney, wir sollten die Geschichte vielleicht hinter uns bringen, falls er anruft und einen Bericht will.«

»Ich glaub nicht, daß er anruft«, sagte Sidney Blackpool. »Unterbewußt muß ihm klar sein, daß das ein Hirngespinst ist. Er ist einfach... einfach ein völlig fertiger Vater, der mit dem Verlust seines Sohnes nicht klarkommt. Vielleicht würden 'ne Menge Typen in seiner Haut, falls sie sein Geld hätten, komische Sachen anstellen, um zu versuchen, so etwas wie...«

»Gerechtigkeit zu finden.«

»Ich wollte gerade Frieden sagen. Er hat mir gesagt, er weiß, daß es keine Gerechtigkeit gibt.«

»Mir tut der Kerl leid, Sidney. Arbeiten wir heute an seinem Fall. Zum Golfspielen haben wir noch die ganze Woche Zeit. Willst du bei der Polizei von Palm Springs vorbeischauen?«

»Ich hab mir überlegt, bei Watsons Haus vorbeizuschauen«, sagte Sidney Blackpool. »Nach so vielen Monaten glaub ich nicht, daß die Polizei von Palm Springs irgendwas weiß, was wir nicht auch schon wissen. Der Hausdiener müßte dort sein.«

»Wie lange ist er schon bei der Familie?«

»Erst zwei Jahre.«

»Hängen wir's ihm an.«

»Vielleicht schaffen wir heute nachmittag neun Löcher«, sagte Sidney Blackpool.

Der Wohnsitz von Victor Watson in Las Palmas war für beide Cops eine Enttäuschung. Sie erwarteten ein Beverly-

Hills-Anwesen anstatt eines unregelmäßig hingestreckten, einstöckigen Hauses ohne richtigen Stil, das man hinter dem Oleanderdschungel nicht einmal sah. In Beverly Hills behaupteten die Anwohner, sie wollten Zurückgezogenheit, stellten jedoch sicher, daß die äugenden Massen über den weinbelaubten Mauern und durch die schmiedeeisernen Gitter zumindest obere Fenster und Giebeldächer zu sehen bekamen.

Victor Watsons Haus war schätzungsweise aus den fünfziger Jahren, Flachdach, um einen großen, ovalen Pool gebreitet, mit einem kleinen Orangenhain auf der Rückseite. Das Grundstück war etwa 60 Ar groß. Das Tor zur Auffahrt war verschlossen, und sie drückten den Summer, doch es machte niemand auf.

»Der Hausdiener ist vielleicht einkaufen oder so was«, sagte Otto.

»Könnte da hinten in dem Wäldchen sein«, sagte Sidney Blackpool und kletterte das Tor hinauf, um hineinzuspähen.

»Ich hab meine neuen Hosen an, Sidney, und ich bin zu alt zum Klettern.«

»Es ist bloß 'n elektrisches Tor. Lehn dich einfach mit deinen ganzen hundertzwanzig Kilo dagegen.«

»Löst vermutlich Alarm aus«, sagte Otto, der sich mit seinem ganzen Gewicht gegen das Tor lehnte und gegen den Schließer drückte, der quietschte und nachgab. Das Tor schlug scheppernd hinter ihnen zu, und sie waren drin.

»Kostet die zehn Riesen, die er uns gegeben hat, bloß um unseren Schaden zu reparieren«, sagte Otto.

»Können nicht allzuviel Zeit vergeuden, Otto. Wir müssen noch Golf spielen.«

Beide Männer gingen zu der Auffahrt neben dem Haus, und Otto schrie »Hallooooo!«, aber aus dem Gehölz kam kein Laut außer dem Geplapper der Wüstenvögel in den Bäumen.

Sidney Blackpool lugte in die Garage und sah den Watsonschen Mercedes. Otto läutete an der Eingangstür und konnte drinnen Musik hören.

»Gehen wir auf die andere Seite, zum Pool«, sagte Otto. »Vielleicht hat er an seiner Bräune gearbeitet und ist eingeschlafen.«

Der Pool beeindruckte durch seine Größe. Es gab eine separate Mineralquelle, die groß genug war, der Sorte Orgie Platz zu bieten, von der Otto sich erträumte, er würde diese Woche daran teilnehmen.

»Was meinst du, Sidney?« sagte er mit einem Augenzwinkern zu der Quelle hin. »So was von Ungestörtheit. Ich wette, die könnten hier Mordspartys schmeißen.«

»Was, zum Teufel, ist das?«

Neben einer Liege im Schatten des Patiodachs lag eine umgestoßene Kaffeetasse. Sidney Blackpool berührte den Kaffee, der kalt war. Auf den Patiofliesen nahe der umgeworfenen Tasse war ein unverkennbarer Blutfleck. Er sah sehr frisch aus.

»Rein ins Haus, aber pronto«, sagte er.

Das war nicht schwierig. Die auf den Patio gehende Glastür war unverschlossen, und die Kriminalbeamten traten achtsam ein und sahen einander an, als beiden aufging, daß sie auf einen Golfurlaub, nicht auf eine Morduntersuchung vorbereitet waren. Sie waren unbewaffnet.

»Jemand zu Hause?« schrie Otto, wobei er darauf gefaßt war, einen blutbesudelten Eindringling messerschwingend aus einem Wandschrank stürzen zu sehen.

Das Haus trug die Handschrift von Mrs. Victor Watson. Es herrschte der gleiche konfuse innenarchitektonische Mischmasch, den Sidney Blackpool schon in Watsons Empfangsbüro gesehen hatte: griechische Vasen, Bruchstücke römischer Antiquitäten in Flachrelief, präkolumbianische Werkzeuge, englische Landschaften aus dem achtzehnten Jahrhundert und drei »Sitzlandschaften«, überladen mit wuchtigen Sofas, Polsterbänken und Zweiercouches, die sagen sollten: »Bei uns in der Wüste geht's zwanglos zu«, für Sidney Blackpool jedoch sagten: »Mir fehlt es zwar an Subtilität, aber dafür hab ich die ganz große Kohle.«

Die Radiomusik kam nicht aus den großen Schlafzimmern am Ende der Halle, hinter dem Gästebereich, sondern von der anderen Seite des Hauses, unmittelbar hinter der Küche. Otto nahm eine Vase in die Hand, wog sie wie einen Knüppel, sah Sidney Blackpool achselzuckend an und stellte sie wieder hin. Beide waren ein wenig angespannt, während sie an einer riesigen Küche mit professionellen Gasherden, Tiefkühltruhen und Kühlschränken, sämtlich aus Edelstahl, vorbeischlichen, die den Bedürfnissen jedes Küchenchefs in Palm Springs genügt hätte. Mitten in der Küche stand ein alter Hackblock, der eine fünfzigjährige Patina aufwies. Auf dem Hackblock lag ein fünfunddreißig Zentimeter langes Schlachtermesser, blutbefleckt.

Jetzt wäre es Otto Stringer wohler gewesen, wenn er die Vase behalten hätte, und er sah sich nach einem *richtigen* Knüppel um. Sie schlichen noch ein bißchen leiser auf die Radioklänge zu. Es war auf einen der Palm-Springs-Sender eingestellt, die sich wie der Rest des Tals weigern, mit der Zeit zu gehen, über die Ära von Dwight Eisenhower hinaus.

Das Lied im Radio war »Wheel of Fortune« von Kay Starr. Sie konnten das Rauschen einer laufenden Dusche hören. Kay Starr beendete ihr Lied, und die programmierte Musik blendete zu »Long as You Got Your Health« von Ozzie Nelson über.

Otto versuchte, die wachsende Spannung zu brechen, indem er flüsterte: »Ich hab gar nicht gewußt, daß der singt.«

»Wer?«

»Ozzie Nelson. Ich hab gedacht, der wär bloß Rickys alter Herr im Fernsehen.«

Sidney Blackpool streckte den Fuß vor und stupste die Schlafzimmertür auf. Musik und Dusche wurden lauter. Auf Zehenspitzen schlichen sie ins Badezimmer und konnten sehen, daß der Duschvorhang zugezogen war, aber niemand dahinter stand. Dann sahen sie die Silhouette einer in der Badewanne zusammengesunkenen, menschlichen Gestalt.

Sidney Blackpool sprang vor und riß den Duschvorhang auf.

Ein haarloser Mann kreischte »Iiiii!«, ließ die Nagelschere fallen und sprang auf. Er hatte Jockeygröße. Sein erster Reflex war nicht, abwehrend die Hände hochzureißen. Seine Hände flogen über seine Genitalien. Er stand da, die Hüfte den Kriminalbeamten zugewandt, das Knie angehoben, seinen Unterleib bedeckend.

»Wer *sind* Sie?« schrie er.

»Sergeant Blackpool und Detective Stringer«, sagte Sidney Blackpool. »Man hat uns gesagt, Sie würden uns erwarten. Im Patio war Blut. Und ein Schlachtermesser. Wir dachten...«

»O Gott!« schrie der kleine Mann und hüllte sich in den Duschvorhang.

»Ziehen Sie sich erst mal an«, sagte Sidney Blackpool, und die beiden Kriminalbeamten zogen sich ins Wohnzimmer zurück.

»Armer kleiner Kerl«, sagte Otto. »Hätt glatt seine Zunge verschlucken können.«

»Macht ihn 'n bißchen sicherheitsbewußter«, sagte Sidney Blackpool, der sich fragte, ob die gutbestückte Bar im Wohnzimmer Johnnie Walker Black enthielt. Dann schaute er auf die Uhr, sah, daß es zehn Uhr morgens war, und dachte, daß das Johnnie-Walker-Bedürfnis übel war, Urlaub hin oder her.

Ein paar Minuten später kam der Hausdiener barfuß hereingetappt. Er trug einen pfefferminzgrünen Kimono mit gewaltigen Ärmeln und dem Siebdruck eines fliegenden Kranichs auf dem Rücken. Er war etwa sechzig Jahre alt und hatte jetzt ein rotblondes, leicht schief sitzendes Toupet auf.

»Gottchen, haben Sie mich erschreckt!« sagte er und hielt Sidney Blackpool mit nach unten gedrehter Handfläche die Hand hin.

Nachdem er beiden Kriminalbeamten die Hand geschüttelt hatte, lächelte er und sagte: »Mann! Als der Duschvorhang aufgeflogen ist, hab ich erwartet, Anthony Perkins in Frauenklamotten dastehen zu sehen! Ich war ja *so* enttäuscht! Möchten Sie Kaffee oder einen Drink oder sonstwas?«

»Nein danke, Mr. Penrod«, sagte Sidney Blackpool. »Tut mir leid, Sie auf die Art kennenzulernen.«

»Schon gut«, sagte der kleine Mann. »Und *bitte* nennen Sie mich Harlan. Das tut jeder. Mir ist schon klar, warum Sie Verdacht geschöpft haben, wo Sie doch Cops sind und alles. Verzeihung, Polizisten, meine ich.«

»Cops tut's schon«, sagte Sidney Blackpool.

»Wirklich? In *Dragnet* hat Jack Webb immer gesagt, Sie mögen's nicht, wenn man Sie Cops nennt.«

»Jack Webb war auch kein Cop«, sagte Sidney Blackpool.

»Nun setzen Sie sich doch um Himmels willen hin«, sagte Harlan Penrod. »Ich muß entsetzlich aussehen.« Und nach einem Griff an sein Toupet ging ihm auf, daß das stimmte. »O Mann«, sagte er und versuchte es diskret zurechtzuzupfen. »Ich hab mir gerade die Nägel geschnitten, als Sie den Vorhang aufgezogen haben. Das Blut? Tja, ich habe die *L.A. Times* gelesen und dabei einen Pfirsich geschnitten, und ich werd ja so sauer, wenn ich was über Rose Bird und ihren Obersten Gerichtshof von Kalifornien lese. Da stimmen wir ständig für die Todesstrafe, und die biegen es so hin, daß diese Killer am Leben bleiben. Ich war so sauer auf Rose Bird, daß ich meinen Finger anstatt den Pfirsich aufgeschnitten habe!«

»Wir sind bloß vorbeigekommen, um uns mit dem Haus vertraut zu machen und ein paar Fragen zu stellen.« Sidney Blackpool warf einen Blick auf Otto, der wußte, daß er dachte: Falls uns einfällt, was für 'ne Frage man in 'nem siebzehn Monate alten Mordfall stellen kann.

»Wir müßten uns nicht mit Rose Bird herumschlagen, wenn dieser sogenannte Gouverneur Jerry Brown sie nicht ernannt hätte«, sagte Harlan Penrod. »Haben Sie das Porträt von ihm gesehen, das die im State Capitol aufgehängt haben? Ich meine, hat der Künstler diesen verklemmten, gehemmten Paranoiker nicht *voll* getroffen? In einem anderen Leben war Jerry Brown Emily Dickinson. Wenn wir Rose Bird und den Rest von Jerry Browns Oberstem Gerichtshof doch bloß loswerden könnten. Ich denke genau wie ein Cop. Ich bin voll für die Todesstrafe!«

»Es tut uns schrecklich leid, Sie so zu stören, aber...«

»Sie stören mich doch nicht. Wissen Sie, wie *einsam* es hier wird? Mr. und Mrs. Watson kommen nicht mehr, seit Jack gestorben ist. Mann, wenn sie nicht irgendwelche Freunde übers Wochenende hier wohnen lassen, sehe ich überhaupt niemanden. Wissen Sie, wie einsam man sich ganz allein in einem solchen Haus fühlt?«

»Dürfen Sie hier Freunde empfangen?« fragte Otto, die Arme auf der Sofalehne, während er all die Museumsstükke bewunderte, die Sidney Blackpool so scheußlich fand.

»Gottchen, ja. Mr. und Mrs. Watson sind sehr nette Arbeitgeber. Und natürlich macht mir das Anwesen Arbeit genug. Ich bin nicht mehr der Jüngste.« Harlan Penrod zupfte verstohlen an seinem Toupet, als er das sagte, war aber immer noch nicht überzeugt, daß es gerade saß. »Das ist ein guter Job, glauben Sie mir. Ich beklage mich nicht. Mir fehlen hier einfach Leute, für die ich sorgen und die ich bekochen kann. He! Als Mr. Watson angerufen hat, hat er gesagt, die Herren bleiben vielleicht eine Woche. Möchten Sie, daß ich einmal für Sie koche?«

»Ach nein, ich glaub nicht«, sagte Sidney Blackpool. »wir haben unser Hotel und...«

»Aber es macht gar keine Umstände! Ich fände es einfach himmlisch. Eigentlich bin ich nämlich ausgebildeter Koch, wissen Sie. Was mögen Sie? Ich könnte Ihnen alles zubereiten. Ich habe freie Hand bei Jurgensen's Market. Sie könnten Ihre Frauen einladen. Haben Sie sie mitgebracht?«

»Wir sind nicht verheiratet«, sagte Otto. »Beide geschieden.«

»Nein so was!« rief Harlan Penrod. »Oh, Sie *müssen* einfach zum Essen kommen!«

»Na gut, vielleicht Ende der Woche«, sagte Sidney Blackpool. »Jetzt zu dem Mord.«

»Werden Sie ihn aufklären? Ich meine, haben Sie neue Anhaltspunkte?«

»Eigentlich nicht«, sagte Otto. »Wir gehen einfach noch mal die alten Anhaltspunkte durch. Bloß gibt's keine.«

»Ich weiß«, sagte Harlan Penrod nickend und schlug den Kimono züchtig um seine knochigen Knie. »Ich hab mich schon gefragt, warum zwei Kriminalbeamte den ganzen Weg von Hollywood hergekommen sind. Ich weiß, daß Sie dort jede Menge Fälle zu bearbeiten haben.«

»Wir haben grosweise, pfundweise, kistenweise Fälle«, sagte Otto. »Wir tun Mr. Watson so was wie'n Gefallen. Werfen einfach noch mal 'n Blick drauf.«

»Jack war so ein wunderbarer Junge«, sagte Harlan Penrod. »Er war so sensibel, so intelligent, so ... *freundlich*, wissen Sie? Er war in dem Alter, wo junge Leute frech und besserwisserisch sein können, letztes Collegejahr und all das. Aber nicht Jack. Er war im Grunde so ein *lieber* Mensch.«

»Zu Ihnen?« fragte Otto.

»Gottchen, ja«, sagte Harlan Penrod. »Es war so ... angenehm, ihn um sich zu haben. Er mochte die Menschen und machte sich Gedanken um sie. Ich glaube, er hat mich gern gehabt, doch wirklich. Wie ein Familienmitglied, nicht bloß wie einen Angestellten.«

»Im Polizeibericht steht, Sie waren in der Nacht, in der er verschwand, nicht in der Stadt«, sagte Otto und ging damit pro forma zu den bei Mordfällen üblichen Nachfragen über.

»Ja, in L.A. Ich habe mir schreckliche Vorwürfe gemacht, daß ich nicht da war. Sie haben keine Ahnung, wie oft ich daran gedacht habe.«

»Warum sind Sie nach L.A. gefahren?«

»Tja, ich hab's den Kripoleuten von Palm Springs gegenüber nie zugegeben, aber nach so langer Zeit spielt es wohl keine Rolle mehr. Ich mußte in einem Strafprozeß aussagen und wollte nicht, daß Mr. Watson davon erfährt. Es war ja soooooo gräßlich.«

»Ein Strafprozeß?« Otto sah Sidney Blackpool schräg an. »Waren Sie in ein Verbrechen verwickelt?«

»Aber nicht doch! Ich war so etwas wie ein Zeuge. Oh, es war schrecklich.« Harlan Penrod sprang auf und trippelte zur Bar hinüber, wo er sich aus einem Krug Orangensaft eingoß. »Möchten Sie etwas Saft? Frisch gepreßt.«

»Nein, danke«, sagte Otto, während Sidney Blackpool den Kopf schüttelte und die Flasche auf dem Getränkeregal erspähte – Johnnie Walker Black.

»Tja«, sagte Harlan Penrod, während er zum Sofa zurückkehrte und die Beine übereinanderschlug, nachdem er sich vergewissert hatte, daß der Kimono nicht aufklaffte. »Eigentlich bin ich *wegen* dieser fürchterlichen Geschichte aus Hollywood weggegangen und in die Wüste gezogen. Sehen Sie, ich habe für eines der Tonstudios auf dem Santa Monica Boulevard gearbeitet, wo Leute ohne jegliches Talent hingehen, um Platten aufzunehmen. Ach, es war ja so traurig. All diese jungen Burschen und Mädchen mit Hoffnungen und Träumen. Kleine Rockgruppen mit irgendeinem schrecklichen Song, den sie geschrieben haben. Hoffnungen und Träume. Ich war ständig so furchtbar deprimiert.«

Sidney Blackpool sah auf die Uhr, und Otto sagte: »Wir, äh, haben in Kürze eine Verabredung.«

»Ach ja?« Harlan Penrod war geknickt. »Jedenfalls, eines Tages im Studio, als sie gerade beim Abmischen waren, hat mein Boß, der ja so tuntig war, einen schrecklichen Krach mit seinem Freund gekriegt, diesem Menschen namens Godfrey Parker, einem ausgekochten Miststück. Sie haben einander fast geohrfeigt, als ich nach Hause gegangen bin. Und am nächsten Tag haben sie meinen Boß gefunden. Oh, es war unbeschreiblich!«

»Was ist passiert?« Otto wurde von Harlan Penrods Erzählung allmählich gefesselt.

»Es war ein typischer Tuntenmord«, sagte Harlan. »Ich erinnere mich an einen in meinem Wohnhaus. Eine heimliche Tunte hat ihren Liebhaber in *Stücke* geschnitten. Als die Cops gekommen sind, haben sie in der Wohnung lauter Abfalltüten gefunden. ›Er ist in der da‹, hat ein Cop geschrien. ›In der da ist er auch‹, hat ein anderer Cop gebrüllt. Oh, es war *schrecklich*. Sein bestes Stück wurde in einer Krokoledertasche gefunden!«

»Kommen wir doch wieder auf das Tonstudio zurück«, sagte Otto, der sich schließlich doch einen Schluck Orangensaft eingoß.

»Ja, also am nächsten Morgen, nachdem der Pförtner angerufen hatte, ist die Polizei gekommen und hat meinen Boß mitten im Studio tot aufgefunden. Und ein Studiomikrophon... ach, das ist schrecklich... ragte fünfzig Zentimeter aus seinem Rektum!«

»Das ist schon ziemlich grausig«, sagte Otto.

»Und Godfrey hatte die Lautstärke voll aufgedreht! Das war ein Satan! Und die Cops, die an diesem Morgen kamen, wissen Sie, was die gesagt haben?«

»Keine Ahnung«, sagte Sidney Blackpool.

»Der erste hat gesagt: ›Tja, ich weiß, wer der Verblichene sein muß.‹ Und dann hat er diesen Fernsehreporter von Channel Seven genannt. Sie wissen doch, den, der immer Enthüllungen über die Polizei von L.A. bringt. Und der Polizist hat gesagt: ›Der Verdächtige ist einer von *uns*. Irgendein Cop hat endlich getan, was wir *alle* angedroht haben.‹ Tja, sie haben ihm den Mikrophonständer mit einem Bolzenschneider rausschneiden müssen!«

»Genau darauf hat Reagan Lust gehabt, als er den Witz über die Bombardierung der Russen gemacht hat«, sagte Sidney Blackpool. »Aber um auf Jack Watson zurückzukommen. Wir haben eine neue Information, daß er am Tag seines Verschwindens möglicherweise nach Hollywood gefahren ist. Er hat bei einer Rolls-Royce-Vertretung einen Reifen gekauft. Haben Sie irgendeine Ahnung, warum er nach Hollywood gefahren sein könnte?«

»Hollywood? Nein! Ich bin schockiert! Er ist an diesem Wochenende in die Wüste gekommen, weil er von den Abschlußprüfungen im College erschöpft war. Seine Verlobte wollte kommen. Wir haben hier in Palm Springs einen Rolls-Händler. Warum sollte er wegen eines Reifens bis nach Hollywood fahren?«

»Ist er nicht«, sagte Otto. »Er muß einen anderen Grund für die Fahrt gehabt haben.«

»Ich habe keine Ahnung, warum er zwei Stunden fahren sollte, wo er doch zur Erholung hier war. Und ich kann mir nicht vorstellen, warum er den Rolls genommen hat.«

»Warum sagen Sie das?« fragte Sidney Blackpool.

»Er hat den Rolls gehaßt. So protzig, hat er immer gesagt. Wollte nicht mal damit fahren. Er hatte sein eigenes Auto, einen Porsche 911, den seine Mutter ihm gekauft hat. Wenn er dringend in die Stadt mußte, fuhr er mit diesem Porsche.«

»Sind Sie da sicher?« fragte Otto.

»Ohne jeden Zweifel. Er hat seinen Leuten nie gesagt, wie er diesen Rolls haßte, aber mir hat er's oft gesagt. Deshalb ist er auch nie hergeflogen, wenn er übers Wochenende kam. Er wollte nicht auf einen Rolls-Royce angewiesen sein. Er ist immer mit dem Auto in die Wüste gekommen, damit er es hier zum Rumgondeln hatte.«

»Ist er oft hierhergekommen? Zur Erholung, meine ich?« fragte Sidney Blackpool.

»Och, während des Schuljahrs vielleicht zweimal im Monat. Immer für zwei bis drei Tage.«

»Laut Polizeibericht hat sein Vater gesagt, Jack wäre selten allein hierhergekommen.«

»In Wirklichkeit ist Jack häufiger hergekommen, als sie wußten«, sagte Harlan Penrod. »Seine Mutter und sein Vater sind sehr beschäftigte Leute, und normalerweise hat er ihnen gesagt, er bleibe im Wohnheim, aber er kam hierher. Ich habe das nie erwähnt, weil ich kurz nach seinem Tod nicht mehr sagen wollte als ich mußte.«

»Warum denn?« fragte Otto.

»Ich habe damals erst seit ungefähr sechs Monaten für die Watsons gearbeitet, und ich habe gehört, wie Mr. Watson Jack der Polizei beschrieben hat. So ein gescheiter, anständiger, fleißiger Student, hat er gesagt, und das war Jack auch alles, aber...«

»Was?«

»Jack ist häufig übers Wochenende nach Palm Springs gekommen, aber nie, wenn seine Leute da waren, und er wollte nicht, daß sie es erfahren. Er hat mir gesagt, ich soll nichts verraten.«

»Haben Sie ihn je gefragt, warum?«

»Er hat gesagt, sein Vater behandelt ihn wie ein Kind und würde vielleicht herumschnüffeln.«

»Herumschnüffeln?«

»Sergeant, er war ein Prachtkerl von zweiundzwanzig Jahren! Wenn er abends ausgegangen ist, ist er vermutlich in einer Disco gelandet. Ich meine, er hatte zwar eine Verlobte, aber hierher kommen eine Menge hübsche Collegemädchen aus San Diego und L.A. Sie wissen doch, wie man mit zweiundzwanzig ist.«

Sidney Blackpool sah Otto an und fragte: »Noch was?«

»Haben *Sie* je geglaubt, daß er aus dem Haus entführt worden ist?« fragte Otto.

»Eigentlich nicht«, sagte Harlan, und seine Augen hatten sich beim Gespräch über Jack Watson mit Tränen gefüllt. »Ich meine, ich weiß, wie dunkel es nachts in dieser Gegend ist und wie dicht wir an einem Getto wohnen, aber jeder hat alle möglichen Alarmanlagen. Und die Leute sind so vorsichtig. Die alten, reichen Leute, die haben lieber zuviel Dunkelheit als Straßenlaternen, die ihren Schlaf stören könnten. Sie wollen noch nicht einmal Polizeihubschrauber. Jeder ist um neun im Bett.«

»Sie verfluchen die Dunkelheit eher, wie?« sagte Sidney Blackpool im Aufstehen. »Funktionieren diese Infrarotdinger eigentlich noch, die auf den Mauern?«

»Ich glaube schon.«

»Schalten Sie sie immer ein?«

»Aber ja. Ich stelle innen und außen die Alarmanlage an, ehe ich ins Bett gehe, und immer wenn ich weggehe. Manchmal allerdings wird es so einsam, daß ich einen Einbrecher fast begrüßen würde. Wenn er nicht *gemein* wäre.«

»Vorsicht, Harlan«, sagte Otto. »Fremde Bettgesellen sind nicht immer komisch.«

7. Kapitel

Die Waffe

Officer Barney Wilson hätte eine ereignislose Karriere im Coachella Valley absolviert, wenn er nicht in die Arbeiterbewegung hineingeraten wäre. Seine Karriere entsprach ein bißchen der von Ronald Reagan. Das heißt, er war bloß Handlanger, bis er für einen Kollegen, der für das Amt des Vorsitzenden der Polizeigewerkschaft kandidierte, eine Rede hielt. Aber Barney Wilson hätte weder diese noch *irgendeine* Rede je gehalten, wenn nicht ein Wüstenarzt gewesen wäre, der den neunundzwanzigjährigen Cop während einer jährlichen Routineuntersuchung in sein Sprechzimmer bat und ihm zuerst die gute Nachricht mitteilte. Nein, er habe entgegen seiner Befürchtung nicht den Tripper. Er könne dieselbe Freundin beibehalten und brauche seiner Frau nichts zu beichten. Die schlechte Nachricht war, daß er die Freundin nur noch zwei Jahre haben würde. Dito die Frau.

Entgeistert starrte Barney Wilson den Doktor an, der leicht gereizt wirkte, als hätte er unentgeltlich einen Notfall behandeln müssen, den er nicht an das County abschieben konnte.

»Sie haben rote Blutkörperchen im Urin. Akute Glomerulonephritis. *Vielleicht* noch zwei Jahre«, sagte der Doktor und sah auf die Wanduhr, weil er an diesem Mittwochnachmittag zum Golfspielen verabredet war.

In den nächsten drei Wochen wurde im Coachella Valley eine Legende geboren. Barney Wilson setzte sich für einen Kumpel ein und hielt während eines äußerst umstrittenen

Polizistenstreiks eine Rede vor der gesamten Polizei. Und nachdem er im Verlauf von drei Stunden einundzwanzig Dosen Bier konsumiert hatte, sagte er, der Polizeichef sei ein aufgeblasenes Arschloch mit der ganzen Bescheidenheit von Fidel Castro, Muammar Gaddafi und Barbra Streisand. Er sagte zum Entzücken der Transparente tragenden Cops, sie sollten einen Gelignitanschlag auf das beknackte Hämorrhoidenkissen des Chefs verüben und seine Zigarren mit PCP* versetzen.

Und da ein Todgeweihter wenig Hemmungen kennt, entzückte Officer Wilson den Mob aufsässiger Cops, indem er den Chef als Plastikpuppe bezeichnete, die sich in der Badewanne vermutlich mit Scheuerpulver schrubbte. Am Ende der mitreißenden Rede, derweil alle Lokalreporter wie wahnsinnig Fotos schossen, sagte Officer Wilson, der Chef leite seine Behörde wie eine Bananenrepublik, und wandte sich, während ihm beim Gedanken an sein bevorstehendes Hinscheiden die Augen übergingen, abschließend unter donnerndem Beifall direkt an den Chef, dessen Lieutenants *jedes* Wort mitschrieben: »Gebt uns die Freiheit oder gebt uns den Tod!«

Von diesem Tage an wurde Officer Barney Wilson im ganzen Coachella Valley als Nathan Hale** Wilson bekannt und für das Amt des Vorsitzenden der Polizeigewerkschaft nominiert.

Dann suchte er auf Drängen seiner trauernden Familie den Hämatologen seiner Mutter auf, um noch ein zweites Gutachten einzuholen. Der Facharzt für Blutkrankheiten fragte, ob er vor der Untersuchung, bei der er die schlechte Nachricht erhalten hatte, Grippe gehabt habe. Nachdem er eine positive Antwort erhalten hatte, fragte der neue

* Phencyclidin, ein Tierberuhigungsmittel, das wegen seiner halluzinogenen Wirkung als Ersatzmittel unter Rauschgiftsüchtigen weit verbreitet ist. (Anm. d. Übers.)

** Nathan Hale, 6. 6. 1755–22. 9. 1776, amerikanischer Offizier im Unabhängigkeitskrieg, der von den Engländern hingerichtet wurde und als Held und Märtyrer der amerikanischen Revolution gilt. (Anm. d. Übers.)

Quacksalber, ob er etwa zur Zeit der ersten Untersuchung mit Joggen angefangen habe, und als Nathan Hale Wilson sagte, ja, allerdings, und wie lange, meinen Sie, mach ich's noch?, sagte der Arzt: »Fünfzig Jahre, wenn Sie auf sich aufpassen. Erheblich weniger, wenn der Polizeichef rauskriegt, daß Sie *nicht* todkrank sind.«

Mit der Gewißheit, daß er noch für sehr lange Zeit einen Job brauchen würde, sah sich Nathan Hale Wilson an diesem Nachmittag nach Mineral Springs hinauffahren, um festzustellen, ob Paco Pedroza einen Cop mit einer kurzlebigen Karriere in der amerikanischen Arbeiterbewegung gebrauchen konnte.

»Vielleicht geb ich dir 'ne Chance«, warnte Paco Pedroza Nathan Hale Wilson an diesem Tag. »Aber ich brauch hier keinen César Chavez*.«

»Ich bin fertig mit der Gewerkschaftsbewegung, Chief«, versprach Nathan Hale Wilson. »Ich war bloß 'ne Weile durchgedreht wegen dem Quacksalber, den ich verklag.«

»Recht so«, sagte Paco, »weil, du kennst doch den Golfplatz unten in Indian Wells? Den, der der Transportarbeitergewerkschaft gehört? Ich hab gehört, daß Jimmy Hoffa** da wohnt. *Unterm* sechzehnten Fairway.«

»Ich bin fertig mit Gewerkschaften«, versprach Nathan Hale Wilson. »Ich guck mir nicht mal mehr 'n Film mit Charlton Heston oder Ed Asner an.«

»Scheint mir 'n guter, ehrlicher Kerl zu sein«, sagte Sergeant Harry Bright, der Vertraute des Chief.

»Okay, ich probier's mal mit dir«, sagte Paco Pedroza zu ihm. »Ich geb dich meinem FBI-Mann zum Einarbeiten.«

»FBI-Mann?«

* Funktionär der amerikanischen Farmarbeitergewerkschaft (Anm. d. Übers.)

** James »Jimmy« Hoffa, ehem. Präsident der amerikanischen Transportarbeitergewerkschaft, der immer wieder mit dem organisierten Verbrechen in Verbindung gebracht wurde und im Juli 1975 spurlos verschwand; man nimmt an, daß er ermordet wurde. (Anm. d. Übers.)

»Vollblutindianer. Maynard Rivas. Findest ihn gegen Abend wahrscheinlich im Eleven Ninety-nine Club. Halt einfach nach ’ner Blümchentapete Ausschau. Das ist er dann. Er steht auf grelle Hemden.«

»Großer Kerl, hä?«

»*Jede Menge* Platz für Tätowierungen«, bestätigte Paco.

Maynard Rivas wuchs im Morongo-Reservat auf. Alles, was die Morongos auf dieser Welt hatten, war ein Stückchen unfruchtbares Wüstenland und eine Bingohalle, die groß genug für eine Legebatterie gewesen wäre.

Maynard verbrachte sein Leben damit, sich zu wünschen, er wäre ein Agua-Caliente-Indianer, jener Stamm von Missionsindianern, die große Brocken der Innenstadt von Palm Springs besitzen. Jede zweite Quadratmeile gehört ihnen, und die Bewohner zahlen Mieten, die in jüngster Zeit ins Uferlose gestiegen sind. Ein ortsansässiger Indianer, so ging das Gerücht, nehme jedes Vierteljahr 20 000 Dollar ein. Ein anderer, hieß es, kassiere jeden *Monat* so viel.

Die Indianer von Palm Springs sind pro Kopf die reichsten in Amerika und stehen nicht mehr unter der Aufsicht des Innenministeriums, dem man vorwarf, das Treuhandvermögen der Indianer »zusammengelegt« zu haben. (Es dauerte eine Weile, bis man die Indianer davon unterrichtete, daß »zusammenlegen« in ihrer Sprache »stehlen« heißt.) Die Indianer zahlen keine Einkommensteuer auf ihr Vermögen, lediglich auf ihre Investitionen. Manche sind intellektuell und machen sich Stammesstipendien zunutze. Manche sitzen lieber ewig unter einer Tamariske. Manche sind Drücker und Engelsstaub-Schnüffler. Wenn also Touristen die Einheimischen fragen: »Wo leben die Indianer?«, dann antworten die Einheimischen: »Wo sie Lust haben. Sie haben die Kohle.«

Wenn die Morongos und die Agua Calientes bloß vor achtzig Jahren ihr Land getauscht hätten, dann würde Maynard jetzt einen Ferrari fahren, während *sie* zum Tanken für zwei Dollar an Tankstellen anhalten und sagen würden: »Ich spar Gewicht, zum Schnellfahren.« Und sie würden in ihren Alpträumen zuhören, wie ein Haufen irrer Hausfrauen »Bingo!« kreischte.

Maynard Rivas hatte schon immer vom Morongo-Reservat und besonders von der Bingohalle weggewollt. Die war ein paar Meilen entfernt von zwei lebensgroßen Dinosaurierstandbildern, einem riesigen Obststand und ein paar tausend Windturbinen. Außer die großen Echsen und Windräder anzuglotzen, gab es nicht viel anderes zu tun, als sich zu besaufen. Er war vor ein paar Jahren nach L.A. County gezogen und hatte als Cop angeheuert.

Viele Morongos waren groß, aber Maynard war ein Jumbo-Indianer. Ein Dienstrevolver mit Zehn-Zentimeter-Lauf sah in seiner Hand wie ein Derringer aus.

In seinem Anfängerjahr wurde er wegen Tapferkeit lobend erwähnt, weil er einem Phantom, das die Polizei völlig meschugge machte, das Leben rettete. Das Phantom war einer dieser »Radioansager«, die von Zeit zu Zeit urplötzlich bei Polizeidienststellen im ganzen Land auftauchen. Die Sorte, die sich in Polizeiwagen schleicht, wenn die Cops sie fünf Minuten unverschlossen und unbeaufsichtigt stehen lassen, und das Mikro in die Hand nimmt, um den Leuten in der Funkzentrale Schweinigeleien zu sagen. Dieser spezielle Phantomansager sagte einfach: »Schwanzlutscher.« Das war alles. Wenn er aufgefordert wurde, seine Durchsage zu wiederholen, tat er's manchmal. Manchmal sagte er bloß: »Das ist alles.« Oder: »Roger und Ende.« Oder: »Zehn vier.« Oder sonst ein Funkerkauderwelsch.

Es war Maynard Rivas, der den Phantomansager schnappte, als der sich in den Wagen eines Sergeanten schlich, während der Sergeant bei Winchell ein gefülltes Hörnchen aß. Der Ansager hatte Haare wie Harpo Marx und sah doppelt so blöd aus. Der riesige Indianer verfolgte ihn in ein Bürogebäude und die Treppe hoch, wo das Phantom auf die Feuerleiter hinauskletterte und eine Menschenmenge anlockte, darunter mehrere Cops, die schrien:

»Wir kriegen dich schon!« Aber da er *so* blöd nun auch wieder nicht war, sprang er nicht.

Maynard Rivas überredete den Vorarbeiter einer Baustelle, ihn in den Korb eines Krans zu setzen, und er wurde zur Feuertreppe hochgezogen. Maynard brachte das Phantom durcheinander, indem er sagte: »Du willst nicht mehr die gleiche Luft wie ich atmen? Du willst, daß ich dir aus den Augen gehe? Okay, tschüs.«

Und während der Phantomansager darüber nachsann, daß Selbstmord bedeutete, nie wieder »Schwanzlutscher« in die Mikros von Polizeiwagen flüstern zu dürfen, machte Maynard Rivas einen tollkühnen Satz vom Kran auf die Feuertreppe und klemmte sich das Phantom wie einen Football unter den Arm. Aber er war nicht lange ein Held.

Was die Polizistenkarriere des großen Indianers in Los Angeles County beendete, war ein südamerikanischer Fisch. Beziehungsweise mehrere, die in Amerika überhaupt nichts zu suchen hatten.

Maynard gab ein paar Rauschgiftcops Rückendeckung bei einer Razzia auf ein Eine-Million-Dollar-Haus in den Vorhügeln. Wie sich herausstellte, brachte ihnen die Razzia lediglich zwei peruanische Dealer und einen osteuropäischen Studenten ein, der dort ein bißchen Flake kaufen wollte. Sie fanden eine sehr geringe Menge Kokain bei dem Studenten, der zufällig der Sohn eines bulgarischen Diplomaten war. Sein alter Herr besaß diplomatische Immunität und machte später geltend, daß sie sich auch auf seine Kinder erstreckte.

Es war eine sehr enttäuschende Razzia, und sechs von den Cops gingen umgehend wieder. Zwei uniformierte Cops, einer davon Maynard Rivas, hatten die drei Verhafteten am Hals, während die Zivilcops vom Rauschgift das rückwärtige Gästehaus durchsuchten.

Der kleinere Peruaner sah den einen uniformierten Cop und dann Maynard Rivas an und sagte: »Señor, kann ich Sie unter vier Augen sprechen?«

Maynard Rivas, der ungefähr dreimal so groß war wie

der Peruaner, machte sich nicht allzu viele Sorgen um Tricks, zumal alle drei Verdächtigen Handschellen trugen.

»Behalt sie im Auge«, sagte er zu seinem Partner und führte den Peruaner in die Diele.

»Wenn Sie mir abnehmen die Handschellen, ich zeige das Kokain«, sagte der Peruaner.

»Ach ja? Ich seh wohl so aus, als käm ich direkt aus'm Indianerzelt, hä? Wennde uns sagen willst, wo der Koks ist, dann *mit* Handschellen. Sag's doch den Rauschgiftcops. Ich bin sowieso bloß als Babysitter da.«

»Sie haben mich geschlagen ins Gesicht. Denen ich sage nichts. Ich sage Ihnen, oder ich sage niemand.«

»Dann sag's mir.«

»Bitte, Señor, meine Handgelenke! Ich habe großen Schmerz. Sie haben mich durchsucht. Ich bin kleiner Mann. Sie sind Riese.«

Maynard schwankte einen Moment, beschloß dann aber, daß, wenn dieser kleine Scheißer Maynard Rivas schaffte, er wirklich ins Reservat zurückkehren und sein Leben damit verbringen sollte, »B zehn« und »O fünfundsiebzig« zu schreien.

»Du und ich, wir halten Händchen, während du's mir zeigst«, sagte Maynard, nahm die Handschellen ab und erlaubte dem Peruaner, sich die abgestorbenen Hände zu reiben.

»Danke vielmals, Señor«, sagte der Peruaner. »Bitte Sie kommen mit mir, und ich gebe Ihnen, was Sie wünschen.«

Es war ein Fischtank. Aber was für ein Fischtank. Er beherrschte das Wohnzimmer: ein vierhundert Liter fassendes, beleuchtetes Aquarium mit Filter, das zwanzig Fische beherbergte. Es waren komisch aussehende, schwarze Fische, und sie hatten sehr große Zähne.

»Da drin«, flüsterte der Mann, während sein Mittäter »*Silencio, cabrón*!« schrie und von der Couch aufzuspringen versuchte, von Maynards Partner jedoch zurückgezerrt wurde.

»Da drin?« fragte Maynard Rivas und deutete mit dem Finger darauf.

»Da!« bestätigte der Peruaner.

Auf dem Boden des Aquariums lag ein durchsichtiger Plastikbeutel. Das Kokain war durch das weiße Material auf dem Aquariumboden getarnt. Es sah nach einem Drei-Pfund-Beutel aus, mindestens.

Maynard Rivas krempelte sich die Ärmel hoch, in der Hoffnung, die Rauschgiftcops zu überraschen, die in ein paar Minuten wieder im Haupthaus sein würden.

»Das sind Piranhas, Señor«, sagte der Peruaner ruhig.

»Piranhas!« sagte Maynards Partner, ließ die Verhafteten vorübergehend allein und trat an das riesige Aquarium, das in Augenhöhe auf einer wuchtigen Kredenz stand.

Neben dem Aquarium stand eine Werkzeugkiste mit Klempnerwerkzeug. Die Cops bestaunten die gefräßigen Fische, die in hektischen Schleifen herumschwammen und die Gesichter außerhalb des Aquariums aus dummen, wilden Augen anglotzten.

»Piranhas!« sagte Maynard Rivas.

»Piranhas!« sagte sein Partner.

»Rohrzange!« sagte der Peruaner.

Er riß sie aus der Werkzeugkiste: eine Rohrzange. Er benutzte den beidhändigen, eingesprungenen Aufschlagreturn von Jimmy Connors. Gegen das Glas.

Und dann war alles am Kreischen, Hüpfen und Schreien.

»Mörderfische! Mörderfische!«

»Vorsicht! *Vor*sicht!«

»Auf die Füße aufpassen! Die *Füße*!«

Die Piranhas waren überall auf dem Boden und überall auf dem riesigen indianischen Cop, der überall auf dem Boden herumschlitterte, und der kleine Peruaner schnappte sich eine große 45er Automatic, die auf der Rückseite der Kredenz gehangen hatte, und startete Richtung Hintertür.

Maynard Rivas packte den anderen Peruaner mit einem Würgegriff, hielt dem Kerl seine Kanone an den Kopf und sagte: »Laß deine Kanone fallen, oder ich schieße!«

Wie dämlich *das* war, ging Maynard auf, als der kleine Peruaner die Achseln zuckte, als wollte er sagen: »Dann kann ich *beide* Anteile behalten.«

Die Gier erledigte den Dealer. Er blieb lange genug stehen, um den Plastikbeutel aufzuheben, wo er doch schnellstens hätte hinausrennen sollen. Ein gewiefter Rauschgiftcop zog ihm von hinten eine über, und er plumpste neben den Mörderfischen auf den Boden.

Der bulgarische Botschafter schickte eine Protestnote an den Außenminister der Vereinigten Staaten, in der er sich gegen die faschistische Vorgehensweise von Officer Maynard Rivas verwahrte, der wegen Unverhältnismäßigkeit der Mittel einen Verweis erhielt. Angesichts der Tatsache, daß ein gebürtiger Amerikaner von peruanischen Dealern angegriffen und beinahe umgebracht, von brasilianischen Fischen fast aufgefressen und von einem roten Papstattentäter als Faschist bezeichnet werden konnte, beschloß Maynard, ins Coachella Valley zurückzukehren, wo das Leben ein ganzes Stück unkomplizierter war.

Aber er wußte, daß er nur die Alternative hatte, numerierte Kugeln aus einem Drahtkäfig zu ziehen oder eine kommunale Polizeitruppe zu finden, die eine gute, alte, einheimische Rothaut wollte. Er landete im Büro von Chief Paco Pedroza, der sich zusammen mit Sergeant Harry Bright Maynards Lebensgeschichte anhörte. Paco sagte schließlich: »Kannst du Leute in der Wüste aufspüren und solchen Kram? Echten Indianerkram?«

»Chief Pedroza«, sagte Maynard geduldig, »ich mach normale Polizeiarbeit genauso gut wie jeder andere, aber wenn Sie 'n Indianer in Fransenklamotten und Mokassins brauchen, dann wenden Sie sich besser an Marlon Brando.«

»Tja, du scheinst 'n feiner, kräftiger Kerl zu sein. Ich könnt mir denken, daß du 'n guter Arbeiter bist«, sagte Sergeant Harry Bright.

»Ich versuch's mal mit dir, Maynard«, sagte Paco. »Aber sag mal, könntest du meiner Frau manchmal donnerstagabends helfen? Weißt du, sie leitet das Bingospiel in der Saint Martha's Church.«

Maynard Rivas und Nathan Hale Wilson machten an dem Vormittag, an dem Sidney Blackpool und Otto Stringer Victor Watsons Wohnsitz in Palm Springs aufsuchten, ganz gewöhnliche, hundsnormale Polizeiarbeit, wie sie in Mineral Springs so anfiel.

Maynard nahm einen Funkspruch entgegen und forderte Verstärkung an, als ihm aufging, daß die gemeldete Ruhestörung sich im Hause von Clyde und Bernice Suggs abspielte, die sich jedesmal, wenn sie sich zum Frühstück betranken, zur Mittagszeit todsicher verdroschen.

Dieser spezielle Krach war so ziemlich wie der letzte, mit Ausnahme der verwendeten Waffen. Wie üblich kriegte es Clyde restlos satt, wie Bernice ihre fiesen kleinen Spechtaugen rollte, bloß weil er ein bißchen zuviel in einen Ragtime hineindeutete, den er beim Seniorentanz mit einer fünfundsiebzigjährigen Pfefferbüchse hingelegt hatte. Er sagte ihr, wenn sie nicht aufhöre, mit dem Gebiß zu schnalzen, würde er ihr seinen Teller Müsli mitten auf den Kopf knallen. Ein Wort gab das andere, und sie zog die alte James-Cagney-Nummer ab und quetschte ihm eine Grapefruit ins Gesicht. Er warf das Müsli. Zunächst achteten beide darauf, den Krug Sweet Lucy auf dem Küchentisch nicht zu verschütten, aber die Sache geriet völlig außer Kontrolle, als er behauptete, sie sei lausig im Bett, und das schon die ganzen achtundvierzig Jahre, die sie zusammen waren. Da ging das Geschrei und Gebrüll erst *richtig* los, und ziemlich rasch schmissen beide alles, was nicht zu schwer war, und die Nachbarn tätigten den Anruf, der für die Polizei von Mineral Springs zum allwöchentlichen Erlebnis geworden war.

Als Maynard Rivas und Nathan Hale Wilson eintrafen, war die häusliche Gewalttätigkeit immer noch in einem semi-explosiven Stadium, obwohl beide Kombattanten mittlerweile japsten und pusteten und zu erschöpft waren, mehr zu tun, als mit schlappen Schlägen aufeinander einzuhauen. Sie war größer, und er war zwei Jahre älter, also war es kein ungleicher Kampf. Tatsächlich war Clyde in ziemlich üblem Zustand, weil ihm jedesmal, wenn sie ihm richtig eine verpaßte, beinahe sein Trachealtubus aus dem Hals ploppte.

Der kleine Kerl versuchte immer noch wacker, so viel auszuteilen, wie er einsteckte, und sein dreckiges, weißes Unterhemd troff von Schweiß, als Maynard Rivas ins Wohnzimmer schlüpfte und ihn von den Füßen lupfte, während Nathan Hale Wilson Bernice zu ihrem Schaukelstuhl hinübertrug, wo ihr Kater Jasper saß und, von dem ganzen menschlichen Drama nicht im entferntesten berührt, seinen Hintern inspizierte.

»Schluß jetzt, Clyde!« befahl Maynard Rivas.

»Laß mich los, du Riesenarschloch!« sagte Clyde. »Das ist *mein* Haus!« Wegen der Tracheotomie hörte er sich an wie eine Kreuzung zwischen dem Wolfsmenschen Jack und dem bösen Geist aus *Der Exorzist.*

»Erst wenn du mit der Prügelei aufhörst«, sagte Maynard.

»Ich verklag dich!« krächzte Clyde.

»Indianer haben Immunität«, log Maynard.

»Nur ein toter Indianer ist ein guter...«

»Ja, ja, ich hab die ganzen Western auch gesehen«, sagte Maynard. »Jetzt krieg dich wieder ein und hör auf zu zappeln!«

»Die soll's zuerst versprechen! Sonst haut se mir eine rein, wenn ich nicht drauf gefaßt bin, das hinterfotzige Miststück!«

»Versprich, daß du ihn nicht schlägst, Bernice«, befahl Nathan Hale Wilson der alten Frau.

»Ich versprech gar nix!« sagte Bernice Suggs, die immer noch um sich trat. »Der soll kämpfen wie'n Mann!«

Es hatte keinen Zweck, ihnen zu sagen, daß sie in den Knast kämen. Sie wußten sehr wohl, daß die Cops die schlechte Presse nicht riskieren würden, die Mineral Springs bekäme, wenn sie diese jämmerlichen alten Knakker einlochten. Obwohl jeder Cop in der Stadt sie mit dem allergrößten Vergnügen in den Bau gesteckt hätte. Sie waren *alle* schon von Clyde und Bernice Suggs bespuckt, beschimpft und verunglimpft worden.

»Okay, ihr kommt mit aufs Revier und bleibt im Bunker, bis ihr versprecht, euch zu benehmen!« sagte Maynard und steuerte, Clyde unter den Arm geklemmt, auf die Tür zu.

»Warte mal, du Saftsack!« krächzte Clyde. »Laß mich los! Ich hör auf mit der Prügelei!«

Widerstrebend ließ Maynard Clyde los, der mit gekrümmten Schultern zum Schaukelstuhl hinüberhumpelte, wo er dem Kater eine verpaßte, der fauchte, den Stuhl jedoch räumte. Clyde setzte sich ein Weilchen hin, murkste an seinem Trachealtubus herum und versuchte, wieder so weit zu Atem zu kommen, daß er eine seiner langen, krächzenden Reden über die Mentalität von Cops schwingen konnte, insbesondere große, indianische Cops und dürre, bleichgesichtige Cops, die vermutlich noch blöder sind als große Indianer.

Nathan Hale Wilson beging den Fehler, Bernice loszulassen, bloß weil sie aufhörte, sich zu sträuben. Die alte Frau nuschelte ein paar Flüche und sah aus, als wolle sie sich ergeben, aber während die beiden Cops den Suffköpfen ihre Standardwarnung gaben, von wegen sie würden dieses widerwärtige Benehmen nicht länger dulden, grabschte sich Bernice etwas von der Anrichte, das neben dem Mineral-Springs-Anzeigenblättchen lag.

Gerade als Clyde sich anschickte, seinen Monolog über die Mentalität von Polizisten zu halten, schlug Bernice zu. Die Vorderkante knallte Clyde gegen den Hinterkopf, und seine obere Gebißplatte sauste durch die Luft und prallte von Maynard Rivas' stattlichem Bauch ab. Da ging die Keilerei *richtig* los. Bernice sprang Clyde an und zerrte ihm den Trachealtubus aus dem Hals und wollte noch nicht mal loslassen, als der große Indianer sich auf sie stürzte und Nathan Hale Wilson an ihren gekrümmten Fingern riß.

»Uuuuuuuhhhh!« röchelte Clyde, während Bernice sich an dem Tubus festklammerte und, ihren einzig verbliebenen Eckzahn wölfisch bleckend, sagte: »Jetzt legen du und *ich* mal 'n Ragtime hin, du alter Scheißkerl!«

Da Bernice eine leichte Arthritis hatte und nicht so zäh

war wie sonst, entwand Nathan Hale Wilson den Tubus ihren Klauen, während alle vier auf dem Boden rangen.

»Laß den Tubus los!« schrie Maynard. »Er kriegt keine Luft!«

»Ich stopf Katzenscheiße rein!« kreischte Bernice zurück, bis Maynard ihr einen solchen Schubs gab, daß sie einen Purzelbaum rückwärts schlug und sich den Kopf am Couchtisch stieß, was sie vorübergehend außer Gefecht setzte.

Zwanzig Minuten später waren die beiden Cops, die Uniformen staubig und zerrissen, mit Clyde und Bernice *und* der Waffe auf dem Revier.

»Ich kann diese Leute nicht einlochen!« flüsterte Paco Pedroza, während sich Clyde und Bernice im Bunker die Beine in den Bauch standen. »Die sind fast achtzig Jahre alt!«

»Das ist Angriff mit einer tödlichen Waffe«, sagte Nathan Hale Wilson. »Ein Verbrechen. Ich hab diese alten Scheißer satt, Chief.«

»'ne Ukulele ist nicht gerade 'ne tödliche Waffe«, sagte Paco.

»Nein, aber dem den Trachealtubus rauszurupfen ist verdammt noch mal 'ne ziemlich schwere Körperverletzung, wenn Sie mich fragen!«

»Ach so, du willst Bernice einbuchten und Clyde heimgehen lassen, hä? Ist der vielleicht erträglicher?«

»Der ist so erträglich wie 'n Schwanzbruch«, sagte Nathan Hale Wilson mit der Überzeugung eines Mannes, der schon mehrere gehabt hat. »Aber mindestens einer von denen sollte wegen der Sache eins reingewürgt kriegen.«

»Wenn sie sich beide entschuldigen, bist du dann zufrieden?« redete ihm Paco zu. »Und wenn sie versprechen, es *nie* wieder zu tun? Herrgott noch mal, kannst du dir die Bilder in der Zeitung vorstellen, wenn wir die beiden zum Indio-Hilton bringen und einlochen?«

»Okay, okay«, sagte Nathan Hale Wilson schließlich. »Aber sagen Sie nicht, wir sollen sie heimfahren. Das ist entwürdigend!«

»Der Spaziergang wird ihnen guttun«, sagte Paco. »Laßt sie fünf Minuten hintereinander raus. Okay für dich, Maynard?«

»Okay«, sagte der Indianer. »Wer von beiden kriegt die Waffe?«

»Zeig mal her«, sagte Paco. »Komisch aussehende Ukulele. Eins, zwei, drei... die hat *acht* Saiten. Hab noch nie 'ne Uke mit acht Saiten gesehen.« Dann schrummte er ein paarmal darüber. »Ich wollte, ich könnt spielen.«

Clyde Suggs meldete sich aus der Zelle zu Wort: »Das hier ist die Fremdenlegion für kaputte Cops, aber Paco Pedroza ist bestimmt kein Beau Geste!«

»Siehste, da hast du 'n Teil des Problems«, sagte Paco zu Maynard. »Clyde hat früher mal 'n paar Bücher gelesen und glaubt, er hat unter seinem Stand geheiratet.«

Fünf Minuten später, als Maynard Rivas Clyde zur Tür führte, saß Paco mit auf den Schreibtisch gelegten Füßen da und sang aus voller Kehle. »›Ain't she sweet!‹« sang er und schrummte mißtönend vor sich hin.

Maynard unterbrach ihn. »Äh, Chief, Zeit, Clyde die tödliche Waffe zurückzugeben.«

»Ach so, ja«, sagte Paco. »Da hast du sie, Clyde. Hübsche Uke.«

»Ich hab sie gekauft, weil ich Bernice 'n Ständchen bringen wollte«, krächzte der Alte. »Aber jetzt steck ich sie ihr lieber in...«

»Okay, *genug* Gewalt!« warnte Paco.

Der Alte war immer noch stinksauer, als er die Hauptstraße von Mineral Springs hinuntertrottete. Er ging auf die Hintertür des Eleven Ninety-nine Club zu, blieb aber stehen, als ihm einfiel, daß dort die ganzen gottverdammten Cops herumhingen. Er kürzte durch den Eukalyptushain Richtung Mirage Saloon ab.

»Ich nehm 'n Bier«, sagte Clyde, als er an die Bar humpelte. »'n Krug. Nimmst du die für 'n Krug Bier? Oder lieber *zwei* Krüge.«

»'ne Uke?« sagte Ruben, der Barkeeper. »Wo hast du die her?«

»Hab Beavertail Bigelow fünfzehn Piepen dafür bezahlt«, sagte Clyde. »Für zwei Krüge kannst du sie haben.«

»Okay«, sagte der Barkeeper. »Sieht aus, als wär sie bis auf die Delle da ziemlich gut in Schuß.«

»Die ist von meiner Birne«, krächzte Clyde. »Ich wollt Bernice damit ’n Ständchen bringen. Jetzt kann sie sich meinetwegen *Love Boat* angucken und an ihrem Gebiß nuckeln.«

8. Kapitel

Requiem

Die Kriminalbeamten kamen nicht von Harlan Penrod weg, ehe sie einen kompletten Rundgang über das Watsonsche Grundstück gemacht hatten, was eine Dissertation über Coachella-Kakteen und die Wüstenflora im allgemeinen bedeutete. Und während Otto Stringer davon erfuhr, wie solche stachligen Pflanzen solche wunderschönen Blüten hervorbringen konnten, überzeugte sich Sidney Blackpool davon, daß, genau wie die Kriminalbeamten von Palm Springs in ihren Berichten gefolgert hatten, niemand, der nicht von Sean Connery oder Roger Moore gespielt wurde, das Infrarotsystem auf der Umfriedung mit dem alten Spiegeltrick überwinden konnte. Und wenn das System eingeschaltet war, hätte niemand das elektrische Tor leise aufbrechen können, wie er und Otto es getan hatten. Harlan Penrod beharrte eisern darauf, daß Jack Watson genau wie er selbst darauf geachtet habe, die inneren und äußeren Alarmsysteme anzuschalten, ehe er sich zum Schlafen zurückzog. Das hieß nicht, daß er nicht aus dem Haus entführt worden war, aber wenn, dann wahrscheinlich nicht von einem unbekannten Eindringling.

Anstatt zur Polizei von Palm Springs zu fahren, kehrten sie zum Hotel zurück. Otto wollte einen Brunch »einnehmen«.

»Gehört das ab jetzt zu deinem Leben, Otto? Einen Brunch einzunehmen?« fragte Sidney Blackpool, als sie seinen Wagen dem hauseigenen Parkwächter überließen.

»Ich hab Hunger von der ganzen guten Polizeiarbeit,

Sidney«, sagte Otto. »Ich finde, wir sollten morgen zur Polizei von Palm Springs fahren. Vielleicht sollen wir heute nach dem Brunch 'n paar Löcher spielen.«

»Ich glaub, ich mag noch nichts essen. Ich gehe aufs Zimmer und ruf die Polizei an.«

»Du wirst zu mager, Sidney«, sagte Otto. »Los, komm mit.«

»Ich esse später Nachtisch«, sagte Sidney Blackpool und ließ seinen Partner im Hotelfoyer allein.

Als Sidney Blackpool in ihre Suite kam, fand er eine Flasche Dom Pérignon nebst einer Karte vor, auf der stand: »Hals- und Beinbruch. Victor Watson.«

Er zündete sich eine Zigarette an, ließ sich aufs Bett plumpsen und versuchte, nicht an Victor Watson zu denken. Lange Zeit hatte er niemanden bemitleidet außer sich selbst. Er wollte nicht damit anfangen, einen Kerl zu bemitleiden, der wahrscheinlich einen Privatjet hatte und dem nichts daran lag, an Orten, von denen Sidney Blackpool nur träumen konnte, Golf zu spielen, weil Watson sich an anderen Orten wahrscheinlich noch mehr amüsierte. Aber andererseits mußte der Kriminalbeamte zugeben, daß der Mann, den er in dem Büro in Century City getroffen hatte, sich nirgendwo amüsierte. Das war ein unvollständiger Mensch, der nach fehlenden Stücken suchte.

Ihm kam zum Bewußtsein, daß das Radio an war. Das Zimmermädchen hatte die Betten gemacht und die Suite aufgeräumt, das Radio aber angelassen. Es war ein Palm-Springs-Sender mit einer Musik, die in der Szene von Los Angeles nicht so leicht zu finden wäre. Marlene Dietrich sang »La Vie en Rose« und »Lili Marleen«. Sidney Blackpools Eltern und seine älteren Brüder hatten solche Musik gehört, als er noch ein Junge war. Die Wüste hatte etwas. Man spürte förmlich, daß die Zeit dreißig Jahre oder noch mehr zurückgeblieben war. Die umliegenden Berge? Wie in *In den Fesseln von Shangri-La* mit Ronald Colman, der sich auf das verborgene Tal zuquälte, hin zu Frieden und einem langen Leben. Aber auch in Palm Springs lebte man nicht ewig, wie Jack Watson hatte feststellen müssen.

Dann ließ sein Herz einen Schlag aus, und noch einen, und er spürte eine Leere in der Brust und ein Anschwellen in der Kehle, das das Schlucken erschwerte. Er hatte eine unbeschreibliche Sehnsucht. Wonach? Früher glaubte er, die Träume kämen, weil er Familienbilder neben dem Bett stehen hatte, aber nachdem er sie weggeräumt hatte, träumte er immer noch. Das war auch etwas, das Victor Watson vermutlich gelernt hatte: man hat Angst davor, erinnert, und Angst davor, *nicht* erinnert zu werden.

Victor Watson lernte vermutlich, daß die ersten Wochen nach dem Tod seines Sohnes nichts waren im Vergleich mit dem, was noch kam. Schock und Kummer und Entsetzen sind in diesen ersten Wochen unmöglich zu bewältigen, während man allmählich begreift, was *für immer* heißt. Der Verstand beißt sich an Unsinnigem fest. Soll Tommy beerdigt oder eingeäschert werden? Als ob die Entscheidung, Tommys Fingernägel, Zähne und Knochen unversehrt zu lassen, von Bedeutung wäre.

Doch all das war nichts gegen die Verzweiflung, die acht Monate, nachdem Tommy gestorben war, ihren Höhepunkt erreichte. Als Sidney Blackpool sich zum erstenmal in einundvierzig Lebensjahren der *Ungeheuerlichkeit* stellen mußte, daß ein Sohn seinem Vater ins Grab voranging. Dieser *Perversion* der natürlichen Ordnung.

Bei einer Abschiedsparty der Polizei in Chinatown kam er dem Ende ganz nahe. Er hörte einen grämlichen, pensionierten Cop in sein Glas flennen, weil ihm die Kameradschaft und ein Lebenssinn fehlten. Der Cop sagte, es mache ihm nichts mehr Spaß, und sprach davon, Bruchstücke seiner selbst zu suchen. Sidney Blackpool hätte ihm einiges darüber erzählen können, über das *Unvollständigsein*.

Aber er hörte zu und fing an, den Cop zu verachten. Er verachtete ihn so sehr, daß er sich plötzlich beim Weinen ertappte. Zum erstenmal in der Öffentlichkeit. Natürlich hatte er in dieser Nacht auch getrunken. Er stürzte hinaus auf den Parkplatz und blickte nicht zum smogverhüllten Himmel auf, sondern auf die Lichter der Innenstadt von Los Angeles.

Er dachte an den wehleidigen Cop und schrie auf: »Warum bist *du* dann am Leben? Warum du, und nicht Tommy?«

Dann sah er einen anderen Cop aus dem Partysaal auf ein Auto zutorkeln, das er nicht hätte fahren sollen, und erschreckte den Mann, indem er brüllte: »Warum *du*? Warum *du*, du Scheißkerl? Und warum *ich*?«

Und dann blickte Sidney Blackpool zum erstenmal zum Himmel auf (Unterweisung im Kindesalter, möglicherweise) und schrie: »Okay, das reicht. Es reicht mir jetzt. Schluß damit. Es *reicht* mir!«

Da wußte er, daß er *ganz* dicht davor war. Nachts saß er, bisweilen stocknüchtern, allein herum und gab sich gefährlichen Phantasien hin. Alle Phantasien spielten vor dem Tag im Jahre 1983, an dem Tommy starb. Irgendwie konnte er das Ereignis in den Phantasien verhindern.

Und manchmal gab er sich Tagträumen hin, die in der Gegenwart spielten. Darin bekam er einen dringenden Anruf von seiner Exfrau, die sagte: »Sid! Sid! Es ist ein Wunder! Tommy lebt! Es war nicht *seine* Leiche, die sie aus der Brandung gezogen haben! Es war eine Verwechslung, und Tommy war die ganze Zeit in Mexiko und...«

Es war so absurd, erbärmlich und beschämend, daß er sich diesem Tagtraum nie bis zum Schluß hingeben konnte. Er erging sich nicht willentlich in dieser Phantasie, sondern sie stellte sich einfach ein. Nach der Nacht in Chinatown wußte er, daß er sterben würde, wenn er das so weiterlaufen ließ. Er las, daß es am häufigsten montags, am fünften Tag des Monats und im Frühling passierte. Da irgend etwas die natürliche Ordnung in seinem Leben unbarmherzig umgekehrt hatte, beschloß er, sich trotzig über die statistische Wahrscheinlichkeit hinwegzusetzen. Eines Samstagabends im September, am zweiundzwanzigsten Tag des Monats, war er ganz, ganz dicht davor. Nur der Gedanke an seine Tochter Barb bewahrte ihn im letzten Augenblick davon, seinen 38er zu küssen.

Sidney Blackpool setzte sich im Hotelbett auf, verfluchte sich, *haßte* sich, wählte dann die Nummer der Polizei von

Palm Springs und verlangte den in den Berichten genannten Beamten der Mordkommission.

»Finney ist nicht da«, sagte die Stimme am Telefon. »Hier spricht Lieutenant Sanders. Kann ich Ihnen helfen?«

»Sid Blackpool, Lieutenant. Man hat Ihrem Boß doch gesagt, daß wir kommen?«

»Ach so, ja, tut mir leid wegen Finney. Seine Mutter ist schwer krank, und er ist gestern nach Minnesota geflogen.«

»Wann kommt er wieder?«

»Hängt von ihr ab.«

»Kann sonst jemand über den Fall Watson reden?«

»Ich, schätz ich. Sie haben Kopien der Berichte, nehme ich an. Nicht viel hinzuzufügen.«

»Laut Bericht haben Sie wegen dieser Singstimme sämtliche Radiosender in der Wüste überprüft.«

»Finney hat sogar Sender in L.A., Vegas und San Diego überprüft, falls es ein Hochleistungsempfänger war, den der Cop aus Mineral Springs gehört hat. Niemand hat um diese Tageszeit ›Pretend‹ gespielt. Und kein Sänger hat ›Pretend‹ jemals nur mit Banjobegleitung aufgenommen, soviel wir wissen. Also hat Jones entweder eine Livestimme oder ein Band gehört. Er war 'nem Hitzschlag verdammt nahe, deshalb wissen wir's nicht genau.«

»Wenn es eine Livestimme war, ist es irgendwie bizarr.«

»Irgendwie morbid. Wenn es live war, heißt das, daß der Kerl, der den Jungen umgebracht hat, zurückgekommen ist und über dem Leichnam ein kleines Requiem gesungen hat.«

»Sind Sie sicher, daß der Wagen tatsächlich angezündet worden ist? Ich meine, er ist schließlich einen Canyon runtergekracht.«

»Nein, das wissen wir nicht hundertprozentig. Der Benzintank ist durch den Aufprall geplatzt. Das Auto hätte von allein Feuer fangen können. Wenn die achtunddreißiger Hohlspitzkugel im Schädel nicht wäre, hätten wir, so wie's aussieht, nur 'n tödlichen Verkehrsunfall. Der Junge ist von 'nem dunklen Canyonweg abgekommen, wo er ohne vierradgetriebenes Fahrzeug gar nicht hätte sein dürfen.

Sein Auto hat Feuer gefangen, und er ist durchgebraten worden. Ende der Durchsage.«

»Zu blöd, daß man am Tatort keine Kanone gefunden hat«, sagte Sidney Blackpool. »Sonst hätten Sie vielleicht annehmen können, es wäre 'n Selbstmord, bei dem das Auto über den Rand gerollt ist, nachdem der Junge sich erschossen hat.«

»Keine Kanone«, sagte der Lieutenant. »Und 'n sehr blöder Winkel für 'n rechtshändigen Selbstmord.«

»Wie viele Menschen wohnen ungefähr in diesen Canyons?«

»Keine Menschen. Ungefähr sechzig kaputte Methamphetamin-Dealer. Kein Zutritt für den *Homo sapiens* im Solitaire Canyon. Die brauen Speed in diesen Bruchbuden, aber es ist fast unmöglich, 'n hinreichenden Tatverdacht zusammenzukriegen, um sie hochzunehmen. Selbst wenn man 'n Durchsuchungsbefehl hat, sehen sie einen aus drei Kilometern kommen und verbuddeln die Beweise in Löchern, die sie graben. 'ne Menge von diesen Rockern sind Vietnamveteranen. Das ist 'n Ortsverein von den Kobras, 'ner Rockerbande.«

»Irgend 'ne Möglichkeit, daß er da raufgefahren ist, weil er einfach Lust dazu hatte?«

»Kaum 'ne Möglichkeit«, sagte der Lieutenant. »Er ist selten mit dem Rolls gefahren. Ich war ziemlich überrascht, als Watson mich angerufen und gesagt hat, der Junge wär mit dem Rolls nach Hollywood gefahren. Er war kein Speedfreak. Und nicht, daß es sehr ergiebig gewesen wäre, aber wir *haben* jeden Crankdealer und jede Wüstenratte verhört, die um diesen speziellen Canyon herum wohnen. Alles negativ. Wir haben dieses Programm zur Verbrechensverhinderung, wo Bürger Geld für Belohnungen stiften. In der Szene besser bekannt als ›Ruf deinen Zivi an‹ oder ›Link deinen Kumpel‹. Und nachdem Victor Watson fünfzigtausend Dollar Belohnung ausgesetzt hat, würden, glaub ich, 'ne Menge von diesen zugemützten Rockern übereinander herfallen, wenn sie *irgendwas* wüßten. Wir haben nichts. Wir wissen bloß, daß Watsons Auto in den Canyon gestürzt ist und Feuer gefangen hat. Er steckte im Wrack fest. Wie sich rausstellte, hat man ihn in den Kopf geschossen, bevor er gebraten wurde, sein Glück.«

»Natürlich keine Möglichkeit, 'n verbranntes Wrack nach Fingerabdrücken zu bestäuben?«

»Wir haben 'n sehr pingeligen Fingerabdruckspezialisten. Der bestäubt alles. Er hat sogar den Staub bestäubt. Einmal hat er 'nem Vergewaltigungsopfer die Titten bestäubt, das hat ihm drei Tage Suspendierung eingebracht. Wir nennen ihn den staubigen Bruder. Er hat nichts gefunden.«

»Und dann ist 'n paar Tage nach dem Mord 'n Bescheuerter zurückgekommen und hat ›Pretend‹ gesungen.«

»So ungefähr. Der Sänger könnte irgend 'n Goldsucher oder Naturliebhaber gewesen sein. Oder sogar 'n Speedfixer, der mal eben 'n Bummel durch die Canyons machen wollte, nachdem er sich die Arme mit Stoff vollgeknallt hat. Officer Jones hat vielleicht bloß 'n unschuldigen Zuschauer gehört.«

»Könnte sein«, sagte Sidney Blackpool.

»Aber wir bezweifeln es.«

»Warum das?«

»In diesen Canyons gibt's so was nicht. Wer da wohnt, ist kein so unschuldiger Zuschauer. Der Cop aus Mineral Springs hat vermutlich schon den Killer gehört.«

»Der zurückgekommen ist, um ein Requiem zu singen?«

»Vielleicht, um was zu suchen, was er verloren hat.«

Sidney Blackpool gab dem Lieutenant von Palm Springs seine Telefonnummer, sagte auf Wiedersehen, nahm zwei Aspirin, spritzte sich Wasser ins Gesicht und zündete sich eine Zigarette an. Er betrat gerade den Speisesaal, wo Otto immer noch mit seinem Brunch beschäftigt war, als der Portier hereinkam.

»Mr. Blackpool?«

»Ja.«

»Die Rezeption hat gerade einen Anruf der Polizei von Palm Springs für Sie entgegengenommen.«

»Ich hab doch gerade erst aufgelegt.« Sidney Blackpool sah achselzuckend Otto an, der einen riesigen Keil Kokosnußcreme-Torte anfeixte.

»Iß zuerst 'n Bissen«, sagte Otto.

»Mal sehen, worum's geht.«

Während Sidney Blackpool weg war, aß Otto nicht nur die Torte, sondern fragte den Kellner, ob er meine, daß eine Piña colada als Drink nach dem Brunch zu schwer wäre. Als sein Partner zurückkam, saß Otto, den Bauch gegen die Tischkante gequetscht, zurückgelehnt auf dem Stuhl und schlürfte eine üppige Kokosnuß-Wodka-Spezialität mit einem in eine Orangenscheibe gesteckten Schirmchen.

»Das ist das Leben, Sidney«, sagte er unter drei Schnellfeuerrülpsern.

»Halt dich fest«, sagte Sidney Blackpool. »Das war der Lieutenant von Palm Springs. Sie haben heute früh einen Anruf bekommen, von dem er gerade erfahren hat. Der Cop aus Mineral Springs, der die Leiche gefunden hat, hat angerufen und gesagt, er wäre zu dem Schluß gekommen, daß das Lied, das der Verdächtige gesungen hat, nicht ›Pretend‹ war. Es war ›I Believe‹.«

»Weiß nicht genau, ob ich das kenne.«

»Du würdest es erkennen, wenn du's hören würdest. 'n Frankie-Laine-Hit. Du bist alt genug.«

»Tausend Dank, Sidney. Riesig nett von dir, mich dran zu erinnern.«

»Egal, was meinst du dazu? Gleich am ersten Tag, an dem wir in den Fall einsteigen, kriegen sie die erste Information seit über einem Jahr.«

»Sidney, es ist doch vollkommen gleichgültig, was der Spinner gesungen hat. *Falls* es *überhaupt* der Killer war, der an den Schauplatz des Verbrechens zurückgekehrt ist, wie bei Agatha Christie.«

»Ich weiß, aber daß das zufällig heute passiert. Sieht so aus, als wär das *mehr* als Zufall. Wir kommen her, und es passiert was. Nach so langer Zeit.«

»Was heißt denn *mehr* als Zufall?« fragte Otto, der aussah, als bereute er die Piña colada.

Und da dachte Sidney Blackpool an das gequälte Gesicht von Victor Watson, das hohle Altmännergesicht unter der Lichtleiste. »Ich weiß nicht«, sagte er. »Vielleicht ein Omen.«

Anstatt neun Löcher zu spielen, fuhren sie nach Mineral Springs, um mit Officer O.A. Jones über seine musikalische Erleuchtung zu reden.

»Meine Güte, wie sollen wir je rauskriegen, ob irgend 'n Sender im Umkreis von dreihundert Kilometern damals vor einem Jahr ›I Believe‹ gespielt hat?« fragte Otto. »Wir *müssen* mal 'n bißchen Golf einschieben. Ich mach nichts anderes als essen und trinken!«

»›I Believe‹ mit 'nem Banjo? Ich glaube, jemand war an diesem Tag dort. Vielleicht hat Jones 'ne Livestimme gehört.«

»Dann müssen wir bloß noch 'n Banjospieler mit 'ner Vorliebe für alte Songs finden. Mal sehen, Steve Martin spielt eins, glaub ich. Vielleicht Roy Clark oder Glenn Campbell? Meine Güte.«

»Zottige Wolken und zottige Bäume«, sagte Sidney Blackpool. »Manchmal sieht sie bedrohlich aus, die Wüste.«

»Weißt du, was mir aufgefallen ist, Sidney? Sie verändert sich. Ich meine, sie sieht von einer Minute auf die andere ganz anders aus.«

»Der Wolkenschatten«, sagte Sidney Blackpool, der im Fahren unter seiner Sonnenbrille hervor nach oben schaute. »Er wirft überallhin Schatten und Licht und Farbe. Und die Farben verändern sich. Das ist 'ne komische Gegend. Ich weiß nicht, ob ich sie mag oder nicht.«

»Ich werd davon begeistert sein«, sagte Otto, »falls wir je auf den bescheuerten Golfplatz kommen. Ich hab seit einem Monat keinen Ball mehr geschlagen.«

»Seit drei Wochen«, erinnerte ihn sein Partner. »Im Griffith Park. Ich wette, die Plätze hier sind was anderes als der Griffith Park.«

»Du meinst, keine Unterhemden? Keine Bierdosen oder tätowierte Arme? Keine Zehensandalen, die gegen die Sohle klatschen, wenn dein Partner aus seinem Ford-Lieferwagen aussteigt? He, was ist denn das?« Otto deutete drei Meilen in die Ferne, auf den Sockel der Berge.

»Dort überleben sechstausend Seelen in der Wüste wegen dem Golf, dem Tennis und der Piña colada, von der wir gerade kommen«, sagte Sidney Blackpool. »Das ist Mineral Springs.«

»Ziemlich windig hier«, sagte Otto, der zusah, wie ein Dutzend Wirbelwinde in der flirrenden, aufsteigenden Hitze über die Wüste tanzten. »Üble Sache, hier draußen in diesen einsamen Canyons zu sterben.«

»Spielt keine große Rolle, wo«, sagte Sidney Blackpool, zündete sich eine Zigarette an und betrachtete die Hütten, die die Pfade hoch droben in den Hügeln tüpfelten. »Muß *echt* wichtig sein, wenn man nachts da rauffährt.«

»Mich müßte man *zwingen*, dahin zu fahren.«

»Möglich«, sagte Sidney Blackpool.

Als sie eintrafen, hatte Chief Paco Pedroza vom Anbrüllen von Wingnut Bates und Scherzkeks-Frank Sodbrennen. Er hatte jede weitere Drohung, Scherzkeks-Frank ohne Warnung zu erschießen, mit der Begründung verboten, er brauche jeden Cop, den er hatte. Und er untersagte das Mitbringen von Schlangen – ob echt, aus Gummi oder fotografiert – auf das Revier. In dieser Stimmung entfernte Paco sogar das Bild von der Seitenwinderschlange auf dem Schild mit der Aufschrift: »Wir scheißen drauf, wie sie's in L.A. machen.«

Nachdem er seine Cops wieder an die Arbeit geschickt hatte, war er mit hochgelegten Beinen am Dösen, als die Kriminalbeamten aus Hollywood sich bei der Anämischen Annie, der blassen, vogelartigen Zivilistin im Vorzimmer, anmeldeten.

»Hier rein, Leute«, sagte Paco. »Setzt euch. Wollt ihr 'n Kaffee?«

»Nein danke, Chief«, sagte Sidney Blackpool, während die drei Männer sich die Hand schüttelten. »Das ist Stringer. Ich bin Blackpool.«

»Nennt mich Paco. Ich hab früher mal in Hollywood gearbeitet. Vielleicht davon gehört?«

»Ja«, sagte Otto. »Wir waren damals beide in der Newton Street.«

»Pinkford war damals Captain«, sagte Paco. »Ist er immer noch dabei?«

»Ja«, bestätigte Otto, »und wird's bleiben, bis Ronald Reagan grau wird.«

»Pinkford hat nie viel haben wollen im Leben«, sagte Paco. »Bloß genug Gips, um sein Gesicht an den Mount Rushmore zu kleben. Ich wär in Sri Lanka Streife gegangen, um von ihm wegzukommen. Egal, freut mich, daß ihr Jungs eure Golfklamotten anhabt. Die meisten Cops aus L.A. kommen sogar bei fünfzig Grad in Anzug und Krawatte hier raus.«

»Eigentlich ist das 'ne Art Urlaub, Chief«, sagte Sidney Blackpool.

»Paco.«

»Paco. Wir sind bloß zum Golfspielen hier. Unser Boß hat gesagt, wir könnten 'n bißchen nachermitteln, weil Victor Watson kürzlich erfahren hat, daß sein Junge an dem Tag, an dem er verschwunden ist, in Hollywood war. Anscheinend hat der Junge 'ne kurze Fahrt in die Stadt und wieder zurück in die Wüste gemacht.«

»Hat das was zu bedeuten?« fragte Paco.

»Noch nicht«, sagte Otto. »Wir sind zu Ihnen gekommen, weil wir mit Officer O.A. Jones reden wollen. Er hat heute die Polizei von Palm Springs angerufen, mit 'ner neuen Information über das Lied, das er den Verdächtigen hat singen hören.«

»O.A. Jones«, grunzte Paco. »Der kleine Scheißer bringt mir noch mal 'ne Anklage ein. Macht an sich schon seine Arbeit, aber alles, was er macht, sieht so aus, als könnt's 'n kleines bißchen anders passiert sein, als er behauptet. In Wirklichkeit hat in der Wüste seit Lawrence von Arabien keiner mehr im Alleingang so aufs Blech gehauen. Ich weiß nicht, ob ihr euch auf alles verlassen könnt, was dieser Surfer von sich gibt.«

»Surfer?« fragte Sidney Blackpool. »Wo will er denn hier draußen surfen?«

»Exsurfer«, sagte Paco. »War früher bei der Polizei von Laguna Beach und dann in Palm Springs. Ich hab's mal mit ihm probiert, und bis jetzt ist er noch in keinen Verkehrsunfall geraten, wo's vielleicht 'ne Leiche zuviel geben könnte. Aber das ist 'ne andere Geschichte. Er hat heute Dienst. Soll ihn Annie für euch rufen?«

»Wär nett«, sagte Otto.

Die drei Männer gingen vom Büro des Chief in den Hauptraum des Polizeireviers. »Habt ihr Lust auf 'n Rundgang?« fragte Paco.

»Klar«, sagte Otto.

»Okay, dreht euch rum«, sagte Paco. »Tja, das wär's. Das war der Rundgang. Außer daß es hinten im Gang noch 'n Scheißhaus gibt und oben zehn Spinde und 'n Bunker für zwei Gefangene, solang sie klein oder schrecklich nett sind. Die Tür daneben führt in 'n anderes Zimmer, das ist das Rathaus, also müssen wir unsere Verhafteten ruhigstellen, bis wir sie ins Countygefängnis schaffen.«

»Wie stellen Sie sie ruhig?« fragte Otto.

»Wir jagen den Scheißern 'n Betäubungspfeil rein«, sagte Paco. »Was würdet *ihr* denn mit den Säuen machen, die wir in dieser Gegend haben?«

Die Anämische Annie versuchte erfolglos, O.A. Jones über Funk zu erreichen.

»Wahrscheinlich hat er seine Krawallkiste voll aufgedreht«, sagte Paco. »Warum geht ihr nicht rüber zum Eleven Ninety-nine auf der anderen Straßenseite. Trinkt was Kaltes. Ich schick O.A. Jones in genau fünfundvierzig Minuten.«

»*Genau* fünfundvierzig Minuten?«

»Da endet seine Schicht, und er ist ganz plötzlich mit dem Rumschnüffeln fertig, egal, was er gerade macht. Er kommt gern in den Eleven Ninety-nine, bevor die erste

Palm Springs eintrudelt. Neben vielen anderen Fehlern hat er auch ’n Dauerständer.«

»Soviel zum Golfspielen«, seufzte Otto.

»Übrigens«, sagte Paco, »als ich erfahren hab, wo ihr Jungs wohnt, hab ich mir gedacht, daß sich beim L.A.P.D. einiges geändert hat, seit ich dort gearbeitet hab. Wenn wir außerhalb der Stadt ermittelt haben, haben sie uns im Nighty Nite Motel untergebracht, mit genug Spesen für zwei Hamburger und ’ne Limo.«

Die Kriminalbeamten blieben dadurch von Pacos Neugier verschont, daß die Tür aufsprang und Sergeant Coy Brickman hereinkam. Er war groß, größer als Sidney Blackpool, mit gefurchten Wangen und von einschüchternder Statur. Er war geringfügig älter als Sidney Blackpool, sah aber viel älter aus. Sein kastanienbraunes Haar war seitlich gescheitelt und gelichtet.

Er starrte die beiden Kriminalbeamten ohne zu zwinkern und ohne ein Wort an.

»Coy, das sind Blackpool und Stringer«, sagte Paco. »Mein Sergeant, Coy Brickman.«

Sie gaben sich die Hand, und Coy Brickman sagte, immer noch ohne auch nur mit der Wimper gezuckt zu haben: »Willkommen in Mineral Springs. Hab gehört, ihr knackt den Mordfall Watson.«

»Nie im Leben«, sagte Otto. »Wir machen bloß ’ne halboffizielle Nachermittlung, um unseren Boß bei Laune zu halten.«

»Neue Spuren?« fragte Coy Brickman.

»Bloß Scheiß«, sagte Otto. »Irgend ’n Mist, von wegen der junge Watson wär an dem Tag, an dem er aus Palm Springs verschwunden ist, nach Hollywood gefahren. Das heißt gar nichts.«

»Tja, wenn wir irgendwas tun können«, sagte Coy Brickman.

»Sind Sie der einzige Einsatzleiter?« fragte Sidney Blackpool.

»Ich hab noch ’n Sergeant«, sagte Paco. »Harry Bright. Das war ’n guter Cop. Wird schwierig, ihn zu ersetzen.«

»War?«

»Harry hat vor 'n paar Monaten 'n Schlaganfall gehabt«, sagte Paco. »Dann 'n Herzinfarkt. Der kommt nicht wieder. Vielleicht nicht mal mehr in diese Welt. Liegt bloß im Krankenhaus wie versteinertes Holz.«

»Der berappelt sich schon«, sagte Coy Brickman.

»Na egal, geht ihr mal was Kaltes trinken«, sagte Paco. »Ich schick euch O.A. Jones rüber, sobald er von seinem letzten Kreuzzug gegen das Verbrechen reinschneit.«

J. Edgar Gomez spülte hinter der Bar des Eleven Ninety-nine Club gerade Gläser, als er die beiden Fremden wie angewurzelt stehenbleiben und das Wandbild anglotzen sah, auf dem John Wayne die Miniatur von Michael Jackson und Prince bepinkelte.

»Ich hätt Boy George zwischen die zwei Fummeltrinen setzen sollen«, sagte J. Edgar Gomez. »Vielleicht mach ich das demnächst mal, wenn mein Maler nüchtern ist.«

»Zwei Bier«, sagte Sidney Blackpool, der mit einem Blick auf seine Uhr sah, daß es noch zu früh für Johnnie Walker Black war.

»Was für welche?«

»Vom Faß«, sagte Otto, der sich vornahm, bei ihrer Rückkehr nach Palm Springs einen wunderschönen, exotischen Drink zu bestellen, um sich in Ferienstimmung zu versetzen. Es war deprimierend, in einer Copkneipe zu sein.

An der Bar und an den um die kleine Tanzfläche verstreuten Holztischen saßen zehn Männer und eine Frau. Ein Blick, und die beiden Kriminalbeamten wußten, daß es alles Cops waren, ausgenommen eine Wüstenratte mit nagelneuem Cowboyhut, die allein neben der Musikbox saß und jeden anfunkelte, der herkam, um einen Vierteldollar einzuwerfen. Beavertail Bigelow war an diesem Nachmittag nicht in Partylaune.

Sechs von den Cops waren von anderen Polizeidienststellen in der Wüste. Mineral Springs war vertreten durch Choo Choo Chester Conklin, Wingnut Bates und Nathan

Hale Wilson, der für die frühe Tageszeit schon ziemlich abgefüllt war.

Die Cops stöhnten darüber, wie die Arbeit in der Wüste ihnen zusetze.

»Aufgesprungene Lippen. Sackgrind bis zu den Knien«, jammerte Wingnut. »Manchmal denk ich, ich hätt nie von Orange County weggehen sollen.«

»Und wie die bescheuerte Wüste erst auf die Haare und Fingernägel wirkt!« nölte Nathan Hale Wilson. »Ich kann sie einfach nicht kurzhalten, so schnell wie die wachsen. Ich war erst 'n Monat hier und hab schon ausgesehen wie Howard Hughes!«

»Arbeite du erst mal im Indianerland«, beklagte sich ein Cop aus Palm Springs, der dienstfrei hatte. »Ich hab gestern 'n Funkspruch wegen zwei besoffenen Agua Calientes gekriegt, und da bin ich nu ganz allein und hab die zwei Indianerbrüder am Hals, die verdreschen sich, weil sie niemand anders zum Verdreschen haben, und die sind so groß, daß sie aussehen wie zwei Kühlschränke beim Duell, und der eine holt aus bis in die Gegend von Arizona und drischt den anderen glatt über meinen Wagen. Und da steh ich nu und denk, das is 'n Dreizentnermann. Der hält sich für Crazy Horse. Der macht in dem Moment den totalen Indianeraufstand. Der hat zwei abgebrochene Bierflaschen in den Flossen. Und der is *reich*!«

»Tja, du müßtest heute mal Cat City sehen«, sagte ein Cop aus Cathedral City, der fast genauso besoffen war. »Sodom-und-Gomorrha-Ost, so sieht's aus. AIDS und Alimente, um was anderes geht's da doch nicht.«

J. Edgar Gomez beäugte die beiden Fremden und sagte: »Bei welchem Department arbeitet ihr Jungs?«

»L.A.P.D.«, antwortete Otto und zuckte zusammen. Das Bier war so kalt, daß er das Glas abstellte und sich an den Kopf griff.

»Trinkt's langsam«, sagte J. Edgar Gomez. »Wir halten unser Bier eiskalt. Aus der Hitze kommen und zu schnell trinken ist genauso, wie wenn dir einer 'n Jagdmesser in den Kopf rammt. Da.« Er gab Otto ein Glas warmes Wasser. »Trinken Sie das in kleinen Schlückchen.«

»Wow!« sagte Otto, als der Schmerz nachließ. »Das ist wirklich *kaltes* Bier.«

»Die Kunden mögen's so. Wie hat's euch Jungs so weit hier raus verschlagen?«

»Wir machen Urlaub in Palm Springs«, sagte Sidney Blackpool. »Müssen mit O.A. Jones reden. Kennen Sie den?«

»Klar«, sagte der Saloonkeeper und kratzte sich am Bauch, der von einer Schürze und einem feuchten T-Shirt bedeckt war. »Der kommt ziemlich bald.«

Genau da knallte die Tür auf, und drei Polizisten aus Palm Springs stolzierten herein. J. Edgar Gomez schüttelte den Kopf und sagte: »Junge Cops heutzutage, von denen kann keiner 'ne Tür aufmachen, ohne einem Löcher in den Putz zu hauen.«

»Fred Astaire?« sagte Sidney Blackpool und deutete auf die Musikbox. »Ich hab seit wer weiß wie lang nicht mehr Fred Astaire gehört, geschweige denn 'ne Musikbox.«

»›Putting on the Ritz‹«, sagte J. Edgar Gomez grinsend. »Was mich angeht, läßt sich die Welt in zwei Gruppen von Leuten einteilen: die, die meinen, daß Fred Astaires ›Putting on the Ritz‹ die größte Scheibe ist, die je gepreßt wurde, und Wichser, die das nicht meinen.«

»Ich heiße Stringer«, sagte Otto und gab dem Saloonkeeper die Hand. »Das ist Sidney Blackpool.«

»J. Edgar Gomez«, sagte der Saloonkeeper und fügte dann hinzu: »Ach du Scheiße!«

Sie folgten seinem Blick und sahen, daß J. Edgar etwa einen Meter über den Fußboden schaute, auf einen Zwerg mit Tennismütze, weißer Tenniskleidung und einer Wüstenbräune, tiefer als die jedes arbeitslosen Schauspielers.

»Oleg Gridley«, sagte der Saloonkeeper. Dann funkelte er die Cops am anderen Ende des Tresens an und deutete auf das Schild mit der Aufschrift »Keine Blödelsportarten« über der Bar, worauf sich Otto und Sidney achselzuckend ansahen.

Oleg Gridley sah sich in der dämmrigen Bar um, erspähte die alleinsitzende, gut bestückte Frau am anderen Ende des Tresens und hüpfte mit einem beidhändigen Klimmzug auf den Hocker neben ihr. Er saß auf Augenhöhe mit ihren Titten.

»Grüß dich, Portia«, schleimte der sonnengebräunte Zwerg.

»Ich hab gewußt, daß der Tag zu gut läuft«, sagte sie, kippte ihr Glas und machte dabei den Eindruck, als hätte sie schon eine ganze Menge intus.

»Portia Cassidy«, flüsterte der Saloonkeeper den Kriminalbeamten zu. »Nicht gerade 'n berühmtes Gesicht, aber den besten Körper in Mineral Springs. Jeder ist scharf auf sie, besonders Oleg. Wir nennen die zwei Bitch Cassidy und Sunstroke Kid.«*

Genau da sagte Bitch Cassidy zu dem Zwerg: »Nein, Oleg. Ich mag nun mal keine Perversen. Nicht mal *große* Perverse.«

Und als der Zwerg ihr erneut etwas ins Ohr flüsterte, sagte sie: »Oleg, ich mach mir nichts draus, und wenn er so groß wär wie der von King Kong. Größe imponiert mir nicht, und ich *will* kein Chiffonnegligé und 'ne Einreibung mit Schlagsahne!«

»Ich würd's dir schön machen, Portia«, murmelte der leidenschaftliche Zwerg. »Ich bin langsam, aber gründlich.«

»Ja, wie 'ne Tarantel. Ich hab kein Interesse. Und ich *will* diese Zwergensauereien nicht mitmachen, und wenn du mich nicht in Ruhe läßt, ruf ich 'n Cop!«

»Vielleicht hört sich's nur für Nichtzwerge nach Sauereien an«, gab J. Edgar Gomez zu bedenken.

»Ich kapier dich einfach nicht mehr!« sagte Oleg gereizt. »J. Edgar, gib mir 'n doppelten Bourbon on the Rocks. Und gib der *Dame* noch 'n Bier.«

»Die reinste Seifenoper«, sagte J. Edgar zu den Krimi-

* Anspielung auf den Film »Butch Cassidy and The Sundance Kid«; bitch = Schlampe, sunstroke = Sonnenstich (Anm. d. Übers.).

nalbeamten, während er dem Zwerg Whisky eingoß. »Ich frag mich langsam, wie sie ausgeht.«

Und dann begannen sie einzutrudeln. Zuerst zwei Friseusen aus dem Damenheilbad des größten Hotels in der Innenstadt von Palm Springs. Dann fünf Kassiererinnen einer Bank in Palm Desert. Dann vier Kellnerinnen eines Country Clubs in Rancho Mirage. Dann die Tagesschichtjungs von acht Polizeidienststellen, und bis halb sechs war der Saloon gerammelt voll mit Trinkern, Tänzern, Lustmolchen, Besoffenen, Zwergen und Wüstenratten. Sidney Blackpool fragte sich, wie zum Teufel sie O.A. Jones finden sollten, selbst wenn er auftauchte, und er hätte mittlerweile schon längst da sein müssen.

Um sie herum schwirrten die Gespräche, während es im Saloon immer heißer und verqualmter wurde. Beide Kriminalbeamten gingen aus Notwehr zu hochprozentigem Stoff über. Der einzige Unterschied zu einer beliebigen Copkneipe in L.A. bestand darin, daß die Gespräche sich häufig ums Wetter drehten.

»Es ist dermaßen heiß im Sommer«, sagte Scherzkeks-Frank zu einem neuen Wüstencop, »daß ich angefangen hab, in Celsius zu denken. Auf die Art *klingt's* kühler.«

Es bestand kein *wesentlicher* Unterschied, insofern die meisten Gespräche sich um Frauen drehten.

»Guck dir *die* an!« sagte Nathan Hale Wilson von Portia Cassidy, die mit einem Kriminalbeamten aus Palm Springs tanzte und jedesmal, wenn Oleg Gridley zur Musikbox watschelte, dessen »zufälligen« Berührungen zu entgehen versuchte. »Das ist die Lucrezia Borgia dieses Tals, dabei könnt sie den Goodyear-Zeppelin durch 'n Gartenschlauch lutschen.«

»Ich hab zwei geplante Kinder und ein Versehen im Suff!« winselte ein besoffener Maynard Rivas plötzlich eine beschickerte Kellnerin aus einem Country Club in Indian Wells an, der das völlig schnurz war.

Nach dem Tanz versuchte Portia, sich weiter nach hinten zu verziehen, in der Hoffnung, daß Oleg Gridley zertrampelt würde, falls er durch drei Schichten Beine durchzustoßen versuchte. Aber der Zwerg war unerbittlich.

Die Kriminalbeamten hörten ihn flüstern: »Ich muß mal für kleine Jungs, Portia. Ich bin gleich wieder da, dann reden wir miteinander.«

»Ich kann's kaum erwarten«, seufzte Bitch Cassidy. »Genau wie ich 'n Gewitter mit saurem Regen oder den dritten Weltkrieg kaum erwarten kann.«

Oleg Gridley ging nicht für kleine Jungs. Für kleine Jungs war zu *groß* für Oleg Gridley. Da die Toilettenkabine besetzt war, hatte Oleg Gridley Pech, weil er unmöglich an das Urinbecken herankam. Oleg stürmte knurrend zur Hintertür hinaus, um an den Eukalyptus zu pinkeln, der als Windschutz verhindern sollte, daß der Eleven Ninety-nine abzüglich seines Fundaments in Indio Umsatz machte. Er sah Ruben, den Barkeeper aus dem Mirage Saloon, vorbeigehen, der aus voller Kehle »Pennies from Heaven« sang, wozu er auf einem Saiteninstrument schrummte, das er überhaupt nicht spielen konnte. Plötzlich kam Oleg der Gedanke, daß ihm Portia Cassidy vielleicht gerade ausgespannt wurde, und er rannte wieder hinein.

Ein weinerlicher Maynard Rivas zur Linken von Bitch Cassidy sagte zu Nathan Hale Wilson: »Es liegt nich daran, daß meine Frau fünfzig Pfund Übergewicht hat. Es liegt bloß daran, daß sie eingestülpte Nippel hat. Die sehen komisch aus. Ich bin ja *so* unglücklich!«

Mittlerweile arbeitete J. Edgar Gomez auf Hochtouren. Seine Abendkellnerinnen waren gekommen, und die eine spülte hinterm Tresen Gläser, während die andere aus einem riesigen, in der Küche siedenden Topf Edgars »Chili« servierte.

»Verflucht noch mal, das Chili ist vielleicht fettig!« schrie Choo Choo Chester. »Kann ich das Fett einfach direkt in'n Arm geschossen kriegen, J. Edgar? Würd bestimmt meinen Magen schonen.«

»Wenn's dir nicht schmeckt, dann kauf's nicht«, knurrte J. Edgar Gomez, der an einer Zigarre paffte, während er, mit phänomenalem Gedächtnis für die Bestellungen, die ihm von den Stammgästen durch den Krach zugebrüllt wurden, eine Reihe von sieben Drinks eingoß.

»He, Edgar«, schrie Wingnut, »hast du ’ne Weinkarte?«

»Willst du den Wein aus’m K-Markt oder das Zeug von Gemco?« blaffte der Saloonkeeper zurück.

»K-Markt.«

»Drei neunzig die Flasche!« bellte der Saloonkeeper.

»Haste keinen billigeren?«

»Der von Gemco kostet drei fuffzig.«

»Den nehm ich. Was hat der für ’ne Farbe?«

»Gedecktes Weiß, glaub ich, mit kleinen schwarzen Pünktchen.«

»Gib mir *zwei* Flaschen!« schrie der junge Cop, von dem Sonderangebot begeistert.

»Meine Fresse!« brüllte Scherzkeks-Frank. »In meinem Chili hat grad ’ne Spinne ’n Auerbach gemacht!«

»Das ist ’ne dreckige Lüge!« sagte J. Edgar Gomez, aber jemand hatte die Musikbox aufgedreht, und Ethel Merman kreischte lauter als jede Livestimme im Saloon was vom Showbusiness.

»Hört auf damit, oder ich schmeiß euch raus!« warnte J. Edgar Gomez plötzlich Scherzkeks-Frank, Nathan Hale Wilson und den Fingerabdruckspezialisten aus Palm Springs, den staubigen Bruder, die der um ihr Leben schwimmenden Spinne Papierservietten hinhielten, auf denen mit Lippenstift die Wertungen 9.9, 9.8 und 9.8 standen.

Gerade als Otto bemerken wollte, daß O.A. Jones wohl nicht mehr käme, tippte ihm ein junger Cop mit flaumigem, blondem Haar auf die Schulter und sagte: »Sergeant Blackpool?«

»Ich bin Stringer«, sagte Otto. »Er ist Blackpool.«

»Ich bin O.A. Jones«, sagte der Junge.

Sidney Blackpool starrte ihn an. Er sah wirklich wie ein Surfer aus.

»Tut mir leid, daß ich so spät komme«, sagte der Junge. »Sergeant Brickman hat mich zum Solitaire Canyon rausgeschickt, da wo ich das Auto von Watson gefunden hab. Hat mir gesagt, ich soll noch mal das Gelände absuchen, ob vielleicht irgendwas übersehen worden ist. Er hat gesagt, wo ihr Jungs aus Hollywood kommt, sollten wir uns 'n letztes Mal umsehen.«

»Nach was?«

»Hab ich auch gefragt. Nach was? Er hat gesagt, er möcht einfach, daß ich das Gelände noch 'n letztes Mal nach was absuch, was da vielleicht nicht hingehört. Er war 'ne Weile mit mir da draußen, und wie er zur Station gefahren ist, hat er mir gesagt, ich soll's noch 'ne Stunde probieren.«

»Komisch, daß er das nicht erwähnt hat«, sagte Sidney Blackpool zu Otto. »Er hat kein Wort gesagt, daß Sie später kommen, weil Sie da draußen sind.«

»Manchmal sehen wir Kleinstädter eben ungern so aus, als wär'n wir von euch Großstadtleuten eingeschüchtert«, sagte O.A. Jones grinsend. »Er hat wahrscheinlich nicht sagen wollen, daß es uns *echt* peinlich wär, wenn ihr auf was stoßt, was der Wind nach all den Monaten freigelegt hat.«

»Gehen wir wohin, wo wir reden können«, sagte Sidney Blackpool. »Haben Sie was zu trinken?«

Der junge Cop hob eine Bierflasche, und sie räumten zu Oleg Gridleys Entzücken ihre Plätze an der Bar. Der Zwerg flitzte um die Beine von zwei Frauen und krabbelte auf den freien Hocker, ehe Portia Cassidy flüchten konnte.

»Du hältst die Bierflasche wie eine olympische Fackel!« sagte Oleg inbrünstig.

»Geh nach Hause, E.T.«, sagte sie.

Als die Kriminalbeamten schließlich eine halbwegs ruhige Ecke im Saloon gefunden hatten, sagte Sidney Blackpool: »Erzählen Sie uns von Ihrem heutigen Anruf bei der Polizei von Palm Springs. Wir überprüfen eine mögliche Verbindung zwischen Hollywood und dem Tod von Jack Watson.«

»Okay«, sagte O.A. Jones. »Ich war gestern abend mit 'n paar Jungs hier, und einer hat was von ›ich glaub – I believe‹ gesagt. Weiß nicht mal mehr genau, wovon er geredet hat. Er hat bloß gesagt ›ich glaub‹. Da hat bei mir was geklingelt.«

»Und zwar?« fragte Otto.

»Na ja, wie ich da draußen in der Wüste rumgeirrt bin und den Kerl hab singen und Banjo spielen hören, konnt ich erst mal wirklich nicht sagen, was das für'n Lied war. Kam mir vor wie was mit ›pretend‹. Die Kriminalbeamten von Palm Springs haben mir diese alte Platte vorgespielt. Nat King Cole. Den hatt ich noch nie gehört.«

»Sie haben noch nie Nat Cole gehört?« sagte Otto.

»Vielleicht doch, weiß nicht genau«, sagte der junge Cop.

Otto verdrehte die Augen und kam sich alt vor. So alt wie Mord.

»Und jetzt haben Sie Ihre Meinung geändert?«

»Na ja, ich hab 'n paar Monate ganz schön dran rumgeknapst. Sehen Sie, ich hab angefangen, diese krampfigen Palm-Springs-Sender reinzuholen, um alte Lieder zu hören. Allmählich sind mir Zweifel gekommen, daß es ›Pretend‹ war. Die Stimme war... na ja, ich hab versucht, es ihnen zu erklären. Es war so 'ne dünne Zitterstimme. Wie man sie in alten Filmen über die dreißiger Jahre oder so hört.«

»Sie waren unsicher, ob es eine Livestimme, eine Radiostimme oder eine Tonbandstimme war?«

»Ich kann's immer noch nicht genau sagen. Ich kann ja noch nicht mal sagen, ob's 'n Pkw-Motor, 'n Lastwagenmotor oder 'n Motorradmotor war. Ich war in 'nem echt schlechten Zustand damals in der Wüste.«

»Okay, zu gestern abend«, sagte Otto. »Haben Sie das Lied ›I Believe‹ je gehört?«

»Heute«, bestätigte der Cop. »Ich bin in 'nen Plattenladen in Palm Springs gegangen und hab's gefunden. Frankie Laine. Ich hab's gekauft und gespielt. Er ist ziemlich gut.«

»Und?«

»Und... na ja, ich glaub schon, daß es das Lied ist, aber nicht die Stimme. Zumindest war's was mit ›glauben‹. Irgendwer ›glaubt‹. Irgend so was. Ich weiß auch nicht, wie ich überhaupt auf ›Pretend‹ gekommen bin. Das geht in meinem Kopf alles arg durcheinander. Tja, das war's. Es hilft wohl nicht, aber ich wollte, daß die Kripo von Palm Springs Bescheid weiß. Jetzt weiß sie's. Jetzt wissen Sie's.«

»Schön, daß Sie so gewissenhaft sind«, sagte Sidney Blackpool. »Können wir Ihnen einen ausgeben?«

»Gern, aber da ist das Mädchen da drüben an der Tanzfläche. Sie hat mir 'n Tanz versprochen.«

»Schon kapiert«, bestätigte Sidney Blackpool. »Surfen Sie noch?«

»Sie haben gehört, daß ich 'n Surfer bin, hä?« Der junge Cop grinste. »Ich bin wohl berühmt. Den Wüstensurfer nennen sie mich.«

»Je am Wedge von Newport gesurft?«

»Ja! Woher kennen Sie den Wedge?«

»Ich hab da mal Surfern zugeschaut.«

»Vielleicht hätt ich *doch* in Laguna bleiben sollen«, sagte O.A. Jones achselzuckend. »Na gut, ich ruf Sie an, wenn wegen der Musik was bei mir klingelt. Wissen Sie was? So allmählich gefallen mir alte Lieder. Wenn ich hier so rumhänge und auf die *Art* von Stimme achte, die ich gehört hab.« Dann fügte er hinzu: »'ne Art *alte* Stimme, verstehen Sie?«

»Die Stimme von 'nem alten Mann?«

»Nein, das mein ich nicht. 'ne Stimme im alten *Stil*. Ich hör weiter Palm-Springs-Sender und versuch, Ihnen den Namen von 'nem Sänger zu besorgen, der die Art von Stil hat. Wenn ich's schaffe, sag ich's Chief Pedroza, der kann Sie dann anrufen.«

»Machen Sie's gut, Junge«, sagte Sidney Blackpool.

Als sie den Eleven Ninety-nine Club verließen, um sich auf die besoffene Rückfahrt zu ihrer Hotelsuite zu machen, hörten sie, wie Bitch Cassidy zu Oleg Gridley sagte, sie würde ihn gern in ihre Mikrowelle stopfen, was dem liebeskranken Zwerg den verzweifelten Aufschrei entlockte: »Warum tust du mir das an, Portia? Warum behandelst du mich, als hätt ich Bambi von hinten gebumst?«

9. Kapitel

Die Bismarck

Ein weiterer vergnügter Abend im Wüstenurlaubsort«, stöhnte Otto auf der Rückfahrt von Mineral Springs. »Das ist ungefähr so vergnüglich wie 'n Monat in Danzig.«

»Dieser Sergeant, dieser Coy Brickman, ist 'n komischer Kerl, was?«

»Komisch, ja. Ich mag Typen nicht, die nur jeden Dienstag mit den Augen blinzeln. Der sieht so warmherzig aus wie Pik-As. Gott verflucht, was ist diese Wüste nachts *schwarz*!«

»Aber schau dir die Sterne an. Wann hast du so was das letzte Mal in L.A. gesehen?«

»Als diese samoanischen Schauerleute mit meinem Kopf Pingpong gespielt haben. Laß uns ins Hotel gehen und 'n paar *Frauen* kennenlernen. Die Schnalle im Eleven Ninety-nine hat mich zu Tode erschreckt. Die hat Krampfadern gehabt. Die hat ausgesehen wie das Monster, das Akron gefressen hat. Die hat sogar auf den Zähnen Pickel gehabt. Und die hat mit dem Zwerg über AIDS geredet! Weißt du, daß sie in Palm Springs 'n Versorgungsheim für AIDS-Opfer einrichten wollen?«

»Wohl eher 'n *Ent*sorgungsheim«, sagte Sidney Blackpool. »Ich würd gern noch mal beim Haus von Watson vorbeischauen. Ich hab 'ne Frage zu Jack Watsons Porsche und finde im Bericht der Polizei von Palm Springs keine Antwort darauf.«

»Nach dem Gerede über AIDS müssen wir auch noch Harlan Penrod besuchen? Herrgott noch mal, ich will nicht mal an AIDS *denken*! Heteros können's auch kriegen, weißt du. Ich hab mir immer um Sackratten Sorgen gemacht, wenn ich in 'ner Ginkaschemme 'ne Schnalle kennengelernt hab. Beim Gedanken an AIDS stehen meinen Sackratten die Haare zu Berge! Aber wenn wir ihn unbedingt besuchen müssen, mach ich's lieber heute nacht und bring's hinter mich. Also, was ist mit dem Porsche?«

»Der Porsche von dem Watson-Jungen war da, als sie ihn vermißt haben.«

»Allerdings.«

»Hast du mal in die Garage reingeguckt? Großes Haus, kleine Garage. Da drin waren alte Möbel für drei Zimmer, 'n Sandbuggy, Orientteppiche und ihr neuer Mercedes.«

»Und?«

»Und wenn man den Rolls in der Garage abstellt, ist kein Platz mehr für einen Porsche.«

»Und?«

»Die Auffahrt macht eine Kurve. Wenn man einen Porsche oder sonstwas in der Auffahrt parkt, müßte man zurückstoßen und ihn wegfahren, um an den Rolls dranzukommen.«

»Und?«

»Und nichts, bloß, falls es einen Kidnapper gegeben hat, hat er den Porsche dann rausgefahren? Wenn ja, wo hat er ihn hingestellt? Oder ist der Wagen vielleicht in der Nacht von Jack Watson auf der Straße geparkt worden?«

»Da im Bericht nicht davon die Rede ist, nehm ich an, der junge Watson hat ihn auf der Straße geparkt, bevor er ins Bett gegangen ist.«

»Weißt du noch, was Harlan Penrod über das Las-Palmas-Viertel gesagt hat? Wie dunkel es da ist?«

»Ja.«

»Ich hab 'n paar Cops in der Bar sagen hören, wenn die Anwohner es nachts im Swimmingpool platschen hören, dann ist es entweder 'n Waschbär oder 'n Cop, der bei der Verfolgung von 'nem Rumtreiber reingefallen ist.«

»Was hat das mit dem Porsche zu tun?«

»Würdest du 'n Porsche 911 in 'ner *so* dunklen und abgelegenen Straße parken?«

»Nicht, wenn ich das Autostereo behalten wollte. Ganz zu schweigen von dem, was dranhängt.«

»Genau darüber will ich mit Harlan Penrod reden. Je mehr ich darüber nachdenke, desto mehr frag ich mich, ob Jack Watson aus freien Stücken mit dem Rolls nach Mineral Springs rausgefahren ist.«

»Und wenn, was würde das beweisen?«

»Vielleicht gar nichts.«

»Haben dich die zehn Riesen so eifrig gemacht?«

»Wir haben noch jede Menge Zeit zum Golfspielen, Otto«, sagte Sidney Blackpool.

»Weck mich, wenn wir da sind.« Otto rutschte tiefer in den Sitz und stellte das Radio leiser. »Rolls-Royce, Porsche, woher soll ich wissen, was reiche Leute mit ihren Schlitten anstellen? Ich wünsch mir bloß, ich könnt mir wie 'n achtundzwanzigjähriger Cop 'n Camaro Z-28 kaufen. Das Blöde bei der Arbeit in der Mordkommission sind diese Knobeleien nach dem Täter. Den *Täter*, den mußten wir beim Rauschgift meistens nicht ausknobeln, es ging bloß darum, ihn bei der *Tat* zu schnappen. Knobeleien machen mich müde.«

Während Otto auf der Rückfahrt nach Palm Springs unter dem glitzernden Sternenhimmel vor sich hin döste, dachte Sidney Blackpool, daß zehntausend Dollar ihn keineswegs so eifrig machten. Aber einhunderttausend Dollar im Jahr und ein sauberer Job bei den Watson Industries mit allen damit verbundenen Vergünstigungen und Nebeneinkünften, *die* machten ihn eifriger, als er es noch für möglich gehalten hatte. Er glaubte nicht, daß für einen Außenstehenden eine Chance bestand, diesen Mordfall zu klären, aber wenn er mit hinreichender Begeisterung so tat als ob, würde Watson vielleicht beeindruckt sein.

Victor Watson würde einen neuen Sicherheitsbeauftragten brauchen, ob er nun erfuhr, wer seinen Jungen umgebracht hatte, oder nicht. Was wäre also, wenn Sidney Blackpool mit wenig mehr als einer Golferbräune aus Palm Springs zurückkäme? Nach einundzwanzig Jahren bürokratischer Schaumschlägerei sollte er in der Lage sein, einen Bericht zusammenzustellen, der einen neurotischen Millionär glauben machte, daß er es ernsthaft versucht hatte. Watson war kein Narr, aber überwältigender Kummer erweicht die linke Gehirnhälfte, o ja, ganz bestimmt.

Plötzlich merkte er, daß Hildegarde gerade sang: »›I'll always be near you, wherever you are. Each night in every prayer...‹«

Das läßt mich außen vor, dachte Sidney Blackpool. Früher hatte er als Reflexhandlung gebetet. Diese unzähligen kleinen Beschwörungsformeln, die sie einem auf katholischen Grundschulen eintrichterten. Ein Gebet für jeden Anlaß. Er hörte lange, ehe er Tommy verlor, damit auf, aber er besuchte damals immer noch die Messe, bloß um etwas zu haben, das er gemeinsam mit seinen Kindern tun konnte. Er fragte sich, ob dieses Ritual sie in den letzten paar Jahren, als Tommy und Barb bei ihrer Mutter lebten und Sidney Blackpool sie nur am Wochenende bekam, einander nähergebracht oder weiter entfremdet hatte. Natürlich wollen Heranwachsende in ihrem Zuhause leben, in ihrem Viertel, bei *ihren* Freunden, und nicht am Wochenende bei ihrem alten Herrn.

Was hatte Watson doch gleich über die schlechten Zeiten gesagt? Man erinnert sich nur an die *schlechten* Zeiten. Sidney Blackpool hatte tausend schlechte Zeiten zum Erinnern, nachdem der Junge anfing, die Schule zu schwänzen und mit den anderen Surfern Gras und Hasch zu rauchen und Pillen einzuwerfen. Wie damals, als er an einem Wintertag an den Strand von Santa Monica gefahren war und Tommy dabei erwischte, wie er einen Meter hohe Wellen ritt, so zugedröhnt, daß er seinen neuen Schutzanzug am Strand zurückgelassen hatte und nicht einmal merkte, daß er vor Kälte blau war. Es hatte damit geendet, daß Tommy seinen Vater weggeschubst hatte und davongerannt war, während ein Haufen Strandgammler Bierdosen warf und den Kriminalbeamten zwang, sich zu seinem Auto zurückzuziehen. Tommy blieb zehn Tage weg.

Warum denkt der Vater eines toten Sohnes nur an solche Zeiten? Die nächtlichen Träume waren niemals so. Die nächtlichen Träume waren manchmal wunderbar, so wunderbar, daß er, in ein feuchtes Kissen schluchzend, aufwachte. Zu viele von diesen wunderbaren Träumen konnten einen Mann umbringen, davon war er überzeugt.

Der immer wiederkehrende Traum änderte sich kaum jemals. Seine ehemalige Frau Lori und seine Tochter Barb spielten auf dem Wohnzimmerboden Scrabble, und Tommy, der zwölf war, sah sich nebenan ein Footballspiel im Fernsehen an und brachte jedesmal, wenn die U.S.C.-Band nach einem Touchdown ihr »Siegesthema« anstimmte, sein unverwechselbares glucksendes Grinsen hervor.

In dem Traum nahm Sidney Blackpool heimlich seine Frau beiseite und ließ sie versprechen, das Geheimnis nicht zu verraten. Das Geheimnis war, daß sie Tommy zur wunderbarsten Zeit, vor dem Aufbegehren und dem Elend der Jugend und der Drogen, neu erschaffen hatten. Der Traum war insofern seltsam, als klar war, daß sie ihn durch ihren *Willen* zu sich zurückgeholt hatten, doch der Traum ließ offen, ob er auch lebte, soweit es andere anging, ob auch nur Barb darum wußte.

Der Traum war so unglaublich beglückend, daß er sich wünschte, er würde nie enden, aber natürlich endete er immer, und es lag nicht in seiner Macht, das Ende zu ändern. Der Traum war vorbei, wenn seine Frau sagte: »Sid, jetzt können wir uns für immer an ihm freuen, aber du *darfst* ihm nicht sagen, daß er sterben wird, wenn er achtzehn ist. Du darfst es ihm nicht sagen!«

Es war so widersprüchlich und irrational, daß es für Sidney Blackpool völlig einleuchtend war. Und in dem Traum sagte er stets zu ihr: »O nein! Das werde ich ihm nie erzählen. Weil er mich liebt. Und... und jetzt verzeiht er mir. Mein Junge *verzeiht* mir!«

Und dann wachte er schluchzend und ins Kissen würgend auf. Es war immer das gleiche, und er ging immer gleich damit um. Er nahm vier Aspirin und ein halbes Glas Johnnie Walker, das er mit beiden zitternden Händen nur schwer ruhig halten konnte.

»›Just close your eyes... and I'll be there‹«, sang Hildegarde. »›If you call I'll hear you, no matter how far. Just close your eyes and I'll be theeeere.‹«

»Verflucht! Gott verflucht!« sagte Sidney Blackpool.

»Was ist los?« Otto fuhr hoch.

»Wir, äh, hätten fast 'n... Eselhasen überfahren«, sagte Sidney Blackpool.

»Das ist vielleicht 'ne dunkle Gegend«, sagte Otto, als sein Partner vor der riesigen, oleanderbewachsenen Mauer anhielt und den Motor abstellte.

Und während die Kriminalbeamten die Türen von Sidney Blackpools Toyota abschlossen, war ein beschwipster Harlan Penrod fuchsteufelswild, weil eine britische Telefonistin ihm zu erklären versuchte, daß es in London noch zu früh war, um ihn mit irgend jemandem im Buckingham-Palast zu verbinden.

»Ja, sind die denn nicht mit dem Baby aufgestanden?« wollte er wissen. »Was sind denn das für Eltern?«

»Es tut mir sehr leid, Madam«, sagte die Telefonistin, worauf Harlan die Stimme um ein bis zwei Oktaven senkte.

»Ich bin weder eine Madam, noch wohne ich an einem Ort, wo es Madams gibt«, sagte er.

»Ich bitte um Verzeihung, Sir«, sagte die Telefonistin. »Wäre das dann alles?«

»Ich rufe später an«, drohte Harlan. Und fügte dann hinzu: »Wissen Sie zufällig, ob Vera Lynn im Londoner Telefonbuch steht?«

»Lynn? Wie schreibt sich das?«

»Vera Lynn! Vera Lynn!« schrie Harlan. »Das ist bloß die größte Sängerin, die England je hervorgebracht hat! Sie ist eine persönliche Freundin der Königinmutter, zum Donnerwetter! Wie alt sind Sie eigentlich?«

»Möchten Sie mit meinem Vorgesetzten sprechen, Sir?« fragte die Telefonistin.

»Was hat das für einen Zweck!« sagte Harlan und leerte seinen Martini. »Wenn Sie nicht wissen, wer Vera Lynn ist, dann ist England am Ende. Da könnten Sie mir genausogut erzählen, daß Margaret Thatcher beim Schlammringen in Soho mitmacht.«

»Wäre das dann alles, Sir?«

»Ja, gute Nacht oder guten Morgen, je nachdem.«

Harlan legte auf und mixte sich noch einen Bombay-Bomber.

Zu seiner Überraschung hörte er den Türsummer. Wahrscheinlich dieses Miststück Freddie. Er hatte gesagt, er wolle Freddie nie wiedersehen, aber... Harlan ging zur Gegensprechanlage und drückte auf den Knopf.

»Ja, was kann ich für Sie tun?« sagte er zuckersüß.

»Wir sind's, Blackpool und Stringer«, sagte Sidney Blackpool. »Können wir uns ein paar Minuten unterhalten?«

»Ob wir uns unterhalten können? Ob wir uns unterhalten können?« schrie Harlan und klang dabei wie Joan Rivers. »Kommen Sie einfach zum Tor herein, wenn Sie den Summer hören, meine Herren.«

Harlan Penrod wurde effektvoll vom Türstock umrahmt, als die Kriminalbeamten durch den Kaktusgarten auf das Haus zugingen. Er trug ein weißes Guayabera-Hemd, eine blauseidene Krawatte, weiße Hosen und weiße Segelschuhe.

»Verzeihung, daß wir stören«, sagte Sidney Blackpool, während Harlan zurücktrat und sie mit schwungvoller Gebärde und seinem Händeschütteln mit nach unten gerichteter Handfläche willkommen hieß.

»Nicht doch«, sagte Harlan. »Ich hab gerade in London angerufen, und die Idioten haben mich maßlos frustriert.«

»London, hä«, sagte Otto. »England?«

»Aber ja. Ich rufe oft in England an. Ich habe mehrmals versucht, Vera Lynn etwas ausrichten zu lassen. Die sind sehr nett, die Leute im Buckingham-Palast, die Sachen ausrichten. Ich hab vergessen, wie früh es dort ist. Eigentlich ist es schon morgen. Ich sollte später anrufen. Ich hab Präsident Nixon in Peking angerufen. Ich hab Präsident Ford in Korea angerufen, und, mal sehen, ich hab auch Präsident Reagan in Peking angerufen. Es wär schön, wenn er nach Moskau flöge. Ich würd ihn schrecklich gern dort anrufen.«

»Und die reden mit Ihnen?«

»Möchten Sie etwas trinken?« fragte Harlan. »Nein, die reden nicht mit mir, aber wissen Sie, wie beeindruckt die Mitarbeiter sind, wenn sie Ferngespräche aus Palm Springs bekommen? Ich hab wahnsinnig oft mit Secret-Service-Leuten gesprochen. Sie haben meine Nachrichten an die Präsidenten immer entgegengenommen. Präsident Carter hab ich nie angerufen. Demokraten mag ich generell nicht. Ist einer von Ihnen Demokrat? Falls ja, bitte ich um Entschuldigung.«

»Cops sind alle Republikaner«, sagte Otto. »Todesstrafenfans. Für die Todesstrafe, wissen Sie noch?«

»Kann ich Ihnen nichts zu trinken anbieten? Ich bin ja *so* froh, daß Sie vorbeigekommen sind!«

»Mr. Penrod«, begann Sidney Blackpool.

»Harlan.«

»Harlan.«

»Wie gefällt Ihnen Palm Springs bis jetzt?« unterbrach Harlan. »Ich wette, Sie haben noch keine Filmstars gesehen, aber sie sind da, ich versprech's Ihnen. James Caan, Sonny Bono, George Peppard, Mitzi Gaynor, die Gabors. Sie wohnen alle ganz in der Nähe. Gottchen, wir hatten mal Elvis Presley und Red Skelton und William Holden, und ganz in der Nähe den Vorsitzenden der Fakultät.«

»Wer ist das?« fragte Otto.

»Liberace. Und natürlich Old Ski Nose und Blue Eyes*, das weiß ja jeder. Wir haben Straßen nach ihnen benannt.«

Ottos Magen knurrte wild, und Harlan sagte: »Da fällt mir ein, Rin-Tin-Tin ist in den alten Zeiten immer nach Palm Springs gekommen. Sind Sie hungrig?«

»So hungrig, daß ich nicht denken kann«, sagte Otto. »Ich hab vorhin probiert, 'ne Schüssel Chili zu essen, aber in der haben sich zwei Spinnen im Synchronschwimmen versucht.«

* Old Ski Nose = Bob Hope; Ol'Blue Eyes = Frank Sinatra (Anm. d. Übers.)

»Ich richte Ihnen ein paar Sandwiches, dann können wir uns schön unterhalten.«

»Wissen Sie was, Harlan«, sagte Sidney Blackpool impulsiv, »das artet langsam zu einem Urlaub voller Arbeit und ohne Vergnügen aus. Wie wär's, wenn Sie zu unserem Hotel mitkämen? Wir essen im Speisesaal und schicken Sie hinterher mit einem Taxi nach Hause.«

»Ach, was für eine wundervolle Idee!« rief Harlan, zupfte an seiner Krawatte herum und stellte den Martini auf einen Cocktailtisch neben einem zweisitzigen Sofa. »Immer nur Arbeit und kein Vergnügen macht...«

»Den Putter krumm«, sagte Otto. »Morgen spielen wir Golf, Sidney.«

»Ich mach mich nur eben frisch«, sagte Harlan. »Ich bin gleich wieder da!«

»Morgen wird's 'n richtiger Urlaub«, sagte Sidney Blackpool.

Als Harlan weg war, sagte Otto: »Wahrscheinlich packt er sich da drin Frischzellen auf die Haut oder verpaßt sich 'ne Gesichtsmaske mit Eiweiß. Weißt du, genausogut könnt ich mir in L.A. die Nachrichten angucken. Das hier ist ungefähr so spannend, wie wenn man dem Gemüsehändler zuguckt, wie er einen Scheißapfel nach dem anderen abreibt.«

»Morgen spielen wir Golf«, versprach Sidney Blackpool.

»Wir wollen uns sputen, meine Herren!« Harlan Penrod stob ins Zimmer, mit einer roten Krawatte angetan.

Nachdem sie die Alarmanlage eingeschaltet und die Eingangstür verschlossen hatten, fuhren sie los.

Um zehn Uhr, als sie im Speisesaal Platz nahmen, herrschte im Hotel Hochbetrieb.

»Ein leichtes Abendessen, die Herren?« fragte der Oberkellner und reichte Otto die Weinkarte.

»Ein komplettes Dinner«, sagte Otto. Nachdem die drei ihre Cocktailbestellung aufgegeben hatten, sagte er: »Sidney, wenn du mich heut abend nicht füttern würdest, würdest du morgen früh 'n toten Hasen in meinem Bett finden. Ich bin schon ganz *wild* geworden.«

»Wirklich?« Harlan klimperte entzückt mit den Augen, worauf Otto die seinen verzweifelt verdrehte.

»Wir wollten mit Ihnen über Jack Watsons Auto reden«, sagte Sidney Blackpool.

»Klar«, sagte Harlan. »Übrigens, Barry Manilow wohnt hier, und natürlich Gene Autry und...«

»Wo war das Auto geparkt, als Jack Watson verschwand? Der Porsche, meine ich.«

»Mal sehen, die Polizei hat ihn geparkt und abgeschlossen vor dem Haus gefunden.«

»Vor dem Tor? Auf der Straße?«

»Ja. Sehen Sie den Mann da drüben? Den Kerl in dem geschmacklosen Seidenanzug, mit der dicken Zigarre und den protzigen Diamanten?«

»Was ist mit ihm?«

»Er hat einen Nachtclub in der Stadt gekauft. Behauptet, er wäre ein indischer Fürst. Ganz bestimmt. Er *stinkt* geradezu nach Olivenöl und Ziegenkäse. Ein Syrer aus Vegas. Wohnt mit zehn riesigen Wachhunden, die Gärtner aus der dritten Welt fressen, im Tuscany Canyon. Ich hab gehört, sie hätten in seinem Garten ein Skelett gefunden, von dem waren bloß noch ein paar Happen übrig, die an einem Brustkorb hingen.«

»Einmal gemischte Vorspeisen«, sagte Otto zum Kellner. »Und ich möchte rote Hochrippe, das Heinrich-der-Achte-Stück, oder wie das bei ihnen heißt. Und eine Flasche, mal sehen, Nummer siebenundzwanzig sieht nach 'nem französischen Spitzenrotwein aus.«

»Das ist ein französischer Weißwein, Sir«, sagte der Kellner.

»Ach, zum Teufel damit. Suchen Sie einen aus. Achten Sie drauf, daß die Flasche mindestens fünfzig Mäuse kostet.«

»Sehr wohl«, sagte der Kellner.

Sidney Blackpool bestellte einen Salat, und Harlan nahm einen Teller Lauchsuppe und ein Kalbskotelett.

»Ich versuche, ein paar Pfund abzunehmen«, sagte er zu Otto.

»Für Ihr *Alter* sind Sie ganz gut in Form«, sagte Otto, und Harlan schaute drein, als hätte er Otto am liebsten geohrfeigt.

»Harlan, hat Jack Watson sein Auto *jemals* nachts auf der Straße geparkt?«

»Ab und zu.«

»Wirklich? Ein vierzig Riesen teures Auto auf diesen dunklen Straßen? Es muß hier doch einige Autodiebstähle geben.«

»Ein Porsche 911 ist mehr wert«, sagte Harlan. »Und in der Stadt gibt's tatsächlich viele Durchreisende. Er hat es nicht sehr oft gemacht.«

»Wie oft?«

»Vielleicht nur ein paarmal. Wenn er sehr spät nach Hause gekommen ist.«

»Was heißt sehr spät?«

»Wenn es nicht mehr dunkel war.«

»Er ist morgens nach Hause gekommen? Wo ist er denn die ganze Nacht gewesen? So spät läuft hier doch nichts mehr.«

»Hier wird früh dichtgemacht«, sagte Harlan, leerte den Bombay-Martini und lächelte geziert, als Otto per Handzeichen noch eine Runde bestellte. »In der Saison kommen vielleicht zweihundertfünfzigtausend Leute in dieses Tal, aber im Sommer ist es eine sehr kleine Stadt mit einer Kleinstadtmentalität. Haben Sie mal die Werbung im Radio und im Fernsehen gehört? Heute morgen habe ich ein Mädchen den Spielplan vom Kinocenter vorlesen hören. ›Kino eins‹, sagt sie, ›*I'm a douche*.‹ Ich hab gedacht, das wär ein Pornostreifen, bis mir aufging, daß das arme Ding versucht, *Amadeus* zu sagen. Ach, manchmal vermisse ich die Großstadt, aber ich würde nie nach L.A. zurückgehen. Als Mr. Watson mich gefragt hat, ob ich mit seinem Gehaltsangebot einverstanden bin, bin ich zur Antwort auf die Knie gesunken. Hollywood können Sie behalten.«

»Zu dem Auto«, sagte Sidney Blackpool, als die zweite Runde Drinks gebracht wurde.

»Cheers, ihr Lieben!« rief Harlan und hob seinen Martini.

»Er ist also manchmal morgens nach Hause gekommen? Wo hat er denn die Nacht verbracht?«

»Sergeant, er war ein junger, reicher Prachtbursche. Er konnte die Nacht verbringen, wo er wollte. Bestimmt hat er seine Verlobte geliebt, aber er war jung.«

»Wie lange war er schon mit seiner Freundin verlobt?«

»Nicht lange. Drei, vier Monate, glaub ich. Ihre Familie und seine waren eng befreundet, aber er hat sie bestimmt geliebt. Er hat nicht *alles* gemacht, was sein Vater gewünscht hat.«

»Okay, er ist also manchmal morgens oder so gut wie morgens nach Hause gekommen und hat sich nicht damit aufgehalten, den Porsche reinzufahren und die Auffahrt zu blockieren. Er hat draußen geparkt und ist durchs Eingangstor hereingekommen, richtig?«

»Richtig.«

»Also, wenn sein Auto vor dem Haus geparkt und abgeschlossen war, hat man dann die Schlüssel für den Porsche bei ihm gefunden?«

»Nein. Soweit ich mich erinnere, waren seine Schlüssel in seinem Schlafzimmer, wo er sie immer aufbewahrt hat.«

»Okay, Harlan, dann ist es sehr unwahrscheinlich, daß er gezwungen wurde, mit dem Rolls vom Haus wegzufahren oder das Haus sonstwie zu verlassen. Ein Eindringling würde nicht den Porsche aus der Garage holen, ihn vor dem Haus parken, abschließen und die Schlüssel in Jacks Schlafzimmer zurückbringen, oder?«

»Vermutlich nicht«, sagte Harlan.

»Haben Sie das nicht schon an dem Tag gedacht, an dem Jack vermißt wurde? Ich meine, haben Sie dem FBI und der Polizei von Palm Springs nicht gesagt, daß Jack in dieser Nacht wahrscheinlich vor dem Haus geparkt hat, damit er später den Rolls rausfahren konnte? Und würde das nicht jeden Gedanken daran ausschließen, daß er aus dem Haus entführt worden ist?«

»Ich war damals so verwirrt! Mr. Watson hat irgendwie

alles an sich gerissen. Wissen Sie, was für ein energischer Mann das ist? Er ist mit einem dieser drahtlosen Telefone herumgerannt, die seine Firma herstellt, und ich weiß auch nicht, es war wie dieser Zirkus mit dem roten Telefon: *Geben Sie mir Washington*! Er hat den FBI-Leuten vor meinen Augen gesagt, daß sein Junge aus dem Haus entführt worden ist, und ich kann bis heute nicht sagen, daß es *nicht* so war. Wie ich schon sagte, Jack hat es gehaßt, mit dem Rolls zu fahren.«

»Ist es so, daß Victor Watson nicht einmal die Möglichkeit ins Auge fassen wollte, daß sein Sohn aus eigenem Entschluß mit dem Rolls zu einem Canyon bei Mineral Springs gefahren sein könnte?«

»Vielleicht ist es das. Und ich weiß immer noch nicht, ob es so gewesen sein könnte. Was sollte Jack denn in einer solchen Gegend tun?«

»Was meinen Sie?«

»Gottchen, ich weiß nicht, was ich denken soll.« Harlan tupfte sich mit einer Serviette die Augen. »Er war wie ein Sohn für mich, der Junge. Er und sein Vater haben sich manchmal gestritten, und hinterher hat er mit mir darüber geredet. Ich glaube, er hat es gehaßt, die ganze Zeit von seinem Vater abhängig zu sein. Er hat ihn oft Überdaddy genannt, aber nicht in seiner Gegenwart. Und er hat immer so Sachen zu mir gesagt wie: ›Tja, dann werd ich den Oberhäuptling mal um meinen Wechsel bitten.‹ Mein Eindruck ist, daß er nie wieder Geld von seinem Vater nehmen wollte, sobald seine Ausbildung abgeschlossen war.«

Der Kellner kam mit einer Auswahl von Mozzarella marinara, Coquilles St. Jacques und Räucherlachs mit Kapern. Sidney Blackpool probierte den Mozzarella, Harlan kostete die Muscheln, Otto aß, was übrig war.

Sie tranken drei Flaschen Wein zum Essen, und Otto bestand zum Dessert auf Champagner und flambierten Kirschen, denn, wie er es formulierte, »wer hat je davon gehört, daß man flambierte Kirschen ohne Champagner ißt?«

Harlan war inzwischen abgefüllt, ergötzte sie aber immer noch mit dem Sagen- und Märchengut von Palm Springs.

»Und Steve McQueen hat oben auf Southridge neben William Holden und Bob Hope gewohnt. Und Truman Capote hat in Las Palmas gewohnt, und Kirk Douglas, und es gibt noch *so* viele!«

Mittlerweile war Otto genauso hinüber wie Harlan, der auf seinem Stuhl schwankte. Der Oberkellner des Speisesaals sah in einem fort zu ihnen herüber und auf seine Armbanduhr. Zwei andere Tische waren von stilleren Betrunkenen besetzt, die so aussahen, als würden sie demnächst vielleicht gehen.

»Sagen Sie, Harlan, wie haben Sie so viel über diese Stadt erfahren?«

»Kleinstadtklatsch. Man hängt einfach in den Bars rum, und ziemlich bald weiß man alles. Palm Springs hat nur dreißigtausend Einwohner, die Häuser besitzen und Steuern bezahlen, und 'ne Menge davon sind reiche Leute, die nicht viel herumkommen. Sie sollten diese Bars sehen. Die sind längst nicht so wie in Hollywood.« Er überdachte das und sagte: »Na ja, ein *bißchen* sind sie schon wie in Hollywood. Wir haben 'ne Menge Möchtegern-Cowboys, die in Datsun-Kleinlastern herumfahren und sehr mackerhaft aussehen, aber bloß so nach Pierre Cardin stinken. Wissen Sie, daß das der einzige Ort ist, wo Sie in eine Bar gehen können, die von der Cowboy- und Bauarbeitersippschaft zusammen mit illegalen Einwanderern aus Sonora frequentiert wird? Ich glaube, wenn's draußen fünfzig Grad hat, fangen die Leute an, sich zu tolerieren. Da heißt's, wir gegen die Wüste. Aber wir haben auch unsere Slums. Die einzige Stadt im Tal ohne Slum ist Rancho Mirage. Wissen Sie, wie viele Berühmtheiten in den Country Clubs von Rancho Mirage wohnen?«

»Ich werd langsam müde«, sagte Otto. »Meine Lippen werden taub.«

»Was glauben Sie, wohin ist Jack Watson nachts ausgegangen, Harlan?« fragte Sidney Blackpool.

»Wir haben mittlerweile ein halbes Dutzend Discos in der Stadt. 'ne Menge Stewardessen und Mädchen aus Newport Beach kommen übers Wochenende her. Jack ist wahrscheinlich in eine Disco gegangen. Ich hab ihn nie tanzen sehen, aber ich weiß, er war bestimmt gut darin. Der hat sich nie und nimmer um zwei Uhr morgens mit 'nem Disco-Katzenjammer auf der Straße rumgetrieben, das kann ich Ihnen sagen. Jack konnte *jedes* Mädchen haben, das er wollte. Wissen Sie, warum ich das sage?«

»Warum?« fragte Sidney Blackpool, während Otto versuchte, den Blick der Cocktailkellnerin zu erhaschen, die sich immer noch sowohl der belebten Cocktail-Lounge widmete als auch die im Speisesaal übriggebliebenen Betrunkenen bediente.

»Es gibt noch andere Knaben mit lockigem, schwarzem Haar und Augen wie Paul Newman, aber er hatte mehr.«

Plötzlich beunruhigte Sidney Blackpool etwas. Er verspürte ein Unbehagen, dann ein Frösteln. Er war nicht nüchtern genug, um sich schon jetzt auf alles einen Reim zu machen.

»Jack hatte eine Eigenschaft, die nur sehr wenige Zweiundzwanzigjährige aufbringen. Jack war nett. Er war ein *netter* Mensch. Ja, ich glaube, er wollte irgendwann unbedingt von seinem Vater unabhängig sein. Er war etwas Besonderes.«

»Ich habe gehört, daß in Palm Springs die ganze Nacht junge Leute herumhängen«, sagte Sidney Blackpool. »Hat Jack das auch getan?«

»Wissen Sie, wer da herumhängt? Teenies und Ledernacken aus Twenty-nine Palms. Diese Machoknaben, die den ganzen Tag lernen, wie man Napalm auf Reisfelder wirft und mit bloßen Händen tötet, kommen übers Wochenende nach Palm Springs. Keine Haare, kein Geld, in ihren aufgemotzten Camaros mit Rebellenflagge drauf und 'ner Dose Skoal in der Gesäßtasche. Die haben nichts anderes zu tun, als Schlägereien anzufangen. Glauben Sie, Jack hätte sich mit diesen Leuten auf der Straße rumgetrieben?«

»Wieviel hat er getrunken?«

»Wie jeder College-Student.«

»Hat er Drogen genommen?«

»Bestimmt hat er ab und an mal einen geraucht. Ich glaub nicht, daß er gekokst hat, aber ich muß Ihnen sagen, daß es die am häufigsten mißbrauchte Substanz in Palm Springs ist. Ich sehe Kellner und Kellnerinnen die ganze Nacht auf die Toilette verschwinden und sich für hundertzwanzig Dollar pro Gramm eine Nase reinziehen.«

In diesem Moment kam die Cocktailkellnerin mit der Rechnung für Otto vorbei. Er schielte lüstern auf ihren Brustansatz, unterzeichnete die Rechnung und schrieb auf eine Serviette: »Bitte helfen Sie mir zu flüchten! Ich werde von unheilbaren Langweilern als Geisel festgehalten! Ich bin ein reicher Mann!«

Sie kicherte und bedankte sich bei Otto für die 30 Prozent Trinkgeld, die er auf die Rechnung schrieb, worauf sie zur Cocktail-Lounge zurücktänzelte.

»Kaum zu glauben, daß ich fast schon alt genug bin, um ihr Vater zu sein«, seufzte Otto. »Diesen Geburtstag überleb ich vielleicht nicht.«

»Tja, ich denke, es ist Zeit zum Schlafengehen«, sagte Sidney Blackpool.

»So früh?« sagte Harlan. »Ich könnte stundenlang weiterreden.«

»Ich möchte, daß Sie mich hier anrufen, wenn Ihnen zum Fall Watson noch etwas einfällt«, sagte Sidney Blackpool. »Versuchen Sie sich zu erinnern, ob er je von einem Mädchen gesprochen hat, das er vielleicht hier kennengelernt hat. Hat er je hiesige Freunde mit nach Hause gebracht?«

»Nicht, seit ich für die Familie arbeite.«

»Das wär's dann wohl. Mal sehen...« Plötzlich klingelte es bei ihm, die Bemerkung über Paul Newmans blaue Augen. Newman hatte einen Sohn, zu dem er zweifellos eine turbulente Beziehung hatte. Er hatte diesen Sohn verloren. Paul Newman wußte, was Victor Watson und Sidney Blackpool über Väter und Söhne wußten.

»Stimmt was nicht?« fragte Harlan.

»Ich hab gerade an jemand gedacht... nicht der Rede wert. Jetzt werd ich Sie in ein Taxi setzen.«

»Mensch, wenn wir bloß nicht so früh gehen müßten. Ich wollte gerade... Ach du lieber Gott!«

»Was ist denn?«

»Sehen Sie sich das an!«

Drei Männer hatten den Speisesaal betreten und führten ein kurzes Gespräch mit dem Oberkellner, dessen Grinsen 200 Dollar auf der Trinkgeldskala anzeigte, während er sie zu einem Ecktisch geleitete.

Der Mann, der vorausging, hätte dreißig oder sechzig Jahre alt sein können. Sein Haar war zu einer hennagefärbten Dauerwelle gelegt, und sein durchscheinendes Fleisch spannte sich so straff über Wangen und Mund, daß er kaum lächeln konnte. Er hatte Augenbrauen wie Jean Harlow und war, bis hin zur Nelke, wie Oscar Wilde gekleidet. Gleich hinter ihm kamen zwei gutaussehende Japaner in farblich aufeinander abgestimmten, zweireihigen roten Blazern, weißen Hosen und Slippern ohne Socken.

»Wissen Sie, wer *das* ist?« flüsterte Harlan. »Mein Gott, seit Betty Ford sich das Gesicht hat liften lassen, kommt einfach *jeder* zur Fassadenklempnerei nach Palm Springs. Nun schauen Sie sich diese Arbeit an! Ich meine, das letzte Mal, als ich ihn gesehen hab, hätt er seine bunten Höschen in seine Tränensäcke packen können. Ich meine, wir reden über Augen von Louis Vuitton!«

»Wer ist das?« Otto bekam Interesse.

»Und diese kleinen Knilche, nennt sie seine Adjutanten. Ganz bestimmt. Ich erkenne 'n Massagesalon-Duo, wenn ich eins sehe. Der wird den kleinen Schlitzaugen noch mal Abfindung zahlen.«

»Wer *ist* das?« wollte Otto wissen.

»Dieser Mann«, sagte Harlan, »ist der letzte Überlebende einer berühmten deutschen Familie, die Hitlers Kriegsmaschinerie in Gang gehalten hat. In den Fabriken seines Vaters wurden Sklaven an den Deckenbalken aufgehängt, wenn ihre Arbeitsleistung nicht ausreichend war. 1939 war seine Familie genauso mächtig wie die Rothschilds. Und jetzt verbringt er sein Leben in 'nem Bikinihöschen mit Dekolleté.«

»Er sieht aus wie aus ’nem Vincent-Price-Film«, sagte Otto.

»Palm Springs ist ’ne größere Version von Harry’s Bar«, verkündete Harlan stolz. »Man kann die ganze Welt vorbeiziehen sehen. Meine Herren, er ist der lebende Beweis dafür, daß das Universum einem Plan folgt. Vom Schlachtschiff *Bismarck* zum guten Schiff *Lollipop* in einer einzigen Generation. So endet eine Dynastie – nicht mit einem Knall, sondern mit einem Kichern.«

10. Kapitel

Die Mauer

Wieder einmal verschlief Sidney Blackpool die Trinkerstunde und wußte, daß er es nach dem, was sie bei dem Marathondinner konsumiert hatten, nicht verdient hatte. Er befand, daß es die Wüstenluft sein mußte. Es war wunderbar, den Trinkerschrecken zu entgehen, den Stunden, in denen Wahn und Wirklichkeit schwerer als sonst auseinanderzuhalten waren. Die angrenzende Schlafzimmertür war geschlossen, aber er konnte Otto schnarchen hören. Er duschte, rasierte sich und beschloß, eine Fahrt zu machen, um festzustellen, wie die Wüste bei Tagesanbruch aussah.

Er suchte seine Straßenkarte heraus und fuhr weg vom großen Berg. Fünfzehn Minuten später sah er sich den einzigen privaten Golfplatz der Wüste umrunden, der das Haus von Walter Annenberg, Zeitungszar, Präsidentenfreund und ehemaliger Botschafter in Großbritannien, umgibt. In einem Tal, das pro Quadratmeile mehr Golfplätze aufzuweisen hat als jeder andere Ort auf der Welt, fand er es angemessen, daß zumindest ein einheimischer Millionär einen Hinterhof besaß, der groß genug für einen Golfplatz war.

Dann sah er etwas so Verblüffendes, daß er auf dem Bob Hope Drive rechts ranfahren mußte, wobei er darauf achtete, mit den Rädern auf dem Asphalt zu bleiben und nicht auf den staubfeinen Sand zu geraten. Er stieg aus und rannte auf den Kamm einer Düne. Um halb sieben Uhr morgens an diesem herrlichen Novembertag veranstaltete die

Wüste eine Show für ihn. Hinter ihm lagen die Shadow Mountains, deren niedrige rosafarbene, kupferne und karminrote Gipfel von Wolkenschatten gesprenkelt wurden. Über den Santa Rosas lag ein Klacks Farbe, als hätte ein himmlischer Anstreicher einen breiten Pinsel in Feuer getaucht und einen Strich über eine Silberleinwand gezogen. Der Feuerstreifen hatte einen Anfang und ein Ende, und lauter Borstenschlieren. Noch mehr erstaunte ihn aber, daß die Sonne zur gleichen Zeit hinter den Santa Rosa Mountains aufging, wie der Vollmond, fahl und durchscheinend, hinterm Mount San Jacinto unterging.

Genau um sechs Uhr zweiunddreißig verharrte die aufgehende Sonne mehrere Sekunden lang auf den Santa Rosas, und der untergehende Mond tat das gleiche auf dem Gipfel des San Jacinto. Sonnenaufgang und Monduntergang auf den Bergspitzen, in der Spanne seiner ausgestreckten Arme. Da stand er auf der Düne, die Schuhe in weißem Staub vergraben, zwischen Verbenen- und Schleudersamengrasflecken, die die Wüste im Frühling zudecken würden.

Er hielt den Sonnenaufgang und Monduntergang so lang er konnte zwischen den Händen, obwohl der aufsteigende Feuerball in der kristallklaren Luft ihn blendete. Für einen Augenblick blieb die Zeit stehen. Dann war der Mond verschwunden, und die Sonne erhob sich über die Gipfel, und er machte sich klar, wie er da draußen in der Wüste auf die Arbeitstiere wirken mußte, die auf dem Bob Hope Drive vorbei nach Palm Springs fuhren.

Trotzdem konnte er noch nicht gleich gehen. Er zog Schuhe und Socken aus und ging barfuß durch die Dünen, deren kühler Sand an seinen Knöcheln saugte. Er setzte sich auf eine große Düne und dachte daran, daß dieser Sandhügel bis morgen im Wind verschwinden könnte. Aber er könnte zehn Meter weiter wieder auftauchen. Oder zehn Meilen weiter. Vielleicht verschwand er gar nicht wirklich. Und dann dachte er, daß er dem Selbsthilfequatsch ein bißchen zu nahe kam, der bei ihm nach Tommys Tod nie funktioniert hatte.

Victor Watson hatte gesagt, er habe es mit Gott und Zen probiert, und sie hätten kein bißchen besser funktioniert als die Psychotherapie, die überhaupt nicht funktioniert habe. Wenn die Sanddüne verschwand, würde diese Sanddüne nie wiederkommen. Vielleicht würde man sie für Zement verwenden. Er drückte seine Zigarette aus und steckte den Stummel in die Tasche. Die Wüste konnte mit der Zeit alles sauber verbrennen, aber er wollte an diesem wunderschönen Ort nicht seinen Abfall zurücklassen, heute nicht. Nicht nach der Sonnen-, Mond- und Lichtshow, die die Wüste ihm kostenlos gegeben hatte.

Während Sidney Blackpool knöcheltief in Sand stand und wie eine Kreuzigung in der Wüste aussah, frühstückte Otto Stringer im Bett und fand es schwer, sich auf den Filmrezensenten der *Today Show* zu konzentrieren, der sich dümmer als sonst ausnahm und anhörte. Der Grund, warum er solche Konzentrationsschwierigkeiten hatte, war, daß es ihn störte, daß sie noch nicht Golf gespielt hatten und härter arbeiteten als die Polizeisondereinheit bei den jüngsten Olympischen Spielen. Otto trank seinen Kaffee aus und beschloß, die Croissants auszulassen. Er nahm den Telefonhörer ab und wählte die Auskunft von Hollywood. Drei Minuten später sprach er mit einem Rolls-Royce-Händler.

»Hier spricht Detective Stringer, L.A.P.D.«, sagte er. »Ich rufe wegen Mr. Victor Watsons Morduntersuchung an. Sie sind, glaube ich, ein Freund von Mr. Watson?«

»Er ist ein alter Kunde«, sagte der Autohändler. »Und ja, wir sind Freunde.«

»Wir haben ein paar Probleme mit diesem Fall«, sagte Otto. »Mr. Watson hat gesagt, Sie hätten ihn davon unterrichtet, daß sein Wagen an dem Tag, an dem sein Sohn ermordet wurde, in Ihrem Geschäft aufgetaucht ist.«

»Ja, das stimmt. Mein Kundendienstmann, der, äh, der hat ein Bild von Jack identifiziert, das Victor... das Mr. Watson ihm gezeigt hat.«

»Ich möchte mit diesem Kundendienstmann reden.«

»Der, äh, der ist... ich glaube, der ist nicht erreichbar. Er hat heute möglicherweise frei. Ich muß nachsehen und Sie zurückrufen.«

»Hören Sie«, sagte Otto, »das ist eine sehr eingehende Untersuchung. Es sind jede Menge Arbeitsstunden aufgewendet und jede Menge zu nichts führender Spuren verfolgt worden. Ich will etwas wissen, und seien Sie sich absolut sicher, wenn Sie mir antworten. Könnten Sie... sich irren? Das heißt, könnte Ihr Kundendienstmann *sich irren*?«

»Äh, wie meinen Sie das?«

»Was wäre, wenn an diesem Tag ein *anderer* Rolls gekommen wäre? Was wäre, wenn ein *anderer* junger Bursche gefahren wäre? Ist es möglich, daß er etwas durcheinanderbringt? Es wäre eine ernste Sache, wenn wegen eines... *Irrtums* eine polizeiliche Untersuchung in Gang käme. Da könnte sogar jemand in Schwierigkeiten kommen.«

Es herrschte mehrere Sekunden Schweigen, dann sagte der Autohändler: »Nun ja, alles ist möglich.«

»Ich weiß, daß alles möglich ist. Ist es vielleicht mehr als möglich, daß Ihr Kundendienstmann sich irrt?«

»Es ist... zumindest durchaus möglich«, sagte der Autohändler mit zittriger Stimme. »Ich würde... ich müßte mit ihm reden.«

»Vielen Dank«, sagte Otto. »Falls wir noch weitere Fragen haben, rufen wir Sie an.«

»Glauben Sie denn, daß Sie noch weitere Fragen haben?« Der Autohändler hörte sich an, als sei ihm übel.

»Das bezweifle ich«, sagte Otto.

Als Sidney Blackpool in die Suite zurückkam, hatte sich Otto in seine beste Golfkleidung geworfen, die mit dem Pullover mit rosa Rautenmuster. Er saß im Wohnzimmer und las Zeitung.

»Hab gedacht, du schläfst vielleicht noch«, sagte Sidney Blackpool. »Ich hab 'ne Fahrt gemacht. War länger weg, als ich gedacht hab.«

»Spielen wir heute Golf, Sidney? Oder errichten wir

Straßensperren und fangen an, Autos nach der Mordwaffe zu durchsuchen?«

»Was hast du?«

»Sieh mal, Partner, ich bin bloß 'n alter Rauschgiftcop und 'n nagelneuer Leichenschnüffler, aber sogar alte Rauschgiftcops können nach 'ner Weile zwei und zwei zusammenzählen.«

»Wovon redest du?«

»Ich hab mich gefragt, warum du nicht zu diesem Rolls-Royce-Händler fahren wolltest, um den heißen neuen Hinweis zu überprüfen, daß der junge Watson mit dem Rolls nach Hollywood gefahren ist. Aber ich hab eben gedacht, was soll's, Black Sid ist der Mordcop. Ich, ich bin bloß 'n Frischling, also hab ich nichts gesagt. Aber ich hab mir mein Teil gedacht.«

»Was gedacht?«

»Gedacht, daß du diesen Fall bearbeitest, als wär's die Entführung des Lindbergh-Babys, und nicht 'n Mordfall ohne Hinweise, wo wir angeblich nur so tun, als ob.«

»Und was hast du beschlossen?«

»Ich hab beschlossen, den Rolls-Händler anzurufen, der 'n Kumpel von Victor Watson ist. Von 'ner Heiratskapelle in Las Vegas könnt ich mehr Aufrichtigkeit erwarten.«

»Und?«

»Und er ist ungefähr so verläßlich wie 'n *Prawda*-Leitartikel. Watson hat sich die Geschichte mit seinem Kumpel ausgedacht, bloß um die Polizei von L.A. in einen Palm-Springs-Fall reinzuziehen. Hab ich recht?«

»Ich hab den Autohändler nicht angerufen. Das warst du.«

»Hör mal, Sidney, ich bin kein Geistesriese, aber ich bin nicht total blöd.«

»Du bist kein bißchen blöd, Otto.«

»Du hast die ganze Zeit geglaubt, daß Watson es erfunden hat, um uns ins Spiel zu bringen. Du *wolltest* ins Spiel gebracht werden.«

»Sagen wir mal, du hast recht.«

»He, es ist mir egal, ob du's gemacht hast, weil du 'n Urlaub in Palm Springs wolltest. Es ist mir egal, ob du damit gerechnet hast, daß er uns mit Geld für Spesen eindeckt. Vielleicht hast du sogar gewußt, daß es zehn Riesen sein würden. Ich weiß nicht, was dahintersteckt, aber ich finde, wenn ich schon mit auf'm Kutschbock sitze, hab ich 'n Recht drauf zu erfahren, ob ich von Feinden überfallen werde.«

Sidney Blackpool zündete sich eine Zigarette an, setzte sich rittlings auf einen Stuhl und wandte den Blick ab. Dann sagte er: »Okay, Otto, du hast recht. Ich hab wirklich von vornherein gedacht, daß Watson sich die Verbindung nach Hollywood ausgedacht hat, aber ich hab mitgespielt. Und nicht bloß für 'n vergnügtes Wochenende in Palm Springs.«

»Bis jetzt vergnügen wir uns nicht besonders. Wir arbeiten.«

Sidney Blackpool tat einen tiefen Zug an seiner Zigarette, blies eine Rauchwolke durch die Nase und sagte: »Ich hab nicht gewußt, daß er uns zehntausend geben würde, aber das ist nicht der Grund, warum ich mich in den Fall reinknie. Watson hat mir einen Job angeboten, *falls* ich einen guten Eindruck auf ihn mache.«

»Was für 'n Job?«

»Sicherheitsbeauftragter bei den Watson Industries. Hundert Riesen pro Jahr. Reisen. Zugang zu Country Clubs. Vergünstigungen. Ich wär nicht superreich, aber ich könnt wie 'n reicher Mann *leben*.«

»Hoffnung und Traum jedes Cops«, sagte Otto mit anerkennendem Pfeifen. »Wie man zwanzig Jahre Scheiße in Sonnenschein verwandelt.«

»Es ist seit langer Zeit das erste, was mich ein bißchen anmacht, Otto. Es ist was, was man... anstreben kann.«

»Anstreben? Ich würd dafür morden. Du hättest mir's sagen sollen.«

»Tut mir leid, Partner.«

»Also, jetzt, wo ich's weiß, reden wir nicht mehr von Golf. Ich arbeite die ganze Woche, wenn das die Gegenleistung für dich ist. Im Griffith Park kann ich immer noch Golf spielen.«

Sidney Blackpool grinste und sagte: »Danke, aber rat mal, was?«
»Was?«
»Heute machen wir 'n Spielchen.«
»In Ordnung!« sagte Otto. »Welcher Platz?«
»Such du aus. Wir haben drei zur Auswahl.«
»Ene, meene, muh, Tamarisk! Gehen wir im Tamarisk Country Club spielen.«
»Einverstanden«, sagte Sidney Blackpool. »He, rat mal, was ich draußen in der Wüste gesehen hab?«
»Was?«
»'n Vogel, den ich in der Wüstenzeitschrift gesehen hab. Neuntöter nennen sie ihn. Er spießt Mäuse und Eidechsen auf Dornen und Stacheldraht und frißt sie später. Wunderschöner Singvogel. Rostbrauner Rücken. Graue Haube, schwarze Maske, Flügel silbergrau wie 'n Mercedes. Mit weißen Nadelstreifen. 'n prächtiger, *tödlicher* kleiner Singvogel. Hat mich an meine Exfrau erinnert.«
»Sidney, *bitte*!« sagte Otto. »Du hast *versprochen*, nicht morbid zu werden!«

Das Clubhaus von Tamarisk war nagelneu, aber der Golfplatz war alt. Neben dem Thunderbird Country Club war es der älteste piekfeine Club in der Wüste. Die Kriminalbeamten wußten nicht recht, was tun, und schleppten ihre Schläger erst einmal selbst, bis ein Junge sie sah, ihnen die Golftaschen abnahm und sie zum Umkleideraum führte, wo sie die Schuhe wechselten.

Das neue Clubhaus paßte perfekt in die Wüste: viel Glas und Platz, in den Pastellfarben der Wüste gehalten. An der Wand im Foyer hing ein Mitgliederverzeichnis. Otto sah den Namen Gregory Peck und geriet in Panik. Er machte sich darauf gefaßt, Yoko Ono über den Weg zu laufen.

Obwohl er im Lauf der Jahre gelegentlich eine Runde Golf gespielt hatte, hatte sich Otto nie richtig für das Spiel interessiert, bis er anfing, mit Sidney Blackpool, einem ziemlich guten Golfer, zusammenzuarbeiten. Während ihrer gemeinsamen Monate hatte es Sidney Blackpool geschafft, ihnen Spielmöglichkeiten in ein paar zweitrangigen Privatclubs im Los Angeles County zu verschaffen, die im Vergleich mit der manikürten Vollkommenheit der Country Clubs in der Wüste die reinsten Ziegenpfade waren.

»Du lieber Gott, Sidney!« sagte Otto, als sie mit dem Clubpro zusammen das achtzehnte Grün betrachteten. »So was hab ich noch nie gesehen. Es ist... es ist... Ich bin mal mit 'nem Mädchen mit so 'ner Muschi gegangen!«

»Grün?« sagte der Clubpro.

»Samt«, sagte Otto. »Um den Flaggenstock sieht's aus wie Samt. Und guck dir die Fairways an, kein Fleckchen. Pflegt ihr die mit Clearasil, oder was?«

»Viel Spaß, Leute«, sagte der Pro. »Ihr spielt 'n Dreier mit Mr. Rosenkrantz. Der ist am ersten Tee und wärmt sich auf.«

»Vielen Dank«, sagte Sidney Blackpool, der Ottos Ellbogen nehmen mußte, um ihn vom achtzehnten Grün wegzubringen. Der Junge hatte ihre Schläger bereits auf einen elektrischen Golfwagen geladen und rieb ihre Hölzer ab.

»Geben wir dem Jungen Trinkgeld, oder was?« flüsterte Otto.

»Wenn wir fertig sind«, sagte Sidney Blackpool.

»Zahlen wir Platzgebühren, oder was? *Reichen* zehn Riesen für Platzgebühren?«

»Entspann dich. Victor Watson hat für alles gesorgt«, sagte Sidney Blackpool. »Stell dir vor, wie's wäre, für so'n Typ zu arbeiten.«

»Stell dir vor, wie's wäre, an so 'nem Ort zu wohnen, Sidney. Ich *muß* in dieser Stadt einfach 'n reiches Weib auftreiben!«

Der Mann, der am ersten Abschlag wartete, war ungefähr fünfundsechzig Jahre alt und dicker als Otto Stringer, allerdings nur etwa einsfünfundsechzig groß. Er trug eine ausgeleierte Golfmütze, die ihm bis auf die Ohren reichte, und eine Brille mit Kunststoffgestell, die ihm fortwährend auf die Nasenspitze rutschte. Er rauchte eine Zigarre, die größer war als ein 350-Gramm-Totschläger.

»Sie müssen Mr. Güldenstern sein«, sagte Otto und streckte die Hand aus.

»Ich bin der andere«, sagte der Mann, »Rosenkrantz mit K. Freut mich, euch Jungs kennenzulernen.«

»Das ist Sidney Blackpool, und ich bin Otto Stringer. Danke, daß Sie uns spielen lassen.«

»Tu Freunden von Victor Watson gern 'n Gefallen«, sagte er. »Nennt mich Archie. Was ist euer Handicap?«

»Er liegt so bei zwölf«, sagte Otto. »Ich, ich bin Anfänger. Handicap von dreißig müßte hinkommen.«

»Der letzte, der mir das erzählt hat, hat mich verkloppt wie'n Hurenhausteppich«, sagte Archie Rosenkrantz. »Also geb ich Ihnen fünfzehn Schläge vor. Sidney, Sie geben mir drei vor. Wie wär's, spielen wir um zwanzig Dollar, vierfach. Die ersten neun, die zweiten neun, automatischer Press* auf den zweiten neun und Gesamtstand.«

»Klingt okay«, sagte Sidney Blackpool. »Sie gehen voraus und zeigen uns den Weg, Archie.«

Während Archie Rosenkrantz sich am ersten Abschlag bereit machte, spürte Otto Panik aufwallen. Er flüsterte seinem Partner zu: »Hast du Präsident McKinley für 'n ganzen *Haufen* Andrew Jacksons eingetauscht? Im Griffith Park haben wir nie um mehr als zwei Dollar gespielt!«

»Wir haben Geld, keine Sorge«, flüsterte sein Partner zurück.

Genau da fuhr eine gemischte Vierergruppe in zwei spezialangefertigten Golfwagen vor und parkte am Abschlag. Der eine Golfwagen war chinesisch-rot und einem Rolls-Royce nachgebildet. Der Mann am Steuer war älter als George Burns. Das Mädchen in hauchdünnem Wildleder war jünger als Brooke Shields. Otto spürte acht Augen auf sich. Mißbilligende Augen, nahm er an. Er war sicher, sie wußten, daß er ein Klopper aus dem Griffith Park war.

Dann hörte Otto ein Geräusch, das ihn an den Zusammenprall der Hand des Samoaners mit seinem Schädel

* Wettspielvariante, bei der sich die Einsätze von Loch zu Loch verdoppeln können (Anm. d. Übers.)

erinnerte. Fetter alter Knacker, von wegen! Der bescheuerte Ball sauste 200 Meter weit. *Kerzengerade*.

»Können wir Sie gleich jetzt auszahlen, damit wir's hinter uns haben?« fragte Sidney Blackpool, als er den Abschlag betrat und ein Tee in den Boden steckte.

»Glücksschlag«, sagte Archie, an seiner Havanna paffend.

Otto sah sich unentwegt nach dem Clubhaus um. Er wußte einfach, daß da bestimmt fünfzig Leute waren, die durch das getönte Glas hinausschauten. Er hielt zwanzig Sekunden den Atem an und blies ihn aus. Er spannte Hand-, Unterarm- und Oberarmmuskeln und entspannte sie wieder. Wenn er im Griffith Park zum Entzücken irgendeines Klempners patzte, war das keine Affäre. Aber *hier*?

Sidney Blackpool schlug genauso hart wie Archie Rosenkrantz, und weil er jünger und gelenkiger war, holte er noch zehn Meter mehr heraus. Der Ball hatte Fade, senkte sich jedoch auf die rechte Seite des Fairway.

»Sie sind aber auch nicht schlecht, Kleiner«, sagte Archie, der die Zigarre in Stücke zerkaute. »An euch Jungs werd ich nicht fett, das seh ich schon.«

Otto begann sich total unwohl zu fühlen. Seine lindgrüne Hose zwickte plötzlich im Schritt. Sein karierter Pullover scheuerte in den Achselhöhlen. Seine Golfschuhe schienen Blasen in seine Knöchel zu reiben, obwohl er noch keine zehn Meter gelaufen war. Sogar seine gottverfluchte Ben-Hogan-Mütze war zu eng. Er war ein Wrack.

Otto schlug einen Übungsschwung und jagte einen dreißig Zentimeter großen Tamariskenbrocken fünfzehn Meter weit durch die Luft. Er rannte vom Abschlag weg und holte die Sode zurück, während Archie Rosenkrantz an der Havanna paffte und sagte: »'s gibt 'n achtzigjähriges Mitglied hier, das trägt 'n Toupet, das sieht genauso aus wie die Grasnarbe da, bloß orange. Keine Angst, Kleiner. Schlag einfach zurück und L.D.S.F.«

»Was heißt L.D.S.F.?« fragte Otto, der spürte, wie sich seine Kiefer verkrampften.

»Laß den Scheißkerl fliegen«, sagte Archie.

Aber plötzlich tauchte Ottos Golfgnom auf! Sein Angstgnom sah aus wie Renfield, der kichernde kleine Fliegenfresser in dem alten Film, der dich in dein Zimmer im Westturm führt und dir sagt, du sollst das Flappen vor dem Fenster nicht beachten, weil es bloß eine alte Tunte aus Bukarest ist, und wenn du ihr einen Blick auf deinen nackten Hintern und ein bißchen warme Milch mit einem Tollhouse-Keks schenkst, flattert sie nach Hause. Ganz bestimmt.

»Laß den Scheißkerl fliegen«, sagte Otto tapfer.

»Hä, hä, hä«, sagte Renfield, an einer blutgeblähten, pistaziengroßen Pferdebremse malmend.

Otto ließ den Scheißkerl auch tatsächlich fliegen.

»Das wär keine schlechte Entfernung«, sagte Archie, »wenn's der Ball statt dem Schläger wäre.«

»Ich kapier das nicht!« rief Otto und sah sich nach der gemischten Vierergruppe um, die das Naturtalent am ersten Abschlag echt anmachte.

Sidney Blackpool trottete nach vorn, um den Graphitdriver zurückzuholen, und Archie sagte: »Weißt du was, Kleiner, blasen wir die Wetten ab. Das bescheuerte Spiel hat schon genug eingebauten Streß. Gehen wir einfach los, amüsieren uns, genießen den Tag, lachen ab und an und trinken später einen.«

»Einverstanden«, sagte Sidney Blackpool und reichte Otto seinen Driver.

Otto redete sich ein, daß es jetzt einfach sein würde. Der Druck war weg. Außer daß die Frauen in der gemischten Vierergruppe miteinander flüsterten und Ottos Ohren die Farbe der rosa Rauten auf seinem Bauch hatten. Trotzdem zwang er sich, den Schläger tief und langsam zu bewegen. Er holte langsamer aus, als es Don January je im Traum eingefallen wäre. Er fühlte sich locker und träumerisch. Er war sooo langsam. Er war sooo entspannt, daß er geradewegs einschlafen könnte. Bloß daß Renfield, gerade als er den Schläger über die Horizontale hob, sagte: »Man braucht vor nichts Angst zu haben, außer vor der Angst.

Hä, hä, hä, häääää!« Otto wußte, daß der vor dem Fenster schwebende Nager *bloß* das beschissene Gesicht von Bela Lugosi hatte!

Otto schlug einen kraftvoll durchgezogenen Reggie-Jackson-Swing. Mit dem gleichen Ergebnis. Er verpatzte das Ding so gründlich, daß er sich wie eine Lakritzspirale verdrehte und sein Kopf urplötzlich wie bei einem Kakadu genau nach hinten zeigte. Direkt auf die beiden Frauen in der gemischten Vierergruppe, die wie zwei Stewardessen der Aloha Airlines strahlten: »Willkommen im Paradies, Fremder!«

»Da hab ich wohl gelogen«, sagte Renfield achselzukkend, die Zähne voller Fliegen.

Archie Rosenkrantz verlor fast seine Zigarre. »Hör ich da jemand meckern?« rief er. »Lon Chaney hat für so ’n Ausfallschritt Vollmond gebraucht!«

»Vergessen wir den ersten Abschlag«, schlug Sidney Blackpool vor. »Otto kriegt sich schon ein, wenn wir erst mal auf dem Fairway sind.«

»So hat man's in Palm Springs nicht mehr rauschen hören, seit Liberace in die Stadt gekommen ist«, sagte Archie. »Okay, gehen wir weiter. Meine Krampfadern machen schon Breakdance.«

Das erste Loch war ein Par-5 von 440 Metern, das nicht allzu viele Probleme hätte verursachen sollen. Otto durfte seinen Ball 180 Meter weit legen, in die Nähe der von seinen Mitspielern geschlagenen Drives.

»Alsdann, Otto«, sagte Archie. »Niemand guckt dir zu, also geh einfach hin und schau dir die Berge an und riech die Blumen und denk dran, was für ein Glück du hast, daß Gott dir diesen glücklichen Tag geschenkt hat. Sag dir einfach folgendes: Ach was, scheiß drauf! Und wenn ich nicht drauf scheißen kann, überzieh ich's mit Schokolade wie die alte Mary See!«

Also ging Otto hin und sprach den Ball an, ließ Arme, Unterarme, Handgelenke, Hände, Hüften und Beine erschlaffen und dachte: Scheiß drauf oder überzieh's mit Schokolade. Und er ließ ihn fliegen und hörte einen dumpfen Bums.

»Wo ist er?« fragte Otto und beschirmte die Augen mit der Hand gegen die Sonne. »Ist er schon runtergekommen?«

»Würmerschinder«, sagte Sidney Blackpool.

»Käferquäler«, sagte Archie Rosenkrantz. »Allerdings gar nicht mal schlecht. Du hast vielleicht dreißig Meter gewonnen.«

Archie machte sich mit einem Holz 3 an seinen Schlag, und sein kurzer Backswing beförderte den Ball fast 180 Meter weit, wodurch er noch einen Pitch bis zum Grün hatte.

Sidney Blackpool zog sein Holz 3 weiter durch, verzog aber zu sehr nach außen und hatte einen kitzligen Schlag mit dem Wedge vor sich.

Otto versengte ein Bataillon Würmer und raffte einen Schwarm Käfer dahin, ehe er das erste Loch beendete. Seinen schlimmsten Moment hatte er allerdings, als er im Bunker auf der linken Seite landete. Sidney Blackpool und Archie Rosenkrantz setzten beide ihren dritten Schlag in den Sandbunker, was drei am Strand ergab und allgemeines Stöhnen hervorrief.

Archie pfefferte seinen glatt heraus, und er landete acht Meter hinter dem Flaggenstock, während sich Otto seinen eigenen Sandschlag beguckte und spürte, wie sich sein Schließmuskel zusammenzog.

»Glatt rausgekommen«, sagte Otto neidisch.

Sidney Blackpool nahm ein bißchen zuviel Sand mit, hatte aber Glück, und sein Ball landete auf dem Grün und rollte bis auf zehn Meter an die Flagge heran. Otto spürte, wie sein Schließmuskel sich noch mehr zusammenzog.

»Glatt rausgekommen«, sagte Otto neidisch.

Dann war er dran. Otto senkte das Wedge, bis es den Sand fünf Zentimeter hinter dem Ball eben noch streifte, und versuchte, Renfields schwachsinniges Gegluckse zu ignorieren.

Otto tat einen feierlichen Schwur, daß er den ganzen Körper entspannen würde, egal was aus dem Sandschlag wurde. Und es gelang ihm. Er ließ den ganzen Körper völlig schlaff und locker werden. Er war sooo langsam. Er war sooo locker, daß er furzte.

»Glatt rausgekommen«, sagte Archie Rosenkrantz neidisch.

Alles in allem war es kein schlechter Tag. Otto fing an, besser zu werden, nachdem er am dritten Loch, einem Par-4, mit einer astreinen Sieben nach Hause gekommen war.

Nach fünf Löchern sagte Archie: »Du hast 'n Full house, Otto: drei Neuner und 'n Paar Siebener.«

Bei Nummer sechs, einem Par-4, lochte Otto mit dem zweiten Putt sogar zu einem Bogey ein. »Applaus!« schrie Otto. »Ich will Applaus hören!«

»Fünf für Otto!« sagte Archie und schrieb den Spielstand auf den Kartenhalter am Lenkrad. »Jetzt bist du auf dem richtigen Dampfer, Kleiner. Endlich siehst du nicht mehr aus wie Gary Gilmore mit 'ner Zielscheibe am Hemd.«

»Ich hab fünf«, sagte Sidney Blackpool.

»Immer mit der Ruhe«, sagte Archie. »Bei dem hier haben wir unentschieden gespielt.«

»Otto, geben wir dir die Ehre.«

Otto Stringer fuhr auf seinen Bogey dermaßen ab, daß er voll draufhielt, aber unter den Ball kam. Es war ein 180-Meter-Abschlag. Senkrecht nach oben.

»Wo ist er hin? Wo ist er hin?« wollte Otto wissen.

»Freifang«, sagte Archie Rosenkrantz. »Bei dem gibt's kein Zurücklaufen.«

Bis sie das sechzehnte Loch erreichten, hatte Otto seine Schläger auf den von Archie Rosenkrantz gefahrenen Golfwagen geschafft. Archie hatte ihnen gesagt, er sei Vater von zwei Psychiatern, und Otto meinte, er könnte vielleicht seinem Golfschwung auf die Sprünge helfen.

»Sieh mal, Archie«, sagte Otto, während sie auf ein Pärchen warteten, das sich zwischen den Eukalyptusbäumen verlaufen hatte. »Es ist, als hätt ich kein Muskelgedächtnis. Meine Golfmuskeln sind vierzig Jahre alt und haben schon die Alzheimersche Krankheit.«

»Der Muskel in deinem Kopf, der ist das Problem, Otto«, sagte Archie und zündete sich eine frische Havanna an, da die alte wie Spinat aussah. »Die schwierigsten zwölf Zentimeter beim Golf sind die zwischen deinen Ohren, stimmt's? Du nimmst es zu ernst. Ich will dich da vorn beim achtzehnten Abschlag locker vom Hocker spielen sehen.«

»Vielleicht sind's meine Basalganglien«, gab Otto zu bedenken. »Die sorgen dafür, daß man Fahrrad fahren oder ohne zu denken 'n Golfschläger schwingen kann.«

»L.D.S.F., Otto.«

Das achtzehnte war eine Schönheit, 480 Meter, die genau auf das neue Clubhaus zuliefen, das vom San Jacinto Peak umrahmt wurde. Der Fairway war von Bäumen gesäumt: Pfeffersträucher, Palmen, Pinien, Weiden, Oliven und Eukalyptusreihen. Rechts stand üppiger Oleander, was Otto nervös machte. Er wollte nicht in die Büsche verschlagen.

»Wenn ich in das Zeug da reinslice, kann ich genausogut was davon essen und sterben«, sagte Otto zu Archie.

»Du wirst aber nicht slicen, Otto«, sagte Archie besänftigend. »Geradewegs zurück, nach Hause und fertig.«

»Und guck dir den ganzen Eukalyptus an!« sagte Otto. »Genug, um jeden Koala von Australien zu füttern.«

»Jetzt hör aber mit den negativen Gedanken auf, Otto«, sagte Archie, während Sidney Blackpool, die Beine auf den leeren Sitz gelegt, in seinem Golfwagen saß und einen Flecken Sonnenlicht auf dem Hang des Berges betrachtete.

»Ich will bestimmt stark zu Ende spielen«, sagte Otto. »Aber wenn ich 'n verkorksten Hook schlage wie bei Nummer drei? Manchmal verhau ich meinen Bananenslice und 's wird 'n verkorkster Hook. Vielleicht schlag ich 'n verkorksten Hook genau in das Haus da links.«

Dann betrachtete Otto neugierig das eingezäunte Grundstück neben dem Fairway. Es war vollständig eingefriedet, mit Sicherheitsscheinwerfern drum herum. An einem Tor war ein Schild mit den Worten: »Der Hund tut nichts. Vorsicht, bissiger Besitzer.« Es war eine amerikanische Flagge aufgezogen, um anzuzeigen, daß der Besitzer anwesend war.

Otto machte den Fehler zu fragen, wer da wohnte, worauf sein Golfschwung dem Untergang geweiht war.

Sidney Blackpool war verblüfft, als Otto zu seinem Golfwagen gerannt kam und ihn an der Schulter schüttelte.

»Sidney!« schrie Otto. »Weißt du, wer da drüben wohnt? Er! Er!«

»Wer? Wer?«

»Der Boß!«

»Bruce Springsteen?«

»Der Boß der Bosse!«

»Don Corleone?«

»Der oberste Vorsitzende!«

»Armand Hammer oder Lee Iacocca?«

»Stell dich nicht blöd. Ol' Blue Eyes persönlich!«

»Ja?« Sogar Sidney Blackpool wirkte leicht beeindruckt. »Ich hab gedacht, sein Haus wär vielleicht 'n bißchen imposanter.«

»Was willste denn? Der Kerl stammt aus Hoboken.«

»Tja, er wird uns nicht reinbitten«, sagte Sidney Blackpool. »Also wollen wir mal den Ball auflegen und das neunzehnte erreichen, da können wir dann alle von unserer Golfangst loskommen.«

Archie Rosenkrantz, der Ottos mittlerweile hervorquellende Augäpfel musterte, flüsterte traurig: »Otto kommt ungefähr dann von seiner Angst los, wenn Hugh Hefner von Seidenpyjamas loskommt.«

Otto wandte sich dreimal zum Haus, bevor er überhaupt ein Tee in den Boden steckte. Ihm war, als hörte er eine Stimme »Strangers in the niiiight« singen.

»Niemand guckt dir zu!« sagte Archie nervös.

»Ol' Blue Eyes macht mir keine Angst!« sagte Otto mutig.

»Schubi dubi du, du Bauer!« sagte Renfield fröhlich.

Otto Stringer verriß den Top-Flite weit nach links. Er prallte von Sidney Blackpools Golfwagen ab und knallte als Querschläger gegen das Schienbein von Archie Rosenkrantz, der nicht so schnell ausweichen konnte wie die jüngeren Männer.

»O mein Gott!« wimmerte Otto. »Ich bin so nutzlos wie Ronald Reagans rechtes Ohr!«

Archie Rosenkrantz humpelte sich einen Moment den Schmerz weg, ehe er sagte: »Weißt du was, Otto, gehen wir auf'n Schnack in die Bar. Ich hab noch nie viel für blutrünstige Sportarten übrig gehabt.«

Nachdem sie die Schuhe gewechselt hatten, begab sich Otto wieder ins Foyer, um das Mitgliederverzeichnis nach Berühmtheiten durchzusehen. Als er sich in der Bar zu Archie und Sidney Blackpool gesellte, sagte er: »Kommt Gregory Peck ab und an her?«

»Nee«, sagte Archie. »Vielleicht früher mal, als der Club neu war. Jetzt nicht mehr.«

»Hab den Namen vom Vorsitzenden gesehen«, sagte Otto.

»Der spielt nicht Golf«, sagte Archie. »Ißt vielleicht mal ab und zu im Speisesaal. Ich glaub, er ist sauer geworden, weil ihm jemand gesagt hat, er soll Spiro Agnew nicht mehr mitbringen.«

»Wen habt ihr denn sonst noch hier?« fragte Otto.

»'n Haufen Leute, deren Namen mit R-O-S-E-N und G-O-L-D anfangen«, sagte Archie. »Besorgen wir dir was zu trinken.«

Sie schluckten den ersten Cocktail, bevor der Barkeeper Zeit hatte, die Rechnung, die Archie unterschreiben mußte, in die Kasse einzutippen. »He, Kleiner«, sagte Archie zum Barkeeper, »nur ein Eiswürfel. Was glaubste denn, was das hier ist, 'n Club für Gojim? Willste vielleicht im Thunderbird oder im Eldorado arbeiten?«

Der Barkeeper grinste, ließ zwei Eiswürfel ins Glas fallen und goß Bourbon nach.

»Die *Titanic* ist von weniger Eis versenkt worden«, sagte Archie.

»Ist das 'n jüdischer Club?« fragte Otto.

»Was glaubst du denn, Kleiner?« sagte Archie. »Seh ich vielleicht wie Henry Cabot Lodge aus? Dieser Club ist von Juden gebaut worden, als man sie nicht in den Thunderbird reinlassen wollte. Ich hab gehört, sie hätten sogar Jack

Benny abgelehnt. Heutzutage halten sie sich vielleicht ’n paar Juden, aber sie dürfen keine Räucherheringe auf die Grüns fallen lassen und müssen sich zum Dehnen Backsteine an die Vorhaut binden. Müssen die Unterhosen runterlassen, bevor sie überhaupt auf den Übungsplatz gelassen werden, hab ich gehört.«

»Ich hab gedacht, wenn man bloß genug Kohle hat, ist man ’ne große Nummer und kann hin, wo man Lust hat.«

»Du mußt noch viel lernen, Kleiner. Wo seid ihr Jungs eigentlich Mitglied?«

»Na ja, genaugenommen sind wir eigentlich bei keinem Club Mitglied.«

»Wir sind Cops bei der Polizei von L.A.«, sagte Sidney Blackpool.

»Ach ja?« sagte Archie. »Ich hab mal mit zwei von euren Vorgesetzten ’n paar Spiele gemacht. Drüben in Hillcrest.«

»Ist es da so schön wie hier?«

»Klar. Gebt mir eure Visitenkarte«, sagte Archie. »Ich lad euch mal ein.«

»Keine Filmstars in der Nähe, hä?« Otto musterte die Leute, die vom Lunch kamen.

»Vielleicht sehen wir Lucille Ball. Ihr Mann ist ’n guter Golfer.«

»Wohnen die hier?« fragte Otto.

»Nee, die wohnen in Thunderbird.«

»Warum ist er dann nicht Mitglied in Thunderbird?«

»Er ist Jude. Er wohnt dort, ist aber Mitglied in *diesem* Club.«

»Hör mal, Archie«, sagte Otto, »wir spielen im Griffith Park mit ’nem Haufen Cops. Dazu gehören zwei Mexikaner, ’n Schwarzer und ’n Jude. Und du willst mir erzählen, wir können, falls wir alle in der Staatslotterie gewinnen, nicht zusammen ’nem schicken Club beitreten?«

»Die Leute sagen, sie wollen mit ihrer eigenen Sorte zusammen sein, Kleiner.«

»Aber das sind Cops. Die *sind* meine Sorte!« sagte Otto.

»Ach, Kleiner«, sagte Archie. »Wenn du ’n Golfschwung auch so schnell kapieren würdest, wärst du der beste dicke Golfer seit Billy Casper.«

Otto war aufrichtig erstaunt. »Mit 'n paar Millionen Piepen kriegst du hier kein Bein über die Mauer, wenn du nicht die gleiche *Sorte* bist?«

»Leichter 'n Bein über die Berliner Mauer zu kriegen«, sagte Archie Rosenkrantz. »Und zwar Richtung Westen. Wie wär's mit noch 'nem Drink, Kleiner? Mit einem Eiswürfel.«

11. Kapitel

Fratzen

Zu dem Zeitpunkt, als sie auf der Rückfahrt zum Hotel waren, fühlte sich Otto, als bräuchte er eine Piña colada, ein Bad in der Mineralquelle und vielleicht ein Nickerchen, ehe er sich mit der Katastrophe von eben befassen konnte.

»War wirklich schön da«, sagte Sidney Blackpool in dem Bemühen, Konversation zu machen.

»Ich will nicht über Golf reden.«

»Otto, du hast doch immer gesagt, daß ich Golf zu ernst...«

»Ich will nicht drüber reden.«

»Es ist bloß 'n Spiel, Otto.«

»Auf glühenden Kohlen laufen ist auch 'n Spiel. Oder Haschmich mit Andrei Gromyko. Oder 'n Quiz mit zwanzig Fragen in 'nem iranischen Gefängnis.«

»Immerhin haben wir jemand kennengelernt.«

»Ich kann Archie prima leiden. Die Leute waren nett zu uns. Der Country Club ist wunderschön. Und jetzt fahr rechts ran und halt an.«

»Wozu?«

»Ich will meine Schläger in den Gully schmeißen.«

»Du warst also 'n mittlerer Ausfall beim Golf.«

»So wie Charlie Manson beim Hafturlaub 'n mittlerer Ausfall war.«

»Warte, bis wir zurück sind, und nimm 'n paar Drinks. Dann geht's dir besser.«

»Ich komm mir vor wie 'n Gehirntumor. Mich sollten sie

in ’n Glas stecken, zum Studium für spätere Generationen.«

»Vielleicht solltest du dich massieren lassen.«

»Was hat das für ’n Sinn. Wahrscheinlich würd ich mit dem Arsch nicht mal den Massagetisch treffen.«

»Laß dich auf dem Boden massieren. Bestell dir ’ne Masseuse in die Suite.«

»*Das* ist vielleicht gar keine so schlechte Idee«, mußte Otto einräumen.

Als sie in die Suite zurückkamen, blinkte das Nachrichtenlämpchen am Telefon, deshalb rief Otto die Vermittlung an. Die Nachricht kam von Harlan Penrod.

»Will wahrscheinlich heute nacht noch ’n Rendezvous«, sagte Otto. »Der ist schärfer aufs Adoptiertwerden als Oliver Twist.«

Harlan Penrod nahm mit den Worten ab: »Hallooooo. Hier bei Watson. Was kann ich für Sie tun?«

»Hier spricht Sidney Blackpool, Harlan.«

»Mein liebster Sergeant seit Gary Cooper!« zwitscherte Harlan. »Ich hab vielleicht Neuigkeiten für Sie!«

»Was denn?«

»Ich habe sämtliche Sachen von Jack durchstöbert und etwas gefunden, was mit Schulpapieren und anderem Kram in einem Lehrbuch steckte. Ich glaub nicht, daß die Polizei es gesehen hat.«

»Was denn?«

»Ein Bild von Jack und einem Mädchen.«

»Und?«

»Der Hintergrund ist ein Swimmingpool hier in Palm Springs! Ich hab ihn erkannt, weil ich mal einen Freund hatte, der da gewohnt hat, wenn er in der Stadt war. Ich kenne diesen blöden Pool deshalb, weil wir eines Nachts Krach gekriegt haben, und er hat mich reingeschmissen, und ich hab mir den Kopf an der Haltestange gestoßen, die auf dem Bild ist. Ich hab alle meine Kleider, ein Paar neue Schuhe und eine Armbanduhr verloren.«

»Ist das alles? Ich meine, ein Bild von Jack mit einem Mädchen in einem Hotelpool?«

»Ist das vielleicht nichts?«

»Ja, es ist 'n Blick wert.«

»Vielleicht war das ein Mädchen vom College, vielleicht auch nicht. Zumindest können wir das überprüfen.«

»Okay, Harlan. Sind Sie heute abend zu Hause?«

»Und ob!« rief Harlan. »Soll ich mich leger kleiden, oder versuchen wir uns den Hotelgästen anzupassen? 'ne Menge Hotelangestellte aus Vegas gehen da hin. Soll ich mehr auf umschwärmter Disco-King oder auf billiger Vegasstutzer machen?«

»Das überlasse ich Ihnen«, sagte Sidney Blackpool. »Wir kommen in ein paar Stunden vorbei.«

Als er auflegte, sagte Sidney Blackpool zu Otto: »Kannst du die Massage noch 'ne Weile verschieben? Harlan hat 'n Bild von Jack Watson und 'nem Mädchen. Ich glaub, er will als Geheimagent bei uns anheuern.«

»Hab ich für einen Tag nicht schon genug Tragödien erlebt?« stöhnte Otto und ließ sich aufs Sofa plumpsen. »Ich komm mir vor wie der Sattelplatz in Santa Anita – völlig zertrampelt und zugeschissen.«

»Harlan ist eine unserer wenigen Verbindungen zu Jack Watson. Wir können es uns nicht leisten, ihn zu vergrätzen.«

»Glaubst du, der Kerl mit der Jagdmütze aus der Baker Street 221 wär im Geschäft geblieben, wenn er die Harlan Penrods dieser Welt hätte ertragen müssen? Ich weiß nicht, vielleicht werd ich *nie* 'n Leichencop. 'n Golfer werd ich *bestimmt* nie.«

»Du bist dabei, beides zu werden, mein Kleiner. Ruh dich 'n bißchen aus. Ich bestell 'n paar Drinks.«

Harlan Penrod wartete bereits, als sie um 18 Uhr 30 vor Watsons Haus vorfuhren.

»Sam Spade junior«, sagte Otto.

Harlan war nicht wie Sam Spade gekleidet, trug allerdings einen Burberry-Trenchcoat über der Schulter, obwohl es nicht regnete. Otto äußerte sich nicht dazu, sondern sah Sidney Blackpool, der wie Otto immer noch als Freizeitgolfer gekleidet war, nur augenrollend an.

»Da ist es!« Harlan hüpfte mit einer kleinen Taschenlampe, die er auf das Foto richtete, auf den Rücksitz des Toyota.

»Ich sehe, Sie haben sich ausgerüstet«, sagte Otto. »Ich hoffe, Sie haben 'n Ballermann dabei. Wir haben bei dem Fall nicht mit soviel Ärger gerechnet und unsere Knarren in L.A. gelassen.«

»Sie ist ein wunderschönes Mädchen«, sagte Harlan. »Genau Jacks Typ. Seine Verlobte ist auch so 'ne Blondine. Groß, wie er, und Beine bis zum Hals.«

»Wir können nicht viel mehr tun als beim Hotel vorbeischauen und feststellen, ob jemand am Empfang sie vielleicht erkennt. Oder vielleicht die Cocktailmädchen, die am Pool arbeiten.«

»Jungen«, sagte Harlan. »In dem Hotel haben sie Pool-Jungen und Kellner.«

»Vielleicht stellt sich raus, daß sie zu dem anderen Knaben gehört«, sagte Sidney Blackpool und deutete auf einen zweiten jungen Mann.

Auf dem Foto hielt Jack Watson ein Mädchen um die Taille und wollte sie gerade untertauchen. Ein blonder, breitschultriger junger Mann hielt sie an den Füßen und fiel fast aus dem Bild. Alle drei lachten in die Kamera.

»Schon 'n gutaussehender Junge«, sagte Sidney Blackpool.

»'ne ziemlich scharfe junge Lady«, sagte Otto.

»'n Glückspilz, das Mädchen«, bemerkte Harlan. »*Zwei* schöne Jungen.«

»Tja, das ist alles, was wir in der Hand haben«, sagte Sidney Blackpool, während er den Toyota auf den Palm Canyon Drive zusteuerte.

»Im *Malteser Falken* haben sie auch nicht viel in der Hand gehabt«, bemerkte Harlan.

»Ich hab's dir ja gesagt, Sidney«, murmelte Otto, während Harlans Augen wie Wüstensterne glitzerten.

Das Hotel war nicht gerade so hochklassig, wie sie erwartet hätten. Aber andererseits, nahmen sie an, konnte das Mädchen ebensogut eine Stewardeß, eine Lehrerin aus Orange County oder eine Touristin aus Alberta gewesen sein, die Jack Watson in irgendeinem Nachtlokal kennengelernt hatte.

In der Eingangshalle saßen zwei Männerpaare, die sich vor dem Essen einen Cocktail zu Gemüte führten, und ein weiteres Männerpaar schwebte auf dem Weg zum Speisesaal vorbei. Ein Mann und eine Frau trugen sich gerade ein und belegten die Anmeldung mit Beschlag, deshalb schlenderten die beiden Kriminalbeamten und Harlan hinaus zum Swimmingpool. Ein weiteres Männerpaar ließ die Beine ins Wasser baumeln, trank Mai Tais und plauderte mit dem Kellner, der ein weißes Hemd, schwarze Hosen, eine rote Krawatte und einen roten Kummerbund anhatte. Ein Mann und eine Frau sahen einer Backgammonpartie bei Kerzenschein zu, die von einem weiteren Männerpaar an einem Cocktailtisch am Pool gespielt wurde.

»Harlan«, sagte Sidney Blackpool. »Ist das 'n Schwulenhotel?«

»Keineswegs.«

»Ist es 'n *gemischtes* Hotel?«

»So könnte man sagen«, bestätigte Harlan.

»Fanden Sie's eigenartig, daß Jack in einem *gemischten* Hotel war?« fragte Otto.

»Keineswegs. In gemischten Häusern gibt's oft 'n Preisnachlaß. Vielleicht ist sie 'ne Sekretärin aus Culver City, die sich kein besseres Hotel leisten konnte.«

»Okay, fragen wir mal beim Empfang nach«, sagte Sidney Blackpool.

Sie zeigten das Bild jedem, der in der Eingangshalle oder am Pool arbeitete: Empfang, Pagen, Kellner. Keiner hatte das lachende Mädchen auf dem Foto je gesehen, obwohl es eindeutig der Hotelpool war, in dem sie herumtollte. Genausowenig erkannte jemand Jack Watson oder den anderen Burschen. Harlan Penrod wirkte schon niedergeschlagen, da er annahm, sie würden ihn gleich nach Hause fahren, als der Parkwächter des Hotels, ein Junge in blauem Golfhemd, weißen Shorts und weißen Tennisschuhen, vom Parkplatz hereingelaufen kam.

»Ich möchte Ihnen ein Bild von einem Mädchen zeigen«, sagte Harlan, und Otto grinste Sidney Blackpool an, weil Harlan jetzt die Untersuchung leitete.

»Das ist unser Pool«, sagte der Junge.

»Das Mädchen war wahrscheinlich ein Gast«, sagte Harlan. »Je gesehen?«

»Nein«, sagte der Junge, »aber den Kerl kenn ich.«

»Sie kennen den Kerl?«

»Der hat hier gearbeitet.«

»Jack Watson hat hier gearbeitet?« Otto deutete auf das Foto.

»Nicht der Kerl mit den schwarzen Haaren«, sagte der Junge. »Der andere. Der Blonde, der das Mädchen an den Füßen hält. Heißt Terry Sowieso. Er war vielleicht eine Woche Parkwächter. Hat nachts gearbeitet, wenn ich Tagschicht hatte.«

Fünf Minuten später waren die beiden Kriminalbeamten und Harlan Penrod im Hotelbüro beim Nachtmanager, der sich durch die Personalakten wühlte und sagte: »Tja, wir sollten's nicht allzu schwer haben, Sergeant. In dieser Stadt müssen Hotelangestellte einen polizeilichen Ausweis haben. Wir schicken unsere Leute zur Polizei, wenn wir sie einstellen, und sie werden fotografiert und bekommen ihre Fingerabdrücke abgenommen. Das heißt alle, die möglicherweise Zugang zu Zimmern haben: Zimmermädchen, Pagen, sogar Parkwächter.«

»Unsere erste *echte* Spur!« sagte Harlan mit einer Miene, als hätte er gerade den schwer zu fassenden Vogel aus Malta gefunden.

Der junge Mann hieß Terry Kinsale. Er hatte eine Adresse in Cathedral City und eine örtliche Telefonnummer angegeben. Als Hauptwohnsitz hatte er Phoenix, Arizona, nebst einer dortigen Telefonnummer für Notfälle eingetragen. Die zu benachrichtigende Person war seine Schwester, Joan Kinsale.

Die Kriminalbeamten und Harlan Penrod notierten die Information, bedankten sich beim Nachtmanager und gingen zum Eingang zurück, wo der Parkwächter den Toyota bereithielt.

Sidney Blackpool sagte: »Gut gemacht«, und gab dem Jungen zwanzig Dollar Trinkgeld. Sie fuhren zu der von Terry Kinsale angegebenen Adresse.

»Was die Adresse angeht, weiß ich nicht recht«, sagte Harlan. »Highway eins-elf ist keine Wohngegend. Außer es ist vielleicht 'n Motel, oder er wohnt über 'nem Geschäft oder so was.«

Es war keins von beiden. Es war eine Bar. Eine Schwulenbar dicht bei zwei anderen Schwulenbars.

»Vielleicht ist der Name falsch«, sagte Otto.

»Er hätte den Job nicht behalten können, wenn er schon mal verknackt worden wäre«, sagte Sidney Blackpool. »Die Polizei von Palm Springs hat ihn fotografiert und Klavier spielen lassen.«

»He, wie wär's, wenn ihr mich allein reingehen laßt?« schlug Harlan vor. »Ich kann dem Barkeeper und den Kunden das Bild zeigen. Bei mir riecht niemand den Braten.«

»*Lunte riechen* heißt der Ausdruck, den sie in den Krimiserien benutzen«, sagte Otto.

»Ja, bei mir riecht niemand Lunte. Mir sagen sie's, wenn sie Terry kennen.«

»Da ist 'n Zwanziger für 'n paar Drinks«, sagte Sidney Blackpool. »Wir warten in der anderen Bar gegenüber.«

»Laßt euch nicht beim Anbaggern erwischen!« sagte Harlan mit anzüglichem Lächeln.

»Beeilen Sie sich um Himmels willen, Harlan!« sagte Otto. »Ich krieg langsam Hunger.«

Nachdem der Hausdiener gegangen war, sagte Otto: »Gehen wir wirklich in *die* Kneipe da?«

»Willst du an der Tankstelle warten?«

»Ein Drink, und ich fang mir AIDS, bei meinem Pech«, sagte Otto. »Und dann fault mir die Lippe weg wie bei 'nem Leprakranken auf Molokai.«

»So ’ne Krankheit ist das nicht, Otto«, sagte Sidney Blackpool, als sie auf dem Highway 111 parkten.

Bis auf ein paar Männer mittleren Alters, die am anderen Ende der Bar saßen und über irgend etwas stritten, war die Kneipe leer. Der Barkeeper wirkte ungefähr so tuntig wie Rocky Marciano. Sein Gesicht war eine rosa-weiße Masse alten, klumpigen Gewebes.

»Meine Güte«, flüsterte Otto, nachdem er ihre Bestellungen entgegengenommen hatte. »Weißt du, was ich da oben in seinem Gesicht hab leuchten sehen? Augen. Er hat zwei davon, irgendwo da hinten drin.«

»Geben Sie mir alle Vierteldollars und Zehner, die Sie erübrigen können«, sagte Sidney Blackpool zu dem Barkeeper und legte einen Zwanziger auf die Theke. »Ich muß ’n Ferngespräch führen.«

»Was machen wir eigentlich, Sidney, im Buckingham-Palast anrufen? Artet das jetzt zu ’ner Suche nach Vera Lynn aus?«

»Ich kann genausogut Terry Kinsales Schwester in Phoenix anrufen, solang Harlan rumschnüffelt. Ich benutz die Telefonzelle nebenan bei der Tankstelle.«

»Du läßt mich hier allein?«

»Grüß Mr. Goodbar, falls er reinschaut.«

»Beeil dich, ja?« sagte Otto und inspizierte den Rand seines Potts, ehe er an dem Stoff nippte.

»Ist Terry in Ordnung? War es ein Unfall?« fragte Joan Kinsale, nachdem Sidney Blackpool sich vorgestellt hatte.

»Er ist bestimmt okay. Wir versuchen ihn zu finden«, sagte der Kriminalbeamte. »Wir bearbeiten den Mord an Jack Watson und haben gedacht, Sie oder Terry könnten uns vielleicht helfen.«

Die junge Frau schwieg mehrere Herzschläge lang, dann sagte sie: »An wem?«

»Jack Watson.«

»Watson?« sagte sie. »War das sein Nachname? Sie meinen Terrys Freund Jack? Den gutaussehenden Jungen mit den schwarzen, lockigen Haaren?«

»Der mit Ihnen im Hotel-Swimmingpool«, sagte Sidney Blackpool. »Wir haben einen Schnappschuß von Ihnen dreien. Das waren doch Sie, oder?«

»Er ist tot?« fragte Joan Kinsale. »Wann ist das passiert?«

»Letztes Jahr im Juni. Er wurde erschossen in seinem Auto aufgefunden.«

»Terry hat nie was davon gesagt! Aber ich hab seither auch nur ein paarmal von ihm gehört. Ich hab Jack kennengelernt, als ich Terry für ein paar Tage besucht habe.«

»Sind Sie je mit Jack ausgegangen?«

»Nein, er war Terrys Freund.«

»Ist Terry schwul?« fragte der Kriminalbeamte unvermittelt.

»Nein, das glaub ich nicht. Nicht richtig«, antwortete die junge Frau. »Er war sich nicht recht... *klar* über sich.«

»Wo ist er jetzt?«

»La Jolla. Zumindest war er da, als er das letztemal geschrieben hat. Hat gehofft, Arbeit in einem Hotel zu finden, hat er gesagt. Keine richtige Postanschrift. Er ist ein bißchen unreif, aber ein wirklich anständiger Junge. Jeder mag ihn.«

»Hat er je Ärger mit der Polizei gehabt?«

»Nicht daß ich wüßte.«

»Nimmt er Drogen?«

»Nicht daß ich wüßte. Das heißt, vielleicht raucht er ein bißchen Gras, wie jeder.«

»Wann hat er Palm Springs verlassen?«

»Ich weiß nicht«, sagte sie. »Vor über einem Jahr, schätz ich.«

»Falls er anruft oder schreibt, möcht ich mit ihm reden«, sagte Sidney Blackpool. »Ich gebe Ihnen die Nummer meiner Dienststelle. Die können mich erreichen.«

Unterdessen leerte Otto seinen zweiten Drink und versuchte, den Blickkontakt mit einem Harlan-Penrod-Doppelgänger, allerdings mit echtem Haar, zu vermeiden, der an Ottos Ende der Bar saß und sich an einer unberührten Margarita festhielt, während der Palm-Springs-Sender ein Oldie von Anthony Newley spielte.

Er schaffte es, Otto genau in die Augen zu sehen, während er mit Tony sang: »›This is the moment! My destiny calls me!‹«

Ottos Augen glitten in die Höhlen zurück, und er bestellte noch einen Doppelten, AIDS hin oder her, gerade als Harlan völlig aufgedreht in die Kneipe kam.

»Ich hab was auf der Pfanne!« flüsterte er Otto atemlos zu.

»Genau wie der da«, sagte Otto und deutete auf den Synchronsänger. »Engelsstaub, vermutlich. Na, wie ist das Leben eines Geheimagenten?«

»Terry Kinsale war weg, und jetzt ist er wieder in der Stadt! Er war Samstagabend in der Bar!«

Ein paar Minuten später kam Sidney Blackpool zurück und begann mit Harlan Notizen zu vergleichen, während Ottos Bewunderer aufgab und einen nachgemachten Cowboy in schmutzigen Jeans anzusingen begann, der sich zwei Bier bestellte, kaum daß er richtig saß.

»Morgen überprüfen wir bei der Polizei von Palm Springs, ob Terry Kinsale versucht, sich für Hotelarbeit zu melden. Bis dahin behalten wir's für uns, Harlan. Er ist ungefähr zu der Zeit, wo Jack umgebracht wurde, von Palm Springs weggegangen, also könnte da vielleicht was draus werden.«

»Ich glaub, ich sterb gleich vor Aufregung!« rief Harlan. »Aber ich behandel's vertraulich. Wo gehen wir jetzt hin?«

»Otto und ich müssen noch mal nach Mineral Springs.«

»Ach ja?« sagte Otto.

»Gut. Da war ich noch nie!« sagte Harlan.

»Äh, Harlan, wie wär's, wenn Sie heute nacht die Schwulenbars abklappern? Fragen Sie wegen Terry rum. Vielleicht tun Sie was auf.«

»Jede Wette«, murmelte Otto.

»Vielleicht tun Sie sogar *Terry* auf«, sagte Sidney Blackpool. »Hier, das müßte reichen.« Er gab dem Hausdiener vier Zwanzigdollarnoten. »Hinterher können Sie mit dem Taxi heimfahren.«

»Okay«, sagte Harlan, »aber sagen Sie mir morgen, wo wir arbeiten. Ich hätt mich 'n bißchen weniger keß angezogen, wenn ich gewußt hätte, daß wir hierherkommen.«

»Wir rufen Sie morgen an«, sagte Sidney Blackpool, als sie Harlan seinem Drink an der Bar überließen.

»Warum fahren wir eigentlich heute abend schon wieder nach Mineral Springs?« fragte Otto, als sie losfuhren.

»Damit wir's uns bei Nacht ansehen können. Ich meine, richtig ansehen.«

»So 'ne kleine Stadt? Was gibt's da anzusehen?«

»Ich will die Straße sehen, die Jack Watson auf seiner letzten Fahrt genommen hat. Ich will sehen, wie sie nachts aussieht.«

»Warum?«

»Ich weiß nicht, warum.«

»Warum machen wir's dann?«

»Vielleicht kommt uns 'ne Idee.«

»Worüber?«

»Ich weiß nicht. Ich weiß keine andere Methode, an 'ner Mordermittlung zu arbeiten. So hat man mir's beigebracht.«

»Weißt du, Sidney, ich glaub nicht, daß ich je 'n guten Leichencop abgeb. Vielleicht solltest du mich ins Raubdezernat abschieben oder so was.«

»Du bist 'n Leichencop und hast 'n Handicap von zwölf, bis ich mit dir fertig bin, Otto.«

»›This is the moment!‹« sang Otto plötzlich. »›My destiny calls me!‹«

»So ist's recht, Kleiner«, sagte Sidney Blackpool à la Archie Rosenkrantz. »Golf ist 'n Rätsel, aber Mord ist keins. 'n Mordfall sieht man sich genauso an, wie man sich die

Wüste ansieht. Die Wüste da ändert sich von einer Minute zur anderen. Das gleiche gilt für 'n Mordfall. Aber man muß es *sehen* können.«

»Hoffentlich krieg ich heute abend nicht die Spinne in mein Chili«, sagte Otto. »Sieht so aus, als würden wir im Eleven Ninety-nine Club *dinieren*.«

Das Coachella Valley entstand vor zwanzig Millionen Jahren durch eine Verwerfung, und heute verläuft der riesige San-Andreas-Graben über die Berge auf der Nordseite des Tals. Der Mount San Jacinto und die Santa Rosas, die das Tal teilweise abschirmen, sind viel jünger als die angrenzenden San Bernadino Mountains, weniger gerundet, schroffer und eindrucksvoller anzuschauen. Der Grund des Salton-Sees liegt 83 Meter unter dem Meeresspiegel, nur ein paar Meter höher als das Death Valley. Bei Tage wirkt dieses Wüstental leblos und unwirtlich. Doch die Wüste bei Nacht ist etwas ganz anderes.

Die Santa Rosas beherbergen 650 Dickhornschafe. Es gibt Vögel, so groß wie der Truthahngeier, der überm offenen Gelände schwebt. Es gibt die große Ohreule, die immerfort finster blickt wie der oberste Ayatollah, und es gibt den gefleckten Skunk, der seinen Gestank verspritzen kann, während er wie ein Olympionike Handstand macht. Gelegentlich sichtet man in dieser Gegend einen Berglöwen, und überall gibt es rudelweise Kojoten. Es gibt Diamantklapperschlangen von mehr als zwei Metern Länge.

Und es gibt kleinere, verstohlenere Nachtschwärmer, etwa den Kitfuchs, nicht größer als eine Hauskatze. Und Känguruhratten, so niedlich wie Backenhörnchen, mit langen, weißen Schwänzen, mit denen sie beim Hüpfen das Gleichgewicht halten. Es gibt Blattnasen-Fledermäuse, die im Mondlicht wie Schatten über den Wüstenboden flitzen. Es gibt Schwarze Witwen, Skorpione, Schaben, so groß wie Heuschrecken, und 340 Vogelarten. Die Wüste bei Nacht ist keineswegs unbelebt. Aber sie kann unwirtlich sein, besonders für Kriminalbeamte aus Hollywood.

Sidney Blackpool fuhr auf der asphaltierten Hauptstraße so weit in den Solitaire Canyon hinein, wie es bequemerweise ging. Dann nahm er eine Taschenlampe aus dem Handschuhfach und führte Otto zu Fuß auf den kleineren Canyon zu, in dem man Watsons Auto gefunden hatte.

»Du hast nicht zufällig 'ne Freizeitkanone unter deinen Autositz gesteckt, als wir in L.A. weggefahren sind, oder, Sidney?« fragte Otto hoffnungsvoll.

»Hab nicht gedacht, daß wir auf dem Golfplatz in allzu große körperliche Gefahr geraten«, sagte Sidney Blackpool.

»Die bescheuerte Gegend ist unheimlich«, sagte Otto. »Hör nur, wie der Wind heult. Ich wette, wenn der richtig bläst, könnt er die *Queen Mary* zum Kentern bringen.«

»Hört sich an wie Brandung, die gegen die Felsen schlägt«, sagte Sidney Blackpool. Dann schaltete er seine Taschenlampe aus und starrte den Canyon entlang auf die Lichter der von Rockern bewohnten Buden und Hütten.

Perückenbäume krallten schwächlich nach dem Wind. Vom Hang aus peitschte ein Baum mit senkrechten Gerten nach der felsigen Schräge. Er war vier Meter hoch, und die Zweige wankten und waberten im stöhnenden Wind, als befände er sich unter Wasser. Überall um sie herum waren verzerrte, entstellte Formen von Wüstenpflanzen und -bäumen, fratzenhafte Schatten. Und man hörte jammerndes Gelächter und Gekreisch von Nachtgeschöpfen, die in dieser vollkommenen Novembernacht töteten und getötet wurden. Keiner von den beiden Kriminalbeamten wußte genau, ob das irre Getöse von Tieren oder von denen stammte, die oben an der Straße in den Bretterbuden wohnten, wo in völliger Dunkelheit die Lampen flackerten.

»Hör mal!« sagte Sidney Blackpool.

Unter einer Wüstenweide, die bald rosenrote und blauviolette Blüten tragen würde, hörten sie die Melodie einer Höhleneule, die einen verlassenen Kojotenbau bewohnte: KUU-KUU-KUUUUUUU.

Dann, als Sidney Blackpool im Dunkeln nähertrat, fühlte sich die Eule bedroht und schrie: »KAK KAK KAK!«

Sidney Blackpool trat noch näher, und die Eule imitierte das Rasseln einer gereizten Diamantklapperschlange.

Und zwei Stadtjungen nahmen Reißaus und flitzten Richtung Straße.

»*Meine* Fresse!« rief Otto.

»War es das, wofür ich's gehalten hab?«

»Wofür, zum Teufel, hast du's denn gehalten?«

»Na ja, ich hab im Touristenführer gelesen, daß Wüstentiere Klapperschlangen nachahmen können. Es könnte 'n Wüstenimitator gewesen sein.«

»'n Schweinehintern könnt koscher sein, aber ich glaub's nicht! Und ich will seine Nummer nicht noch mal mitkriegen, und wenn's Rich Little war! Verschwinden wir endlich aus dieser bescheuerten Gegend, ehe wir von Geiern gefressen werden oder so was.«

Da hörten sie es kommen: ein Motorrad. Eine Harley kam mit einer Geschwindigkeit, die nachts unmöglich schien, die unbefestigte Straße von den Hütten heruntergedonnert. Der Fahrer war sich offenbar seiner selbst sehr sicher, oder ihm war alles piepegal.

Anstatt auf der Hauptstraße hinauszufahren, lenkte er das Motorrad canyoneinwärts, hinter eine Gruppe merkwürdiger, struppiger Bäume. Er hielt an und stieg ab. Er stand einen Moment da und sah sich im Licht des Harley-Scheinwerfers um.

»Ich hab so 'n Gefühl«, sagte Sidney Blackpool leise.

»Was für 'n Gefühl?« flüsterte Otto.

»Daß er genau auf die Stelle guckt, wo das Auto von Watson gefunden wurde. Ich wette, es war da hinten zwischen den Bäumen.«

»Meine Nackenhaare tanzen Boogaloo und Freak-a-deek«, flüsterte Otto. »Machen wir, daß wir zum Auto zurückkommen.«

»Ducken wir uns hinter die Felsen und beobachten wir ihn.«

»Vielleicht erwischt er uns und denkt, wir sind Cops!«

»Wir *sind* Cops, Otto.«

»Scheiße, ich verlier noch den Verstand! Ich meine, er

denkt vielleicht, wir sind Rauschgiftcops von hier. Vielleicht schießt er zuerst und entschuldigt sich hinterher, wenn er rausfindet, daß wir bloß harmlose Mordbullen aus Hollywood sind... die noch nicht mal 'n Neunereisen zur Selbstverteidigung haben!«

Der Motorradfahrer gab die Guckerei auf und stieg wieder auf die Harley, die sich dadurch in den Sand einwühlte, worauf er abstieg und sie herausschaukelte. Er war ein sehr großer Mann, soviel war selbst aus der Entfernung sicher.

»Zu spät zum Abhauen«, hauchte Otto. »Da kommt er.«

Die Harley grollte mit weit geringerer Geschwindigkeit auf sie zu. Dann machte der Fahrer den Toyota weit hinten auf der Straße aus und hielt direkt darauf zu. Die Kriminalbeamten lugten über die Felsen, als er vorbeifuhr, aber er drehte auf und schleuderte eine Staubwolke hoch. Sie konnten seine Silhouette neben dem Toyota sehen, als er einen Moment hineinspähte. Dann fuhr er weiter, auf den Highway und Mineral Springs zu.

Als sie zum Auto zurückgingen, sagte Otto: »Sidney, ich will wirklich, daß du den Job bei Watson kriegst und alles, aber vielleicht will ich's nicht so sehr, wie du willst, daß ich's will. Ich meine, als der Rocker vorbeigebrettert ist, war ich vielleicht fünf Zentimeter von 'ner stachligen Pflanze entfernt, die war geformt wie so'n Ding, was überm Giebel von 'ner französischen Kirche hängt. Einen Schritt zur Seite, und ich hätt mehr Harpunen in mir gehabt als Moby Dick. Hörst du mir zu, Sidney? Ich bin vierzig Jahre alt. Eigentlich sollt ich Markisenvertreter in Van Nuys sein. Jetzt brauch ich 'n paar Maxipolster. Ich vertrag die Art von Spaß nicht mehr. Hörst du mir zu, Sidney?«

Sidney Blackpool leuchtete mit der Taschenlampe die unbefestigte Straße entlang zu der Gruppe zottiger Bäume. »Otto«, sagte er, »wenn man mit 'nem großen Auto nachts hier rausfahren würde und zu der Reihe Hütten da oben auf der Canyonwand wollte, könnt man sich leicht verfahren. Die Straße, die links zu den Häusern abgeht, kreuzt die andere Straße. Hast du gesehen, daß sie sich da hinten, wo wir die Eule gehört haben, noch mal kreuzen?«

»Du hast mir nicht zugehört«, sagte Otto.

»Also könnt man leicht auf die falsche geraten und immer weiter hochfahren und nicht mitkriegen, daß man auf dem falschen Weg ist, bis man's vielleicht am Zustand der unbefestigten Straße merkt. Und dann wär's sehr schwer, 'n großen Rolls-Royce auf dem Weg da gewendet zu kriegen.«

»Und?«

»Ich hab bloß überlegt. Der Lieutenant von Palm Springs hat gesagt, sie hätten's zuerst für 'n Unfall gehalten. Ich kann verstehen, warum.«

»Hör mal, Sidney. Wir haben schon rausgekriegt, daß der junge Watson vermutlich 'n Doppeldecker war. Willst du vielleicht behaupten, das hier wär 'ne Schwulenversion von Chappaquiddick?* Wenn ja, hast du zwei Probleme: er war allein, als er in den Canyon gestürzt ist, und er wurde durch den Kopf geschossen.«

»Ich hab mich gefragt, ob der Killer ihn erschossen und hier raufgefahren hat, weil er vielleicht zu einer von den Hütten wollte. Und es dann geschafft hat zu wenden und... nein, das haut nicht hin. Ich hab vergessen, daß der Junge auf dem Fahrersitz angeschnallt war. Verflucht noch mal, nichts haut hin! Es ergibt keinen Sinn, egal, wie man sich's vorstellt.«

»Es ergibt nur auf eine Art 'n Sinn, nämlich so, wie man sich's die ganze Zeit vorgestellt hat. Der Junge ist erschossen worden. Er ist von dem Killer oder den Killern hier raufgefahren worden. Er ist hinterm Lenkrad angeschnallt worden, warum, weiß ich allerdings auch nicht. Das Auto ist angezündet, über die Kante in das Wüstengesträuch da gestürzt und mehrere Tage nicht gefunden worden. Ende der Durchsage.«

»Aber es gibt so viele bessere Stellen, wo man 'n Auto

* Name einer Insel im US-Bundesstaat Massachusetts, wo Senator Edward Kennedy in einen Autounfall verwickelt war, bei dem seine Begleiterin unter nie ganz geklärten Umständen ums Leben kam (Anm. d. Übers.).

mit 'ner Leiche drin loswerden könnte. Weniger riskant, als sich mit 'nem großen Rolls-Royce auf der schmalen, unbefestigten Straße da oben rumzuschlagen. Ich krieg's einfach nicht so auf die Reihe, daß es 'n Sinn ergibt.«

»Fahren wir rüber zum Eleven Ninety-nine, was futtern«, sagte Otto. »Paar Drinks, dann macht's dir nicht mehr soviel aus.«

Sidney Blackpool starrte die Canyonwand hinauf und lauschte dem Zirpen und Zwitschern von Wüstenvögeln und -insekten und dem Kläffen eines Kojoten, der über einen Kamm schnürte, und hinter allem tönte das unaufhörliche Stöhnen des Windes. Er sagte: »Auf *irgend*'ner Ebene sollte Mord 'n Sinn ergeben, auch wenn der Killer verrückt ist.«

»Nicht jede Wirkung hat 'ne Ursache«, sagte Otto. »Das Leben ist 'n Würfelspiel.«

»Partner«, sagte Sidney Blackpool, »bei der Arbeit mußt du *so tun*, als ob's Ursache und Wirkung gäbe, sonst löst du nie 'n kniffligen Fall.«

»Sidney, mir ist klar, daß 'n alter Leichencop wie du Instinkte für Leichen hat. Genau wie die Geier und Kojoten und Aasfresser in der Gegend hier. Aber wenn du mich nicht bald gefüttert kriegst, bin ich der *zweite* Kadaver, den sie aus dem Solitaire Canyon ziehen.«

»Gehen wir was futtern«, sagte Sidney Blackpool.

Ungefähr zu der Zeit, als Sidney Blackpool und Otto Stringer in der Wüste waren und von einer gerissenen Eule so verladen wurden, daß ihnen die Muffe eins zu tausend ging, fuhr Scherzkeks-Frank Zamelli in den Außenbezirken von Mineral Springs Streife, und ihm war kotzlangweilig. Er bildete ein Team mit Maynard Rivas, kriegte den großen Indianercop aber nicht dazu, bei irgend etwas mitzumachen.

»Ich bin deprimiert, Maynard«, sagte er. »Wie wär's, wir fahren am Laden vom Schädlingsbekämpfer vorbei, klauen das große Standbild von der Terminix-Wanze und schmuggeln es ins Mineral Water Hotel. Dann könnten wir das Zimmermädchen rufen und sagen: ›Kommen Sie schnell! Wir haben 'ne große Schabe in unserem Zimmer!‹«

»Paco hat gesagt, keine Scherze mehr. Du gehst ihm allmählich 'n bißchen auf den Keks.«

»Aber ich bin deprimiert!« nörgelte Scherzkeks-Frank, während der Indianer die Hauptstraße abfuhr und zusah, wie Beavertail Bigelow bei Rot Richtung Eleven Ninety-nine lostorkelte.

»Ein Glück, daß Beavertail nicht mehr fährt«, sagte Maynard Rivas.

Genau da kam O.A. Jones auf dem Weg zur Station vorbeigezischt, nachdem er einen betrunkenen Autofahrer im County-Knast in Indio eingeliefert hatte. Er versuchte, den Eleven Ninety-nine zu erreichen, bevor die erste Schar schnatternder Maniküren zum Essen nach Hause ging.

»Da fährt er«, sagte der Indianer, »veranstaltet mal wieder seine O.A.-Jones-Gedächtnis-Achterbahnfahrt zum Schichtende. Das einzige, was den Kerl aufhalten kann, ist 'n hoher Bordstein.«

»Ich bin deprimiert«, sagte Scherzkeks-Frank noch einmal. »Du willst nicht zufällig J. Edgars Katamaran *ausleihen*, oder? Wir könnten die Segel setzen und ihn zum Hotel-Swimmingpool schleppen. Dann könnten wir J. Edgar anrufen und ...«

»Der Gag mit dem Opossum reicht für eine Nacht«, sagte Maynard Rivas. »Wir haben Schwein, wenn wir dafür keinen Anschiß kriegen.«

»Das war's wert«, sagte Scherzkeks-Frank.

Er bezog sich auf einen am frühen Abend erfolgten Einsatz in der No-Blood Alley, wo eines von den alten Mädchen vor Aufregung völlig aus dem Häuschen war, weil ein Opossum sich in ihren Wohnwagen eingeschlichen hatte. Beim Anblick des Tieres stürzte sie sofort zur Tür hinaus, aber ihre Katze schaffte es nicht mehr. Als die Cops eintrafen, war das fürchterliche Heulen der Katze und das Fauchen des Opossums zu schrecklicher Stille erstorben.

»Officers«, jammerte die alte Dame. »Millie ist drin. Das Opossum hat sie wahrscheinlich umgebracht!«

»Wer ist Millie?« fragte Scherzkeks-Frank.

»Meine Katze!«

Scherzkeks-Frank und Maynard Rivas zogen ihre Knüppel, denn sie wußten, daß ein Opossum ungemütlich werden kann, wenn man es reizt. Beide hatten außerdem lang genug in der Wüste gearbeitet, um sich nicht von irgendwelchen Opossum-Spielchen täuschen zu lassen. Die kleinen Mistviecher konnten, Bauch nach oben, mit heraushängender Zunge und Augen so starr wie die von Coy Brickman daliegen und, sobald man näherkam, wie ein pelziger Flatterball hochschießen. Beide Cops hatten ihre Knüppel gezogen und in Bereitschaft.

Scherzkeks-Frank schlich in das Schlafzimmer des Wohnwagens und hörte das leise Miauen hinter dem Bett. Er hatte noch nie gehört, daß ein Opossum eine Katze getötet hatte, aber man konnte nie wissen. Das Miauen wurde rhythmisch und lauter. Er schlich näher heran, nachdem er Maynard Rivas mit einer Handbewegung bedeutet hatte, stehenzubleiben. Er lugte hinters Bett und erfaßte sie mit dem Taschenlampenstrahl. Es war das gleiche wie bei vielen anderen Schlüssellochguckereien in seiner Polizeikarriere, genau das gleiche.

Das Opossum hatte die gescheckte Katze gegen die Wand gedrückt und rammelte drauflos, was das Zeug hielt. Tatsächlich hatte Scherzkeks-Frank keine solche Nummer mehr gesehen, seit Johnny Holmes aufgehört hatte, Pornofilme zu machen. Er machte die Lampe aus, drehte sich um und ging mit Maynard Rivas wieder nach draußen.

»Lassen Sie einfach die Tür auf und warten Sie 'ne Weile«, sagte er zu der verzweifelten alten Dame. »Er ist in 'n paar Minuten fertig. Allerdings haben sie hinterher vielleicht Lust auf 'ne Zigarette.«

Als der Cop ihr sagte, was in ihrem Schlafzimmer vor sich ging, wurde sie wütend und sagte, es gefalle ihr nicht, wie er eine Tragödie verharmlose, und sie werde wegen seines dienstlichen Fehlverhaltens gleich morgen früh Paco Pedroza anrufen.

Hinterher fragte Maynard Rivas Scherzkeks-Frank, ob der Witz mit der Zigarette wirklich nötig gewesen sei.

»Maynard, wenn du die Chance zu 'ner Pointe kriegst, mußt du die Pointe auch bringen.«

»Wenn du Johnny Carson bist«, sagte der große Indianer. »Ich will nicht schon wieder 'n Anpfiff von Paco. Er hat schon gesagt, daß er nicht davon angetan war, daß du Choo Choo Chester dazu gebracht hast, im Umkleideraum seine Stevie-Wonder-Grins-und-Kopfroll-Masche abzuziehen und dazu diesen Gummidildo abzuwichsen.«

»Ich fand's zum Totlachen«, sagte Scherzkeks-Frank. »Der alte Chester grölt ›Ain't it woooonderful‹ und hobelt dazu den alten Gummimichel!«

»Ja, aber du hättest die anämische Annie nicht unter 'nem Vorwand da reinschicken sollen. Armes altes Luder.«

»Tut mir ja sooooo leid«, sagte Scherzkeks-Frank. »He, weißt du was? Fahren wir bloß einmal bei Zitter-Jim vorbei! Bloß ein klitzekleiner Scherz, und ich mach Feierabend und geh schlafen oder so was.«

»Okay«, seufzte Maynard Rivas, drückte aufs Gaspedal und hielt auf die Außenbezirke von Mineral Springs zu.

In der Einfallschneise des Windes lagen ein paar verstreute Häuser, von Eukalyptus ungeschützte Häuser. Die Bewohner, die dort für eine sehr niedrige Miete reinkamen, packten normalerweise zusammen, nachdem sie einen Winter in den Böen gewohnt hatten. Nicht so Zitter-Jim. Er wollte außerhalb der Stadt wohnen, hatte aber Angst vor den Crankdealern in den Canyons. Er fand sich mit dem Wind ab, hatte aber ständig Alpträume, wie Dorothy und Toto geradewegs in ein anderes County gepustet zu werden.

Zitter-Jim hatte haufenweise Ängste. Er fürchtete, daß die Cops, wenn er noch ein einziges Mal wegen Pothandels verhaftet wurde, sich mit den Leuten von der Fürsorge in Verbindung setzen und versuchen würden, ihm seinen monatlichen Scheck zu streichen. Da Scherzkeks-Frank das wußte, machte es ihm Spaß, den Highway entlangzufahren und plötzlich in Zitter-Jims Einfahrt hineinzufegen. Dann stieg er so hart auf die Bremse, daß er schlitternd zum Stehen kam, und fing an zu schreien und mit allen vier Türen zu knallen, als wäre es die größte Doperazzia seit der French Connection. Worauf Zitter-Jim jedesmal in sein Versteck rannte und alles runterspülte – Gras im Wert von vielleicht 500 Dollar, denn mehr konnte er auf einmal nicht bewältigen –, wodurch er seinen Abfluß verstopfte. Der örtliche Installateur war hellauf begeistert von Scherzkeks-Frank, der ihm haufenweise Aufträge einbrachte, seit er der Polizei von Mineral Springs beigetreten war.

Scherzkeks-Frank und Maynard Rivas waren draußen auf dem Highway und terrorisierten Zitter-Jim, als Sidney Blackpool und Otto Stringer vorbeigefahren kamen. Die Kriminalbeamten schauten neugierig auf den Streifenwagen aus Mineral Springs, der mit quietschenden Bremsen in die Einfahrt eines einsam gelegenen Hauses hineinschleuderte, worauf zwei uniformierte Cops anfingen, mit Autotüren zu knallen und mit verschiedenen Stimmen und in verschiedenen Sprachen Befehle zu brüllen.

»Hände hoch!« brüllte Scherzkeks-Frank.

»*Más arriba*!« blaffte Maynard.

»*Dung lai*!« bellte Frank, auf seine Vietnamerinnerungen zurückgreifend.

Und so fort. Sie brüllten dummes Zeug und jeden Quatsch, der ihnen einfiel, und sprangen dann wieder ins Auto, drauf und dran, den Wagen herumzureißen und nach Mineral Springs zurückzurauschen, als Sidney Blackpool aus seinem Toyota stieg und sie mit Handzeichen stoppte.

»Wir haben 'n eiligen Einsatz!« sagte Scherzkeks-Frank, der annahm, ein verirrter Tourist wolle nach dem Weg fragen. »Wir müssen los!«

»Wir sind Blackpool und Stringer von der Polizei von L.A.« Sidney Blackpool zeigte ihnen seine Marke.

»Ach so, ja«, sagte Scherzkeks-Frank, und Maynard stellte den Motor ab. »Sie waren neulich abends im Eleven Ninety-nine. Hab schon von Ihnen gehört.«

Während er die Neugier der Kriminalbeamten befriedigte, was zum Teufel die Vorstellung, die sie miterlebt hatten, eigentlich solle, kam Zitter-Jim zitternd aus dem Haus, im Unterhemd und barfuß, die Hände hoch in der Luft, Hände, die von der Verarbeitung von Pot ganz grün waren.

Er war jünger als Harlan Penrod, aber nicht viel. Er rauchte eine Zigarette, oder vielmehr, es baumelte ihm eine zwischen den bebenden Lippen.

»Ich halt's nicht mehr aus!« schrie er. »Ich zieh weg. Ich halt's nicht mehr aus!«

»›So legt denn an auf dieses graue Haupt!‹« sagte Scherzkeks-Frank. »Manchmal wird er richtig dramatisch.«

»Ich geb's auf! Mir reicht's!« schrie Zitter-Jim. »Ich zieh nach Sun City. Dann könnt ihr meinetwegen Billy Hightowers Geschäft kaputtmachen. Mich könnt ihr dann nicht mehr rumschubsen.«

So stand Zitter-Jim im Scheinwerferstrahl, während die Kriminalbeamten verblüfft zusahen.

»Ich glaub, ihr Jungs seid vielleicht 'n bißchen zu weit gegangen«, sagte Otto. »Er zitiert Richard Nixon.«

»Wer ist Billy Hightower?« fragte Sidney Blackpool.

»'n Rocker, wohnt oben im Solitaire Canyon. Präsident vom Ortsverein von 'ner kriminellen Rockerbande, die nichts anderes macht, als Methamphetamin brauen und mit ihren Choppern und Öfen überall in der Wüste rumzugurken.«

»Warum nehmt ihr Billy Hightower nie hoch?« heulte Zitter-Jim. »Der dealt in einer Woche mehr als ich im ganzen Jahr. Ihr laßt den Bimbo laufen, weil er einer von euch war!«

»Was quatscht er da?« fragte Otto.

»Billy Hightower ist 'n Excop«, erklärte Maynard Rivas. »Sheriffbüro von San Bernardino, glaub ich. Er ist gefeuert worden, weil er seinen Captain bei irgend 'ner Copparty in die Punschbowle geklopft hat oder so was. Er ist Vietnamveteran, wie die meisten Rocker von der Bande. 'n Crankdealer. Hab nie gehört, daß einer von den Kaputtniks soviel Klasse hat, im großen Stil zu dealen. Crystal, das ist ihr Stoff. 'ne Droge für Kaputtniks.«

»Stimmt überhaupt nicht!« sagte Zitter-Jim, der sich, die Arme immer noch in der Luft, dem Streifenwagen näherte. »Billy Hightower dealt im großen Stil an Kids bis runter nach Palm Springs. Ihr nehmt Billy nie hoch, weil er einer von euch ist!«

»Geh wieder ins Bett, Jim«, sagte Scherzkeks-Frank. »Du machst mir noch meinen Scherz kaputt mit dem ganzen Geschrei.«

Während Zitter-Jim aufs Haus zuschlotterte, blickte Sidney Blackpool den Canyon hinauf zu den Lichtern, die an den unbefestigten Straßen auf dem Plateau glitzerten. »Meinen Sie, der saugt sich das aus den Fingern? Ich meine, daß Hightower an Kids aus Palm Springs dealt?«

»Hab nie davon gehört«, sagte Maynard Rivas. »Aber bei Billy weiß man nie. Der hat 'n bißchen mehr Klasse als die Provinzler, mit denen er rumzieht.«

»'n Schwarzer, der mit Provinzrockern rumzieht?« sagte Otto. »Noch dazu 'n Excop?«

»Genau deswegen mögen sie ihn«, sagte Scherzkeks-Frank. »Er kennt die Polizeiarbeit. Außerdem kann er zwei von denen gleichzeitig verprügeln, bis ihnen die Scheiße um die Ohren fliegt. Der hat mehr Bewunderer bei den Provinzlern als irgend'n Nigger außer Charlie Pride.«

»Kommt er je in die Stadt?« fragte Sidney Blackpool.

»So ungefähr jeden Abend«, sagte Maynard Rivas. »Erinnern Sie sich an neulich abend im Eleven Ninetynine? Der Stenz, der mit seinen Farben geprotzt hat?«

»Farben?«

»Seine Motorradjacke mit dem Kobra-Emblem hintendrauf. Der große, fies aussehende Scheißkerl in der Ecke war Billy Hightower.«

»Er trinkt in 'ner Copbar?«

»Tut wohl immer noch gern so als ob«, sagte Maynard Rivas. »Vielleicht schnüffelt er auch rum. Jedenfalls benimmt er sich und ärgert keinen, und keiner ärgert ihn. Natürlich würd sich keiner von uns je zu ihm setzen oder mit ihm reden oder sonstwas. Außer Sergeant Harry Bright. Der hat Billy immer einen ausgegeben. Harry Bright würd 'ner Seitenwinderschlange nichts Böses zutrauen, und wenn sie ihn bei den Eiern hätte. Harry Bright hat 'n Schlaganfall gehabt. Ist nicht mehr in der Gegend.«

»Haben wir schon gehört«, sagte Sidney Blackpool. »Hinten im Solitaire Canyon, auf der rechten Seite, gibt's 'n Haufen zottige Bäume. Direkt hinter der Straßengabelung, mein ich. Ist da das Auto von Watson gefunden worden?«

»Das sind Tamarisken«, sagte Maynard Rivas. »Große, alte, fiese Dinger. Am anderen Talende wird ohne Anruf auf sie geschossen. Ja, genau da haben sie das Auto gefunden.«

»Wir haben da heute abend 'n Rocker rumschnüffeln sehen«, sagte Otto Stringer.

»Könnte sein, daß er 'ne Ladung Drogenmüll weggeschmissen hat«, sagte Maynard Rivas. »Unter den Buden da liegen immer 'n Haufen Spritzen rum, und ich glaub nicht, daß es da oben 'n Diabetiker gibt.«

»Nachts ist es fürchterlich dunkel in der Wüste«, warnte Scherzkeks-Frank. »Ich hab mal 'n hiesigen Cop gekannt, der hat bei der Verfolgung von 'nem Einbrecher sein eigenes Auto abgeknallt. Das ist praktisch Selbstmord, schätz ich.«

»Wir müssen jetzt los«, sagte Maynard Rivas. »Bleibt nachts lieber von der Wüste weg, sonst kriegt der Toyota mehr Grübchen als Kirk Douglas.«

12. Kapitel

Der Outlaw

Bei der Polizei von Mineral Springs waren zwei Frauen beschäftigt, aber nur eine war vereidigte Polizistin. Ruth Kosko, die einzige Kriminalbeamtin des Departments, war natürlich als Ruth die Spürnase bekannt. Die andere Frau war Pacos Sekretärin, Aktenfuchs und Funkerin, Annie Paskewicz, die seit den Tagen, als sie für das Kriminallabor in San Diego arbeitete und den Festgenommenen, die verdächtigt wurden, unter Drogeneinfluß zu stehen, Blut abnahm, die Anämische Annie genannt wurde.

Jemanden wie die Anämische Annie gibt es anscheinend überall in Kriminallabors und County-Leichenhallen. Sie war sommers und winters bleich, nicht albinoweiß, aber nahe dran, und hatte ihre Tage früher damit zugebracht, Blut abzunehmen und zu analysieren, und dabei den Eindruck erweckt, als hätte sie selber keines. Die Anämische Annie trug stets vernünftige Schuhe, die klotzige Fußspuren wie Boris Karloff machten, und auch sie war ein abgehalfterter Cop, der die Zeit bis zur Pensionierung abriß. Es lag an ihren zerrütteten Nerven, daß sie ihren Job in San Diego aufgegeben hatte und nach Mineral Springs gekommen war. Sie war in ihren mittleren Jahren so nervös geworden, daß sie keinen sauberen Schuß mehr hinkriegte.

Einmal, als ein Junkie zur Blutentnahme eingeliefert wurde, brach Annie den Guinness-Weltrekord für Fehlversuche mit einer Spritze. Sie machte sage und schreibe sechsundzwanzig erfolglose Versuche, eine Vene zu treffen. Der vollgeknallte Junkie fing an zu brüllen und zu kreischen, daß Annie mehr Löcher bohre als die drei Musketiere, und die Rauschgiftcops, die den Drücker festgenommen hatten, entschieden, daß Annies Mätzchen als grausame Sonderbehandlung beurteilt werden würden, und mußten den Kerl deshalb laufen lassen.

Die Leute fingen an, Gerüchte auszustreuen, daß die arme Annie ihre Spritze wie ein gefälltes Bajonett trüge. Sie behaupteten, sie habe bei dem Weltrekord damals Knochenmark entnommen. Cops sagten, sie *müsse* nachts arbeiten, esse nie Knoblauch und schlafe in einer erdgefüllten Kiste mit Deckel. Die Leute warnten, man solle ihr, wenn man ihre Lieblingsgeschmacksrichtung, Gruppe AB, besitze, mit dem Hals nicht zu nahe kommen, sonst habe man den größten Knutschfleck der Welt vorzuweisen.

Schließlich bekam sie es satt und rief einen Cop an, den sie in San Diego gekannt hatte und der als Sergeant bei einem kleinen Police Department im Coachella Valley arbeitete. Es wurde ein Gespräch vereinbart, in dessen Verlauf Sergeant Harry Bright sagte: »Paco, du findest nie 'ne fleißigere Frau als Annie hier.«

Die Anämische Annie gab die Orchideen in San Diego für einen Kaktusgarten in Mineral Springs auf und stellte fest, daß ihre blasse Haut, wenn sie einen großen Strohhut und lange Röcke trug, die trockene Hitze gut vertrug. Sie war im großen und ganzen viel glücklicher als damals beim Blutabzapfen im Süden.

An dem Abend, als Sidney Blackpool und Otto Stringer in der Wüste einen Heidenschiß eingejagt kriegten, bliesen die Anämische Annie und Ruth die Spürnase im Mirage Saloon Trübsal, denn im Eleven Ninety-nine Club wollte wegen der ganzen chauvinistischen Schweine, die dort rumhingen, keine von beiden trinken. Aber beide wußten, wenn sie einen jungen, knackigen Cop abschleppen wollten, dann hatten sie in Mineral Springs kaum eine andere Wahl, als auf dem Höhepunkt der Nacht dort drüben mitzumischen.

Ruth die Spürnase war stinksauer, weil sie schon seit

über zwei Jahren in Mineral Springs arbeitete und trotz aller Herumspürerei noch keinen einzigen Mordfall gelöst hatte. Natürlich hatte es in Mineral Springs in den zwei Jahren überhaupt keinen Mordfall gegeben, aber Ruth vertrug ihren Bourbon nicht und ließ sich nicht besänftigen.

Sie sagte zur Anämischen Annie: »Ich wette, ich hätt im Fall Watson mittlerweile was erreicht. Die haben die Leiche in unserer Stadt gefunden, und die Polizei von Palm Springs hat mich nicht mal gebeten, bei der Untersuchung mitzumachen. Und jetzt tauchen zwei Schnüffler aus Hollywood auf, und die bitten mich auch nicht!«

»Wenn bloß Gerry Ferraro gewählt worden wär«, nölte die Anämische Annie. »*Dann* würden sie uns anders behandeln, die Scheißkerle.«

Sie wußten beide, daß sie *solches* Gerede besser draußen ließen, wenn sie schließlich zum Eleven Ninety-nine hinüberschlenderten, um sich einen tollen Scheich zu angeln.

Ruth die Spürnase war eine stämmige junge Frau und besaß von daher eine gewisse Anziehungskraft für den Zwerg Oleg Gridley, der, das Kinn knapp über Tresenhöhe, trübsinnig am Ende der Bar saß, wo er wegen Bitch Cassidy in sein Bier flennte, jedoch daran verzweifelte, ihr Herz zu gewinnen.

»Harry Bright war das einzige menschliche Wesen in dieser sexistischen Organisation«, nölte Ruth die Spürnase. »Ersetzen den armen alten Harry wahrscheinlich durch ’n zweiten Scherzkeks-Frank oder so was.«

»Ich würd diesem Mistkerl Scherzkeks-Frank gern ’ne Nadel in den Arm stecken und ihn leersaugen«, sagte die Anämische Annie zu ihrem vierten Tom Collins, worauf Ruth die Spürnase sich fragte, ob an den Vampirgerüchten was dran war.

»Ich würd alles in Portia Cassidys kleine rosa Blume reinstecken, wenn sie mich dann *lieben* würd!« rief Oleg Gridley besoffen von seinem Ende der Bar.

»Für ’n Winzling hast du ganz schön große Ohren«, sagte Ruth. »Was müssen wir machen, damit wir hier unsere Ruhe haben?«

»Ihr glaubt, die Männer behandeln euch schlecht?« wimmerte Oleg, fast schon betrunken genug für einen Heulkrampf. »Das liegt daran, daß sie größer sind als ihr. Jeder ist größer als *ich*. Deine linke Titte ist größer als mein Hintern!«

»Leg dir mal 'ne jugendfreie Masche zu, Oleg«, riet Ruth, genauso angeschickert wie der Zwerg. »Immer wenn du blau wirst, fängst du an daherzureden wie 'n ekliger, schleimiger kleiner Kotzbrocken. Deshalb haßt dich Portia Cassidy auch wie die Pest, du kleines Ekel.«

»Ich versteh das weibliche Geschlecht einfach nicht«, stöhnte Oleg. »Ich tu alles für Frauen und krieg einfach keine Liebe!«

»Dann schmeiß doch deine Sammlung widerlicher Sexutensilien weg, mit der du immer angibst«, sagte die Anämische Annie.

»Ich würd *fast* alles tun«, sagte Oleg Gridley. »Aber meinen echten eichenen Keuschheitsgürtel mit eingebauter Kramschublade geb ich nicht her. Das ist 'ne *Antiquität*!«

»Laß mich mal über dein Problem nachdenken«, sagte Ruth die Spürnase und klopfte mit ihrem Bleistift an das Glas. Dann schaute sie hinter die Bar, machte sich wie eine Spürnase Notizen und grinste den Zwerg an.

»Elementar, mein lieber Oleg«, sagte sie. »Ich kann dir helfen, bei Portia Cassidy zu landen.«

»Ehrlich, Ruth?« schrie der Zwerg. »Ich wär ja so glücklich! Ich würd alles für dich tun! Ich würd dich sogar ins Wamsutta-Wunderland von meinem kleinen Rollbett entführen! Ich zeig dir meine aufblasbare Männerpuppe mit dem lebensgroßen...«

»Hör bloß mit dem Scheiß auf, Oleg!« bellte Ruth. »Das ist dein Problem, du fieser kleiner Schmierlappen!«

»Okay, okay, tut mir leid. Also, was kannst du für mich tun?«

»Tja«, sagte Ruth, »für dich spricht nur eins, soweit ich sehen kann.«

»Was denn? Mein Ersatzteilladen? Ich hab letztes Jahr fünfzig Riesen gemacht.«

»Okay, *zwei* Sachen sprechen für dich. Du bist reich, und du siehst ziemlich niedlich aus.«

»Ehrlich?«

»Ja, du siehst ganz bescheuert niedlich aus«, mußte auch die Anämische Annie zugeben, und mittlerweile nuschelte sie genauso schlimm wie Ruth die Spürnase.

»Mensch, Annie, leider mach ich nur mit richtig *großen* Mädels Nachtmusik«, entschuldigte sich Oleg. »Aber was ist schon 'ne kleine Fellatio unter Freunden. Kriegst du die Füße hinter die Ohren?«

»Hier ist mein Plan, du Schweinigel«, unterbrach Ruth und schaute hinter die Bar auf die achtsaitige Ukulele, die Ruben, der Barkeeper, neben der Kasse aufgestellt hatte. »Die Uke da bringt mich auf 'ne Idee.«

»Was für 'ne Idee, Ruth?« schrie Oleg. »Mach's nicht so spannend!«

»Wir ändern deine Masche. Was für Klamotten hast du zu Hause? Annie, du kannst uns helfen. Wir müssen 'n Haarteil aus Ednas Salon ausleihen, bevor sie zumacht. Wir werden Oleg zu jemand machen, dem Portia nicht widerstehen kann.«

»Ehrlich?« quiekte der Zwerg entzückt.

Und obwohl sie das nie hätte ahnen können, war Ruth die Spürnase der Erfüllung ihres verzehrenden Wunsches, einen Mordfall zu lösen, einen bedeutenden Schritt nähergekommen.

Zu der Zeit, als Sidney Blackpool und Otto Stringer zum Eleven Ninety-nine Club kamen, fingen gerade die Wände zu vibrieren an. Es hörte sich an, als würde jemand Böller von der Mesa runterwerfen und sie würden, stetig rumsend, zu kurz landen.

»Muß Zahltag sein«, meinte Otto. »Vielleicht haben wir Schwein, und J. Edgar hat kein Chili mehr.«

Als sie reinkamen, stand Wingnut Bates an der Bar, kippte seine dritte Margarita und beklagte sich über eine Bürgerin, die damit drohte, ihn zu verklagen.

»Sie hat gesagt, sie verklagt mich und die Stadt auf achtzig Millionen Dollar!« jammerte Wingnut. »Dabei hab ich ihren Hund bloß ins *Bein* geschossen. Grad wie er ans Ende von seiner Kette gekommen ist, aber das hab ich nicht gesehen. Ich hab bloß Zähne gesehen, die erst loslassen, wenn man den Kopf abschneidet!«

»Ich kenn die Schnalle«, lamentierte Nathan Hale Wilson. »Das ist eine von den Bekloppten von der Tierbefreiungsfront. Bringt 'n Köter ins Revier und sagt: ›Was werden Sie mit diesem armen kleinen Ding machen, Officer!‹ ›Durch 'n Wolf drehen und an die anderen Tölen verfüttern‹, sag ich. Da droht sie *mir* mit 'ner Klage, Herrgott noch mal!«

»Darauf läuft Polizeiarbeit doch raus«, meinte J. Edgar Gomez. »Jedesmal, wenn 'n Cop die Handschellen zu stramm zudrückt, erscheint so 'n Kerl mit 'ner steifen Halsmanschette, 'nem Rippengips und F. Lee Bailey vor Gericht.«

»Wir kriegen nicht genug bezahlt, um auch noch Gerichtsverfahren durchzustehen«, nörgelte Maynard Rivas. »Wenn ich die richtige Sorte Indianer wär, würd ich diese Scheiße sofort hinschmeißen. Wenn ich 'n Agua Caliente wär, würd ich 'n Ferrari fahren statt 'n fünf Jahre alten Ford-Kleinlaster mit 'nem Keilriemen, der lauter jault als John McEnroe.«

»Ich kann das Gejammer nicht leiden! Gib mir deine Telefonnummer, dann laß ich dir 'ne Spende zukommen!« schrie Beavertail Bigelow von seinem Platz neben der Musikbox, worauf sämtliche Cops die Wüstenratte wegen ihrer Herzlosigkeit anfunkelten.

»Immerhin ist Polizeiarbeit was Solides, und du kriegst regelmäßig deinen Lohnscheck«, sagte O. A. Jones, und daß er es von der heiteren Sache betrachtete, kotzte alle an. »Ich kenn 'n Cop in Orange County, der hat gekündigt, um Filmstar zu werden, und macht keine fünfhundert Mäuse im Jahr. Auf seine alten Tage ist er dann abgebrannt und senil und jodelt sich im Altersheim für Schauspieler die Lunge aus'm Leib wie Johnny Weissmüller.«

»Habt ihr das von Selma Mobley gehört, der knackärschigen Polize aus Palm Springs?« fragte Nathan Hale Wilson. »Die heiratet ihren Lieutenant.«

»Ich find Cophochzeiten einfach riesig«, meinte Scherzkeks-Frank. »Die sind ungefähr so sicher wie 'ne Badeanstalt in San Francisco.«

»Sollten jedem für diese speziellen Familienkräche seinen eigenen Knüppel schenken«, sagte O. A. Jones.

»Immerhin sind's beides Cops«, bemerkte Pigasus, der Hubschrauberpilot des Sheriffs. »Die müßten sich eigentlich verstehen.«

»Snoopy und Cujo sind auch beides Hunde«, sagte der staubige Bruder, der Fingerabdruckspezialist. »Er ist Snoopy, das arme Schwein.«

Sidney Blackpool sah sich in der Bar um, und zunächst war der einzige Schwarze, den er sah, Choo Choo Chester. Der machte sich ernsthaft an eine Masseuse aus einem Hotel in Rancho Mirage heran, aber sie brachte seinen Klagen über seine Frau nicht allzuviel Mitgefühl entgegen.

»Wie hast du denn deine Frau kennengelernt?« fragte das Mädchen.

»Ich hab 'n paar Tänze mit ihr gekauft«, winselte Chester. »Das war 'n *komplettes* Mißverständnis!«

»Willst du sie abhängen oder was?«

»Kann ich nicht«, stöhnte Chester. »Sie erwartet in drei Monaten 'n Kind!«

»Wirklich, Schätzchen?« sagte die Masseuse. »Ist es von *dir*?«

In der Hoffnung, vielleicht eine Chance zu kriegen, Chester die Masseuse auszuspannen, schlängelte sich Scherzkeks-Frank von links an sie heran und flüsterte: »Baby, du hast 'n Körper, wie 'n sich alle Achtzehnjährigen wünschen.«

»Ja«, sagte die muffige Masseuse. »Dann schick mir 'n Achtzehnjährigen, vielleicht leih ich 'n ihm dann.«

»Du bist ungefähr so aufregend wie 'n feuchter Traum«, höhnte Scherzkeks-Frank und verzog sich ans hintere Ende der Bar, zu grüneren Weiden.

»Glaub bloß nicht, du könntest dich in meinem Tagebuch verewigen, du Knautschgesicht«, sagte die Masseuse.

J. Edgar Gomez versuchte, Knies zu vermeiden, indem er schrie: »Wer will noch 'ne Runde? Ich verlänger die Dämmerstunde um 'ne Viertelstunde!« Das rief einen Chor von Jubelrufen und Hurras hervor. Wenn die Leute anfingen, knatschig zu werden, verstand es J. Edgar, sie sacht ins nächste Stadium zu manövrieren.

Sidney Blackpool suchte nach einem anderen schwarzen Gesicht, einem, das auf einem viel größeren Körper saß. Dann sah er ihn, abseits der Cops, auf der von Zivilisten besetzten Seite der Kneipe. Er saß zwei Tische von Beavertail Bigelow entfernt. Er war allein. Es war der Präsident des Ortsvereins der Kobras, Billy Hightower.

Sidney Blackpool und Otto Stringer bestellten beide einen Drink und einen Teller von J. Edgars berüchtigtem Chili, und diesmal gab es darin nichts, was noch lebte. Sie hätten bei dem John-Wayne-Wandgemälde einen Tisch für sich allein haben können, gingen aber zu der Seite der Kneipe hinüber, wo Billy Hightower saß, sich an einem doppelten Wodka festhielt und schweigend dem Trubel zusah.

»Dürfen wir uns zu Ihnen setzen?« fragte Sidney Blackpool.

Billy Hightower musterte beide Männer, schaute dann zu dem Tisch auf der anderen Seite des Raums, dann wieder auf die Kriminalbeamten.

»Ich bin Blackpool. Das ist Stringer. Wir sind Schnüffler von der Hollywood Division, L.A.P.D.«

Das reichte aus, um Billy Hightower neugierig zu machen, und so deutete er mit einem Kopfnicken auf die freien Stühle, und sie setzten sich. Otto fing an, sein Chili nach Leichen zu durchlöffeln.

»Können wir Ihnen einen ausgeben?« fragte Sidney Blackpool.

»Ich hab schon einen«, sagte Billy Hightower.

»Wir arbeiten am Mordfall Watson«, sagte Sidney Blackpool und nippte an seinem Scotch. »Der Junge aus Palm Springs, den sie in dem Rolls gefunden haben!«

»Nicht gerade euer Revier, wie?« sagte Billy Hightower, der an dem doppelten Wodka herumspielte. Aus nächster Nähe sah er wie ein echter Säufer aus, und Sidney Blackpool mußte dem typischen Polizistenimpuls widerstehen, die riesigen Unterarme des Rockers nach Einstichspuren abzusuchen.

»Wir haben 'ne Information, daß der junge Watson an dem Tag, an dem er umgebracht wurde, vielleicht in Hollywood gewesen ist«, sagte Sidney Blackpool. »Deswegen haben wir damit zu tun.«

Billy Hightower sah von einem zum anderen, dann auf Ottos braune Pampe. »Ist nicht gerade Hollywood, ist aber nicht schlecht«, sagte er. »Kleintiere können nicht darin leben.«

»Hollywood ist auch nicht Hollywood«, sagte Otto achselzuckend und probierte einen Löffel voll. Es war wirklich nicht schlecht!

»Hab gehört, Sie waren mal bei unserem Verein«, sagte Sidney Blackpool. »San Bernardino County Sheriffs, oder?«

»M-hm«, sagte Billy Hightower.

»Hab gehört, Sie waren in Vietnam«, sagte Sidney Blackpool.

»Hab meinem Land und meinem County gedient«, sagte Billy Hightower. »Wollen die 'n Wohltätigkeitsball für mich aufziehen oder was?«

»Wir haben wegen Ihnen rumgefragt, weil wir im Fall Watson 'ne Kleinigkeit haben. Vielleicht.«

Billy Hightower behielt Sidney Blackpools in die Tasche greifende Hand im Auge, wie ein Cop Handbewegungen im Auge behält, wie ein dealender, krimineller Rocker plötzliche Handbewegungen unbedingt im Auge behalten würde. Seine Muskeln spannten sich und erschlafften, als ihm klar wurde, daß keinerlei Gefahr bestand.

»Bloß auf die entfernte Möglichkeit hin, daß der Junge da vielleicht zu den Canyons raufgekommen ist, um sich Stoff zu besorgen«, sagte Sidney Blackpool und schob Billy Hightower das Foto zu.

Der Rocker nahm das Foto und hielt es gegen das schummrige Licht eines Wandleuchters mit Schirm. Dann zündete er ein Streichholz an und musterte den Schnappschuß genauer. Dann lächelte er zum ersten Mal und entblößte dabei große, kaputte Zähne.

»Also könnt mein Tip doch hinhauen?« sagte er.

»Ihr Tip?« sagte Otto und verdrückte einen Mundvoll Chilibohnen.

»Ja, das ist der Kerl, wegen dem ich angerufen hab.«

»Der junge Watson?« sagte Sidney Blackpool und deutete auf das Bild.

»Nein, *dem* sein Bild war in den Zeitungen. Der andere Junge. *Der* da.« Er deutete mit einem dicken, narbigen Zeigefinger auf Terry Kinsale.

»Da komm ich nicht mit«, sagte Sidney Blackpool.

»Ihr habt das Bild doch von der Polizei von Palm Springs gekriegt, stimmt's?«

»Nein«, sagte Sidney Blackpool. »Das ist 'ne Spur, die wir unabhängig von der Polizei von Palm Springs verfolgen.«

»Verflucht noch mal!« flüsterte Billy Hightower. »Was ist das für 'ne Scheiße? Ich hab den Scheich hochgehen lassen, drei Tage, nachdem sie die Leiche gefunden haben. Sobald ich gelesen hab, daß der Alte fünfzigtausend Dollar Belohnung ausspuckt. Wenn der Junge Watson umgepustet hat, gehört die Belohnung *mir*, verflucht noch mal!«

Sidney spürte, wie sein Herz einen Sprung machte. Sogar Otto Stringer verhielt den Löffel auf halbem Weg zum Mund.

»Sie helfen uns, und wenn der Junge unser Mann ist, dann haben Sie Aussicht auf Watsons Belohnung«, sagte Sidney Blackpool.

»Darauf will ich Ihr Wort, Mann«, sagte Billy Hightower.

»Das haben Sie. Ich geb's Ihnen schriftlich, wenn Sie wollen.«

»War das Ihr Toyota heute abend draußen im Canyon?« fragte der Rocker.

»Ja.«

»Geben Sie mir dreißig Minuten, und fahren Sie dann wieder zu dieser Stelle«, sagte Billy Hightower. »Ich schick jemand, der Sie abholt und den Berg hoch zu meinem Haus fährt. Wir reden auf meinem Gelände, nicht auf Ihrem.«

»Okay«, sagte Sidney Blackpool.

»Das Geld gehört mir«, sagte Billy Hightower. »Haben Sie das kapiert?«

Im Stehen war der Rocker noch größer als er wirkte. Er durchquerte die Kneipe mit sechs stiefelkrachenden Schritten und war zur Tür hinaus, bevor Otto den letzten Bissen hinuntergeschluckt hatte.

Sie hatten nicht bemerkt, daß die Anämische Annie und Ruth die Spürnase die Bar betreten und auf der Musikbox ein Stück von 1950 gewählt hatten, eins, das J. Edgar Gomez tolerierte, weil es alt genug war. Die Platte begann sich gerade zu drehen, als Ruths heisere Stimme den Krach überdröhnte, verstärkt durch ein Polizeimegaphon, das allen einen Heidenschreck einjagte.

»Ladies, Gentlemen und Sonstige!« verkündete Ruth durchs Megaphon. »Der Eleven Ninety-nine Club hat die Ehre, Ihnen vorzustellen – den einzigartigen, unvergleichlichen – Elfis Preßluft!«

Als die ersten Takte von Elvis Presleys »You ain't nothin' but a hound dog« aus der Musikbox knallten, riß die Anämische Annie die Eingangstür auf und Oleg Gridley watschelte herein.

Er trug ein weißes Satinhemd mit Kragenspitzen größer als sein Kopf, ein Überbleibsel aus seiner Discozeit. Er trug die engsten Hosen, die er hatte auftreiben können, aus der Zeit, als er vierunddreißig Kilo wog und sich noch nicht auf achtunddreißig aufgebläht hatte. Er hatte die mit Flitter besetzten Stiefel einer Tambourmajorin an, die Annie von der Tochter einer Friseuse aus Ednas Salon geliehen hatte, und auf seinem Kopf saß eine schwarze Pompadourperücke mit Koteletten, die mit schwarzem Mascara über sein halbes Gesicht gezogen waren.

Er hatte etwas in der Hand, das wie eine zwergengroße, achtsaitige Gitarre aussah, in Wirklichkeit aber eine von Ruben, dem Barkeeper im Mirage Saloon, geliehene Ukulele war.

»›You ain't nothin' but a hound dog‹«, sang Elvis, während Elfis Preßluft synchron mit dem Text die Lippen bewegte und die Menge vor Begeisterung rasend machte.

Oleg Gridley hatte alle Bewegungen drauf. Er ließ die Hüften puppern. Er ließ die Hüften kreisen. Er hatte der grölenden Menge den Rücken zugewandt und wackelte mit dem Hintern. Er war, für Portia Cassidy, anbetungswürdig.

»Das, Ladies und Gentlemen«, bellte Ruth übers Megaphon, »ist Showbusiness!«

Bitch Cassidy sprang vom Barhocker und klatschte ihrem rastlosen Freier wie wild Beifall.

Gegen Ende seiner Nummer teilte Oleg Gridley die Menge und watschelte geradewegs zu Bitch Cassidy, der er die beste Miniaturnachahmung von Elvis bot, die das Coachella Valley vermutlich je zu sehen bekommen würde.

Er sang lippensynchron mit: »›You ain't never caught a rabbit and you ain't no friend of miiiine!‹«

Und Portia Cassidy fiel beinahe ohnmächtig auf den Zwerg drauf. Ruth die Spürnase war ungeheuer stolz.

Die Kriminalbeamten mußten einen weiteren lippensynchronen Elvis-Klassiker über sich ergehen lassen. Oleg stand auf einem Barhocker und »sang« »Love Me Tender« zu Bitch Cassidy hin, die betrunken genug war, zu Tränen gerührt zu werden, und sich mit einem Zwerg in ihrem Bett abfand.

Nur Beavertail Bigelow, wie üblich betrunken und knatschig, wurde von Olegs Vorstellung überhaupt nicht angemacht. Tatsächlich wirkte er stinkwütend. Er torkelte aus seinem Stuhl, während die Menge »Zugabe!« schrie und einen Vorhang forderte. Er trat direkt vor den Zwerg hin und beschuldigte ihn des Diebstahls: »Das ist Clyde Suggs' Uke! Wo hast du die Uke her, du kleiner Gauner?«

»Laß mich zufrieden, wenn du keinen auf die Mütze

willst!« warnte Oleg. »Auf der Intensivstation gibt's keine Beefeater-Highballs!«

»Der hat die Uke Clyde Suggs gestohlen«, verkündete Beavertail der Menge, die das Interesse verlor, weil Beavertail offenkundig auf Zoff aus war, und das war in dieser Gegend so vorhersagbar wie starker Wind.

»Ich hab die Uke draußen im Solitaire Canyon gefunden«, behauptete Beavertail. »Ich hab die Uke Clyde Suggs verkauft.«

Natürlich hörte im Saloon mittlerweile kein Aas mehr diesem Scheiß zu. Alles hatte sich wieder ans Trinken, Tanzen, Nölen, Sauigeln gemacht. Außer Officer O. A. Jones, der es aufgab, eine Bankkassiererin aus Palm Desert zu verführen, und auf die knatschige Wüstenratte zutrat.

»Wo im Solitaire Canyon hast du sie gefunden, Beavertail?« fragte O. A. Jones.

»An der Straße, die den Berg raufführt. Hinter der Gabelung.«

»Kann ich die mal sehen, Oleg?« fragte O. A. Jones den wütenden Zwerg, der sagte: »Klar. Ich weiß gar nicht, wovon die Ratte redet. Wir haben sie von Ruben drüben im Mirage Saloon geliehen. Ruth und Annie waren dabei.«

»Dann hat *der* sie Clyde Suggs geklaut«, sagte Beavertail, der irgendwo in dieser elenden Scheißwelt Gerechtigkeit suchte.

»Warum gehst du nicht an deinen Tisch zurück, Beavertail«, sagte O. A. Jones. »Ich übernehm die große Diebstahlsuntersuchung hier.«

»Läßt dich wahrscheinlich von dem reichen Pygmäen da schmieren, damit du nicht deine Pflicht tust«, beklagte sich Beavertail, tat aber wie geheißen.

»Bin gleich wieder da«, sagte O. A. Jones zu Oleg Gridley, der mittlerweile an Portia Cassidy gekuschelt war, sich in der ganzen Aufmerksamkeit sonnte und sich fragte, wie er die Drinks runterkriegen sollte, die sein bewunderndes Publikum für ihn springen ließ.

»Siehst du, du mußt gar kein übler, widerlicher Perverser sein, wenn du dir Mühe gibst«, gurrte Portia Cassidy den mittlerweile beliebten Zwerg an. »Du kannst schrecklich lieb und nett sein.«

»Portia«, sagte Oleg düster. »Ich *muß* dir 'n Geständnis machen. Ich hab 'n wirklich scheußlichen Dingus. Letztes Jahr hat Maxine Farble nachts mal das Fenster draufgeknallt, als ich mich aus ihrem Schlafzimmer geschlichen hab, weil ihr Alter früher heimgekommen ist. Und der größte Ständer, den ich je krieg, sieht für dich vermutlich wie 'n Bauchknöpfchen aus.«

»Größe und Schönheit sind nicht wichtig«, sagte Bitch Cassidy, die sich an die nagelneue Berühmtheit, Elfis Preßluft, schmiegte. »Mir ist es egal, und wenn du dir mit der Pinzette einen runterholen mußt.«

Sidney Blackpool wollte Otto Stringer gerade sagen, daß sie zum Canyon aufbrechen könnten, als er aufblickte und den Surfercop mit einer Ukulele in der Hand sah.

»Das könnte das *Banjo* sein«, sagte O. A. Jones.

Es dauerte zehn Minuten, die Irrfahrt der Ukulele durch Mineral Springs so weit nachzuvollziehen, daß man sich vorstellen konnte, es könne tatsächlich das Saiteninstrument sein, das O. A. Jones an einem Tag vor einem Jahr gehört hatte, als er die verkohlte Leiche von Jack Watson entdeckte.

»Es hat wie 'n Banjo *geklungen*«, erklärte der junge Cop.

»Es ist 'ne komisch aussehende Uke«, sagte Sidney Blackpool. »Wenn ich bloß was über Ukes wüßte. Acht Saiten. Wieviel hat eigentlich 'ne normale Uke?«

»Vier, glaub ich«, sagte Otto.

»Vielleicht hat's gar nichts mit dem Fall zu tun«, sagte O. A. Jones. »Vielleicht hat bloß mal jemand da hinten im Canyon 'ne Uke verloren.«

»Zumindest lohnt sich's, das zu überprüfen«, sagte Sidney Blackpool.

Es war ein schön gearbeitetes altes Instrument. Am

Kopf der Ukulele befand sich das Schildchen des Herstellers mit der Aufschrift: C.F. MARTIN & CO., NAZARETH, PA! Sidney Blackpool vermerkte die Information in seinem Notizbuch.

»Wissen Sie was«, sagte er zu O. A. Jones. »Wir wollen die Beweiskette intakt halten, falls da irgendwas draus wird. Sie verwahren die Uke persönlich. Sagen Sie dem Barkeeper im Mirage Saloon, Sie würden sie für ’n paar Tage ausleihen.«

»Morgen ruf ich besser die Kripo von Palm Springs an«, sagte O.A. Jones.

»Tun Sie das... *noch* nicht«, sagte Sidney Blackpool, und das hatte einen verständnislosen Blick von Otto zur Folge. »Der Beamte, der den Fall bearbeitet hat, ist verreist. Sagen Sie *niemandem* was davon. Ich mach ’n paar Anrufe, und wenn’s vielversprechend aussieht, verständige ich Palm Springs. Wir können sie als Beweismittel dort abliefern, falls und wenn es soweit ist. Okay?«

»Okay«, sagte O. A. Jones achselzuckend und schrummte die Uke ein paarmal. »Vielleicht sollt ich die mal an der scharfen kleinen Bankkassiererin ausprobieren, die mich dauernd anstrahlt. Bei Oleg hat’s funktioniert.«

»Ich meld mich in ’n paar Tagen bei Ihnen wegen der Uke«, sagte Sidney Blackpool. »Nicht vergessen, reden Sie mit *niemandem* darüber.«

»Übrigens«, sagte der Surfercop, »ich hab auf dem Sender von Palm Springs ’n Sänger von früher gehört, der hat geklungen wie die Stimme, die ich an dem Tag damals gehört hab. ’n Kerl namens Rudy Vallee.«

Plötzlich kam Maynard Rivas, der fast einen Heulkrampf gekriegt hatte, weil so viele Schmierlappen heutzutage Cops verklagten, seinem ersten Indianerkriegsschrei sehr nahe. »In meinem Chili ist ’ne Grille!« kreischte er J. Edgar Gomez an.

»Das ist ’ne dreckige Lüge!« brüllte der Saloonkeeper zurück, die Hände bis zu den Ellbogen im schleimigen Wasser des Barspülbeckens. »In meinem Chili gibt’s keine bescheuerten Grillen!«

»Es hat ’n großes, häßliches Maul, ’n dürren Körper und hüpft rum wie ’n Speedfreak!« schrie der empörte Indianer. »Es ist entweder ’ne Grille oder Mick Jagger!«

»Lügen! Lügen!« blaffte J. Edgar Gomez.

»Mein Leben besteht bloß noch aus Grillen in meinem Chili! Na, mir reicht’s! Morgen früh engagier ich mir ’n skrupellosen Jid. Ich werd den Scheißladen *übernehmen*!« versprach der Indianer.

Sie hatten auf dem Highway zum Solitaire Canyon die halbe Strecke zurückgelegt, ehe Otto etwas sagte. »Mir gefällt das nicht, Sidney.«

»Ich fahr auch nicht gern da raus, aber...«

»Mir gefällt’s nicht, wie wir das anpacken.«

»Was soll das heißen?«

»Das ist in jeder Hinsicht ’n Palm-Springs-Mordfall. Wenn diese Uke irgendwas damit zu tun hat, sollten *die’s* erfahren. Mir gefällt’s nicht, Beweise zurückzuhalten. Das macht mich echt nervös.«

»Wir halten keine Beweise zurück. Das *ist* vielleicht gar kein Beweis.«

»Die Entscheidung liegt nicht bei uns. Die Entscheidung liegt bei *denen*. Es ist ihr Fall.«

»Verdammt noch mal, Otto, der zuständige Mann ist im Moment nicht mal in der Stadt. Wir können das überprüfen. Schadet überhaupt nichts.«

»Wir könnten sie außerdem auf dem laufenden halten, was wir so machen, dabei haben wir noch keinen Fuß in ihr Revier gesetzt.«

»Das werden wir, falls und wenn es soweit ist, Otto.«

»Genauso haben ’s die Bundesbullen ständig mit uns gemacht«, sagte Otto. »Sie haben uns im unklaren gelassen und versucht, die Ehre einzuheimsen.«

»Ich mach’s nicht wegen der Ehre, Otto.«

»Ich weiß, Sidney«, sagte Otto und schaute aus dem Fenster auf die im Scheinwerferstrahl vorbeistreichende Wüstenlandschaft. »Du machst es für Geld.«

»Für den *Job*. Ich will diesen *Job*.«

»Ich bin dabei«, sagte Otto. »Aber wenn der Fall anfängt, sich noch weiter zu entwickeln, will ich zur Polizei von Palm Springs gehen und ihnen alles sagen, was wir erfahren haben. Ich hab meine Pension noch nicht in der Tasche. Ich will *meinen* Job schützen.«

»Völlig richtig, Otto«, sagte Sidney Blackpool. »Ich würd's auch nicht anders machen.«

Die Asphaltstraße wirkte noch dunkler, falls das überhaupt möglich war. Der Mond sah kleiner aus, aber dafür glitzerten mehr Sterne. Der stöhnende Wind kreischte bisweilen auf. Sie fuhren die Asphaltstraße weiter hinab, bis sie auf einem unbefestigten Weg zur Rechten einen großen Umriß ausmachten. Ein Kleinbus parkte mit ausgeschalteten Scheinwerfern in der Dunkelheit. Die Scheinwerfer des Kleinbusses blinkten einmal, als die Kriminalbeamten näher kamen.

»Muß unsere Mitfahrgelegenheit sein«, sagte Sidney Blackpool.

»Das ist ungefähr so ungefährlich wie der Khyber-Paß«, sagte Otto. »Oder wie 'ne mexikanische Hochzeit.«

Sidney Blackpool bog auf die unbefestigte Straße unmittelbar hinter der Gabelung ab, parkte und schloß den Toyota ab. Otto nahm die Taschenlampe aus dem Handschuhfach, und sie warteten darauf, daß der vierradgetriebene Kleinbus aus dem Weg herausstieß, auf dem er wartete. Der Kleinbus bewegte sich langsam vorwärts, und sein Fernlicht blendete die beiden Kriminalbeamten. Zufriedengestellt, blendete der Fahrer ab, hielt neben den beiden Männern an und entriegelte die Tür.

»Einer steigt hinten ein«, sagte sie.

Der Fahrer war eine junge Frau Ende Zwanzig. Ihr Haar hätte drei Eichhörnchen und einer Känguruhratte Unterschlupf bieten können. Sie trug ein schmutziges Tanktop und eine Motorradjacke mit den Farben der Kobras auf dem Rücken. Sie sah aus wie ein Mädchen, das in jedem Schnellrestaurant im Coachella Valley arbeiten könnte und das vielleicht auch getan hatte, bevor sie von Rokkern »adoptiert« worden war. Sie war ein hübsches Mädchen in einem Leben, in dem sie alt werden, bevor sie erwachsen werden, wenn sie das überhaupt je tun.

»Ich heiß Gina«, sagte sie. »Ich bring euch Typen zu Billy.«

Gina redete nicht während der fünfminütigen Fahrt den Berg hinauf. Nicht, bis die Asphaltstraße verschwunden war und sie sich auf dem Schotterweg befanden, der links abzweigte. Unterwegs kamen sie an sechs Häusern vorbei, jedes mit einem lärmenden Wachhund. Der Schotterweg schwenkte dicht an die Kante des Canyons. Ein kleines, verputztes Haus klebte zu nahe am Abgrund, besonders für eine Gegend mit plötzlichen Überschwemmungen.

»Da wohnt Billy«, sagte sie.

»Wohnen Sie mit Billy zusammen?« fragte Otto.

»Ich wohn da drüben, auf der anderen Seite vom Canyon«, sagte sie. »Ich und mein Alter.«

»Ist er 'n Kobra?«

»Jeder ist 'n Kobra. Jeder in *meinem* Leben«, sagte sie.

»Mit wem wohnt Billy zusammen?« fragte Sidney Blackpool.

»Wer grad da ist«, sagte Gina, die genau auf den Schotterweg achtete, der dort, wo er vor Billy Hightowers Berghöhle einen Schwenk vollführte, teilweise weggespült war.

Billy Hightower öffnete die Tür, als der Kleinbus vor dem Haus anhielt, und verdeckte mit seiner massigen Gestalt beinahe das Hintergrundlicht. Er hatte die Kobrajakke ausgezogen, und es war deutlich, daß sein klotziger Körper Fett ansetzte. Aber er gab immer noch eine sehr beeindruckende Figur ab.

Sidney Blackpool ging voran, und Otto folgte hinter Gina. Billy Hightower entblößte die kaputten Zähne, als die Kriminalbeamten das kleine Haus betraten.

»Das ist auch nicht Hollywood«, sagte er grinsend, »aber es gehört alles mir und ist bezahlt. Was zu trinken? Ich hab Wodka und Bier.«

»Ich nehm ’n Bier«, sagte Sidney Blackpool.

»Ich auch«, sagte Otto.

Die Kriminalbeamten setzten sich auf ein Kordsamtsofa, das zweifellos einmal eine Farbe gehabt hatte. Überall waren Motorölflecken. Rocker hatten ihre Spuren hinterlassen, wo sie gegangen waren, gesessen, gelegen hatten. Der Teppich war über und über von Motoröl verschmiert.

Ebenfalls von Motoröl verschmiert war das schmutzige Tanktop, den das Mädchen trug. Der Baumwollstoff wurde von ihren großen, arroganten Brüsten straff gespannt. Sie half Billy das Bier holen und musterte die Kriminalbeamten auf eigenartig freundliche Weise.

Dann sagte sie: »Billy, ich bin völlig eingesaut. Hast du was dagegen, wenn ich dusche? Unsere funktioniert schon eine Woche nicht, und Shamu will sie nicht reparieren.«

»Nur zu, Puppe«, sagte Billy Hightower und wirkte belustigt, als Gina des Tanktop vor den Männern auszog.

»’ne Rockerbraut erkennt man daran, daß ihre Titten dreckig sind«, sagte Gina zu den Kriminalbeamten. »Weil sie den ganzen Tag am Rücken von ’nem Kerl baumeln. Guckt euch bloß mein Hemd an!«

Natürlich wußte sie, daß die Kriminalbeamten nicht ihr Hemd anguckten, das sie zu inspizieren vorgab. Sie guckten ihre Brüste an, besonders die rechte, die von der Tätowierung eines bärtigen Rockers auf einer Harley geziert wurde. Ihr rechter Nippel war der Scheinwerfer des Motorrades.

»Sie könnten fünfzig Riesen Prämie von Harley Davidson kriegen, wenn die *das* zu Gesicht bekämen«, sagte Otto.

Das Mädchen lächelte keß und kniff ein Auge zu.

»Apropos fünfzig Riesen...«, begann Billy Hightower und wandte sich dann zu dem Mädchen. »Geh duschen, Alte. Wir haben was zu bequatschen.«

Als sie die Dusche laufen hörten, kicherte Billy Hightower und sagte: »Sie ist echt stolz auf die Tätowierung. Muß sie einfach jedem zeigen.«

»Hat ihr Alter was dagegen, wenn sie bei Ihnen duscht?« fragte Otto und nippte am Bier.

»Wir sind nicht besitzergreifend hier draußen«, sagte Billy Hightower. »Das haben wir alles dort gelassen, wo wir hergekommen sind. Hier teilen wir alles, und zwar brüderlich.«

»Nachdem Sie bei der Polizei ausgeschieden sind...«, begann Sidney Blackpool, wurde aber von dem Rocker unterbrochen.

»Nachdem die mich *gefeuert* haben.«

»Nachdem die Sie gefeuert haben, weshalb sind Sie da hier rausgekommen?«

»Hab mich einfach vom Wind treiben lassen.«

»Aber warum 'n Motorradclub?«

»Weil sie mich *wollten*«, sagte Billy Hightower.

»Und schließlich sind Sie Präsident von Ihrem Ortsverein geworden.«

»Wenn das keine Erfolgsgeschichte ist«, sagte Billy Hightower, trank sein Bier leer und stampfte in die winzige Küche, um sich noch eins zu holen. Als er zurückkam, sagte er: »Die sind gar nicht so schlecht, diese Provinzscheißer. Genau wie die meisten Typen, mit denen ich in Nam war. Ich hab ihnen gezeigt, wie sie sich gegenüber Cops verhalten müssen, wenn sie angehalten und gefilzt werden. Ich hab ihnen einiges über hinreichenden Verdacht, Durchsuchung und Festnahme erzählt. Und außerdem hab ich ihre übelsten Typen aufgemischt, bis sie mich schließlich geliebt haben. Jeder braucht 'n Daddy.«

»Was ist an dem Gerücht daran, daß Sie an Kids aus Palm Springs dealen, Billy?« fragte Sidney Blackpool.

»Wenn's bloß wahr wär«, sagte Billy Hightower. »Das einzige, was von diesen Canyons aus gedealt wird, ist Crystal, und das bleibt in der Gegend. Damit sag ich nichts, was nicht schon jeder weiß. Fast jede Bruchbude hier oben ist 'ne Speedküche. Vom Crankbrauen wird keiner reich, aber es ist kein allzu schlechtes Leben.«

»Was zahlt man hier draußen für Crystal?« fragte Otto.

»Ungefähr sechstausendfünfhundert für 'n halbes Pfund Meth plus 'n halbes Pfund Lösung. Das Problem ist, daß diese abgewichsten Kobras auf diese Scheiße abfahren.

Besser als Junk, sagen sie. Du klinkst nicht drei Stunden aus, sagen sie. Du kannst den Motor von deiner Maschine ausbauen, du kannst die Küche streichen, du kannst deine Alte zweimal nageln. Aber *damit* kommen sie nie zu Potte, wenn sie drauf sind.«

»Haben Sie je Speed geschossen?« fragte Otto.

»Nicht wie diese Provinzler hier. Diese ganzen Narkomänner erzählen einem, sie sniefen's. Alles Quatsch. Sie *schießen's*. Ich find trotzdem, sie sollten's legalisieren. Wollt ihr die Steuern senken? Das wär besser als 'ne Staatslotterie. Wir kaufen die Zutaten unterm Ladentisch von zugelassenen Pharmaherstellern. Wenn ich als Cop bloß alles gewußt hätt, was ich jetzt weiß. Ich hätt mich in Acapulco zur Ruhe setzen können.«

»Gute Profitrate?« Otto war im Herzen immer noch ein Rauschgiftcop.

»Und ob. Roten Phosphor kann man legal kaufen, und Jodwasserstoffsäure auch. 'n Schwachsinniger könnte das Zeug brauen. Und dauernd macht's uns jemand leichter. Die Deutschen haben Ephedrin rausgebracht, ihre größte chemische Entdeckung seit Zyklon B. Damit haben sie die Juden fast ausgerottet. Mit dem anderen Zeugs werden sie die Provinzler alle machen. Man nimmt Ephedrin und ein Wasserstoffatom, und schon hat man Meth.«

»Wo, zum Teufel, kauft man 'n Wasserstoffatom?« wunderte sich Otto.

»Jedenfalls, ich deal lieber Schnüffelkram«, sagte Billy Hightower. »Man kriegt dreißig Prozent mehr fürs Gramm und 'ne nettere Kundschaft. Aber für Typen wie uns ist es einfach zu schwierig, es für 'n anständigen Preis zu kriegen. Sie haben also gehört, junge Hüpfer aus Palm Springs werden von Billy Hightower versorgt? Ich hab noch nie an Jugendliche gedealt. Und das bringt mich zum Thema dieser Zusammenkunft, Herrschaften. Der junge Vogel auf dem Bild, das ihr mir gezeigt habt.«

»Er heißt Terry Kinsale«, sagte Otto.

»Ich weiß nicht, wie die Leute heißen, die Crystal kaufen, aber ich merk mir Gesichter. Ich hab den Jungen zweimal gesehen, einmal in ’ner Bar unten in Cathedral City und einmal hier oben auf’m Berg, in der Nacht, in der der junge Watson verschwunden ist. Und das hab ich der Polizei gemeldet. Also bin *ich’s*, der ’ne Belohnung kriegen sollte, wenn er derjenige ist, der den jungen Watson kaltgemacht hat.«

»Wie haben Sie ihn kennengelernt?« fragte Sidney Blackpool.

»Ich hab mal nachts mit einem von meinen Jungs ’ne Fahrt gemacht. Hab ’ne Unze Crystal an ’n paar Bubis in dieser Schwulenbar am Highway 111 geliefert. Der Junge war einer von den Typen, die die Lieferung gekriegt haben.«

»Hat er Ihnen das Geld gegeben?«

»Nee, das war sein guter Onkel.«

»Wer war der gute Onkel?«

»So ’ne Tunte halt. Mein Typ hat ihn gekannt, also war’s okay. ’ne ortsansässige Schwuchtel mit ’nem Haufen Kohle und ’ner Schwäche für hübsche kleine Bubis wie Terry. Terry hat gesagt, er würd ab und an gern Geschäfte mit uns machen. Hat gesagt, er würd Speed gern mit anderem Zeug mischen. Sein Bier, hab ich gedacht.«

»Und dann haben Sie ihn in der Mordnacht gesehen?«

»Mir ist damals einfach ’n bißchen zuviel gelaufen. Zu viele von diesen Vögeln aus Cat City sind hier raufgekommen, um Stoff zu besorgen. Ich hab meinen Leuten gesagt, das muß aufhören, wir müßten runterfahren, um die Geschäfte abzuwickeln. Aber wir haben da diesen einen Kobra, dem geht’s richtig gut da unten in den Schwulenbars. Gut aussehender Vogel, ganz in Leder, die Farben rausgehängt, da flippen die ganzen Schwuchteln voll drauf ab und geben ihm jede Menge Drinks aus. In der Nacht wollte er ’ne Unze Stoff aus meinem Vorrat, aber ich wollt nicht damit rüberkommen. Er hat gesagt, da unten, wo die Asphaltstraße aufhört, würd ’n Kunde auf ihn warten. Mir hat die ganze Sache nicht gefallen, also bin ich mit ’ner Schrotflinte runtergegangen, um das auszuchecken. Es war dieser Typ, Terry, und noch so’n Vogel.«

»Nicht Watson?« fragte Otto.

»Nee, ’n Stiftkopp aus Twenty-nine Palms. ’n sommersprossiger Skinhead-Marine, der sich in seinen Zwanzigdollarschuhen einen abgezittert hat. Ich hab Terry vom anderen Mal erkannt.«

»Haben Sie ihnen das Crank verkauft?«

»Ich hab ihnen gesagt, sie sollten sich verpissen und nie wieder in meine Berge kommen, sonst würd ich ihren Arsch an meinen Hund verfüttern.«

»Was, glauben Sie, hat er mit dem Ledernacken gemacht?« fragte Otto.

»Na, was wohl«, sagte Billy Hightower. »Er wollte ’n bißchen Stoff besorgen, um den Jungen vollzudröhnen, damit er ihn ficken kann. Was macht man denn sonst mit ’nem neunzehnjährigen Ledernacken?«

»Und nachdem Sie gelesen haben, daß das Auto von Watson unten auf der anderen Canyonseite gefunden wurde, was haben Sie da gedacht?« fragte Sidney Blackpool.

»Ich hab mir Sorgen gemacht, daß es einer von meinen Jungs war, der ihn erschossen hat. Mann, wir können die Sorte Stunk hier oben nicht brauchen. Ich versuch, diese Provinzler so zu organisieren, daß sie ’n bißchen was Solides machen. Guckt euch die Hell’s Angels an. Die machen jedes Jahr zu Weihnachten ’ne Spielzeugsammlung für die Armen. Nicht mehr lang, dann gibt’s Hell’s-Angels-Teddybären und Hell’s-Angels-Cabbage-Dolls. Wir können von denen lernen, sag ich meinen Leuten. Dann hab ich sie mir wegen dem jungen Watson vorgeknöpft. Ich hab sie einen nach dem anderen verhört. Und ich hab denen, die leicht Schiß kriegen, einen Heidenschiß eingejagt. Ich hab nichts rausgekriegt. Überhaupt nichts. Ich weiß, keiner von meinen Leuten hat den Jungen erschossen. Also denk ich mir, okay, wie wär’s mit dem Schwulen und dem Mariner? Terry war in der Nacht oben auf dem Berg. Aber ich denk mir auch, tja, vielleicht hat er gar nichts damit zu tun. Vielleicht hat sich irgend’n rechtschaffener Kidnapper den jungen Watson geschnappt, und irgendwas ist schiefgelaufen, und sie haben ihn abgeknallt und sich unseren Canyon bloß rausgesucht, weil er auf ihrem Nachhauseweg nach Vegas lag. Also mach ich mir 'n paar Tage keine Gedanken drüber.«

»Und was dann?«

»Dann kommt Watson im Fernsehen und bietet fünfzig Riesen Belohnung. Da sag ich mir, Scheiß drauf, das mit Terry ist 'ne vage Vermutung, aber für fünfzig Riesen darf's auch 'ne vage Vermutung sein. Da hab ich dann angerufen.«

»Sie haben die Polizei von Palm Springs angerufen?«

»Die kenn ich nicht, also vertrau ich ihnen nicht. Ich hab jemand angerufen, dem ich vertrau, und ihm das mit Terry erzählt, und seinem Auto und der Schwulenbar, wo ich ihn kennengelernt hab.«

»Was für 'n Auto war das?« fragte Otto.

»'n Porsche 911«, sagte Billy Hightower. »Ganz schwarz. Ich hab mir gedacht, er gehört einem von Terrys guten Onkels.«

Sidney Blackpool sah Otto an, der schon lange genug Cop war, seine Karten richtig auszuspielen. Er nippte an seinem Bier und sagte ruhig: »Wer war der Cop, dem Sie vertraut haben? Wem haben Sie das alles erzählt?«

»Ich vertrau nur einem Cop. Harry Bright aus Mineral Springs drüben. Jetzt vertrau ich *euch* Typen, weil's meine einzige Chance auf die Belohnung ist.«

»Warum haben Sie Harry Bright vertraut?« fragte Otto.

Billy Hightower lächelte und sagte: »Wenn Sie Harry Bright je begegnet wären, würden Sie nicht fragen. Wenn ich für so jemand gearbeitet hätte, als ich noch bei dem Verein war, dann *wär* ich noch bei dem Verein. Er ist 'n Cops-Cop und 'n anständiger Kerl. Bis heute ist er der einzige Cop, der im Eleven Ninety-nine Club je zu mir rübergekommen ist, sich hingesetzt und mir einen ausgegeben hat. Bis ihr heute abend gekommen seid. Die glauben alle, ich bin so 'ne Art mordlustiger Dopefreak oder so was. Ich hab Harry kennengelernt, als ich bei den Kobras eingestiegen bin. Er hat sogar versucht, mich bei der Polizei von Mineral Springs unterzubringen, als die aufgestellt worden ist, aber man wird nicht genommen, wenn man 'nem Polizeicaptain zu 'nem drahtgeflickten Kiefer und 'ner Gesichtsoperation verholfen hat. Ob's der Scheißkerl verdient hat oder nicht. Ich hab die letzten sechs Jahre 'n Haufen Zeit mit Harry Bright verbracht. 'n Haufen Drinks, gute Copgeschichten und Spaß. Bloß er und ich.«

»Wo? Im Eleven Ninety-nine?«

»Das wollt ich Harry nicht antun«, sagte Billy Hightower kopfschüttelnd. »Ich wollt nicht, daß die anderen mitkriegen, daß er zu jemand wie mir allzu freundlich ist. Er hatte seine Karriere. Er war 'ner Pension zu nahe, um sie sich versauen zu lassen. Wenn Harry sich im Saloon zu mir setzen wollte, hab ich mir irgend'n Vorwand ausgedacht und bin gegangen. Bloß um ihm Scherereien zu ersparen. Ich hab mich hier mit Harry getroffen.«

»In diesem Haus?«

»In eben diesem Haus. Manchmal nachts, wenn die zweite Nachtschicht 'n Sergeant gebraucht hat oder einer von ihren Leuten krank war und Harry einspringen mußte, ist er hier raufgekommen und hat mit mir geredet. Hat seinen Wagen weiter unten geparkt und ist einfach reingeschlendert, in voller Uniform. Einmal hab ich nachts 'n Typ hier gehabt, der hat fast 'n Herzanfall gekriegt, wie er Harry mit seiner fünfzelligen Taschenlampe den Weg raufkommen sieht. Wir sind zusammengesessen und haben einen getrunken, Harry und ich. Er hat immer viel zuviel getrunken. Ich hab mir um seinen Job mehr Sorgen gemacht als er. Manchmal hat er sich so vollaufen lassen, daß er in seinem Streifenwagen gepennt hat, gleich da unten, wo Gina euch abgeholt hat.«

»Wie alt ist Harry Bright?«

»Ich weiß es zufällig, weil er diese Weihnachten pensionsberechtigt wird. Die haben die staatliche Pension. Zwei Prozent pro Jahr und Ausscheiden mit fünfzig. Harry wird im Dezember fünfzig. Armer Harry. Er wird's nicht mitkriegen, wenn er die Pension *überhaupt* kriegt.«

»Wann hat er seinen Schlaganfall gehabt?« fragte Otto.

»Letzten März war das, glaub ich«, sagte Billy Hightower.

»Ich hab ihn zweimal im Krankenhaus besucht. Ich hab mich sogar gewaschen und 'n Anzug angezogen, damit die kleinen Karbolschnecken keine Panik kriegen. Ich hab's nicht ertragen können, ihn so zu sehen. Harry war 'n großer, alter, kerniger Daddy-Cop. Wie der Daddy, den man sich immer gewünscht hat, statt dem Scheißkerl, den man abgekriegt hat. Bei der Polizeitruppe, da war Harry jedermanns alter Herr. Paco ist der Boß, aber Harry ist der Daddy, und Paco hört auf ihn. Und jetzt will ich was von *euch* wissen.«

»Alles, was wir Ihnen sagen können«, sagte Sidney Blackpool.

»Wo habt ihr das Bild von dem Jungen her?«

»Aus Victor Watsons Haus. Der Hausdiener hat's gefunden und uns gegeben, in der Hoffnung, es wär vielleicht 'ne Spur, die wir weiterverfolgen könnten.«

»Wollt ihr mir etwa erzählen, daß ich oder mein Hinweis auf diesen Jungen, Terry, in *keinem* Bericht und *keiner* Nachuntersuchung erwähnt werden?«

»Na ja, vielleicht doch«, log Sidney Blackpool. »Wir haben noch nicht alles gesehen. Vielleicht haben's die Mordcops von Palm Springs in 'ner anderen Akte abgelegt, die wir noch nicht gesehen haben. Sie wissen doch, wie Kripoleuten die Notizen aus allen Taschen quellen.«

»Na ja, ich kann einfach nicht glauben, daß Harry Bright ihnen nichts davon gesagt hat. Er war 'n zu guter Cop, um so 'n Tip zu ignorieren. Deshalb will ich, daß ihr das rauskriegt und mir deswegen Bescheid gebt. Wenn der Junge da mit drinhängt, hab ich 'n *Recht* auf die Knete.«

»Okay«, sagte Sidney Blackpool. »Zu blöd, daß wir nicht mit Harry Bright reden können.«

»Mit Harry redet keiner mehr«, sagte der Rocker. »Das letzte Mal, als ich ihn besucht hab, hat er richtig schlecht ausgesehen, und ich hab gehört, er hat seither noch mehr abgebaut. Starrt bloß geradeaus. Reagiert nicht mal mit Blinzeln, haben sie mir gesagt. Ich kann's nicht ertragen, Harry Bright so zu sehen.«

»Wer kennt ihn am besten?« fragte Sidney Blackpool. »Ich meine, außer seiner Familie?«

»Harry hat keine Familie«, sagte Billy Hightower. »Lebt allein in ’nem kleinen Wohnwagen drüben auf der anderen Seite von Mineral Springs. Hat mich dauernd zu sich eingeladen, aber das wollt ich nicht. Ich wollt nicht, daß er mit mir gesehen wird. Hab ihm gesagt, ich würd gleich in der Woche, nachdem er seine Pension sicher hat, zum Abendessen kommen. Dann wär’s mir scheißegal, was die Leute zum Bürgermeister oder zum Staatsanwalt sagen. Er hat ganz allein gelebt. Geschieden.«

»Wer kennt ihn am besten?« fragte Otto.

»Das ist einfach«, sagte Billy Hightower. »Der andere Sergeant. Coy Brickman kennt Harry am besten. Er war vor Jahren zusammen mit Harry bei der Polizei von San Diego. Er ist Harrys bester Freund, soviel ich weiß.«

»Noch was«, sagte Sidney Blackpool. »Heute abend haben wir Sie mit dem Motorrad zu den Tamarisken runterfahren sehen, wo Watsons Auto gefunden worden ist. Warum haben Sie das gemacht?«

»Neulich hab ich diesen jungen Cop O. A. Jones im Canyon rumschnüffeln sehen. Ich bin neugierig geworden, ob sich nach so langer Zeit was Neues ergeben hat. Und heute, bevor’s dunkel geworden ist, bin ich gerade vom Postamt zurückgekommen und hab *noch* ’n Cop die Stelle da hinten absuchen sehen. Hat ausgesehen wie Coy Brickman, und ich denk mir, was soll eigentlich der Scheiß? Und heute abend seh ich *Ihren* Toyota da hinten. Ich hab neulich abend im Eleven Ninety-nine schon von Ihnen gehört.«

»Ihnen entgeht nicht viel, Billy«, sagte Sidney Blackpool grinsend.

»Mineral Springs *ist* nicht viel, Mann. Wir haben die Größe von unserer Welt ziemlich reduziert.«

Plötzlich hörten sie auf dem Schotter draußen Schritte, und Billy Hightower legte einen dicken Finger an die Lippen. Er erstarrte, lächelte dann und sagte: »Komm rein, Shamu, du Elefantenbaby, bevor dich jemand abknallt wie ’n Kojoten.«

Die Tür ging auf, und ein Mann kam herein, der nur ein

bißchen kleiner war als Billy Hightower. Er wog weniger als ein Traktor. Er trug eine griechische Seemannsmütze auf schwarzem Haar, mit dem man jedes Backblech im House of Pancakes hätte blankscheuern können. Ein schwarzer Bart mit grauen Strähnen entquoll einem schmutzigen, von Mitessern übersäten Gesicht. Er trug die unvermeidlichen Stiefel und Drillichsachen. Seine Gürtelschnalle war türkis und silbern, etwa von der Größe einer Truthahn-Servierplatte. Er trug silberne indianische Ringe mit Türkisen an sechs Fingern, die so narbig und lädiert waren, daß sie wie zerklüftete Korallenbrocken aussahen. Und er war betrunken. Auf *üble* Art betrunken, mit einem zugeknallten Ausdruck, als hätte er Alkohol und Crank gemischt.

»Wo ist Gina?« fragte er, die beiden Kriminalbeamten anstierend.

»Unter der Dusche«, sagte Billy Hightower.

»Hier drin, Baby!« schrie Gina aus dem Badezimmer. »Ich hab mir die Haare gewaschen! Ich komm gleich!«

»Was haben die Bullen hier zu suchen, Scheiße noch mal! Gina hat mir gesagt, du hast sie geschickt, damit sie sie hier raufbringt!«

»Das sind keine Dope-Cops«, sagte Billy Hightower. »Die arbeiten an dem Mord, wo der Rolls in den Canyon gekippt worden ist.«

»Cops sind Cops«, sagte Shamu und torkelte zur Seite, als er sich an den Türpfosten zu lehnen versuchte. »Die riechen alle gleich.«

»Gina!« brüllte Billy Hightower. »Komm da raus und schaff Shamu heim ins Bett. Er hat heut nacht schlechte Laune. Wie wär's mit 'nem Bier, Bruder?«

»Du hast kein Recht gehabt, sie hier raufzuholen«, sagte Shamu, und jetzt stierte er Billy Hightower an, die Lippen grämlich nach unten verzogen.

»Das überlaß mal mir«, sagte Billy Hightower, die Stimme so sanft und kühl wie ein Gefängnishof. »Ich bin der Präsident.«

»Du bist 'n superschlauer Scheißnigger, der 'n bißchen

zu groß für seine Stiefel wird, das biste«, sagte Shamu. »Wo ist meine Alte?«

»Sie ist nicht deine Alte, Bruder«, sagte Billy Hightower. »Sie ist ihre eigene Alte. Sie kann auf dem Berg hier machen, was sie will. Mit jedem, mit dem sie's machen will. Denk an die Regeln.«

»GINA!« bellte Shamu, während Otto darauf wartete, daß die Fensterscheiben splitterten.

Otto war ein beispiellos unglücklicher Kriminalbeamter aus Hollywood, weit von zu Hause weg. Shamu sah aus wie einer dieser Kosaken, die nur Champagner trinken, damit sie das Glas fressen können.

Das Mädchen kam voll bekleidet heraus und rieb sich dabei die Haare trocken, die nun sandfarben statt mausgrau aussahen.

»Schaff deinen Arsch heim, du Fotze!« sagte der besoffene Riese. »Ich hab dir nicht gesagt, du sollst hier rüberkommen und aus den Klamotten springen.«

»Ich komm gleich, Shamu, ich will bloß noch...«

Er traf sie so hart mit der offenen Hand, daß ihr Körper zur Seite flog und eine Tischlampe umwarf, bevor sie neben dem Sofa auf den Boden bumste. Sie blieb weinend liegen.

»Du hast mich grad beleidigt«, sagte Billy Hightower und stand ganz langsam auf. »Du bist grad in meinem Haus gegen einen von meinen Gästen gewalttätig geworden. Du hast die *Regeln* gebrochen.«

Der bärtige Koloß sah aus, als wäre er nicht mehr sauer. Er fing an zu kichern, als wäre er plötzlich bester Laune. Er senkte den Kopf und stürmte los. Der Zusammenprall der Körper wirbelte fast zweihundertsiebzig Kilo kombiniertes Rockerfleisch in die winzige Küche und ließ den Küchentisch zusammenklappen wie einen Schuhkarton.

Beide Kriminalbeamten sprangen auf und wollten Billy Hightower zu Hilfe kommen, doch der schrie, in Shamus Umarmung und sich vor Schmerzen krümmend: »HALTET EUCH RAUS!«

Dann wankten die zwei Rocker, wie Grizzlies grunzend, ins Wohnzimmer zurück, wo sich Shamu gegen die Wand stemmte und Billy Hightower mit einem sehr guten Würgegriff zu fassen kriegte.

»Genau... genau... genau... wie's die *Cops* machen!« keuchte er grinsend, als er Unterarm und Bizeps um Billy Hightowers Hals legte und die Halsschlagader abklemmte.

Sidney Blackpool schickte sich gerade an, einen Küchenstuhl an Shamus Schädel auszuprobieren, als Billy Hightower dreimal kurz und erstickt Atem holte, die Backen aufblies, das Kinn senkte und die riesigen, kaputten Zähne in Shamus haarigen Unterarm schlug.

Es dauerte vielleicht drei Sekunden, aber dann begann Shamu zu heulen. Er sprang von Billy Hightower weg, als stünde der Kobrachef in Flammen. Billy Hightower, dem Shamus Blut übers Kinn tropfte, sank gegen die Wand, atmete pfeifend und hielt sich den Hals.

»MEIN ARM! GUCK DIR MEINEN SCHEISSARM AN!« röhrte der bärtige Rocker.

Ein Haut- und Muskellappen hing lose herunter, und Otto Stringer war so, als sähe er eine Sehne, die sich wie ein Erdwurm krümmte. Shamu starrte immer noch voller Entsetzen und Schmerz auf seinen verwüsteten Arm, als Billy Hightower die Faust wie einen Säbelstoß gerade nach vorn trieb. Er traf Shamu in den Solarplexus, und der Riese krachte prustend wie ein Elefant gegen die Wand. Dann machte es Billy Hightower noch mal. Der gleiche Schlag auf die gleiche Stelle, und Shamus Kopf erbebte, seine Zähne knallten zusammen wie eine Falle, und er ging in die Knie. Dann trat Billy Hightower zurück, brachte mit schwarzen, blutbefleckten Lippen ein Grinsen zustande und sagte: »Versuch... versuch nie, 'n... 'n ausgebufften Straßencop zu würgen!« Dann fügte er hinzu: »Dafür... dafür mußt ich dir eine einschenken. Tut mir leid, mein Alter.«

Er machte einen Schritt und trat den Riesen mit dem Stiefel an die Schläfe. Shamu schlug auf den Boden wie ein Amboß. Mit einem Geräusch, als wäre ein Lungenflügel kollabiert und der andere gerade dabei.

»Shamu!« schrie Gina und rannte zu dem gefallenen Riesen. »Baby! Baby!«

»Ihr geht jetzt besser«, sagte Billy Hightower. »Ich komm allein damit klar.«

Es gab nichts zu sagen, also versuchten sie's erst gar nicht. Sidney Blackpool stellte ein paar umgestürzte Einrichtungsgegenstände auf, während Shamu sich auf den Bauch wälzte. Sich hinzuknien versuchte. Zu atmen versuchte.

»Ich mach das schon«, sagte Billy Hightower, als Otto die Lampe anschloß und wieder auf den Tisch stellte.

Der bärtige Rocker brüllte mittlerweile vor Schmerzen und schluchzte: »Gina! Gina! Es tut so weh!«

»Ich weiß, Baby!« sagte sie. »Ich weiß.« Dann sagte sie: »Billy, hilf mir, Shamu rauszuschaffen.«

Billy Hightower packte Shamu um die Hüften und sagte: »Okay. Ist schon okay. Ich hab dich. Du bist okay.«

»Tut mir leid, Billy«, schniefte Shamu.

»Ich weiß«, sagte Billy Hightower nickend. »Morgen vergessen wir das Ganze einfach.«

So sahen die Kriminalbeamten sie zum letztenmal, das Monstrum und das tätowierte Mädchen, wie sie den Weg hinunter zu ihrer Hütte humpelten, wo die Dusche nicht funktionierte, aber auch nicht oft gebraucht wurde.

Die Kriminalbeamten standen in der Dunkelheit, als Billy Hightower sagte: »Könnt ihr zu eurem Auto zurücklaufen? Mir geht's nicht besonders!«

»Sie sollten zum Arzt gehen«, sagte Otto.

Der Rocker schlurfte zusammengekrümmt und angeschlagen zur Tür. Er drehte sich um und sah zu, wie die Kriminalbeamten den Schotterweg hinuntergingen. Das Sprechen tat sichtlich weh, aber er sagte: »Ich... ich fand's nicht schlecht, heut nacht mit euch zu reden. Vielleicht könnten wir irgendwann mal...« Dann überlegte er es sich anders, schüttelte den Kopf und schickte sich an, die Tür zuzumachen. Aber in der letzten Sekunde, unmittelbar bevor sie sich schloß, sagte er: »Das hier ist kein schlechtes Leben. Die Leute hier, die *wollen* mich.«

13. Kapitel

Omina

Sidney Blackpool rauchte während der ganzen Rückfahrt zum Hotel Kette. Otto mußte das Fenster aufmachen, um Luft zu kriegen, und schauderte in der Nachtluft, die durch die Canyons blies.

»Ergibt's schon 'n Sinn, Sidney?« fragte Otto schließlich.

»Ich weiß nicht. Manchmal zum Teil, dann wieder nicht.«

»'ne Auseinandersetzung wegen Dope? Nee, von großen Dopern kann keine Rede sein. Wie wär's mit 'ner simplen Verlade von den Kobras? Die gucken sich die Schwulen in der Bar aus, locken sie mit dem Versprechen von billigem Crank in den Canyon und nehmen sie aus.«

»Warum dann zwei Autos? Warum war Jack Watson im Rolls, und Terry und der Mariner im Porsche?«

»Ja, und warum meldet sich Terry nicht sofort und erzählt seine Geschichte, wenn er gesehen hat, wie jemand seinen Kumpel umbringt? Besonders nachdem die Belohnung ausgesetzt wurde.«

»Vielleicht war er da schon nicht mehr in der Stadt. Billy Hightower sagt jedenfalls, er wär sicher, daß es nicht seine Leute waren. Billy scheint ziemlich wirksame Verhörmethoden zu haben.«

»Und was hat Harry Bright damit zu tun? Und warum schnüffelt Coy Brickman hier draußen rum, jetzt wo wir die Geschichte aufrühren?«

»Es besteht immer noch die Möglichkeit, daß Terry die Entführung von seinem Kumpel Jack und die Lösegelderpressung mit Hilfe von Bright oder Brickman geplant hat«, sagte Sidney Blackpool.

»Sollten den Ort *Urinal* Springs nennen, wenn du mich fragst«, sagte Otto. »Für mich stinkt der ganze Ort zum Himmel. Das ist wie die Stadt Gorki, für Ausländer gesperrt. Und wir sind Ausländer, Baby.«

»Morgen kümmern wir uns als erstes um die Uke. Wir rufen den Hersteller an. Mal sehen, was die uns sagen können. Wie viele Musikgeschäfte es wohl in diesem Tal gibt? Wahrscheinlich nicht viele.«

»Es ist schwer, sich vorzustellen, daß Harry Bright in 'n Mord verwickelt ist, oder?«

»Du hast Harry Bright noch nicht mal *kennengelernt*.«

»Du hast recht. Die Gegend hier macht mich ganz meschugge. Ist eigentlich nicht schwer, sich vorzustellen, wie Coy Brickman einen kaltmacht. Die Augen von dem, wahrscheinlich haben die bescheuerten Bussarde Augen wie der.«

»Wir müssen hinter die Verbindung zwischen Harry Bright und Coy Brickman kommen. Vielleicht hat's schon bei der Polizei von San Diego angefangen.«

»Was?«

»Was immer einen oder beide dazu bringen könnte, Jack Watson umzubringen.«

»Wir kommen allmählich ganz dicht an den Punkt, wo ich sagen würde, wir rufen die Polizei von Palm Springs an und weihen sie ein, Sidney. Heut nacht hätt's uns *erwischen* können, wenn dieses Wesen aus der schwarzen Lagune auf *uns* statt auf Billy Hightower losgegangen wär.«

»Noch ein Tag, Otto. Schauen wir, wie sich's entwickelt, wenn noch *ein* Tag rum ist.«

»Noch ein Tag«, seufzte Otto. »Ob's für den Zimmerservice schon zu spät ist? Ich glaub, ich hab doch noch was Lebendes abgekriegt. In meinem Magen hat grad was 'n zweieinhalbfachen Vorwärtssalto mit ganzer Schraube gemacht.«

Sidney Blackpool konnte nicht schlafen. Ein doppelter Johnnie Walker Black half kein bißchen. Er konnte Otto im Schlafzimmer nebenan schnarchen hören.

Er probierte es mit der von der Polizei gelehrten Technik zur Reduzierung von Streß. Er konzentrierte sich auf seine Zehen, Füße und Knöchel und arbeitete sich langsam nach oben, bis Schultern, Nacken und Kiefer sich zu lockern begannen. Manchmal malte er sich aus, er sei auf einer Wiese oder in einer einsamen Hütte in einem abgeschiedenen Tal. Heute nacht stellte er sich vor, er liege auf einer Decke unter einer Tamariske, deren zottigen Zweige wie ein Fächer aus Straußenfedern wehten, während sich die Kontur seines Körpers in den warmen Sand eindrückte. Er schlief tief bis kurz vor Tagesanbruch, als er einen Traum hatte.

Es war ein freudiger Traum, ein Triumph, ein *Wunder*. Natürlich spielte der Traum vor Tommys Tod. In dem Traum war Sidney Blackpool allein, knöcheltief in kühlem Sand, auf der größten Düne der Wüste. Obwohl es in der Wüste nicht sonderlich heiß war, strömte ihm der Schweiß aus allen Poren. Es war Morgen, und doch war nirgendwo am Horizont die Sonne zu sehen. Der Mond war durchscheinend weiß und direkt über ihm. Ein paar Wolken jagten im Wind. Es war der für Mineral Springs typische, stöhnende Wind, und Sidney Blackpool wurde so schlimm sandgestrahlt, daß er meinte, sein Fleisch würde aufreißen, aber er wühlte die Füße tiefer in den Sand, bis er seine Knöchel wie Beton umklammerte. Er glaubte, daß nichts ihn von der Düne wehen könnte.

Er konnte die wütende Brandung des Ozeans auf der anderen Seite gegen die Santa Rosas tosen hören, und etwas davon leckte sogar über die Spitze des San Jacinto und klatschte herunter, auf die Bummelbahn zu.

Plötzlich war der Mond nicht mehr über ihm. Ihm blieb fast das Herz stehen, weil er glaubte, er habe seine Chance verpaßt! Dann sah er, daß der Mond über dem Berggipfel schwebte.

Sidney Blackpool breitete die Arme aus, sein Körper ein im Sand eingegrabenes Kreuz. Die Sonne erschien über den Santa Rosas, ein hochschießender Feuerball. Als die Sonne genau auf dem Gipfel des San Jacinto stand, begann er zu schreien.

Es war kein Schmerzens-, Wut- oder Entsetzensschrei, es war ein Schrei reinen Triumphs und reiner Freude. Er hielt sie in Schach, Sonne und Mond. Die Sonne konnte nicht aufgehen, der Mond konnte nicht untergehen. Sidney Blackpool bändigte sie mit seinen ausgestreckten Armen und seinem Triumphschrei. Die Zeit konnte nicht fortschreiten. Er brachte die Zeit zum Stillstand.

Jetzt konnte es kein Wellentosen, keine treibenden Särge mehr geben. Er würde die Ewigkeit allein in der Wüste zubringen, aus voller Lunge und vollem Herzen schreiend. Er würde Tommy Blackpool nie wiedersehen, aber Tommy würde *leben*. Das war sein Schicksal.

Kein Mensch hatte je solche Freude erlebt. Sein Glück war so groß, daß er weinend erwachte. Er versuchte, seine Schluchzer mit dem Kissen zu dämpfen, damit Otto ihn nicht hörte.

Wegen des dreistündigen Zeitunterschiedes zwischen Kalifornien und Pennsylvania hatte Sidney Blackpool sein Gespräch mit dem Mann von der Martin Guitar Company schon lange beendet, als Otto in Unterwäsche und sich an den Eiern kratzend ins Wohnzimmer geschlurft kam.

»Ich wette, ich könnt meinen Schwabbelspeck loswerden, wenn ich jede Nacht bloß dreißig Minuten schlafen würd wie du«, sagte Otto zu seinem Partner, der geduscht, rasiert und angezogen war und einen Schreibblock voller Notizen vor sich liegen hatte.

»Morgen, Strahlemann«, sagte Sidney Blackpool. »Folgendes hab ich von der Gitarrenfirma rausgekriegt. Es ist 'ne sehr seltene Ukulele namens Taro Patch. Wahrscheinlich zwischen 1915 und 1920 hergestellt. Die alten Hawaiianer haben ihren süßen Klang geliebt. Haben gern drauf gespielt, während sie dem Taro beim Wachsen zugeschaut haben.«

»Ich brauch Frühstück«, sagte Otto. »Ich komm nicht dahinter, wem seine Zunge ich im Mund hab.«

»Diese Art von Ukulele findet man nicht in 'nem normalen Musikgeschäft. Das ist die Sorte Antiquität, die beim Pfandleiher endet. Die gute Nachricht ist, daß es bloß sechs Pfandleiher im ganzen Tal gibt.«

»Die schlechte Nachricht ist, daß sie vielleicht gar nicht in diesem Tal gekauft worden ist«, sagte Otto.

»Das ist 'ne Möglichkeit«, bestätigte Sidney Blackpool. »Aber sieh's doch von der heiteren Seite. Sei nicht so morbid.«

Während Otto sich ein titanisches Frühstück aufs Zimmer bestellte, machte Sidney Blackpool Notizen, rauchte und wartete unruhig auf den Zeitpunkt, zu dem ein Pfandleiher öffnen würde. Das ließ ihn einen Moment an seinen Traum denken, seine Sehnsucht, die Zeit zu manipulieren. Sein Herz erschauerte, und er bekam einen Kloß in der Kehle, aber er verdrängte es. Er begann vor neun Uhr anzurufen, aber Pfandleiher im Wüstental haben es nicht eilig. Otto beendete sein Frühstück, ehe Sidney Blackpool mit jemandem Verbindung bekam.

Bei seinem vierten Anruf erreichte er einen Mann, der sagte: »Ja, ich weiß, was 'ne Taro Patch Uke ist. Ich hab vor fast fünfzig Jahren auf Catalina Island mal eine gespielt. Es ist ein wunderbares Instrument.«

»Ich bin Sergeant Blackpool, Los Angeles Police Department. Wir untersuchen ein Verbrechen, bei dem eine Taro Patch Uke eine Rolle spielt. Haben Sie je eine in Ihrem Laden gehabt? Irgendwann in den letzten paar Jahren, falls Sie das noch wissen?«

»Doch, vor vielleicht zwei Jahren hab ich eine gehabt«, sagte der Pfandleiher. »Hätt sie behalten sollen, aber man kann nicht alles behalten. Trotzdem, wenn ich sie bloß behalten hätt. Werd nie mehr eine zu Gesicht kriegen.«

»Haben Sie wohl noch Ihre Bücher von vor zwei Jahren?« Sidney Blackpool hob die Faust Richtung Otto. »Ich muß das für eine wichtige polizeiliche Untersuchung erfahren.«

»Kann ich Sie zurückrufen? Ich weiß nicht mehr, wer sie gebracht hat. Irgend 'n Lkw-Fahrer aus Blythe, glaub ich. Es ist nicht meine Schuld, wenn sie gestohlen war. Ich laß mir immer 'n Ausweis zeigen und halt mich an die Gesetze.«

»Keine Sorge«, sagte Sidney Blackpool. »Ich bin wirklich nur dran interessiert, rauszufinden, wer sie gekauft hat. Wir haben sie gefunden und wollen sie dem Eigentümer zurückgeben.«

»Na, das kann ich Ihnen sagen, sobald ich seinen Namen nachgesehen hab. Er war in Uniform, das weiß ich noch. Ein Polizist. Vielleicht von der Polizei von Indio.«

»Wie steht's mit der Polizei von Mineral Springs?« fragte Sidney Blackpool.

»Könnte sein«, sagte der Pfandleiher.

»Ob sein Name wohl Harry Bright war?«

»Da klingelt nichts bei mir«, sagte der Pfandleiher. »Ich seh mal nach und ruf sie gleich zurück.«

»Ich schaff mal lieber meinen Hintern unter die Dusche«, sagte Otto. »Heute spielen wir nicht Golf.«

Er war noch nicht damit fertig, sich nach dem Duschen abzutrocknen, als er Sidney Blackpool ins Telefon sagen hörte: »Ja. Ja. Okay. Vielen Dank. Ja, wir sorgen dafür, daß er sie zurückbekommt. Vielen Dank.«

Otto kam aus dem Badezimmer und sagte: »Na?«

»Coy Brickman«, sagte Sidney Blackpool. »Er hat die Uke vor etwas mehr als zwei Jahren gekauft. Das bedeutet, daß sie ihm schon lange vor dem Watson-Mord gehört hat.«

»Mir gefällt das *wirklich* nicht, Sidney«, sagte Otto. »Er ist Polizist. Wir sollten das nicht im Alleingang durchziehen, nicht bei *diesem* Fall.«

»Wir haben doch überhaupt nichts Handfestes, Otto. Bloß Bruchstücke. Wir rufen morgen so oder so die Polizei von Palm Springs an.«

»Und zwar noch bevor ich gefrühstückt hab«, sagte Otto und schaute seinem Partner genau in die Augen. »Ich mein's *ernst*, Sidney!«

Um zehn Uhr waren sie schon wieder unterwegs nach Mineral Springs, was Otto zu der Bemerkung veranlaßte: »Warum besorgen wir uns nicht einfach 'n Zimmer neben dem Eleven Ninety-nine? Wir könnten Victor Watson 'ne ganze Menge Hotelspesen ersparen, ganz zu schweigen von der irren Abnutzung von deinem Auto.«

»Wir müssen vorsichtig sein, wenn wir mit Paco Pedroza reden«, sagte Sidney Blackpool. »Eigentlich sollten wir *gar nicht* mit ihm reden.«

»Wir müssen mit jemand offen reden«, sagte Otto. »Es sei denn, du glaubst, daß sogar der Chief in diesen bekloppten Fall verwickelt ist.«

»Ich weiß nicht, wer alles drin verwickelt sein könnte. Die erste Regel bei einer Morduntersuchung...«

»Ich weiß, ich weiß. *Jeder* ist verdächtig«, sagte Otto. »Sogar 'ne alte Dame in 'ner eisernen Lunge.«

»Dabei fällt mir ein«, sagte Sidney Blackpool, »ich schließ Harry Bright gar nicht aus. Ich will ihn mit eigenen Augen sehen. Vielleicht hat er sich überraschend erholt.«

»Leichencops«, sagte Otto kopfschüttelnd. »Ich frag mich, wann du *mich* auf die Verdächtigenliste setzt.«

»Du hast recht damit, daß wir *irgendwem* vertrauen müssen«, sagte Sidney Blackpool. »Suchen wir diesen jungen Cop, O. A. Jones. Irgendwie vertrau ich dem Surfer.«

Sie wollten nicht, daß jemand von der Polizei erfuhr, daß sie in der Stadt waren, deshalb parkten sie abseits der Hauptstraße, einen halben Block vom Polizeirevier entfernt. Sie mußten nur zwanzig Minuten warten, ehe O. A. Jones, der Limonade trank und der Krawallkiste in seinem Streifenwagen zuhörte, vorbeigefahren kam. Sidney Blackpool hupte und winkte den jungen Cop herüber.

»Fahren Sie mir nach«, sagte er und bog zweimal rechts ab, ehe er am Bordstein anhielt.

O. A. Jones fuhr hinter ihn und stieg aus. »Was liegt an, Sarge?« fragte er, als er auf Sidney Blackpools Seite nähertrat.

»Wenn ich Sie um Ihre Hilfe bitten und auffordern würde, keiner Menschenseele was davon zu sagen, würden Sie's dann tun?«

»Ich bin Polizist. Warum nicht?«

»Und wenn's 'n *anderen* Polizisten beträfe? Wär's dann was anderes?«

»Sie meinen, von *meinem* Department?«

»Ja.«

»Weiß Chief Pedroza drüber Bescheid, egal, was es ist?«

»Nein.«

»Warum erzählen Sie's dann mir und nicht dem Chief?«

»Weil Sie schon 'n bißchen was davon wissen, und sonst keiner.«

»Geht's um die Uke?«

»Ja. Und außerdem, weil ich Ihnen ganz allgemein vertraue.«

Daran hatte der junge Cop einen Moment zu kauen, dann sagte er: »Chief Pedroza hat mir 'n Job gegeben, als ich in Palm Springs nicht mehr willkommen war. Ich will nicht, daß er sauer auf mich wird.«

»Ich verspreche Ihnen, daß ich in 'n paar Tagen so oder so mit dem Chief rede. Ich will bloß, daß Sie das vertraulich behandeln. Für 'n paar Tage.«

Der junge Cop zögerte, sagte dann aber: »Okay.«

»Gut. Wir wollen eigentlich nicht mehr von Ihnen, als daß Sie uns von Sergeant Brickman und Sergeant Bright erzählen. Das ist alles. Sehen Sie, diese Uke hat Sergeant Brickman gehört. Er hat sie vor zwei Jahren bei 'nem Pfandleiher gekauft.«

»Wow!« flüsterte der junge Cop. »Sie glauben doch nicht, daß er ... das ist nicht möglich!«

»Wahrscheinlich nicht. Aber sagen Sie uns, was Sie über die beiden wissen. Fangen Sie mit Sergeant Brickman an.«

»Na ja, er war früher bei der Polizei von San Diego. Genau wie Sergeant Bright. Harry Bright war derjenige, der Coy Brickman dem Chief empfohlen hat, lang bevor ich gekommen bin. Sergeant Bright hat eigentlich jeden empfohlen. Chief Pedroza würd ohne Harrys Okay niemand einstellen.« Dann kratzte sich der junge Cop nervös im Nacken und sagte: »Sarge, Coy Brickman könnt keinen entführen und umbringen! Er ist 'n bißchen still und unnahbar, aber er ist 'n guter Sergeant. Und Sergeant Bright? Harry Bright ist wie...«

»Jedermanns Daddy«, sagte Otto.

»Ja, genau. Der ist unmöglich in irgend'n Verbrechen verwickelt, ganz zu schweigen von Entführung. Ganz zu schweigen von *Mord*!«

»Ich hab so das Gefühl, die meisten Leute von Ihrem Department waren woanders in Schwierigkeiten oder unglücklich, bevor sie nach Mineral Springs gekommen sind«, sagte Otto.

»Wir haben alle in anderen Departments gearbeitet, das stimmt«, sagte O. A. Jones, der sich mittlerweile zum Fenster hereinbeugte und verstohlen die Straße auf und ab blickte.

»Sind Sergeant Bright und Sergeant Brickman in San Diego in Schwierigkeiten geraten?«

»Nicht daß ich wüßte«, sagte O. A. Jones. »Sergeant Brickman hat mir mal gesagt, er wär ganz unten auf der Beförderungsliste zum Sergeant gelandet, weil irgend'n Vorgesetzter ihn nicht leiden konnte. Er hat geglaubt, er würd seine ganze Karriere als Streifenpolizist verbringen, also hat er Harry Bright angerufen, der schon hier war. Und ist hergezogen. Was Sergeant Bright angeht, tja, der könnte da unten wegen der Trinkerei Ärger gehabt haben, was weiß ich. Er war 'n ganzes Ende über Vierzig, als Chief Pedroza ihn eingestellt hat, also muß unsere Stadt die Altersgrenze aufgehoben haben, um 'nen erfahrenen Sergeant aus der Großstadt zu kriegen. Harry Bright ist, glaub ich, schon lange 'n schwerer Trinker.«

»Er ist 'n Säufer, meinen Sie«, sagte Otto.

»Na ja, Sie wissen doch, wie's bei der Polizeiarbeit ist. Auf jedem Revier gibt's einen oder zwei. Whiskygesicht, Whiskystimme, Whiskyaugen, aber sie kommen immer pünktlich zum Dienst. Haben immer geputzte Schuhe und 'ne gebügelte Uniform. Leisten immer ganze Arbeit. So einer war Sergeant Bright.« Der Junge runzelte die Stirn, als er sagte: »Mir gefällt das überhaupt nicht, Sarge. Harry Bright ist der beste Vorgesetzte, den ich je gehabt hab.«

»Wir haben gehört, er hat sich in der zweiten Nachtschicht manchmal betrunken«, sagte Otto. »Hat vielleicht auf 'nem Weg drüben im Solitaire Canyon geparkt und seinen Rausch ausgeschlafen. Er war kein Heiliger, Herrgott noch mal.«

»Hören Sie, mein Junge«, sagte Sidney Blackpool. »Wir sind keine Kopfjäger von 'nem internen Untersuchungsausschuß, die 'n Cop wegen Saufen im Dienst festnageln wollen. Wir untersuchen einen *Mord*. Wir brauchen 'n Eindruck von diesen beiden Sergeanten. Keiner verlangt von Ihnen, daß Sie 'ne Lampe bauen.«

»*Jeder* seilt sich in den Solitaire Canyon ab«, sagte O. A. Jones. »Dort machen die Cops von hier auf 'ner ruhigen zweiten Nachtschicht mal kurz 'n Auge zu. Wissen Sie, wie das ist, wenn man versucht, in so 'ner Stadt wach zu bleiben, wenn sechs Stunden lang kein Funkspruch kommt? Und was seine Sauferei in der zweiten Nachtschicht angeht, klar, ich hab ihn um acht Uhr morgens, kurz vorm Heimgehen, schon in ziemlich übler Verfassung gesehen. Aber er war immer *da*, wenn man ihn gerufen hat. Harry Bright hat einen nie hängenlassen.«

»Wissen Sie, wo sie wohnen?« fragte Sidney Blackpool, »Bright und Brickman?«

»Hier in der Stadt«, sagte O. A. Jones. »Harry Bright wohnt im letzten Wohnwagen in der Jackrabbit Road. 'ne Sackgasse in 'ner Wohngegend, mit ungefähr acht kleinen Wohnwagen. Da ist keiner mehr, jetzt wo er seinen Schlaganfall gehabt hat. Wir schauen jede Nacht 'n paarmal vorbei, um sicherzugehen, daß da alles in Ordnung ist.«

»Wer hat 'n Schlüssel?«

»Sergeant Brickman gießt die Pflanzen und so was. Er hält die Bude in Ordnung, bis Harry Bright gesund wird, aber nach dem, was ich höre, wird er nie mehr gesund.«

»Wo wohnt Sergeant Brickman?« fragte Otto.

»Smoke Tree Lane. Erstes Haus links, von der Rattlesnake Road ab. Zweistöckiges Fachwerkding mit blauen Läden. Wohnt mit seiner Frau und zwei Töchtern zusammen.«

»Sind sie Busenfreunde?« fragte Otto. »Bright und Brickman?«

»Ich sag Ihnen, wie gut«, sagte O. A. Jones. »Als Sergeant Brickmans Älteste 'ne Nierenkrankheit gekriegt hat und auf Dialyse kam, ist Sergeant Bright ins Krankenhaus gegangen und hat versucht, eine von seinen Nieren für 'ne Transplantation herzugeben. Das haben wir von dem Arzt erfahren, der die jährliche Untersuchung bei uns macht. Darüber haben sich alle halb totgelacht. Die Quacksalber haben sich Harry angeguckt und erklärt, er wär nicht gerade 'n idealer Spender. Erstens mal hat Harry so ausgesehen, als ob *er* 'n paar Organe bräuchte. Zum Beispiel 'ne neue Leber und vielleicht 'n Herz, haben sie zu ihm gesagt. Wie sich rausstellt, haben sie mit dem Herz recht gehabt. Ich glaub nicht, daß seine Leber schon hinüber ist, aber wahrscheinlich passiert das noch. Jedenfalls, so 'n Mann ist das. Ich sag Ihnen, Sarge, Sie folgen da 'ner falschen Spur. Wenn die Uke die Musikbox ist, die ich gehört hab, dann *muß* es eine Erklärung dafür geben.«

»Singt Coy Brickman?« fragte Sidney Blackpool. »Oder spielt er 'n Saiteninstrument? Oder Harry Bright, vielleicht?«

»Ich weiß nicht«, sagte O. A. Jones. »Auf dem Revier jedenfalls nicht. Vielleicht unter der Dusche.«

»Übrigens«, sagte Sidney Blackpool. »Sie haben gesagt, Sergeant Brickman kümmert sich um Harry Brights Wohnwagen. Wo sind Harry Brights Familienangehörige?«

»Seine Exfrau wohnt in einem von den Country Clubs unten in Rancho Mirage. Mit 'nem reichen Kerl verheiratet. Chief Pedroza hat mir gesagt, Harry hätte 'n Kind, aber das Kind ist umgekommen. Hat's bei diesem Flugzeugabsturz in San Diego vor 'n paar Jahren erwischt. 'n Junge.«

Sidney Blackpool hörte kein Wort mehr. Seine Gedanken rasten, aber das hatte überhaupt nichts mit dem zu tun, was O. A. Jones gerade sagte. Er versuchte, einen Anfall von Panik abzuwehren.

»Ich hab gesagt, ist das alles, Sarge? Kann ich jetzt gehen? Ich setz mich mal lieber wieder ans Funkgerät.«

»Was ist denn, Sidney?« sagte Otto. »Du siehst aus, als hättest du gerade 'n Mundvoll von Edgars Chili geschluckt.«

»Es ist äh... es ist... ich hab gerade 'ne Idee gehabt. Nichts. Es ist, äh, nichts.«

»Tja, wenn's das dann wär«, sagte O. A Jones. »Laßt mich wissen, wie's weitergeht. Es macht mir viel zu schaffen. Mir ist 'n bißchen übel vom Magen her.«

»Klar, äh... klar«, sagte Sidney Blackpool und spürte den Schweiß auf der Stirn, den Lippen und in den Achselhöhlen perlen. »Ja... äh, *warten* Sie. Noch was...« Er schindete Zeit, versuchte, sich zusammenzureißen. Das kalte Feuer wich aus seinen Schläfen und seinem Nacken. Die Panik war nur mehr ein Bleibrocken in seiner Magengrube.

»Was ist los, Sidney?« Otto sah beunruhigt aus.

»Es ist 'n... 'ne Idee. 'n... äh, flüchtiger Gedanke. Du weißt doch, so was passiert manchmal.«

»Passiert mir auch manchmal«, sagte O. A. Jones. *»Déjà vu.«*

»So was Ähnliches«, sagte Sidney Blackpool und wischte sich die Oberlippe. »Da fällt mir noch was ein. Wo wird Harry Bright behandelt?«

»Er war lange in 'nem normalen Krankenhaus«, sagte O. A. Jones. »Jetzt ist er in 'nem Pflegeheim, so 'ne Art halbes Krankenhaus. In der Nähe von Indio. Ich hab Sergeant Brickman mal nachts hingefahren, als wir die beiden einzigen in der zweiten Nachtschicht waren. Ich hab im Wagen gewartet, falls 'n Funkspruch kommt. Das ist vielleicht drei Monate her. Es heißt Desert Star Nursing Home, auf dem Highway 111, diesseits der Stadtgrenze von Indio.«

»Hat eigentlich jemand Harry Bright kürzlich besucht?« fragte Sidney Blackpool. »Außer Sergeant Brickman?«

»Ich glaub nicht. Er vertritt unser Department. Chief Pedroza sagt, es wär zu deprimierend. Harry liegt einfach bloß da und wird immer weniger.«

»Okay, mein Junge, Sie können jetzt gehen«, sagte Sidney Blackpool. »Lassen Sie von sich hören.«

»Ist Ihnen eingefallen, woher Sie das Gefühl gekriegt haben?«

»Was?«

»Dieses *Déjà-vu*-Gefühl. Sind Sie draufgekommen?«

»Wird schon noch«, sagte Sidney Blackpool. »Bis bald.«

Otto mußte sich mit zwei Big Macs, Fritten und einem Milchshake begnügen. Und er mußte sie beim Fahren essen. Sidney Blackpool war entschlossen, Harry Bright mit eigenen Augen zu sehen. Keiner von beiden sagte etwas, Otto, weil er die Hamburger zu essen versuchte, während sein Partner den Toyota mit hundertzehn Meilen die Wüstenhighways hinunterjagte, und Sidney Blackpool, weil er sich noch nicht ganz von dem Schock erholt hatte zu hören, daß Harry Bright einen Sohn verloren hatte.

Sidney Blackpool wußte, er würde sich bald damit befassen müssen. Er wollte es aufschieben, bis er es sich leisten konnte, Angst und Verzweiflung freien Lauf zu lassen. Drei Uhr nachmittags wäre die perfekte Zeit für eine solche Übung. Er konnte es sogar doppelt schrecklich haben, indem er haufenweise Alkohol soff. Aber heute abend würde er sich damit befassen müssen: Victor Watson, Sidney Blackpool und nun Harry Bright! Allesamt Opfer der ungeheuerlichsten Verkehrung der Natur. Herumirrende, auf der Suche nach Bruchstücken ihrer selbst. Das konnte nicht nur ein perverser Zufall sein. Ein Omen, hatte Victor Watson gesagt. Aber Kriminalbeamte glauben nicht an Omina, nicht Kriminalbeamte wie Black Sid. Er hatte selbst damals nicht an Omina geglaubt, als er noch an *irgend etwas* geglaubt hatte.

Es sah eher nach einem Motel aus als nach einem Pflegeheim oder Krankenhaus. Es war ein Komplex einstöckiger, über zwei Morgen verstreuter Gebäude mit Flachdächern. Das Schild an der Einfahrt war neonbeleuchtet. Aber es war ordentlich und wahrscheinlich so annehmbar, wie ein Pflegeheim für mittlere Einkommen überhaupt sein kann. Was hieß, daß es nach der Sorte von Bleibe aussah, die eine selbst beigebrachte Schußwunde herbeiführen würde, falls Sidney Blackpool je in solche Hilfsbedürftigkeit geraten sollte.

Der Kriminalbeamte fuhr gerade auf den Parkplatz des Pflegeheims, als er ihn sah: einen Streifenwagen aus Mineral Springs.

»Verflucht!« Er riß das Steuer nach links und drückte aufs Gas.

»Coy Brickman?« sagte Otto.

»Muß wohl.«

Sidney Blackpool parkte den Toyota einen halben Block die Straße hinunter in der zweiten Reihe, wo er von einem Lastwagen der Heilsarmee verdeckt wurde. Beide Kriminalbeamten stiegen aus, gingen zur anderen Seite des Pflegeheim-Parkplatzes, stellten sich hinter einen Perückenbaum und warteten.

Auf dem Parkplatz herrschte nur ein mäßiges Kommen und Gehen. Sie sahen zwei ältere Frauen in Rollstühlen, die von Latinopflegern an die frische Luft gebracht wurden. Dann sahen sie einen blauen Mercedes 450 SL auf den Platz fahren und neben dem Streifenwagen parken. Eine schlanke, sonnengebräunte Blondine stieg aus. Sie trug ein blau, gelb und grau gemustertes Hemdblusenkleid aus Seide und blaue Pumps.

Sie war die Sorte, die es Polizisten schwermachte, ihr Alter zu schätzen. Kleidung vom Modeschöpfer, Winterbräune, Hundert-Dollar-Frisur mit Tönung, Mercedes, geliftetes Gesicht. Sidney Blackpool ging immer davon aus, daß solche Frauen zehn Jahre älter waren, als sie aussahen: die Alfred-Hitchcock-Lady. Sie lehnte sich an den Mercedes und rauchte. Sie ging nicht zur Tür des Pflegeheims.

Die Kriminalbeamten beobachteten sie, weil sie nicht hierher paßte. Es gab keine anderen Besucher, die mit einem Mercedes zu diesem schäbigen Pflegeheim fuhren. Sie beobachteten sie fünfzehn Minuten. Dann ging die Tür auf, und Coy Brickman trat in Uniform aus dem Gebäude. Die Frau ging zu ihm hin, und sie gaben sich die Hand.

»Ich würd den Rest von den zehn Riesen dafür geben, diesen kleinen Plausch zu hören«, sagte Sidney Blackpool.

»Ich würd selber 'n paar Mäuse dafür geben«, sagte Otto.

Als Coy Brickman sich abwandte, als wolle er sich verabschieden, zuckte die Blondine die Achseln und streckte Coy Brickman noch einmal die Hand hin, die dieser eine Sekunde hielt. Dann drehte er sich um und stieg in den Streifenwagen.

»Verdammt!« sagte Sidney Blackpool. »Kannst du ihre Autonummer erkennen, Otto?«

»Machst du Witze? Meine Augen sind vierzig Jahre alt.«

»Mach schon, Brickman, schaff deinen Arsch vom Parkplatz runter!« murmelte Sidney Blackpool.

Aber die Frau im Mercedes fuhr als erste hinaus und wandte sich auf dem Highway Richtung Palm Springs. Die Kriminalbeamten sprangen in den Toyota, und Sidney Blackpool ließ den Motor an und behielt den Rückspiegel im Auge.

»Mach schon, mach schon!« sagte er.

Schließlich fuhr Coy Brickman hinaus, wandte sich auf dem Highway nach links und fuhr in dieselbe Richtung wie der Mercedes.

»Wir müssen's riskieren, wenn du ihre Nummer willst«, sagte Otto.

Sidney Blackpool nickte. Die Blondine war wohl nicht der Typ, die eine Beschattung bemerken würde, aber Coy Brickman schon. Und sie war bereits vierhundert Meter vor ihnen. Sidney Blackpool hielt sich auf der zweiten Spur hinter einem Kleinlaster, als sie eine Chance bekamen. Coy Brickman lenkte den Streifenwagen in Indian Wells nach rechts auf die Cook Street und fuhr Richtung Highway 10 und Mineral Springs.

Sidney Blackpool trat aufs Gas, überfuhr eine rote Ampel, als kein Verkehr kreuzte, und holte den Mercedes drei Ampeln später ein.

»Hoffentlich hast du den Toyota gut versichert«, sagte Otto.

Sie schlossen so dicht auf, daß Otto die Autonummer aufschreiben konnte, dann ließen sie sich zurückfallen und folgten dem Auto durch Indian Wells und Palm Desert nach Rancho Mirage hinein, wo sie rechts abbog.

Gleich darauf sahen sich die beiden Kriminalbeamten einem bewachten Torhäuschen, einem komisch aussehenden, indianischen Totemvogel und einem Schild gegenüber, auf dem THUNDERBIRD COUNTRY CLUB stand.

»Der ist auf unserer Liste!« sagte Otto. »Tamarisk, Thunderbird, Mission Hills. Warte mal, wie, zum Teufel, hieß gleich das Mitglied von Thunderbird, nach dem wir fragen sollten? Scheiße. Ich hab alle Notizen im Hotelzimmer gelassen.«

»Denk nach, Otto«, sagte Sidney Blackpool.

»Warte mal. Penbroke? Nein. Pennypacker? Nein. Pennington? Das ist es. Pennington von Thunderbird.«

»Na also«, sagte Sidney Blackpool.

Er hielt vor dem Tor und sagte: »Wir sind Blackpool und Stringer. Mr. Pennington hat eine Runde Golf für uns vereinbart. Ich glaube, er hat unsere Namen beim Clubpro hinterlassen.«

Der Sicherheitsbeauftragte brauchte ein paar Minuten, um zu telefonieren, dann sagte er: »Nur herein, Gentlemen. Der Portier kann Ihnen den Weg zeigen.«

»Herr im Himmel, Sidney!« rief Otto Stringer, während sie aufs Clubhaus zufuhren.

»Was ist denn?«

»Hier wohnt 'n ehemaliger Präsident der Vereinigten Staaten! Und wenn wir nu' 'ne Runde spielen müssen, damit unsere Ermittlung koscher aussieht? Und wenn *ich* nu' mit 'nem bescheuerten Expräsidenten der ganzen bescheuerten Vereinigten Staaten Golf spiele?«

14. Kapitel

Scharade

Otto Stringer bekam vom Portier den Weg zum Pro-Shop gezeigt, wo er sich vorstellte und eine Anfangszeit für ein Spiel genannt bekam, das seines Wissens möglicherweise gar nicht stattfand. Sidney Blackpool begab sich auf der Suche nach einem Telefon geradewegs zur Bar, damit er die Autonummer durchgeben konnte, um einen Namen und eine Adresse zu erhalten, die, wie er hoffte, zu einem Thunderbird-Mitglied gehörten. Natürlich glaubten sie beide, daß die Blondine die ehemalige Mrs. Harry Bright sein mußte.

Das Clubhaus war nicht so schick wie das von Tamarisk. Es war aus rohbehauenen Steinplatten errichtet und wies jede Menge indianische Kunst, die gängigen Produkte der Wüstendesigner sowie einen Mischmasch chinesischen Kunsthandwerks auf. Es hatte das behagliche Aussehen eines Clubhauses, das es schon eine ganze Weile gibt, was auch die Bilder in der Lobby bezeugten.

Da waren Bilder von Bop Hope, der zumindest Ehrenmitglied in fast jedem Club in der Wüste ist, neben denen des anderen Mannes, auf den dieses Merkmal zutrifft, des ehemaligen Präsidenten Gerald Ford. Sidney Blackpool erkannte eines der ersten Mitglieder des Thunderbird, den verstorbenen Hoagy Carmichael, und Bing Crosby.

Er fand ein Münztelefon und gab die Autonummer seinem Büro in Hollywood durch. Sie war auf Herbert T. Decker mit einer Adresse in Rancho Mirage zugelassen, die Sidney Blackpool für eine Straße direkt hier im Thunderbird Country Club hielt.

Auf der Suche nach der Blondine ging er in den Lunchsaal. Eine Kellnerin um die Fünfzig sagte: »Kann ich Ihnen helfen, Sir?«

»Nein, danke«, sagte er. »Ich bin zum erstenmal Gast hier. Lauf einfach so rum.«

»Sehen Sie sich nur um«, sagte sie, ebenso freundlich, wie man im Tamarisk gewesen war. Sie war dabei, die Tische abzuräumen.

»Haben Sie Mrs. Decker gesehen?« fragte er. »Ich glaube, so heißt sie. Eine sehr attraktive, blonde Dame.«

»Ja, das ist bestimmt Mrs. Decker. Nein, ich habe sie heute noch nicht gesehen, Sir. Haben Sie schon im Kupfersaal nachgesehen? Dort hat heute eine Privatparty stattgefunden.«

Sidney Blackpool schlenderte zurück ins Foyer und durch den Hauptspeisesaal, der tagsüber nicht in Gebrauch war. Er bemerkte ein paar Leute in einem verspiegelten Raum zur Linken. Er kam näher und sah, woher der Raum seinen Namen hatte. Sämtliches Geschirr bestand aus Kupfer oder sah so aus: Platten, Teller, Becher, Messer, Gabeln. Dann sah er sie.

Sie unterhielt sich mit einer Matrone in einer mit Straß besetzten Jacke aus Wollkrepp, die sie über einer bauschigen Smokinghose trug. Die ältere Frau war für diese Tageszeit zu vornehm angezogen, würde aber sechs Stunden später einsatzbereit sein. Die Blondine entschuldigte sich offenbar dafür, versäumt zu haben, was immer da stattgefunden hatte. Sie gab mehreren Leuten die Hand und küßte eine Frau und zwei Männer auf die Wange, bevor sie ging. Anstatt ins Foyer zurückzugehen, wandte sie sich um und ging auf den Patio neben dem Pool hinaus. Es war ein zeitgemäß U-förmiger Pool mit einem kleinen Musikpavillon dahinter. Sidney Blackpool konnte sich auf diesem Patio Parties und Luxus vorstellen. Als leitender Angestellter von Watson Industries würde er vielleicht Parties in solchen Häusern besuchen.

Er stand hinter der Blondine, die ihn nicht gesehen hatte, und sagte: »Schmeckt bestimmt wie 'n Mundvoll Pennies da drin.«

Sie drehte sich um, und er sagte: »Bei dem ganzen Kupfer.«

Sie lächelte höflich, und das gefiel ihm sehr. Sie hatte herrliche Zähne, aber andererseits konnte man sich für Geld auch jede Menge Porzellan kaufen.

Sie sah so aus, als wolle sie gerade gehen, also biß er in den sauren Apfel und sagte: »Ma'am, nur eine Sekunde, bitte. Ich glaube, ich kenne Sie. Doch, ich bin *sicher*, ich kenne Sie. Haben Sie je in San Diego gewohnt?«

Das ließ sie innehalten. Sie wirkte beunruhigt, sagte aber: »Vor langer Zeit.«

»Meine Güte, ich kenne Sie bestimmt«, sagte Sidney Blackpool. »Ich war bei der Polizei von San Diego.«

Er lag richtig. Ihr Gesichtsausdruck wechselte von einem Anflug von Furcht zu Resignation. Aus nächster Nähe hielt er sie für um die Vierzig, plus oder minus ein paar Jahre für kosmetische Chirurgie, die er eigentlich nicht entdecken konnte. Sie war schon eine kühle, elegante Alfred-Hitchcock-Blondine.

»Sie müssen mit Harry zusammengearbeitet haben«, sagte sie. »Harry Bright.«

»Natürlich!« sagte Sidney Blackpool. »Sie sind Mrs. Bright! Ich hab Sie auf einer Party kennengelernt, Moment, wo hat Harry damals gearbeitet? Gott, das muß zehn Jahre her sein.«

»Unterbezirk Süd«, sagte sie. »Muß *zwölf* Jahre her sein, mindestens. So lange sind wir schon geschieden.«

»Oh, das tut mir leid, Mrs....«

»Decker«, sagte sie. »Patricia Decker.«

Und dann sagte er, weil er absolut niemandem traute, der auch nur entfernt mit Coy Brickman oder Harry Bright zu tun hatte: »Ich heiße Sam Benton. Kann ich Sie zu einem Drink einladen? Es ist toll, jemand aus der alten Zeit zu treffen. Verzeihung, aus der jüngsten Vergangenheit. Sie sind nicht alt genug, um in der alten Zeit schon dagewesen zu sein.«

»Ich muß wirklich los, Mr. Benton.«

»Hören Sie, ich will offen zu Ihnen sein«, sagte er. »Ich bin erst vor einem Jahr bei der Polizei ausgeschieden. Ich bin Sicherheitsdirektor bei einer Flugzeugfirma im San Fernando Valley und zu einem Golfausflug mit meinem Boß hier. Und... na ja, ich bin ein bißchen eingeschüchtert. Das hier ist ein bißchen viel für jemand, der im Unterbezirk Süd Streife gefahren ist. Wie wär's mit *einem* Drink. Mein Gott, Sie sehen aus wie früher, nur sind Sie noch...«

»Klar doch, klar doch«, sagte sie. »Sie *klingen* immer noch wie ein Polizist. Okay, zur Bar geht's hier entlang.«

»Ich hab sie schon gefunden«, sagte er. »Ich war nicht umsonst einundzwanzig Jahre Cop.«

»Einundzwanzig Jahre«, sagte sie. »So alt sehen Sie gar nicht aus.«

»Wir werden uns *prima* verstehen«, sagte er grinsend.

Sidney Blackpool erspähte Otto, der nach ihm suchte, vor dem Foyer und sagte: »Mrs. Decker, könnten Sie mir einen Johnny Walker Black Label bestellen, bitte? Ich muß eben einem Freund sagen, wo ich bin.«

Er erwischte Otto, als der gerade zum Pro-Shop zurückgehen wollte.

»Otto!« sagte er. »Ich hab sie kennengelernt. Sie ist tatsächlich Harry Brights Exfrau! Ich hab ihr gesagt, ich heiße Sam Benton, falls davon die Rede ist. Ich will nicht, daß sie Coy Brickman erzählt, sie hätte die beiden Hollywood-Greifer kennengelernt, die am Fall Watson arbeiten.«

»Was soll ich machen?«

»Golf spielen.«

»Was?«

»Spiel 'ne Runde. Sag dem Pro, dein Partner ist aufgehalten worden. Wenn's schiefgeht, schnapp ich mir 'n Wagen und wir treffen uns draußen auf dem Platz. Oder vielleicht an der Wende.«

»*Ohne* dich spielen?«

»Du hast doch schon ohne mich gespielt.«

»Aber nicht in so 'ner Gegend! Und wenn ich nu' noch 'n Streßanfall krieg wie drüben im Tamarisk? Und wenn die mich nu' in 'n Vierer mit 'nem Expräsidenten und Betty Grable stecken, Herrgott noch mal!«

»Die lebt nicht mehr.«

»Also gut, wie hieß doch gleich die, die mit Phil Harris verheiratet ist?«

»Alice Faye.«

»Ja, und wenn sie mich nu' mit Alice Faye in eine Gruppe stecken?«

»Geh Golf spielen, Otto«, sagte Sidney Blackpool.

Als er in die Bar zurückkehrte, war sie mit ihrem Martini schon ziemlich weit gediehen. Er sah nach Wodka aus. Das war sehr gut für Sidney Blackpool. Sie trank gern. Das Problem würde darin bestehen, seine eigene schlechte Gewohnheit zu beherrschen und sie in ihrer zu bestärken.

»Entschuldigung«, sagte er und legte einen Zwanzigdollarschein auf die Theke.

»Stecken Sie ihr Geld weg«, sagte sie. »Hier unterschreibe ich für die Drinks.«

»Aber ich hab *Sie* eingeladen.«

»Auf die schlechte alte Zeit«, sagte sie.

»Auf unsere Alma mater«, sagte er und stieß mit ihr an. »Den Unterbezirk Süd.«

»Ich sollte Ihnen sagen, daß ich Harry schon seit Jahren nicht mehr sehe.«

»Was macht er jetzt?«

»Er wohnt hier im Coachella Valley. Er war hier bei einer anderen Polizeitruppe. Mineral Springs.«

»War?«

»Er hatte im letzten Frühjahr einen Schlaganfall. Und dann einen Herzinfarkt. Er... es heißt, es ginge ihm sehr schlecht. Wir haben uns schon vor langer Zeit getrennt.«

»Und was machen Sie jetzt, außer Golfspielen?« Er berührte ihre linke Hand, die um einige Töne heller war als die andere, sonnengebräunte Hand. Ihre Hände verrieten, daß sie in den Vierzigern war, auch wenn es ihr Gesicht nicht tat.

»Immer noch ein Cop, wie ich sehe«, sagte sie lächelnd. »Wir spielen ziemlich viel Golf.«

»Und wie ist Ihr Schlag?«

»Fürchterlich.«

»Ganz bestimmt. Bei dem durchtrainierten Körper.«

Er sah mit Entzücken, daß sie nur noch ein Schlückchen übrig hatte und daß es tatsächlich ein doppelter Wodka-Martini war. Schon vom Geruch nach Gin wurde ihm schlecht, und Wodka-pur-Trinker waren die allergrößten Säufer. Damit *sie* nicht aufhört, redete er sich ein, während er seinen Johnnie Walker leerte. Nicht weil *ich* ein Alkoholproblem habe. Aber woher denn.

»Bitte lassen Sie mich noch einen ausgeben«, sagte er.

»Ich hab Ihnen doch gesagt, daß Ihr Geld hier nichts bringt«, sagte sie und nickte dem Barkeeper zu. Sie waren die einzigen an der kleinen Bar.

»Was machen Sie, wenn Sie nicht Golf spielen?« fragte er.

»Nicht viel. Ein bißchen Tennis, aber meine Beine sind nicht mehr das, was sie mal waren.«

»Na«, sagte er, sichtlich anderer Meinung.

Es war ihr gleich. Sie wußte, was für Beine sie hatte. »Manchmal spielen wir *Oklahoma*-Gin-Rummy – nach dem Theaterstück, nicht nach dem Staat. So richtig gefällt's mir, wenn wir vierzehn Ladys sind und zwei gegen eine spielen. Es ist ein Wechselspiel, das wir ›Kill deine Schwester‹ nennen. Man kann tausend pro Tag verlieren.« Dann grinste sie schief und sagte: »Hab's ganz schön weit gebracht vom Unterbezirk Süd, was?«

Er mochte dieses sardonische, müde, schiefe Lächeln. Es wirkte sehr vertraut.

»Was macht Ihr Mann?«

»Ölförderung. Er verbringt viel Zeit in Texas und Oklahoma. Manchmal im Nahen Osten. Den Sommer verbringen wir in Lake Tahoe oder Maui.« Dann ging ihr auf, wie sich *das* für jemand anhörte, der gerade bei der Polizei ausgeschieden war, und sie grinste entschuldigend. »Was soll ich sagen?«

»Danke, schätz ich«, sagte Sidney Blackpool. »Sie sind 'n Glückspilz. Alles, was Sie sagen können, ist danke.«

»Klar, danke«, sagte sie.

Und dann dachte er darüber nach. Er dachte über ihren Sohn nach, Harry Brights Sohn. Er sagte: »Haben Sie Kinder?«

»Nein. Keine Kinder.«

Er verachtete sich einen Moment, aber er sagte: »Komisch. Ich hätte schwören können, Harry hatte...«

»Unser Sohn ist ums Leben gekommen. Lange nach unserer Scheidung.« Sie nahm einen riesigen Schluck Wodka, lächelte aber müde. »Schon gut. Nicht alle Polizisten von San Diego haben von unserem Jungen gewußt. Er war Passagier von PSA Flug 182. Er war neunzehn Jahre alt, in seinem ersten Jahr an der Cal.«

»Das tut mir aufrichtig leid, Mrs. Decker. Wirklich, ich...«

»Viele Kinder anderer Leute sind an diesem Tag ebenfalls gestorben.« Dann leerte sie ihr Glas und sagte: »Tja, ich glaube, jetzt muß ich aber...«

»Ich komme mir richtig schäbig vor wegen der Ausfragerei. Ich würde fast alles tun, wenn Sie bloß noch einen trinken«, sagte er. »Bitte... Patricia.«

»Man nennt mich Trish«, sagte sie, und dann sah sie traurig auf ihr Glas und zum Barkeeper.

Diesmal goß der Barkeeper *beiden* einen Doppelten ein, denn er erkannte einen schweren Säufer, wenn er einen sah.

»Das hier ist ein Trinkerclub«, sagte sie. »Das hier und der Eldorado.«

»Wir haben neulich im Tamarisk gespielt«, sagte er.

»Das ist kein Trinkerclub. Das hier ist ein Trinkerclub und ein Spielclub.« Dann sah sie ihn mit ihren traurigen Augen an, und es gab vieles, was er diese Frau nicht fragen wollte. Aber es gab auch etwas, was er fragen wollte. Auch wenn es überhaupt nicht dazu beitrug, den Mord an Jack Watson zu klären.

»Trish, würden Sie heute abend mit mir essen? Ich bin einsam hier in der Wüste.«

Sie vergeudete keine Zeit mit dem dritten Martini. »Wie lange sind Sie noch da?« fragte sie.

»Bis Ende der Woche.«

»Sind Sie verheiratet?«

»Nein.«

»Ich glaube Ihnen. Sie sehen nicht verheiratet aus.«

»Bitte. Was ist nun?«

»Und was soll ich Herb sagen?« fragte sie und betrachtete dabei ihr wankendes Spiegelbild in dem Martini. »Meinem Mann.«

»Sie... Sie könnten ihn mitbringen«, sagte er. »Ich würde mich über Sie beide freuen.«

Darüber lachte sie und blickte von ihrem Drink auf. »Ach wirklich, Sam?« fragte sie heiser. »Unter uns alten Cops, möchten Sie *wirklich*, daß er mitkommt?«

»Wenn es die einzige Möglichkeit ist, wie ich Sie sehen kann«, sagte er ernst, und sein Oberschenkel streifte ihren. Es war lange her, daß Sidney Blackpool einer Frau den Hof gemacht hatte, abgesehen von einem gelegentlichen Cop-Groupie, dessen Name ihm drei Tage später schon entfallen war. Und das seinen ebenso leicht vergaß.

»Ich treib mich nicht in Wüstenrestaurants rum, wenn mein Mann verreist ist. Macht keinen guten Eindruck. Aber ich esse sehr ungern allein. Was hielten Sie davon, wenn Sie heute abend mein Gast wären? Hier im Club. Sagen wir, gegen sieben?« Sie warf einen Blick auf ihre Cartier-Panthère-Armbanduhr.

»Ich komme«, sagte er.

»Tut mir leid, aber Sie müssen Jackett und Krawatte tragen.«

»Das schaff ich schon«, sagte er.

»Jetzt muß ich meinen Mittagsschlaf halten«, sagte Trish Decker, die ein wenig unsicher stand. »Das ist auch so was, was ich so regelmäßig mache wie Golf- und Kartenspielen.«

Otto war im Männer-Umkleideraum und sah einem Dutzend Männern zu, die an zwei Reihen filzbezogener Tische etwas spielten, was sie Bel-Air-Gin nannten. Er war fasziniert, bis er herausfand, daß die Einsätze bis auf fünfzehn Cents pro Punkt gestiegen waren. Otto überschlug das rasch und stellte anhand der neben einem Spieler notierten Zahlen fest, daß der Mann an diesem Nachmittag mindestens zwölfhundert Dollar verloren hatte.

In einem anderen Zimmer links vom Gin-Rummy-Zimmer lief ein Pokerspiel, und in der kleinen Bar herrschte lebhafter Nachmittagsbetrieb. Und das, machte sich Otto klar, war bloß ein ganz gewöhnlicher Wochentag, ehe die Saison in vollem Gange war. Otto kam zu dem Schluß, daß er da nicht ganz mithalten konnte, obwohl er die Tasche voller Präsident McKinleys hatte. Er ging hinaus, wo seine Tasche an einem Golfwagen lehnte. Er nahm seinen Putter und kaufte beim Pro ein Dutzend Golfbälle, ehe er das Übungsgrün ansteuerte.

Als Sidney Blackpool ihn fand, amüsierte er sich prächtig mit einer Frau, die er auf dem Übungsgrün kennengelernt hatte. Sie war mindestens fünfundzwanzig Jahre älter als Otto und noch rundlicher. Sie trug Golfrock und -bluse in Ostereifarben und einen gelben Schlapphut. Ihr Haar hatte einen Ingwerton, aber es war eindeutig Zeit für einen Besuch im Schönheitssalon, zum Nachtönen. Sie trug eine übergroße Brille mit sechseckigen Gläsern und orangefarbenem Gestell.

Sie trugen einen Wettkampf im Einputten aus, bei dem sie Sechs-Meter-Schläge in drei gekennzeichnete Löcher klopften. Sidney Blackpool bekam mit, daß sie irgendeine Wette laufen hatten.

»Okay, Fiona«, sagte Otto gerade, als Sidney Blackpool sie fand. »Das ist meine Chance, gleichzuziehen. Komm mir nicht zu nahe, sonst macht mein kleines Herz ›Häschen hüpf‹, und ich schlag vorbei!«

»Ach, Otto«, sagte die dicke alte Dame, »du bist vielleicht 'ne ulkige Nummer!«

Sidney Blackpool sah, daß Ottos Tasche mittlerweile auf

einen elektrischen Golfwagen neben dem Einloch-Grün geladen war. Der Wagen war kanariengelb wie die Tasche der Besitzerin. Es war ein Radio im Wagen, ein auf den Fahrer gerichteter, elektrischer Ventilator und ein kleiner Fernseher. Hinter dem Fahrersitz befand sich ein Kühlschrank, der nach Einschätzung des Kriminalbeamten keine Limonade enthielt. Auf dem Einloch-Grün standen zwei gelbe Becher, die ein braunes Gebräu enthielten. Otto hatte sich von der Wüstenhitze nicht ausdörren lassen.

»Otto, kann ich dich mal kurz sprechen?« rief Sidney Blackpool.

»Nicht weiterputten, Fiona«, sagte Otto, mit dem Finger drohend. »Das ist mein Geschäftspartner, Sidney Blackpool. Sidney, darf ich dir Fiona Grout vorstellen.«

»Entzückt, und wie«, sagte die alte Dame zu Sidney Blackpool, der lächelte und nickte.

»Wie ich sehe, habt ihr ganz schön Spaß zusammen«, sagte Sidney Blackpool.

Ottos Augen waren bereits glasig, und er blies seinem Partner vierzigprozentigen Jamaika-Rum ins Gesicht, als er flüsterte: »Sidney, ich hab eine! Sie ist Witwe. Wohnt in Thunderbird Heights, Menschenskind. Kennt Lucille Ball! Hol mich bloß nicht von hier weg.«

»Otto, ich hab vorbeigeschlagen!« giggelte Fiona. »Du kannst mich einholen!«

»Gib mir ’ne Chance, Sidney«, flehte Otto. »Ich bin groß am Abräumen!«

»Ich hab ’ne prima Idee«, sagte Sidney Blackpool. »Ich fahr ins Hotel zurück und ruf bei der Polizei von Palm Springs an. Mal sehen, ob Terry sich wieder für Hotelarbeit angemeldet hat. Ich ruf auch Harlan Penrod an, mal sehen, ob er was rausgefunden hat. Heute abend muß ich wieder hier sein, zu ’ner Verabredung mit Harry Brights Ex.«

»Ja? Du gehst vielleicht ran«, sagte Otto und blickte sich besorgt nach Fiona um, die auf einen weiteren Mai Tai zum Wagen hinübergewatschelt war. »Du meinst, ich kann hierbleiben und mit der Runden spielen? Ich meine... ’ne *Runde* spielen?«

»Klar. Kannst du zum Hotel zurückkommen, wenn du fertig bist?«

»Ich fahr mit dem Taxi zurück«, sagte Otto. »Außer, die alte Fiona will mich zurückbringen. Sie hat 'n neuen Jaguar, den sie mir *schrecklich* gern zeigen will!«

»Mann, du bist vielleicht einer, Otto«, sagte Sidney Blackpool.

»Bis dann, Sidney«, sagte Otto. »Bleib nicht auf, wenn's 'n bißchen später wird.«

Dann machte er kehrt und eilte zu Fiona zurück, die sagte: »Otto. Zeit für dein nächstes Schlabberchen!«

»Na so was!« rief Otto. »Ich glaub, ich hab meins ratzeputz leergetrunken!«

Das letzte, was Sidney Blackpool ihn sagen hörte, richtete sich an einen Putt, der fünf Meter am Loch vorbeirollte, womit sein Einsatz flötengegangen war. »Komm heim, Schnuckelputz!« rief Otto dem verirrten Golfball nach. »Daddy verzeiht dir!«

»Ach, Otto, du bist vielleicht 'ne ulkige Nummer!« giggelte Fiona und drosch ihm so kräftig auf die Schulter, daß er sich Mai Tai in den Pullover goß.

Als Sidney Blackpool ins Hotel zurückkam, lag am Empfang eine Nachricht von Harlan Penrod. Er ging geradewegs zu einem Münztelefon in der Lobby und wählte die Nummer, bekam aber nur eine aufgezeichnete Mitteilung zu hören: »Hallooo. Hier bei Watson. Ihr Anruf wird so bald wie möglich beantwortet.«

Er ging in den Speisesaal und aß einen Salat, dann kehrte er ins Zimmer zurück, wo er auf dem Bett lag und der Versuchung widerstand, beim Zimmerservice einen Drink zu bestellen. Es war erst drei Uhr früh, viel zu früh. Er rief bei der Polizei von Palm Springs an, sprach mit dem Detective Lieutenant und erfuhr, daß Terry Kinsale Fehlanzeige war.

Als der Lieutenant ihn fragte, worum es gehe, log Sidney Blackpool und sagte: »Ich tu den Watsons 'n Gefallen. Dieser Kinsale hat bei ihnen zu Hause was liegengelassen.«

Er wurde gerade schläfrig, als das Telefon klingelte. Als er abnahm, sagte Harlan Penrod: »Ich bin's!«

»Ja, Harlan, was gibt's?«

»Das erraten Sie nie. Ich hab Terry gefunden!«

»Sie haben was?« Seine Füße knallten auf den Boden, und er saß. »Wo ist er?«

»Ich weiß nicht, wo er im Moment ist, aber ich weiß, wo er heute abend sein wird. In Poppa's Place. Das ist 'ne Schwulenbar am Highway in Cathedral City.«

»Woher wissen Sie das?«

»Tja, ich hab zwei Bars gefunden, wo er öfters hingeht, und 'n bißchen geflunkert. Alles in gewissenhafter Pflichterfüllung, natürlich. Hab dem Barkeeper erzählt, 'n Freund von Terry würde aus Palm Springs wegziehen und wollte Terry als Erinnerung seine Rolex schenken. Ich hab gesagt, jemand würde sich um sechs Uhr in Poppa's Place mit Terry treffen.«

»Wird das nicht 'n bißchen unglaubhaft klingen? 'n *namenloser* Freund?«

»Ich hab erfahren, daß Terry *haufenweise* Freunde hat, und glauben Sie mir, der weiß noch nicht mal von der *Hälfte* die Namen. Der wird drauf anspringen, der kleine Abstauber.«

»Sie leisten sehr gute Arbeit, Harlan«, sagte Sidney Blackpool. »Ich bin stolz auf Sie. Falls sich rausstellt, daß Terry unser Mann ist, werd ich Mr. Watson empfehlen, die Belohnung *Ihnen* zu geben.«

Der Hörer blieb einen Moment still, dann sagte Harlan Penrod: »Ich hab das nicht wegen 'ner Belohnung gemacht.«

»Ich weiß doch, aber...«

»Die Watsons sind sehr gut zu mir gewesen. Ich hab hier einen Job, solange ich will, und in meinem Alter ist das 'n ziemlicher Dusel.«

»Ich weiß, aber...«

»Ich möchte für so etwas keine Belohnung«, sagte Harlan Penrod. »Ich tue das für Mr. und Mrs. Watson. Und für Jack.«

»Okay, Harlan«, sagte Sidney Blackpool. »Ich laß Sie jedenfalls wissen, was sich tut.«

Der Kriminalbeamte legte auf, rief, drei Uhr hin oder her, den Zimmerservice an und bestellte einen Doppelten. Dann ließ er ein heißes Bad ein und hoffte, daß das Wasser und ein Scotch ihm helfen würden, abzuschalten. Er beschloß, beim Pro-Shop des Thunderbird eine Nachricht für Otto zu hinterlassen, er solle sich genau um halb sechs vor dem Clubhaus mit ihm treffen. Sie würden Poppa's Place überwachen und sich, falls sie ihren Mann schnappten, die Nacht um die Ohren schlagen. Für den Fall, daß der Junge den Köder nicht schluckte, wollte Sidney Blackpool bereits Jackett und Krawatte tragen und zu seiner Verabredung zum Essen mit Trish Decker weiterfahren.

Ihm fiel auf, daß der Sänger im Radio wie Ted Lewis klang.

»I can't save a dollar, I ain't got a cent.
But she wouldn't holler, she'd live in a tent.
I got a woman that's crazy for me, she's funny that way.«

Harry Bright. Armes, dummes Schwein. Er fragte sich, wo Trish Bright Herbert Decker kennengelernt hatte. Er hätte drauf gewettet, daß es geschah, als sie noch die pflichtgetreue Ehefrau eines Cops war. Er wußte Bescheid über Copfrauen und grünere Weiden. Tatsächlich erinnerte ihn Trish Decker an seine Exfrau, Lorie. Der Teint, das edle Profil, das schiefe sardonische Lächeln. Und die traurigen Augen.

Trish Decker hatte zwar traurige Augen, aber sie würde nie in einem Zelt wohnen, *die* nicht. Vage ging ihm auf, daß er anfing, eine Verdächtige in einem Mordfall zu bemitleiden. Er wollte sich gerade mit einem albernen Impuls befassen, als es an der Tür klopfte und eine Stimme »Zimmerservice« sagte.

Der Johnnie Walker Black und ein heißes Bad ließen ihn zwei Stunden lang so ziemlich alles vergessen. Er döste, ohne zu träumen, und sah zu seiner Verblüffung, daß die Sonne schon hinter dem Berg stand, als er aufwachte.

Otto Stringer fing an, zwei Tees, zwei Bälle und zwei Fionas zu sehen, und letzteres war eine ganze Menge Fleisch. Sie waren fast an den zweiten neun. Es war so spät am Nachmittag, daß niemand sie hetzte. Sie hatten schon fünf Vierergruppen und einen weiteren Zweier an sich vorbeiziehen lassen und aufgehört, sich den Spielstand zu merken, als sich abzeichnete, daß beide die 160 überschreiten würden. Wovon Otto behauptete, es nicht verkraften zu können, und Fiona, es sei ihr Rundendurchschnitt.

Nach anderthalb Litern Mai Tais war Fionas Bluse mit braunem Rum und Fruchtsaft bekleckert. Je mehr sie trank, desto härter drosch sie Otto auf die rechte Schulter, wenn er etwas Komisches sagte. Und mittlerweile war *alles* komisch.

Otto war klar, daß diese schüchterne Romanze zu etwas führen könnte, und er beschloß, der dicken alten Puppe, wenn er sie schließlich ins Bett kriegte, seine verdammte Schulter zu zeigen, die sich von der Klopperei lila verfärbte, und zu erklären, daß er nicht mit einem Gefühl rumlaufen könne, als hätte er fünfzehn Runden lang versucht, den Schlägen von Marvelous Marvin Hagler auszuweichen. Aber diese Brücke würde er erst überqueren, wenn es soweit war, so wie er jetzt die tatsächliche Brücke über den Fairway zum neunten Tee überquerte, wo Lucille Ball wohnte. Er roch die Grapefruit- und Mandarinenbäume, und Fiona versprach, ihn Lucy und Ginger Rogers vorzustellen.

»Haufenweise Geld in dieser Gegend«, sagte Fiona, als er sie nach Informationen löcherte, die es ihm erlauben würden, ihr Vermögen zu schätzen. »Ein Haus in Thunderbird Cove ist nach nur vier Monaten mit einer Million Dollar Gewinn verkauft worden. Der Besitzer der San Diego Padres wohnt da.«

»Das ist ’ne ordentliche Summe.« Otto gab sich überaus blasiert.

»Nicht übertrieben, wenn man sich das Grundstück ansieht«, sagte Fiona und rülpste feucht.

»Würd ich auch nicht sagen, nein«, pflichtete Otto bei

und hoffte, keinen mexikanischen Gärtner zu überfahren. Zwei hatte er beinahe schon überfahren. Wenn bei Golfwagenfahrern Alkoholtests gemacht würden, wäre er im Knast, ehe Fiona auf den Gedanken käme, das sei eine ulkige Nummer.

»Fiona«, sagte Otto, als sie auf Nummer 8 puttete, ein hübsches Par-3, das von einem See mit einer winzigen Insel abgeschirmt wurde, die drei von roten Azaleen umgebene Palmen aufwies. »Ist dein Haus eher... üppig? Oder hast du's lieber schlichter?«

»Ich hab 'n großes, Otto«, sagte Fiona, die sich besser anstellte als am siebten Grün, wo sie sechs Putts gebraucht hatte. Ein Bügel ihrer Brille hing herunter, und sie blinzelte ihn nur durch ein Glas an. »Schau dir meine Bluse an!« rief sie. »Ich hab bei 'ner irischen Totenwache schon Tischtücher gesehen, die sauberer waren!«

Der zweite Schub ihrer selbstgemachten Mai Tais war stärker als der erste. Otto schlug einen Ball mit dem Flansch des Schlägerkopfes auf ein Haus beim dreizehnten Grün zu, was einen netten jungen Mann von seinem Gartenstuhl aufspringen und auf Otto zustürzen ließ, als der Kriminalbeamte aus dem Wagen wankte, um seinem Ball nachzuspüren. Der junge Mann kickte den Ball auf den Fairway hinaus und sagte: »Da haben Sie, Sir.«

»Danke«, sagte Otto und bolzte den Ball mit seinem Holz 3 in die andere Richtung.

»Du kriegst 'n Gratisdrop«, rülpste Fiona. »Jedesmal, wenn du dem Haus da zu nahe kommst, kriegst du 'n Gratisdrop.«

»Warum?«

»Darfst nicht zu nah ran. Der Junge ist Agent vom Secret Service.«

»Wohnt *der* da?«

»Ja«, sagte Fiona, die so aussah, als würde sie möglicherweise einschlafen, bevor sie zurückkamen.

»Ich glaub's einfach nicht!« rief Otto und hielt den Wagen auf dem Fairway an, um ein paar Leute zu beobachten, die aus dem Hintereingang des wenig imposanten Hauses am Fairway herauskamen.

»Fiona!« wisperte Otto, und jetzt drosch er *sie* auf den Arm, was sie aus ihrer Benommenheit aufrüttelte. »Er ist es! Nein, er ist es nicht! Doch, er ist es!«

»Sieht er aus wie Herman Munster?« nuschelte Fiona Grout, die Brille erneut schief im Gesicht.

»Ja. Er ist grad über den Gartenschlauch gestolpert. Er *ist* es!«

Otto war nicht so betrunken, daß er tausend frühere Fehler vergessen konnte, die er in diesem Zustand gemacht hatte. Er wollte nicht riskieren, seine Chancen bei Fiona einzubüßen. Er war gerade nüchtern genug, um zu wissen, daß er nie wieder in seinem Leben die Möglichkeit haben würde, das große Los zu ziehen.

Otto legte sich, so gut er konnte, seine Strategie zurecht und versuchte gerade, seinen Abschlag nicht in ballgrapschende Palmen zu jagen, als Fiona, in der Nähe von Nummer 15, sagte: »Wir haben Barsche in dem kleinen See da. Angelst du gern?«

»Aber ja, Fiona«, sagte Otto eifrig. »Ich bin 'n begeisterter Angler.«

»Ich hab die Köder für die Mistviecher an meiner *Wand*«, sagte sie. »Ich hab von einem unserer erstklassigen Wüsten-Innenarchitekten 'n peruanischen Wandteppich gekauft, und weißt du was? Er war voller Motten!«

»Ich hab auch mal so 'n Wandteppich gekauft«, sagte Otto. Er wußte noch, daß er ihn für dreizehn Mäuse in Tijuana gekauft hatte. Er war aus schwarzem Samt und mit einem nackten Rotschopf mit Sombrero bemalt.

»Tja, meine Motten haben sich in *Würmer* verwandelt, bevor ich gewußt hab, daß welche da waren. Jetzt hab ich Maden!«

»Igitt!« sagte Otto schluckend. »Du solltest *keine* Maden in 'nem Wandteppich haben, Fiona.«

»Wenn mein Mann noch leben würde, würd er's diesem schwulen kleinen Innenarchitekten zeigen«, sagte sie. »Dann hätte der zwei blaue Augen.«

»Malvenfarbig oder braunrot«, sagte Otto. »Nicht blau. Das kleidet nicht.«

Da fiel es ihm ein. Er hatte es: eine Eröffnung. »Du *brauchst* einen Mann, Fiona.« Otto streichelte als Vorbereitung auf die Vernichtung des Tees von Nummer 15 seinen Driver.

»Ich weiß, Otto«, seufzte sie und öffnete das Eisfach, um den letzten der Mai Tais niederzumachen. »Es wird einsam.«

»Ja!« Er seufzte noch tiefer. »Wir sollten in diesem Alter nicht einsam sein!«

»Otto!« sagte sie. »So was solltest du nicht sagen. Du bist doch noch ein *Junge*!«

Otto Stringer hatte eine Eingebung. Obwohl er sein Leben lang nicht geraucht hatte, nahm er zwei aus ihrem Päckchen und steckte sich beide in den Mund, genau wie es Paul Henreid im Lieblingsfilm seiner Mutter für Bette Davis gemacht hatte. Dann zündete er beide an, nahm eine aus dem Mund und schob sie ihr sanft zwischen die Lippen. Er sagte: »Ich bin nicht mehr jung, Fiona. Äußerlich bin ich in den mittleren Jahren, aber innerlich bin ich älter. Ich bin kahl, und ich bin so dick, daß ich sechs Äthiopier stillen könnte. Trotzdem glaub ich, daß die richtige Frau den Funken in mir entfachen könnte!«

»Otto, du hast sie am Filter angezündet«, sagte sie. »Junge, Junge, die Dinger stinken vielleicht, wenn man sie am falschen Ende anzündet.«

»Da, rauch meine, Fiona«, sagte Otto, zupfte ihr die übelriechende rasch aus dem schlaffen Mund und steckte die andere hinein. »Jedenfalls, Fiona, sollten wir *nicht* allein sein, wir beide.«

»Du bist dran, Otto«, sagte Fiona und stellte das Radio leiser. »Wenn wir nicht bald fertig werden, brauchen wir Grubenhelme.«

Otto schindete Zeit, indem er mit Duke Ellington zusammen improvisierte. »It don't mean a thing if you ain't got that swing! Duu-ah duu-ah duu-ah duu-ah...«, sang Otto, während er um das Tee herumwankte und versuchte, sich für das Par-3 von 470 Metern zusammenzureißen.

Fiona sagte: »Fast hätt ich's vergessen, Otto. Hinter dir auf der anderen Seite vom Wasser wohnt Billy Dove.«

»Wer ist Billy Dove?«

»Aber, Otto!« rief Fiona. »Siehst du, du bist eben *doch* 'n Junge. Sie war eine *große* Stummfilmschauspielerin. Sie war Partnerin von Douglas Fairbanks!«

»Ich bin alt, Fiona!« rief er. »*Bitte* red nicht mit mir, als müßt ich noch die Windpocken ausschwitzen!«

Er spürte, daß er dabei war, sie zu verlieren. Die ganze Woche hatte er sich gefühlt, als wären seine Arterien am Verkalken, und jetzt kam er sich ganz plötzlich wie eine kleine Rotznase vor. Und da er an alles andere als an seinen Golfschlag dachte, schlug er einen Halfswing und traf ihn voll mit dem Insert, ein Flugball von 210 Metern mit leichtem Draw, der ihn noch zwanzig Meter weiter brachte.

»Ich hab dir doch gesagt, du bist jung, Otto«, sagte Fiona. »Meinst du, 'n alter Knabe kann so 'n Ball schlagen?«

»Ach Quatsch!« sagte Otto, der den größten Golfschlag seines Lebens gedroschen hatte. »Ach Quatsch, Fiona!«

Als sie schließlich Nummer 18 spielten – die Sonne stand schon ein ganzes Stück hinter dem San Jacinto, und der Fairway lag im Schatten –, verloren sie insgesamt fünf Bälle, ehe sie das Grün erreichten. Ein Rekord an einem Tag, an dem sie sechsundzwanzig Bälle verloren hatten.

Otto starrte melancholisch auf die Reihen spitzenartiger, kegelförmiger Bäume. Er hatte sogar angefangen, die abgestutzten Dattelpalmen und all die anderen ballgrapschenden Mistdinger zu lieben, jetzt, wo ihm aufging, daß das vielleicht *die* Chance war. Ihm blieben Minuten, um ein Leben voll Scheiße in Sonnenschein zu verwandeln. Der Gedanke an die vor ihm liegenden Jahre auf den Straßen von Hollywood brachte ihn fast zum Heulen.

Er stellte das Radio lauter, als er endlich neben dem Grün parkte. Fiona torkelte unsicher auf ihren neunten Schlag zu, der sieben Meter links lag. Otto begann einen George Gershwin-Klassiker mitzusingen, der im Radio kam. Im Gehen dichtete er seine eigenen Verse, mit sehnsüchtigen Blicken auf Fiona, die einen Chip über *alles* drosch und »Ach du Scheiße!« meinte, als ihr Ball auf dem Beton aufschlug und in die ungefähre Richtung von Malibu abhob, was ihr die Bemerkung entlockte: »Wiedersehen und gute Reise, du blödes Ding.«

»The way you wear your haaaat!« Otto sang es aus vollstem Herzen, und Fiona rückte ihren Deckel zurecht, der ihr von der Gewalt dieses Monsterschlages mittlerweile auf der Nase saß.

Dann sang er: »The way you wreck that teeeeeeee!« Und das stimmte durchaus. Das achtzehnte Tee sah, nachdem Fiona alle ihre Freischläge hinter sich gebracht hatte, wie nach einem atomaren Angriff aus.

»Ach, Otto!« rief Fiona. »Ich glaub, ich hab noch nie eine Runde Golf so genossen. Willst du einputten?«

Otto hörte zu singen auf und sagte: »Ich kann nicht, Fiona. Der ausgegangene Annäherungsschlag war's wohl. Ich hab keine Bällchen mehr.«

»Da bin ich aber nicht so sicher, Otto.« Sie kniff ein Auge zu, und sein Herz hüpfte! Er hatte doch noch eine Chance!

»Du kleiner Racker!« sagte er. »He, trinken wir was in der Bar! Du kannst noch nicht heimgehen.«

»Okay, einen für den Fairway«, sagte sie. »Ich wohne direkt auf der anderen Seite vom Golfplatz.«

»Ich würd furchtbar gern dein Haus sehen!« sagte Otto. »Ich hab keine Angst davor, mich mit 'ner Wand voll Würmer zu befassen. Du brauchst 'n Mann im Haus, das brauchst du.«

Es war fast dunkel, als sie zum Pro-Shop zurückkamen, wo man Otto die telefonische Nachricht von Sidney Blackpool aushändigte. Falls er diese Romanze überhaupt in Gang halten konnte, so befand er, dann vermutlich auf einem Golfplatz. Er hatte den vagen Plan, morgen wieder zu spielen, also sagte er zum Pro: »Geben Sie mir noch 'n Dutzend Bälle, ja? Egal welche Marke. Sagen wir orangene. Sind im Wasser leichter auszumachen.«

Es war derselbe Pro, der Otto vor der zurückliegenden Runde ein Dutzend verkauft hatte. Der Pro legte die Bälle auf die Theke und sagte: »Möchten Sie sie mitnehmen oder möchten Sie sie gleich hier verlieren?«

Auf dem Weg zur Bar sagte Otto: »Ich fand den Typ gar nicht komisch, Fiona.«

»Die begreifen eben nicht, wie verletzend dieses Spiel für Leute wie uns sein kann«, sagte Fiona besänftigend. »Vergiß es, Otto.«

Der Oldie-Sender spielte Barmusik. Carmen Miranda sang: »Chica-chica-chic! Chica-chica-chic!« und Fiona Grout hielt im Foyer inne und legte eine so feurige Samba hin, wie man sie von einer so Dicken, Alten und Betrunkenen erwarten durfte.

»Du und ich, wir sind *Jahrzehnte* auseinander, Otto«, sagte sie traurig.

»Ich kenn die Sängerin!« rief Otto. »Mal überlegen. Das ist doch die mit dem ganzen Obstsalat! Die hat sich immer Äpfel und Bananen und Kokosnüsse auf den Kopf gepappt! Ich *kenn* den ganzen alten Kram, Fiona!«

Sie bestellten beide Mai Tais und wurden von einem unschlüssigen Barkeeper beäugt, der dieses Paar von Trokkendock-Kandidaten in einer öffentlichen Bar außerhalb des Clubs nie und nimmer bedient hätte.

Fiona nuckelte geräuschvoll an ihrem Drink, bevor Otto seinen überhaupt bekam. Weiter hinten an der Bar saßen drei Männer und erzählten Witze, die Ottos Schlachtplan störten. Er kam nicht dahinter, warum die drei Männer so irritierend waren, aber sie waren es. Tatsächlich machten sie ihn so sauer, daß er drei glänzend ausgedachte Zweideutigkeiten vergessen hatte, die er bei Fiona anbringen wollte, um sie scharf zu machen.

Alles, was ihm einfiel, war: »Fiona, verabreden wir uns für heute abend, bloß du und ich.«

»Verabreden? Otto, das geht unmöglich!«

»Dann laß uns morgen Golf spielen«, sagte er verzweifelt.

»Morgen?« Sie stellte ihren Mai Tai auf den Tresen, vergaß jedoch, den Trinkhalm aus dem Mund zu nehmen, als sie sagte: »Morgen spiel ich mit einem anderen Paar. Und mit meinem Verlobten.«

»*Deinem Verlobten*?« In Mineral Springs hätte man ihn nicht hören können, aber nur wegen eines Sturms.

»Ja, Otto, ich bin verlobt. Ich heirate im Dezember, und die Flitterwochen verbringen wir auf den Bahamas bei seinem Sohn. Weihnachten lerne ich seine Enkelkinder kennen.«

»Fiona!« Otto konnte es nicht fassen.

»Sonst würde ich mich gern für heute abend mit dir verabreden, Otto. Du bist wahnsinnig lustig! Ich möchte gern, daß du mit meinem Verlobten und mir Golf spielst. Er heißt Wilbur. Du magst ihn bestimmt.«

Otto Stringer konnte nur in seinen Mai Tai starren, während Fiona weiterschlürfte, in seliger Unwissenheit, daß soeben ein durch die Nacht fahrendes Schiff torpediert worden und nichts als ein Ölfleck davon übriggeblieben war.

Die Witzereißer waren immer noch zugange. Einer davon war in Ottos Alter, die anderen beiden in den Fünfzigern. Sie hatten gerade einen Judenwitz über den Unterschied zwischen einer jüdischen Prinzessin und Wackelpudding erzählt, der darin bestehe, daß Wackelpudding sich bewegt, wenn man ihn lutscht. Dann erzählten sie den über die Kreuzung zwischen einem Mexikaner und einem Mormonen, bei der eine Garage voller gestohlener Lebensmittel herauskommt, und waren gerade beim zweiten Negerwitz über die schwarzen Fallschirmspringer in Texas, die man dort Tontauben nennt.

Und dabei fiel einem von ihnen ein, daß kürzlich was Ulkiges passiert war.

»Das müßt ihr unbedingt hören«, sagte er. »Wir haben 'n *afrikanischen* Gentleman gehabt, der versucht hat, sich um die Mitgliedschaft in unserem Club zu bewerben. Weil er ziemlich bekannt war, hat er tatsächlich gemeint, er könnt's schaffen.«

»Wer war das«, sagte Otto leicht lallend. »Gary Player?«*

»Was?« sagte der Witzereißer und sah zu Otto hin.

»Sie meinen einen farbigen Bewerber«, flüsterte Fiona Otto zu.

»Ach, *das* meinen sie«, sagte Otto und sah dabei so sauer aus, wie Beavertail Bigelow immer aussah.

»Du meinst, jemand, der 'n Hühnerknochen als Nasenring benutzt? *So* einen, Fiona?«

»Entschuldigung, wenn wir Sie gekränkt haben«, sagte der Mann. »Ich dachte, wir wären hier unten Freunden.«

»Mich gekränkt?« sagte Otto streitlustig. »Ich bin weder 'n Itzig, noch 'n Bohnenfresser, noch 'n Nigger. Und 'n *Mitglied* schon gar nicht.« Dann wurde er so unerklärlich wütend, daß er log und sagte: »Ich will Ihnen mal sagen, was ich bin. Ich bin *Demokrat*. Und ich glaub, Ronald Reagan ist so alt, daß er Alzheimer für 'n Staatssekretär hält. Und bei der Debatte mit Mondale hätt er beinahe von alten Jane-Wyman-Filmen geschwärmt. Und den Haushalt gleicht er aus, wenn Jesse Jackson mit der National Rifle Association** Eichhörnchenschießen geht und Jane Fonda den Daughters of the American Revolution*** beitritt.«

Die drei Witzereißer murmelten sich etwas zu, tranken aus und schickten sich zum Gehen an, als Fiona sich zu Otto wandte und sagte: »Was ist denn los mit dir? Warum hast du das gesagt?«

»Ich weiß nicht, Fiona«, sagte er wahrheitsgemäß. »Ich hab mir überlegt, was das Schlimmste ist, was man hier sagen kann. Ich bin nicht mal Demokrat! Ich glaub, ich hab versucht, Krach anzufangen.«

»Rum macht die Leute verrückt«, sagte Fiona und

* weißer südafrikanischer Profigolfer (Anm. d. Übers.)

** Interessenverband der amerikanischen Waffenbesitzer; tritt vor allem als Lobby gegen eine Verschärfung der Waffengesetze hervor (Anm. d. Übers.)

*** Konservativ-patriotische, amerikanische Frauenvereinigung (Anm. d. Übers.)

schlürfte mit dem Halm in ihrem leeren Glas. »Du fährst besser heim, Otto. Es war allerdings nett, dich kennenzulernen. Ich hab mich amüsiert.«

»Ich benehm mich völlig verrückt!« sagte er. »Ich erzähl ständig die gleichen Witze, aber in so ’nem Schuppen klingen sie so *anders*!«

»’n Menge Leute hier haben ihr Geld selbst verdient«, teilte ihm Fiona mit. »Die Leute haben das Recht, Golf zu spielen, mit wem sie wollen.«

»Sie haben das Recht, aber ihr Recht ist nicht *recht*«, sagte Otto.

»Du bist betrunken, Otto. Du redest dummes Zeug.«

»Vielleicht sollt ich heimfahren«, sagte er.

»*Da* hast du recht«, sagte sie und klang wie ein Cop.

»Na, jedenfalls hab ich den Tag genossen«, sagte Otto und küßte die alte Puppe auf die Wange. »Du bist wirklich ’ne ulkige Nummer, Fiona.«

Sidney Blackpool wartete bereits vor dem Clubhaus, als Otto auftauchte und niedergeschlagen zum Taschendepot trottete.

»Du siehst aus wie Arnold Palmer, als er bei den L.A. Open den Elften gemacht hat«, sagte Sidney Blackpool. »Was ist passiert, außer daß du überrollt worden bist? Meine Güte, was hast du denn getrunken? Dein Pullover hat ’n braunes Muster. Er war knallgelb, als du den Tag angefangen hast.«

»Hast du je versucht, ’n Golfwagen zu fahren und zwei Liter Mai Tais mit jemand zu trinken, der mehr Schläge austeilt als Larry Holmes?«

»Warum so geknickt? Ist dir schlecht vom Saufen?«

»Ich weiß nicht, Sidney. In Hollywood bin ich zu alt. Hier bin ich zu jung. Dort bin ich Republikaner. Hier bin ich Demokrat. Dort träum ich von all den Sachen, die man für Geld kaufen kann. Hier finden wir raus, daß ’n paar Leute bei uns im Squadroom sich nicht einkaufen könnten, auch wenn sie das Geld hätten.«

»Bist du okay?«

»Sobald du diesen Job bei Watson kriegst, können du und ich vielleicht mal auf seiner Firmenmitgliedschaft spielen. Aber bestimmte Mitglieder von unserem Griffith-Park-Samstag-morgen-Jungensclub kriegst du nicht auf den Platz.«

»Wie bedröhnt bist du eigentlich?« fragte Sidney Blackpool. »Was ist da drin passiert?«

»Und das sind alles Cops. Also *sind* sie meine Sorte!«

»Irgendwann sagst du mir vielleicht mal, was los ist.«

»Ich kann nur sagen, ich will heim nach Hollywood, wo das Leben völlig sinnlos ist, aber zumindest *erwartet* man's nicht anders.«

15. Kapitel

Patsy

Sie betraten Poppa's Place nur zehn Minuten, bevor Terry Kinsale um 18 Uhr dort erscheinen sollte. Es war bereits sehr dunkel in der Wüste.

Die Dämmerstunden-Drinks waren so ziemlich die billigsten in diesem Teil des Tals und wurden von drei Barkeepern ausgeschenkt, die kaum Zeit hatten, die Trinkgelder einzustecken. Es war die lärmende, höchst ausgelassene Menge, wie man sie in belebten Schwulenbars häufig findet. Sidney Blackpool überschlug rasch die Zahl der Anwesenden und schätzte, daß etwa zweihundert Männer am Trinken waren. Es gab nur noch Stehplätze.

»Wir müssen uns aufteilen, Otto«, sagte er. »Zwecklos, auch nur zu versuchen, in diesem Gewühl 'n Drink zu kriegen.«

»Mir reicht's auch«, sagte Otto mürrisch.

»Meinst du, du kannst ihn anhand des Fotos erkennen?«

»Ich weiß nicht, ob ich meine Exfrau erkennen könnte«, sagte Otto. »Die zweite. Die erste könnt ich bestimmt nicht erkennen.«

»Wenn wir bloß 'n Kaffee kriegen könnten.«

»Ich brauch das Schick-Shadel-Krankenhaus«, sagte Otto.

Die Kriminalbeamten schafften es, einen freien Platz in der Mitte der dunklen Kneipe zu ergattern, und jeder begann, die Menge abzusuchen. Es war die typische Kneipenansammlung, eine ausgesuchte Mischung aus Freiberuflern, Geschäftsleuten und Malochern, mit ein paar dazwischengestreuten Ledernacken und Rockern. Und es gab haufenweise junge Blonde, von denen die meisten ihnen nicht den Gefallen taten, sich umzudrehen, damit man ihnen ins Gesicht sehen konnte. Eine johlende Schar veranlaßte Otto, zu einem Tisch hinüberzulatschen, wo sechs Männer einander buchstäblich auf dem Schoß saßen. Es war ein Rennen im Gang. Die Nennungen waren kleine Aufziehspielzeuge aus Plastik, die von einem Tischende zum anderen hüpften. Alle Nennungen waren naturgetreue Plastikpenisse. Jeder trug die Zeichen und Farben seines Besitzers. Blaue Schleifen, Valentinszettel, winzige Fotos eines Liebhabers, alles zierte die lustigen Pimmel.

»Na, *das* erinnert mich zumindest an Hollywood«, sagte Otto zu Sidney Blackpool. »Wenn ich jetzt noch Sirhan Sirhan und 'n William-Morris-Agenten Arm in Arm mit den Hillside Stranglers seh, und sie reden über 'n Entwicklungsgeschäft, dann *weiß* ich, daß ich daheim bin.«

Ein Mann in den Siebzigern mit bekümmertem Gesicht und Hängebacken starrte hoffnungsvoll auf einen jungen Kerl mit amüsierendem Lächeln, der an der Wand lehnte. Der junge Mann trug die übergroße Uniformjacke eines Straßenjungen und zwinkerte dem älteren Mann zu, der die Lippen synchron zum Text des vom Sender Palm Springs gespielten Songs bewegte. Es war Marlene Dietrich, die »Falling in Love Again«, aus *Der Blaue Engel* sang.

»Der sieht sogar aus wie die Dietrich«, bemerkte Sidney Blackpool.

»Ihre Stimme ist wahrscheinlich viel tiefer«, flüsterte Otto. »Das hier haut nicht hin, weil ich nämlich gleich in Ohnmacht falle. Und wenn ich in Ohnmacht falle, hab ich Schiß, daß ich mit 'nem Fußkettchen und 'nem Ballettröckchen im Honeymoon Motel aufwach. Die haben mehr warme Brüder hier als 'n englisches Internat.«

»'ne Stunde müssen wir schon dranhängen«, sagte Sidney Blackpool. »Das könnte die Chance sein.«

»Ich weiß, ich weiß«, sagte Otto. »Ich krieg nur langsam diese ganzen blöden Gefühle bei dem Fall. Das ist keine reguläre Untersuchung. Da geht irgendwas ganz Unheimliches vor sich, und zwar nicht nur in der Kneipe hier.«

»Du spürst es also auch«, sagte Sidney Blackpool. Und das überraschte ihn. Otto war nicht der verlorene Vater eines verlorenen Sohns. Otto war bloß ein zweimal geschiedener Cop, der sechzehn Dienstjahre auf dem Buckel hatte und an der Midlife-Crisis und der Kaputtheit eines Polizisten litt. Otto war bloß ein hundsnormaler Großstadtcop.

Sie warteten eine Stunde und wollten gerade gehen, als Otto »Sidney!« sagte und seinen Partner packte, wie ein Streifencop einen Betrunkenen packt. »Das ist er!«

Der junge Mann war im Calvin-Klein-Santa-Monica-Boulevard-schicken-Marine-schwulen Phantasielook. Das heißt, sein weißes Baumwoll-T-Shirt war nicht bei Penny's gekauft. Die Jeans waren nicht von Levi Strauss. Die lederne Pilotenjacke stammte nicht aus den Beständen der US-Luftwaffe. Seine Frisur ähnelte dem Stiftenkopf eines Ledernacken, aber mit gefärbten Strähnen. Beide Cops hielten sofort hinter ihm nach dem Käufer der Phantasieklamotten Ausschau, aber der junge Mann war allein.

Der Junge wußte offenbar nicht, wen er treffen sollte, und hielt sich deutlich sichtbar in der Mitte der Bar auf, damit der Abgesandte des vergessenen guten Onkels mit der Rolex ihn ausmachen konnte.

Terry Kinsale sah auf seine Nicht-Rolex, dann blickte er sich nervös in der Bar um. Sidney Blackpool trat hinter ihn und sagte: »Grüß dich, Terry. Ich bin's, Sid.«

»Sid?« Er hatte karamelfarbenes Haar und enganliegende kleine Ohren. Er war größer als die Kriminalbeamten und wirkte so fit wie ein Tennisprofi. Es wäre sehr schwer für die beiden Cops, die ihre besten Jahre hinter sich hatten, mit dem Jungen in dessen Umgebung fertig zu werden, und beide wußten es.

»Phil hat mich gebeten, dir die Rolex zu geben, Terry.«

»Kennen wir uns?« fragte der Junge und musterte Sidney Blackpool.

»Erinnerst du dich nicht mehr, Terry?« sagte der Kriminalbeamte. »Das tut 'n bißchen weh.«

»Tut mir leid. Vielleicht sollt ich mich erinnern, aber...«

»Du warst mit Phil zusammen, als ich dich in seinem Haus in Palm Springs kennengelernt hab.«

»Phil...« Daran hatte Terry Kinsale ganz schön zu knakken. Er sah Sidney Blackpool hoffnungsvoll an.

»Das ist mein Freund Otto«, sagte der Kriminalbeamte, als sein Partner sich durch einen Haufen neuer Gäste wühlte, die so drängelten, daß es einem schier die Rippen brach.

»Grüß dich, Terry«, sagte Otto. »Ich hab schon viel von dir gehört. Warte nur, bis du die Rolex siehst. Sidney, gehen wir raus hier, außer die lassen demnächst die Sauerstoffmasken runter. Ich krieg kaum Luft.«

»Okay. Gehen wir, Terry.«

»Wohin?« fragte der Junge, aber er folgte ihnen. »Wo ist die Uhr?«

»Bei Phil. Der wohnt drüben beim Tennisclub. Weißt du das nicht mehr?«

»Ist er da?«

»Phil hat geheiratet«, sagte Otto.

»'n Mädchen?«

»Ja«, sagte Otto. »Dieser Phil ist 'ne ulkige Nummer. Er kann dich nicht mehr treffen, aber er wollte unbedingt, daß du zur Erinnerung an ihn was kriegst.«

»Klar, ich glaub, jetzt erinner ich mich wieder an Phil!« sagte der Junge und schlug sich an die Schläfe. »Tut mir leid, daß ich's vergessen hab. Ich bin nämlich gerade clean geworden. Ich war letztes Jahr ziemlich heavy auf Drogen.«

»Saufen ist schlimm genug, das kann ich dir sagen«, sagte Otto aufrichtig.

Der junge Mann wirkte enttäuscht, als er Sidney Blackpools Toyota sah. Phil und die Rolex ließen ihn offenbar auf einen reicheren Abgesandten mit neuen Aussichten hoffen.

Otto quetschte sich auf den Rücksitz und ließ Terry Kinsale vorne sitzen. Sidney Blackpool fuhr Richtung Palm Springs, denn er wußte nicht genau, wo das Police Department war, nur daß es sich in der Nähe des Flughafens befand.

Als der Kriminalbeamte einem Straßenschild zum Flughafen folgte, sagte der Junge: »He, hier geht's nicht zum Tennisclub! Du fährst falsch!«

Otto langte, seine Polizeimarke in der Linken, über die Vorderlehne. Mit der Rechten begann er ihn abzutasten. »Immer mit der Ruhe, Kleiner«, sagte er. »Wir sind Polizeibeamte aus Los Angeles und wollen mit dir reden.«

»Polizei! He, Moment mal!«

»Halt still, sonst schläfst du gleich 'n Weilchen«, sagte Otto und packte Terry Kinsale mit einem lockeren Würgegriff, während Sidney Blackpool beschleunigte, um jeden Gedanken ans Abhauen zu ersticken.

Sidney Blackpool half mit der rechten Hand, ihn abzutasten, und fuhr mit der linken.

»Was soll das?« sagte Terry Kinsale. »Was soll das?«

Sidney Blackpool fand das Polizeirevier ganz leicht. Er fuhr auf den Parkplatz, hielt an und stellte den Motor ab und die Scheinwerfer aus.

Otto sagte: »Sie haben das Recht zu schweigen. Alles, was Sie sagen, kann und wird gegen Sie verwendet...«

»He, das ist mir *egal*!« schrie der Junge. »Ich will wissen, was ich eigentlich getan haben soll!«

»Beruhig dich, Freundchen«, sagte Sidney Blackpool. »In 'n paar Minuten erzählen wir dir das alles.«

Otto nahm den Arm von Terry Kinsales Hals und setzte, die Hand auf der Türverriegelung, die Rechtsbelehrung fort. Terry Kinsale sackte mutlos zusammen.

Er antwortete auf alle vorgeschriebenen Fragen über verfassungsmäßige Rechte und Rechtsanwälte, dann sagte er: »Ich hab nichts zu verbergen, Sir. Ich will das bloß hinter mich bringen, egal was es ist. Ich wollt selber schon hierher zum Polizeirevier kommen, um mich als Hotelangestellter zu melden. Ich hab grad 'n Job als Page gekriegt. Ich nehm keine Drogen mehr, und ich hab 'ne neue Wohnung und 'n neuen Mitbewohner. Ich hab nichts zu verbergen.«

»Gehen wir rein, Sidney«, sagte Otto.

»Erst noch 'n paar Fragen«, sagte Sidney Blackpool. »Unterhalten wir uns 'n Moment. Sag mal, Terry, wann hast du Jack Watson kennengelernt?«

»Geht's um Jack? Wow!« sagte der Junge. »Ich hab schon gedacht, jemand, dem ich letztes Jahr Dope besorgt hab, wär 'n, na, Sie wissen schon, 'n Rauschgiftcop oder so was. Ich hab gedacht, darum ging's. Vielleicht so was wie 'n früherer Deal, wo ich jemand 'n paar Joints verkauft hab?«

Der Junge war so erleichtert, daß er ganz glücklich aussah, was beide Cops sehr unglücklich machte.

»Ich hätt die Polizei wegen Jack anrufen sollen, gleich als ich gehört hab, daß er umgekommen ist. Aber es ist kein Verbrechen, daß ich's nicht gemacht hab. Ich hab *überhaupt* nichts über seinen Tod gewußt. Ich war von allen am schockiertesten.«

»Wo hast du ihn kennengelernt?« fragte Otto.

»In 'ner Disco.«

»'ner Schwulendisco?«

»'ner Heterodisco. Ich bin nicht schwul.«

»Natürlich nicht«, sagte Otto.

»Nein, wirklich. Ich hab letztes Jahr Geld gebraucht. Ich hab getan, was ich mußte, um Geld zu machen. Aber schwul bin ich nicht.«

»Okay, du hast also Jack kennengelernt. Wie kam's dazu?«

»An der Bar ins Gespräch gekommen. Welche Mädchen gut aussehen, so was halt. Er war in meinem Alter. Netter Kerl. Collegetyp. Er hat mich an dem Abend nach Hause gefahren. Wir sind Freunde geworden.«

»Hat er mit dir Rauschgift genommen?« fragte Otto.

»Er war kein Junkie. Hat vielleicht 'n bißchen Gras geraucht.«

»Wie steht's mit Crystal?« fragte Sidney Blackpool.

»Jack nicht. Ich hab Crystal genommen, ich geb's zu. Hab's gesnifft. Ich hab's nicht geschossen.«

»Wo hast du's hergekriegt?«

»Hab da 'n Rocker oben in Mineral Springs gekannt. Heißt Bigfoot. Den hab ich angerufen, wenn ich Crystal wollte.«

»Wie lange hast du Jack gekannt?«

»Ungefähr sechs Monate. Bis er gestorben ist. Ich war geschockt, ungelogen.«

»Wie oft hast du ihn gesehen?«

»Ungefähr an zwei, drei Wochenenden pro Monat.«

»Jedesmal wenn er nach Palm Springs gekommen ist?«

»Ich denk schon.«

»Hast du je bei ihm zu Hause geschlafen?«

»Nein.«

»Hat er je bei dir zu Hause geschlafen?«

»Nicht die ganze Nacht. Nein.«

»Junge, Junge, hab ich Kopfweh«, sagte Otto. »Und ich kotz dir gleich auf deine schicke Jacke. Und außerdem kassier ich dich gleich wegen *Mordes* und laß die Cops von Palm Springs die Sache auseinanderklamüsern. Verscheißer uns bloß nicht! Du und Jack, ihr wart 'n Liebespaar, stimmt's?«

»Kein Liebespaar. Ich bin nicht schwul.«

»Ihr habt... zusammen Erfahrungen gemacht«, sagte Sidney Blackpool, der ihn mit der weichen Tour drankriegen wollte.

»Ich denk schon«, sagte der Junge.

»Hat er von seiner Verlobten gesprochen?«

»Er wollte nicht heiraten. Seine Familie hat ihn gedrängt. Sein Vater ist 'n ziemlich energischer Typ, hat er mir erzählt.«

»Wie sehr hat Jack dich gemocht?« fragte Otto.

Der Junge zögerte eine Sekunde, hörte auf, seine Hände anzustarren, wandte sich an Sidney Blackpool und sagte: »*Viel* mehr, als ich ihn gemocht hab. Mann, ich war damals total ausgerastet. Jack war 'n ernster Typ. Er hat so viele Probleme mit seinem Dad und seinen Heiratsplänen gehabt, daß... Ich hab gesehen, daß es mit Jack und mir nie was werden würde. Es hätt mir bloß 'n Haufen Ärger eingebracht, und ich wollt mich, na ja, nicht mit seinem Dad anlegen. Aber er... Jack hat mich *sehr* gemocht. Er hat mich dauernd vom College aus angerufen.« Dann unterdrückte der Junge ein Schluchzen und sagte: »Und ich hab ihn auch gemocht. Jack war 'n guter Freund. Ich hätt ihm nie was getan.«

»Erzähl uns von der Nacht, in der Jack umgebracht wurde«, sagte Sidney Blackpool.

»Von der Nacht, in der er umgebracht wurde?«

»Freundchen, ich komm mir gefährlicher vor als 'n Araber mit 'nem Laster voll Dynamit«, sagte Otto dem Jungen ins Ohr. »Meine... Geduld ist *am Ende*. Du warst in der Nacht in seinem Porsche!«

»Sie wissen davon?« sagte der Junge, und diesmal schluchzte er wirklich. »Deswegen bin ich aus Palm Springs abgehauen! Ich hab Angst gehabt, daß so was passiert. Ich war in seinem Auto, aber *er* nicht. Ich weiß nicht, was ihm in dem Canyon draußen passiert ist.«

»Warum hast du Jacks Auto gehabt?«

»Ich hab ihn angelogen. Er hat mir gesagt, sein Hausdiener wär in der Nacht verreist. Er wollte, daß ich die Nacht mit ihm verbringe.«

»Weiter, Terry«, drängte Sidney Blackpool.

»Ich bin zu ihm nach Hause rüber und hab ihm gesagt, ich müßte meine Schwester am Flughafen abholen. Ich hab ihm gesagt, sie wär ganz plötzlich in die Stadt gekommen und er müßte mir sein Auto leihen. Ich hab gesagt, ich würd sie zu 'nem Hotel bringen und dann zurückkommen und mit ihm... und, na ja, die Nacht bei ihm zu Hause verbringen. Er hat mir die Schlüssel für den Porsche gegeben. Hat mir gesagt, er würde warten. Ich hab ihn nie wiedergesehen.«

»Was hast *du* dann gemacht?« fragte Otto.

»Tja...«

»Erzähl weiter, Terry«, sagte Sidney Blackpool freundlich.

»Ich wollt mit dem Auto bei jemand angeben.«

»Bei wem?«

»Bei 'nem Typ, den ich kenne. Der war für zwei Tage

auf Urlaub in der Stadt. So ’n Mariner, den ich in ’ner... Schwulenbar kennengelernt hab. Den hab ich am meisten gemocht. Das war mein bester Freund. Wissen Sie was? Jetzt weiß ich nur noch, daß er Ken hieß. So bringt einen Crystal runter, wenn man soviel nimmt wie ich damals.«

»Und was habt ihr gemacht, du und Ken?«

»Wir wollten uns ’n bißchen Meth besorgen. Ich hab Bigfoot angerufen, aber es hat niemand abgenommen. Da bin ich einfach zu seinem Haus im Solitaire Canyon raufgefahren. Wir sind hingekommen, wie er grad von irgendwoher heimgekommen ist, und er hat gesagt, er hätt kein Crystal. Aber dann meinte er: ›Bleibt in eurem Auto unten am Ende von dem Schotterweg hocken und wartet.‹ Aber kurz danach ist der *andere* Rocker gekommen. Der schwarze Riesenkerl. Der hatte ’ne Schrotflinte! Er hat uns gesagt, wenn wir nicht Leine ziehen, knallt er uns ab und verfüttert uns an seine Hunde. Wir sind nur so abgezischt.«

»Weiter. Du machst das ganz prima«, sagte Otto.

»Weiter geht’s nicht. Das ist alles. Ich hab Ken zu mir nach Hause gefahren und das Auto zu Jack nach Hause gebracht. Er war nicht daheim, da hab ich’s vor dem Haus geparkt und die Schlüssel in sein Zimmer gelegt.«

»Wie, zum Teufel, hast du denn das fertiggekriegt?« fragte Otto.

»Ich hab die Hausschlüssel an seinem Schlüsselring gehabt. Er hat mir sogar gesagt, na ja, wenn ich zurückkomme, soll ich einfach reinkommen und...«

»Und was?«

»Und, tja... mich zum Schlafen fertig machen, weil er... schon im Bett sein würde. Bloß, daß er nicht *da* war. Und dann hab ich in der Garage nachgesehen, und das Auto von seinem Dad war weg. Dieser Rolls, von dem er ständig gesagt hat, er könnt ihn nicht leiden. Ich hab mir gedacht, er ist los und sucht mich.«

»Denk ganz genau nach«, sagte Sidney Blackpool. »Hat Jack gewußt, daß du manchmal oben im Solitaire Canyon Meth gekauft hast?«

»Da brauch ich nicht drüber nachzudenken. Er hat’s gewußt, weil er beim zweiten Mal, wo ich was besorgt hab, mit mir raufgefahren ist. Er hat mich mit seinem Porsche hingefahren.«

»Du hast doch gesagt, er wär nicht rauschgiftsüchtig gewesen.«

»War er auch nicht! Aber ich hab ihn gebeten, mich zu fahren. Ich hab ihm gesagt, wenn er mich bloß einmal hinfährt und mir das Geld für das Crystal leiht, würd ich in 'ne Entwöhnungsklinik gehen und clean werden und es nie wieder tun. Genau wie jeder Süchtige daherredet.«

»Und das war wie lange vor seinem Tod?«

»Vielleicht drei Wochen.«

»Hat er gewußt, daß du *nicht* clean geworden bist?« fragte Sidney Blackpool.

»Er hat's gewußt, aber er wollt's nicht wissen. Er hat so getan, als glaubte er mir. Es war *alles* Mache, wie wir miteinander umgegangen sind. Bloß Mache.«

»Moment mal«, sagte Otto.

»Sir?«

»Nichts. Erzähl weiter«, sagte Otto.

»Mehr gibt's nicht zu erzählen. Ich bin zu Fuß von Watsons Haus in Las Palmas zu der Schwulenbar gegangen, wo ich Ken abgesetzt hab. Und wir haben die Nacht zusammen verbracht. Ein paar Tage später hab ich das mit Jack in der Zeitung gelesen.«

»Und was hast du da gedacht?«

»Ich hab gedacht, er muß mich mit dem Rolls suchen gegangen sein, und vielleicht hat ihn irgend 'n Rocker abgeknallt und sein Auto in den Canyon gestürzt. Die haben alle Kanonen. Das sind alles verrückte, ausgeflippte Tiere!«

»Und trotzdem hast du nicht die Polizei von Palm Springs angerufen?« fragte Otto.

»Die haben angefangen, bei den Kobras rumzustochern, sobald die Entführungsgeschichte bekannt war! Und im Fernsehen haben sie 'n paar Tage nach Jacks Tod gesagt, das FBI würd sich aus dem Fall zurückziehen und die Rokker wären der sicherste Tip. Was hätt *ich* ihnen da noch groß erzählen können?«

gefunden wurde, der Polizei gemeldet. Ihr belastet euch gegenseitig. Und jetzt steig ein, ich fahr dich nach Hause.«

Der junge Mann ging niedergeschlagen zum Toyota, stieg ein und knallte die Tür zu. »Ich will die Belohnung, wenn diese Rocker irgendwas damit zu tun haben!« sagte er. »Ich will 'n neues Leben anfangen!«

»Wollen wir das nicht alle«, sagte Sidney Blackpool und ließ den Motor an.

Sie setzten Terry Kinsale ab und fuhren dann direkt zum Hotel, um Otto abzusetzen, der behauptete, er habe sich nicht mehr so mies gefühlt, seit seine zweite Frau das Haus und das Auto gekriegt hatte.

»Weck mich nicht, wenn du zurückkommst, Sidney«, sagte Otto. »Selbst falls sich herausstellt, daß Harry Brights Exfrau der Killer und Fiona Grout ihre Komplizin ist. Im Moment könnt ich das sogar glauben. Die Gegend hier ist noch bekloppter als Hollywood.«

»Es ist dieser Fall«, sagte Sidney Blackpool. »Dieser Fall ergibt auf *keiner* Ebene 'n Sinn.«

»Er hat sich nicht *selber* erschossen, Sidney«, sagte Otto. »Er hat vielleicht das heulende Elend gehabt, weil sein Freund ihn betrogen hat, aber er hat sich nicht selber erschossen. Du kennst den Einschußwinkel aus dem Bericht. Und er war Rechtshänder. Vergiß es, wenn du versuchen willst zu beweisen, daß er sich selber erschossen hat.«

»Ich weiß«, sagte Sidney Blackpool. »Damit bleiben uns Coy Brickman und Harry Bright.«

»Klar. Oder vielleicht war's 'n Tramper, den er mitgenommen hat, als er Terry nicht finden konnte. Und vielleicht hat sich der Tramper als Mr. Goodbar Junior rausgestellt, und *er* hat den Jungen erschossen und das Auto da oben verschwinden lassen und... Ich weiß nicht, Sidney, ich muß ins Bett. Laß mich raus.«

»Wird fürchterlich spät werden, bis ich zum Thunderbird komme«, sagte Sidney Blackpool. »Ich denk mir mal lieber 'ne Geschichte aus. Bis morgen dann.«

Als Otto wegging, drehte er sich plötzlich um und schrie: »Sidney! Warte mal. Fast hätt ich's vergessen. Mir ist 'ne Idee gekommen, als der Junge von Jack Watson erzählt hat. Vielleicht ist es 'ne blöde Idee, aber...«

»Raus damit.«

»Terry hat gesagt, er und Jack hätten sich gegenseitig was vorgemacht. Ihre Beziehung wär Mache gewesen.«

»Ja?«

»Als der Cop aus Mineral Springs vor Hitze völlig fertig war, hat er gedacht, der Song wär ›Pretend‹. Jetzt kommt er drauf, daß es ›I Believe‹ war. Ich hab mir gedacht, wenn man ›pretend‹ nimmt – also, die *Bedeutung* von ›pretend‹ – und das dann mit dem ›believe‹ zusammenbringt... Jedenfalls, jemand, der phantasiert, hätt auch diesen anderen alten Song hören können.«

»›Make Believe‹!«

»Ja.«

»Otto, ich hab dir doch gesagt, du wärst 'n erstklassiger Leichencop!«

»Vielleicht können wir den Song morgen spielen. Aber wenn ich jetzt drüber nachdenk, weiß ich nicht, ob's überhaupt was zu bedeuten hat.«

»Ich weiß es auch nicht, aber es ist das Beste, was ich heute gehört hab.«

»Freut mich wirklich, daß du dich freust. Gute Nacht, Sidney.«

»Schlaf gut, Otto.«

Er traf erst nach 21 Uhr beim Thunderbird Country Club ein. Er hielt am Torhäuschen an und sagte: »Ich bin Sam Benton. Mit Mrs. Decker zum Essen verabredet. Hat sie mich angemeldet?«

Die Wache notierte seinen Namen auf einem Klippbrett und sagte: »Ja, Sir. Wünsche wohl zu speisen.«

Er parkte und ging direkt in den Speisesaal. »Mrs. Dekker?« sagte die Hosteß. »Sie hat gesagt, sie würde in der Bar warten. Das ist einige Zeit her.«

Als nächstes ging er in die Bar, wo der Barkeeper sagte: »Ja, ich kenne Mrs. Decker. Sie war über eine Stunde hier. Tut mir leid, Sir.«

Fünf Minuten später fuhr er die Straßen des Thunderbird Country Club ab. Ihr Autokennzeichen hatte nicht auf Thunderbird Cove oder Thunderbird Heights gelautet, daher nahm er an, daß die Straße in der Nähe des Golfplatzes liegen mußte. Es gab nicht viele Straßen, und er fand ihre um 21 Uhr 15. Zwei Stunden nach der Verabredung zum Essen läutete er bei ihr und hoffte dabei, daß weder ein Mädchen noch eine Haushälterin zu Hause waren.

Die Tür ging auf. Sie war ein wenig überrascht und ziemlich betrunken. »Man hat mich schon 'ne ganze Weile nicht mehr versetzt. Ein sicheres Zeichen dafür, daß ich nachlasse. Wie haben Sie mein Haus gefunden?«

»Ich hab am Tor gefragt.«

»Die sollen die Adresse nicht nennen, ohne anzurufen.«

»Ich bin überzeugend. Bitte, kann ich hereinkommen?«

»Erst wenn ich Ihre Entschuldigung gehört hab. Ich brauch was zum Lachen.«

»Ich hab 'n Nickerchen gemacht. Ich hab keinen Weckruf bestellt, weil ich nicht geglaubt habe, daß ich überhaupt länger als eine Stunde schlafen könnte. Es ist die Wüstenluft. Ich schäme mich.«

»Das ist keine lustige Geschichte. Das klingt zu sehr nach der Wahrheit. Na, vielleicht das nächste Mal. Und jetzt muß ich den fremden Mann wohl bitten, gute Nacht zu sagen.«

»Ich bin nicht fremd. Ich kenne Sie seit Jahren.«

»Wir sind uns vor Jahren *begegnet*.«

»Bitte. Einen Drink. Ich komme mir schäbig vor.«

»Einen für Highway 111«, sagte sie, öffnete weit die Tür und machte zwei unsichere Schritte. »Ich hab für Sie meinen neuen Bolero-Anzug aus Leder getragen«, sagte sie. »Und jetzt haben Sie mich im Schlafanzug erwischt.«

Es war nicht direkt ein Schlafanzug. Es war ein in Italien gefertigtes und exklusiv in Beverly Hills verkauftes, platinfarbenes Nachthemd mit Peignoir. Es war knöchellang und unten und am Ausschnitt festoniert. Es war als Bekleidung zu wenig, wenn man Fremde empfing, aber das schien ihr egal zu sein. Er nahm an, daß er nicht der erste Mann war, dem sie so gegenübertrat, wenn ihr Mann verreist war. Vielleicht nicht einmal der erste in dieser Woche.

Das Hausinnere sah wie ein innenarchitektonisches Pauschalangebot im Wüstenstil aus. Sämtliche Sekundärfarben mit massenhaft Wüstenpastelltönen und glasgerahmte Graphiken, die nicht nach Sujet, sondern zwecks Hervorhebung der Stoff-, Teppich- und Tapetenfarben ausgesucht worden waren. Die Sorte Pauschalangebot, die sie mal eben für 100 000 Dollar abliefern. Nicht vornehm, aber für ein Zweithaus akzeptabel. Es waren alles Zweit- oder Dritt- oder Fünfthäuser für den Empfang von Gästen und ein lockeres Leben. Ein Mitglied eines Wüstengolfclubs, ein europäischer Industrieller, hatte einunddreißig Wohnsitze, deren jeder angeblich nach einer Eiscremesorte von Baskin-Robbins benannt war.

»Bedienen Sie sich«, sagte sie mit einer Handbewegung zur gutbestückten Bar, ehe sie zum Sofa wankte, wo ihr Wodka wartete, eine ganze Karaffe voll.

Er fand keinen Johnny Walker Black, aber es gab reichlich Cutty Sark. Er goß vier Finger breit ein, zögerte, goß noch etwas nach und ließ einen Eiswürfel hineinfallen.

»Das ist nicht die Amateurstunde, wie ich sehe«, sagte sie.

»Hab den ganzen Tag nichts getrunken.«

»Und jetzt wollen Sie alles auf einmal aufholen, wie?«

Sie nuschelte mittlerweile und schwankte sogar, während sie auf dem Sofa saß. Er würde nicht aufholen. Nicht bei ihr. Nicht heute nacht.

»Kann Ihnen gar nicht sagen, wie leid mir das mit dem Essen tut.«

»Sie haben mir's schon gesagt. Sie haben mir 'n Gefallen getan. Ich muß 'n paar Pfund abnehmen.«

»Nach meiner Schätzung nicht«, sagte er und pfiff sich kräftig Cutty ein. Für das hier mußte er ein bißchen betrunken werden, aber nicht *zu* betrunken.

»Also, worüber wollen wir reden? Die alten Zeiten an der South Bay? Haben Sie je im Unterbezirk Nord gearbeitet? Ich hab gewollt, daß Harry dort arbeitet. Aber dort war's ihm zu schick. La Jolla und das alles. Hat's als Nobeljob bezeichnet. Allerdings war Harry *kein* Nobelmensch.«

Darauf trank sie, schickte sich an, das Glas abzustellen, nahm dann aber noch einen Schluck.

»Wie hat Sie's hier raus in die Wüste verschlagen?« fragte er und dachte, er müßte die Musik leiser drehen. Es war der Oldie-Sender von Palm Springs.

»Mein Mann, dem gefällt's hier. Jedenfalls im Winter. Die Luft ist gut für Arthritis.«

»Ach so, ja«, sagte er und bemerkte, daß er das Zeug nur so runterschüttete. Durfte nicht schütten.

»Ich wette, Sie überlegen«, sagte sie und grinste über ihr Wodkaglas hinweg.

»Was?«

»Wie alt er ist. Er ist neunundzwanzig Jahre älter als ich. Und der Teufel soll mich holen, wenn ich Ihnen sage, wie alt *das* ist.«

»Sie sind alt, so wie Lee Remick alt ist«, sagte er.

»Ich frag mich, wer *der* ihre Schönheitschirurgie macht. Meine macht derselbe, der auch unsere erlauchte Nachbarin Betty Ford in der Mache gehabt hat.«

Ihre Besessenheit vom Alter ließ Sidney Blackpool seine Schätzung nach oben korrigieren. Sie war vielleicht fünfundvierzig. Da er sich wie sechzig fühlte, fragte er sich, wie alt *sie* sich fühlte.

»Also, worüber können wir noch reden?« Sie verfehlte den Onyxaschenbecher mit ihrer Zigarette.

»Es fällt mir schwer, mich wirklich einigermaßen an Harry zu erinnern«, sagte Sidney Blackpool. »Es ist erstaunlich, wie schnell man vergißt, wenn man ausscheidet.«

»Das ging mir genauso.«

»Haben Sie Ihren jetzigen Mann in San Diego kennengelernt?«

Sie nickte. »Beim Einkaufen in Fashion Valley. Nicht, daß die Frau eines Cops sich irgendwas besonders Schickes kaufen könnte. Mit Herb war's Liebe auf den ersten Blick. Ich hab seinen Maserati gesehen und mich verliebt.«

Ihre Augen hatten den Biß einer Peitsche. In dem Blick lag soviel Trotz, daß er annahm, sie werde in ihrem Leben möglicherweise ganz genauso von Schuld gequält wie er in seinem.

»Vor wieviel Jahren war das? Zwölf? Ich hab damals im Unterbezirk Süd gearbeitet, aber ich hab nicht gewußt, daß Harry geschieden worden ist. Hat wohl nicht rumgejammert wie die meisten Cops. Wie ich, als ich geschieden worden bin.«

»Würd Harry nie tun«, sagte sie. »Er ist nicht der Typ. Gießen Sie mir noch einen ein, ja? Bloß 'n Schlückchen.«

Er faßte das als Angebot auf, zu ihr aufs Sofa umzuziehen, also tat er es. Sein »Schlückchen« wurde zu einem Dreifachen, ehe sie »Das reicht« sagte.

Sie verfehlte erneut den Aschenbecher, und er trat ein glühendes Flöckchen aus, als er ihr den frischen Drink reichte.

»Irgendwann verbrenn ich mich noch mal, wenn ich nicht an Lungenkrebs sterbe«, sagte sie mit einer Miene, als wäre ihr das eine wie das andere piepegal.

»Sehen Sie Harry überhaupt nicht?« Sidney Blackpool sah total erstaunt, daß sein eigenes Glas leer war. Er ging zur Bar und goß sich noch einen Großen ein, um ruhige Hände zu bekommen.

»Mittlerweile nicht mehr. Und nie ohne Herb. Nicht seit dem Tag, an dem ich unser Haus in Chula Vista verlassen habe. Ich hab Harry einen Brief mit allen Plattheiten hinterlassen, die gar nichts erklären. Ich hab ihm das Sorgerecht für Danny eingeräumt, weil Herb zu alt für einen Heranwachsenden war. Aber ich hab Danny an jedem Feiertag und einen Monat in jedem Sommer gesehen. Einmal hab ich Danny nach Europa mitgenommen. Ich hab Danny ja sogar...« Sie hielt inne, seufzte, nahm einen Riesenschluck fünfundvierzigprozentigen Wodka und sagte: »Ich hab Harry überhaupt nicht mehr gesehen, seit wir unseren Sohn begraben haben.«

Er hielt die Augen auf seinen Scotch geheftet, während sie sprach. Er hatte eine Technik zur Befragung von Betrunkenen. Wenn der Betrunkene ungehemmt sprach, tat er nie, aber auch *niemals* etwas, was den Redefluß unterbrechen könnte. Und bei einem Betrunkenen konnte sogar Blickkontakt zu einem Stimmungswechsel führen, der den Redefluß austrocknete wie Wüstenwind.

»Ich hab mir überlegt, Harry zu besuchen«, begann Sidney Blackpool vorsichtig. »Sie haben doch gesagt, er wäre in einem Pflegeheim. Können Sie mir sagen...«

»Desert Star Nursing Home«, sagte sie. »Unten bei Indio. Ich wollte ihn in ein besseres Krankenhaus bringen lassen. Meinem Mann hat das natürlich zu schaffen gemacht, also hab ich's bleiben lassen. Aber ich schicke ihnen Geld, damit Harry ordentliche Pflege bekommt. Herb weiß nichts davon.«

»Ich verstehe. Tja, vielleicht ist es gar nicht so übel dort.«

»Doch«, sagte sie. »Ich war heute dort.«

»Tatsächlich?« sagte Sidney Blackpool. »Ich dachte, Sie sehen Harry schon seit Jahren nicht mehr.«

»Tu ich auch nicht. Ich halte mich auf dem laufenden, indem ich seinen alten Freund anrufe. Sie kennen ihn vielleicht. Coy Brickman. Er hat mit Harry bei der Polizei von San Diego gearbeitet. Kennen Sie Coy?«

»Coy?« sagte Sidney Blackpool. »Der ist auch hier draußen? Na so was. Ich hab ihn vor fünf, sechs Jahren aus den Augen verloren.«

Nun blickte er auf und sah, daß sie ein paar Tränen wegwischte. Es ging kein Eyeliner mit ab. Diese phantastischen Wimpern waren echt. Augen in der Farbe von Aprikosenmarmelade und Wimpern, an die man seinen Christbaumschmuck hängen könnte.

»Harry hat Coy einen Job bei der Polizei von Mineral Springs besorgt«, sagte sie. »Jetzt wo Harry... in diesem Zustand ist, ist Coy ein Gottesgeschenk. Ich weiß nicht, was ich ohne ihn täte.«

»Sie sind also heute zum Pflegeheim gefahren. Warum?«

»Coy hat gesagt, er will sich dort mit mir treffen, um mir über Harrys Prognose zu berichten. Die nicht gut ist.«

»Coy war schon immer 'n komischer Kerl«, sagte Sidney Blackpool, die Augen auf den Scotch gerichtet. »Er hätte Ihnen am Telefon sagen können, was Sie wissen müssen.«

»Er wollte etwas von Harrys Sachen. Er hat mich gebeten, eine Kassette mitzubringen, die Harry mir geschickt hat.«

»Eine Kassette?« Jetzt schaute er nicht mehr auf den Scotch.

»Von Harry, wie er singt.« Da lächelte sie. »Haben Sie Harry vielleicht mal bei einer von den Weihnachtspartys singen hören? Manchmal war's mir so peinlich, daß ich hätte heulen können.« Sie zeigte ihm das schiefe Grinsen, aber einmal mehr stiegen ihr Tränen auf. »Harry hat mir vor ungefähr zwei Jahren eine Kassette geschickt. Dann hat er geschrieben und sich wortreich entschuldigt. Hat gesagt, er wär betrunken gewesen, als er sie geschickt hat, und hoffe, ich fühlte mich nicht beleidigt. Und hoffe, mein Mann fühle sich nicht beleidigt.«

Der Kriminalbeamte sagte: »Trish, Sie machen mich neugierig. Was hat denn der gute Harry auf dem Band so gesungen?«

»Ach Gott!« sagte sie. »Die ganzen alten Songs eben, die er so geliebt hat. Er hat acht oder zehn von seinen Lieblingsliedern gespielt und gesungen. Mein Gott!«

Nun wurde er nervös. Sie war doch betrunkener, als er gedacht hatte. Sie könnte in Tränen ausbrechen. Mit einem einzigen, großen, ausgiebigen, betrunkenen Schluchzer könnte ihm alles entgehen.

»Also singt der alte Harry immer noch? Ich weiß noch, daß er ein Instrument gespielt hat. Was war das gleich...«

»Er hat Gitarre gespielt, als... als wir noch *jung* waren«, sagte sie. »Das heißt, er hat ein paar Akkorde gekonnt. Auf der Kassette hat er Ukulele gespielt.«

»Was Coy wohl mit der Kassette wollte?« meinte Sidney Blackpool nachdenklich.

»Hat gesagt, er will sie sich überspielen. Hat gesagt, er

würd sie in einer Woche zurückgeben. Können wir jetzt aufhören, über Harry zu reden? Ich werd allmählich müde und...«

»Tut mir leid«, sagte er. »Und tut mir leid, daß Sie sie ihm gegeben haben. Die Kassette. Ich wollte Sie gerade fragen, ob ich sie hören kann. Um der alten Zeiten willen.«

»Ich glaub nicht, daß das geht.«

»Sie, äh, haben sie Coy also *nicht* gegeben?«

»Hab ihm gesagt, ich hätt sie weggeworfen. Ich hab sie dabeigehabt, aber beschlossen, daß ich sie ihn nicht hören lassen kann. Harry hat sie für *mich* aufgenommen. Es war etwas Persönliches. Es kam einem letzten Liebesbrief so nahe, wie Harry sich nur getraut hat.«

Und das gab den Ausschlag. Sie verschüttete ihren Drink und begann zu schluchzen. Es fing leise an, aber gleich darauf bebten ihre Schultern. Schließlich warf sie sich aufs Sofa und weinte. Sidney Blackpool trank seinen Scotch und sah zu. Dann stand er auf und ging ins Badezimmer, wo er eine Schachtel Papiertücher fand. Er kam zum Sofa zurück und gab ihr eine Handvoll. Er tätschelte ihr den Rücken, während sie sich zu beruhigen versuchte.

»Mein Gott, bin ich betrunken!« sagte sie. »Scheiße noch mal, wie konnt ich mich nur so...«

»Ruhig, Trish«, sagte er und rieb ihr Rücken und Schultern. »Schon gut. Alles ist gut.«

Sie setzte sich auf und wischte sich die Augen, aber er hörte nicht auf, ihren Körper zu streicheln.

»Ich werd allmählich müde«, sagte sie.

»Aber ja.« Er war jetzt ganz sicher, daß sie zu ihrer Zeit *haufenweise* männliche Besucher gehabt hatte. Der einzige Unterschied war, daß die anderen nicht von Harry Bright redeten und sie zum Weinen brachten.

Aber er war sich nicht sicher, ob er's schaffte. Nach Tommys Tod hatte er das Interesse an Sex fast verloren. Pflichterfüllung, dachte er zynisch. Black Sid meldet Harry Bright in jeder Beziehung ab.

Er beugte sich vor und küßte sie. Er ließ seine Hand in den Morgenmantel gleiten. Es war so einfach, daß er *weni-*

ger sicher wurde, es zu schaffen. Er dachte an seine Exfrau, Lorie. Was immer sie war, wie sehr er sie am Ende auch verachtete, sie konnte stets seine Leidenschaft erregen, jede Art von Leidenschaft, die meisten destruktiv. Die Frau hier ähnelte ihr in mancher Hinsicht durchaus, außer daß sie verletzlich war. Aber vielleicht war Lorie mittlerweile noch verletzlicher. Jetzt, wo Tommy tot war, war Lorie vielleicht wie diese Frau.

Er trug sie zum Bett. Ohne ein Wort zog er sich aus und streifte ihr den Morgenmantel ab. Ihre Haut war perlig, nicht jung, nicht alt. Er machte sich die ganze Zeit vor, sie sei Lorie. Sie weinte die ganze Zeit. Er hoffte, daß sie ihn nicht haßte. Er küßte und streichelte sie vorher und hinterher und versuchte, sich nicht wie der elende Scheißkerl vorzukommen, der er war.

Danach lag er auf der Seite und streichelte sie. Sie wandte ihm nun den Rücken zu. Er wurde sich des Radios bewußt, als sie sagte: »Bei dem Lied muß ich immer an Harry denken.«

»The way your smile just beams,
The way you sing off-key,
The way you haunt my dreams,
No, no, they can't take that away from me.«

»Harry hat den Job in Mineral Springs angenommen, als Danny starb«, sagte sie. »Danny hatte gerade am Cal angefangen. Danny war gescheit. Und er hatte ein Football-Stipendium.«

»Ja.« Sidney Blackpool fuhr fort, sie zu streicheln. »Ja.«

»Ich hab gewußt, daß Harry den Job in Mineral Springs angenommen hat, damit er zumindest in meiner Nähe leben kann. Obwohl er niemals... niemals hoffen konnte, mich zu sehen. Ich hab gewußt, er hat sich irgendwelche verrückten Hoffnungen gemacht, daß... daß ich eines Tages vielleicht... all das hier aufgeben würde. Harry war so ein gottverdammter Idiot!« schluchzte sie.

»Ja«, sagte Sidney Blackpool.

»Nachdem... nachdem wir unseren Sohn begraben hatten, hab ich Harry nie wiedergesehen. Es bestand keine

Notwendigkeit dazu. Dieses Leben war... es war unwiederbringlich. Weißt du, was das heißt? Unwiederbringlich. Weißt du, wie lang es dauert, dieses Wort zu verstehen?«

»Ja«, sagte Sidney Blackpool. »Ja.«

»Und dann hat letzten März Coy Brickman angerufen und mir von Harrys Schlaganfall erzählt. Und später hat er noch mal angerufen und gesagt, es wäre zu einem Infarkt gekommen. Und von Zeit zu Zeit ruft er an, um das Neueste von Harrys Zustand zu berichten. Und die ganze Zeit hab ich Harry nie besucht. Nicht einmal. Weil es nach Dannys Tod... unwiederbringlich war. Und... und eines Tages hab ich Coy gefragt, ich hab ihn gefragt, *warum* er mich ständig anruft, obwohl ich Harry nie besuche. Und er hat gesagt, weil er wüßte, daß Harry es so *wollte*. Und... und er hat gesagt, er hoffe, ich würde Harry *nie* sehen, nicht in dem Zustand, in dem er jetzt ist. Er hat gesagt, er wüßte, daß Harry das nicht wollte. Er hat gesagt, daß...«

Sie schluchzte erneut. Er fragte sich, ob es das Lied war. Fred Astaire sang: »It's so easy to remember, but so hard to forget« – es ist so leicht, sich zu erinnern, aber so schwer zu vergessen.

»Du erinnerst dich doch«, sagte sie, »wie... wie er war. So ein großer, starker, glücklicher...«

»Still«, sagte Sidney Blackpool. »Still jetzt. Versuch zu schlafen, Trish.«

»So heiß ich nicht«, sagte sie, und es waren die letzten Worte, die sie je zu Sidney Blackpool sagte. »So nennen *wir* mich jetzt. Herb und alle meine... jetzigen Freunde. Als Harry Bright mein Mann war, war ich Patsy. Ich war einfach die gute alte Patsy Bright.«

»Still jetzt, Patsy Bright«, sagte er, immer noch ihre Schultern, ihren Nacken und ihren Rücken streichelnd.

Dann war sie soweit und versank in tiefen Wodkaschlummer. Er mußte nicht einmal leise sein oder auf Zehenspitzen gehen. Er stieg aus dem Bett, zog sich rasch an und begann dann zu suchen: nach der Kassette. Sie würde sie nicht bei der Stereoanlage aufbewahren, nicht wo ihr Mann sie finden könnte. Sie gehörte ihr, war ihre persönliche Verbindung zu Harry Bright und zu dem Sohn, den sie dort zurückgelassen hatte.

Er durchwühlte ihre Kommode und ihren begehbaren Wandschrank, der mindestens fünfzig Paar Schuhe enthielt. Er ging zurück ins Wohnzimmer und machte die in einem Kabinettschrank bei der Bar verborgene, hochmoderne Hifi-Anlage ausfindig. Dort befand sich eine Mischung von Platten und Kassetten, alle mit einem Firmenlabel. Es gab keine selbst aufgenommene Kassette, die sie beim Gerät zurückgelassen haben mochte, da ihr Mann verreist war. Dann fiel es ihm ein: das Auto.

Sidney Blackpool ging durch die Küche hinaus in die angebaute Garage. Er fand einen viertürigen Chrysler und ihren Mercedes 450 SL. Herb war dem Maserati offenbar entwachsen. Er öffnete die Beifahrertür des Mercedes und dann das Handschuhfach. Es war voller Kassetten, alle bis auf eine mit Firmenlabel. Diese Kassette steckte er in die Tasche, ging wieder hinein und machte sämtliche Lichter aus. Er ließ die Eingangstür ins Schloß fallen, als er ging.

Seine Hände zitterten, als er sie in seinen Auto-Kassettenrecorder einlegte. Er ließ den Motor an, drückte die Play-Taste und lauschte, während er wegfuhr, Harry Bright.

O. A. Jones hatte unrecht. Harry Bright klang nicht wie Rudy Vallee. Seine Stimme war dünner, zittriger, eher ein Tenor. Und mit der Ukulelebegleitung klang er wie ein Sänger von früher. Harry Bright sang »Where or When«. Danach sang er »I'll Be Seeing You«.

Für seine letzte Nummer räusperte sich Harry Bright und schlug einen falschen Akkord an, bevor er begann. Dann schrummte er vor sich hin, bis er den richtigen Ton fand, und sang »We'll Be Together Again«.

Sidney Blackpool dachte an Trish Decker, geborene Patsy Bright, wie sie in ihrem Bett weinte. Harry Bright sang: »I'll find you in the morning sun and when the night is new, I'll be looking at the moon but I'll be seeing you.«

Das war das Ende des Medleys. Er ließ das Band vorlaufen. Er drückte erneut die Play-Taste, aber da war nichts.

Er drehte die Kassette um. Auf der anderen Seite war überhaupt nichts. Harry Bright hatte »Make Believe« nicht aufgenommen. Nicht auf diese Kassette.

Er drehte sie um und spielte Harry Brights Lieder noch einmal. Eine Nummer auf der Kassette hatte Harry Bright mit einer Widmung versehen. Seine Sprechstimme klang eine Oktave tiefer als seine Singstimme. Harry Bright sagte: »Dieses Lied ist für Patsy.« Dann schrummte er eine Einleitung und begann: »I'll Be Seeing You«.

Während Harry Bright sang, dachte Sidney Blackpool erneut an Patsy Bright. Bis zum Refrain, als Harry Bright sang:

»A park across the way, the children's carousel,
The chestnut tree, the wishing well.«

Da dachte Sidney Blackpool über den Jungen nach, den er nie gesehen hatte. Er dachte über Danny Bright nach. Dann dachte er sowohl an Patsy Bright als auch an Danny, als Harry Bright den letzten Refrain sang:

»I'll find you in the morning sun
and when the night is new,
I'll be looking at the moon but I'll be seeing you.«

Sidney Blackpool ertappte sich dabei, wie er nach der Wut forschte. Er *wollte* den Zorn. Es war immer so leicht, ihn zu finden. Ja, es war oft unmöglich, ihm zu entgehen. Und wo war er jetzt, wo er ihn brauchte? Er ertappte sich dabei, daß er zu weinen anfing, und konnte nicht sagen, um wen. Er bekam sich unter Kontrolle, unmittelbar bevor er beim Hotel ankam.

16. Kapitel

Mit den Augen der Liebe

Es war die bislang unruhigste Nacht. Er glaubte nicht, daß er geträumt hatte, weil er nicht glaubte, lang genug geschlafen zu haben. Sidney Blackpool stand im Morgengrauen auf, erschöpft. Ihm war zu übel, um etwas zu essen, aber er brachte drei Tassen Kaffee vom Zimmerservice hinunter. Er rief bei der Polizei von Palm Springs an und verstellte die Stimme, als die Anämische Annie abnahm. Er erreichte Officer O. A. Jones, kurz bevor der Surfercop auf Streife gehen sollte. Der Kriminalbeamte sagte: »Hier ist Blackpool. Gehen Sie in ein Musikgeschäft oder rufen Sie einen Radiosender an. Hören Sie sich ein altes Lied namens ›Make Believe‹ an. Tun Sie das heute für mich. Und sagen Sie keiner Menschenseele was davon. Ich melde mich wieder.«

Wie üblich schlief Otto, bis er geweckt wurde. Als er geduscht und sich rasiert hatte, kam er ins Wohnzimmer und sagte: »Sidney, ich glaub, noch 'nem Tag auf dem Golfplatz bin ich nicht gewachsen. Das hält mein Kopf nicht aus. Außer wo Fiona auf mir rumgehauen hat, fühl ich mich körperlich okay, aber mein Gehirn hat lauter blaue Flecken. Ich hab gestern Stunk gemacht. Ich bin kein Country-Club-Material.«

»Wir spielen heute nicht Golf.«

»Ich nehme an, wir fahren nach Mineral Springs.«

»M-hm«, sagte Sidney Blackpool. »Wir sind mit unserer Weisheit am Ende. Ich glaub, heute führen wir ein Privatgespräch mit Paco Pedroza und vielleicht mit Coy Brickman.«

»Und außerdem mit der Polizei von Palm Springs, um sie in unsere vergnügte Woche einzuweihen?«

»Vielleicht besuchen wir sogar Harry Bright. Mal sehen, in welchem Zustand er wirklich ist.«

»Wie ging's dir mit seiner Frau?«

»Seiner *Ex*frau. Ich hab 'ne Kassette von Harry Bright abgestaubt, auf der er 'ne Uke spielt und alte Lieder singt.«

»Und?«

»›Make Believe‹ ist nicht drauf. Es muß noch eine geben. Coy Brickman hat sie angerufen und gefragt, ob er sie ausleihen kann. Er macht sich langsam Sorgen, daß O. A. Jones draufkommen könnte. Wir kriegen ihn, Otto.«

»Und Harry Bright?«

»Der muß auch irgendwie mit drinhängen. Einer von den beiden Sergeanten ist zu dem brennenden Auto zurückgekehrt.«

»In was mit drinhängen?«

»Ich *weiß* nicht, in was. Sie haben ihn umgebracht. Oder einer hat ihn umgebracht, und der andere ist mitschuldig. Oder die ganze verdammte Stadt hängt mit drin.«

»Aber warum?«

»Ich *weiß* nicht. Vielleicht kriegen wir's heute raus.«

»Kann ich zuerst frühstücken?«

»Hau ruhig rein. Heute ist der letzte Arbeitstag, so oder so. Wir sind mit unsrer Weisheit am Ende.«

»Gott sei Dank«, sagte Otto. »Ich will mich bloß einen Nachmittag an den Pool legen, und dann will ich heimfahren. Ich werd allmählich so verrückt, daß ich anfange, die ganzen Monster auf dem Hollywood Boulevard zu vermissen.«

»Ich seh wirklich keinen Grund, warum wir das heute nicht machen können«, sagte Sidney Blackpool.

»Uns an den Pool legen? In der Mineralquelle baden?«

»Tun wir's doch«, sagte Sidney Blackpool. »Um dir die Wahrheit zu sagen, ich muß mich entspannen und nachdenken. Ich hab bei jedem einzelnen Schritt 'n Drink in der Hand gebraucht, und das ist nicht gut.«

»Hast du seine Frau flachgelegt, Sidney?« fragte Otto. »Harry Brights Frau?«

»Seine *Ex*frau.«
»Alles klar.«
»Was macht das schon aus, so oder so?«
»Ich weiß nicht, Sidney«, sagte Otto. »Der ganze Fall stinkt wie 'ne verkohlte Leiche. Ich wollte bloß, du hättest Harry Brights Frau nicht flachgelegt.«
»*Ex*frau, verflucht noch mal!«
»Gehen wir schwimmen«, sagte Otto.

Es war gar kein so schlechter Tag. Alles in allem war es wahrscheinlich der beste ihres Wüstenurlaubs. Sidney Blackpool schlief in einem Liegestuhl am Pool, und als die Sonne zu heiß wurde, verzog er sich unter einen Sonnenschirm und schlief weiter. Otto bekam einen leichten Sonnenbrand, amüsierte sich jedoch prächtig damit, Bauchplatscher zu machen und wie ein Tümmler zu quieken, was ein paar geschiedene Telefonistinnen aus Van Nuys kitzelte. Er fand sie süß und machte sich nicht einmal was daraus, daß sie nicht reich waren. Er spendierte ihnen sogar Drinks und verabredete sich bis auf weiteres mit beiden auf acht Uhr abends im Hotelspeisesaal.

Otto bekam seinen Kopf langsam wieder in die Reihe. Nie hatten die Berge für ihn schöner ausgesehen. Der Himmel war von flauschigen weißen Wolken getupft, die den Gipfel über der Bahn zu überfliegen schienen, während sie in der Wüstenbrise vorüberjagten. Die Shadow Mountains schimmerten in funkelndem Licht. Wider bessere Einsicht machte er die Telefonistinnen mit Pina Coladas und Mai Tais bekannt und zahlte ihren Lunch am Pool. Er hoffte, daß sein Partner den ganzen Nachmittag verschlafen würde.

Um drei Uhr wachte Sidney Blackpool auf, schwamm ein paar Längen im Hotelpool, sah zu Otto hin und machte sich auf den Weg zum Zimmer.

»Das ist mein Geschäftspartner, Mädels«, sagte Otto.

»Du versetzt uns heute abend doch nicht, oder, Otto?« fragte die ältere.

»Wenn ich heute abend nicht auftauche, hat mich vielleicht jemand ermordet«, sagte Otto, und die Mädels giggelten wie verrückt und nuckelten an der Pina Colada.

Um vier Uhr waren sie auf halbem Wege nach Mineral Springs. »Was hat Chief Pedroza zu dem Treffen gesagt?« fragte Otto und brach damit das Schweigen.

»Nichts. Bloß okay.«

»Was hat er gesagt, als du gesagt hast, es wär vertraulich und privat?«

»Das gleiche.«

»Was hast *du* gesagt, als er gesagt hat, er würd sich gern unten auf dem Picknickgelände in der Oase mit uns treffen? Hast du gefragt, ob wir den Kartoffelsalat mitbringen sollen?«

»Ich hab okay gesagt. Einfach okay. Das hier ist 'ne Kleinstadt. Er weiß, daß wir rumgeschnüffelt haben. Vielleicht kriegt er allmählich das Gefühl, wir sind auf was gestoßen. Vielleicht kriegt er sogar das Gefühl, daß Coy Brickman aus dem einen oder anderen Grund nervös wird.«

»Vielleicht wird er sogar selber nervös, Sidney«, sagte Otto. »Was auch vorgeht, *er* könnte dazu gehören.«

»Daran hab ich auch gedacht«, sagte Sidney Blackpool. »Wir werden *alle* nervös.«

»Wir sind 'n ganzes Ende von Hollywood weg, Sidney. In vieler Beziehung. Wir treffen uns nach Einbruch der Dunkelheit auf 'nem verlassenen Picknickgelände mit 'nem Wüstencop, womit das Ganze bloß 'n kleines bißchen weniger riskant wäre als 'n Picknick im Central Park. Und vielleicht weiß er 'ne ganze Menge über Jack Watsons Tod. Und wir haben zusammen noch nicht mal 'ne Zwille, und kein Mensch auf der ganzen beschissenen Welt weiß, wo wir sind. Wir könnten die nächsten sein, die man in 'nem verbrannten Auto im Solitaire Canyon findet. Sag mir, daß du an all das gedacht hast.«

»Ich hab an all das gedacht.«

»Sag mir, warum wir uns da draußen mit ihm treffen.«

»Er hat drauf bestanden. Hat gesagt, dort würd uns keiner sehen.«

»Sag mir, daß du kein bißchen Schiß hast«, sagte Otto. »Daß Coy Brickman oder *sonstwer* dir die Rübe wegpustet.«

Wie konnte er es Otto sagen? Er hatte *wirklich* keine Angst mehr. Tommy hatte es geschafft. Er konnte es schaffen. Wie konnte er Otto so etwas erzählen? Sidney Blackpool schwieg.

»Scheiße«, sagte Otto und sprach für den Rest der Fahrt nach Mineral Springs kein Wort mehr.

Paco war nicht da. Sie parkten hinten, jenseits der Dattelpalmen, hinten, wo das Picknickgelände sich zu den Ausläufern der Berge hin einsenkte und windgeschützt war. Der Nachtwind war früh gekommen. Aber noch stöhnte der Wind nicht, er wisperte bloß. Irgendwie wirkte der wispernde Wind noch unheimlicher als der stöhnende. Sie sahen Staubteufeln weiter weg im Canyon zu. Die Wüstenderwische rannten und wirbelten, wechselten nach einer plötzlichen Bö unversehens die Richtung oder zerstoben in einem Sandschauer, wenn Gegenströmungen aufeinanderprallten. Je länger sie dasaßen und nach Paco Ausschau hielten, desto länger wurden die Schatten und desto übler kam ihnen folgender Gedanke vor: hier draußen auf Cops mit möglichen Mordabsichten zu warten. Unbewaffnet.

»Wir hätten bei 'nem Waffengeschäft anhalten und uns 'ne Scheißknarre kaufen sollen«, sagte Otto. »Wir hätten uns bei der Polizei von Palm Springs 'ne Kanone ausleihen sollen. Das hier ist wie Schnorcheln in Australien mit 'ner Tasche voll Hamburgern!«

»Laß deine Phantasie nicht mit dir durchgehen«, sagte Sidney Blackpool. »Paco ist kein Mörder.«

»Aber vielleicht einer von seinen guten Kumpels. Coy Brickman hat vielleicht grad beschlossen, zum erstenmal in diesem Jahr ’n Auge zuzukneifen. Um am Lauf von ’ner Kanone entlangzuvisieren und uns wegzupusten.«

»Vielleicht. Aber wir müssen Paco vertrauen. Irgend jemand müssen wir vertrauen.«

»Warum? Das hast du doch noch nie gemacht.«

»Es ist die einzige Chance, ihn zu knacken. Diesen gottverdammten Fall! Es ist unsere einzige Chance.«

»Willst du den Job so sehr, Sidney? Den Job bei Watson? So sehr willst du aus allem raus?«

»Ich will ihn mehr als *alles andere*«, sagte Sidney Blackpool.

»Mehr als dein Leben, stellt sich vielleicht raus«, sagte Otto.

Er kam dreißig Minuten zu spät. In den Bergausläufern der Wüste rückten die Schatten merklich vor. Ein letzter Lichtsäbel schlitzte über die Berge, dann herrschte Dunkelheit. Er mußte seine Scheinwerfer benutzen, als er in das Picknickgelände einfuhr. Sidney Blackpool machte seine Scheinwerfer an und wieder aus. Paco fuhr einen Streifenwagen der Polizei von Mineral Springs. Er parkte neben ihnen und winkte sie zu sich.

Sidney Blackpool stieg vorn neben Paco ein. Otto Stringer stand einfach neben dem Auto auf der Beifahrerseite und betrachtete die Schrotflinte in dem Gestell. Er konnte nicht erkennen, ob Paco unter seinem Hawaiihemd eine Handfeuerwaffe trug.

»Wie finden Sie’s hier, wo Sie doch ungestört sein wollten?« sagte Paco Pedroza. Weder zwinkerte er mit den Augen, noch war seine Stimme schalkhaft. Diesmal nicht.

»Wir haben ’ne Menge Arbeit am Fall Watson geleistet«, sagte Sidney Blackpool. Otto suchte den Kamm nach einem Schimmer von Zwielicht auf einem Gewehrlauf ab, aber es gab fast überhaupt kein Licht.

»Das hier ist ’ne echte Kleinstadt«, sagte Paco. »Ich weiß, Sie haben sich im Eleven Ninety-nine umgetan und oben im Solitaire Canyon und drüben bei Zitter-Jim. Ich hab sogar ’n Gerücht mitgekriegt, Sie hätten sich neulich ’n bißchen mit O.A. Jones unterhalten.«

»Hat er Ihnen das gesagt?«

»Nein, ich hab ihn nicht gefragt. Ich hab mir gedacht, wenn ich’s wissen müßte, würd er’s mir erzählen. Ich vertraue meinen Leuten nämlich. Restlos.«

Und das machte Otto *sehr* nervös. Paco klang nicht wie der joviale Kleinstadtcop. Überhaupt nicht.

»Wir haben nicht gewußt, wem wir vertrauen können«, sagte Sidney Blackpool. »Tut mir leid, wenn wir unsere Befugnisse überschritten haben.«

»Das haben Sie«, sagte Paco. »Wenn die Situation umgekehrt wäre, wär ich zu Ihnen gekommen und hätte die Karten auf den Tisch gelegt.«

»Aber es könnte einen Ihrer Leute betreffen. Oder mehr.«

»Um so mehr Grund, mir davon zu erzählen. Ich finde, Sie wären mir soviel kollegiale Höflichkeit schuldig gewesen. Aber das steht auf ’nem anderen Blatt. Also, dann lassen Sie mal hören, wenn Sie bereit sind, es auszuspucken.«

»Es könnte ’n paar Stunden von Ihrer Zeit in Anspruch nehmen, Chief«, sagte Sidney Blackpool. »Aber zusammengefaßt sieht es so aus, daß wir eine im Solitaire Canyon gefundene, seltene Ukulele zurückverfolgt haben. Zurück zu Coy Brickman und Harry Bright. Brickman hat sie gekauft, vielleicht als Geschenk für Harry Bright, und Harry Bright hat zu seinem Vergnügen Songs auf Kassette aufgenommen.«

»Ich hab die Uke gesehen«, sagte Paco. »Bernice Suggs hat ihrem Alten damit auf den Kürbis geklopft. Ist wirklich rumgekommen, die alte Uke.«

»Coy Brickman hat nichts davon erfahren, oder?« warf Otto ein.

»Er war an dem Tag nicht da. Ich hab nichts davon gesagt.«

»Da bin ich aber erleichtert«, sagte Sidney Blackpool. »Dann weiß er nicht, daß wir dicht dran sind.«

»An was?«

»Zu beweisen, daß Coy Brickman und/oder Harry Bright etwas mit der Ermordung von Jack Watson zu tun haben.«

»Und warum, zum Teufel, sollten Coy Brickman oder Harry Bright den jungen Watson umbringen, können Sie mir das verraten?« Paco Pedrozas Stimme klang gereizt.

»Ich weiß es nicht, Chief«, sagte Sidney Blackpool. »Ich gäb 'ne ganze Menge, um das rauszukriegen. Aber ich glaube, daß einer von Ihren Sergeanten oder beide zum Fundort des verbrannten Autos zurückgekehrt sind, kurz bevor O. A. Jones an dem bewußten Tag letztes Jahr gefunden wurde. Es war Harry Bright, den O.A. Jones hat singen hören. Das heißt, es war Harry Brights Stimme auf einem Auto-Kassettenrecorder.«

»Na, das ist wirklich interessant«, sagte Paco. »Aber Sie haben 'n paar Probleme. Zunächst mal hatte Harry Bright an dem Tag dienstfrei und war zu Hause, also ist er nicht im Solitaire Canyon rumgefahren, als der Hubschrauber Jones gefunden hat.«

»Woher wissen Sie das?«

»Ich bin persönlich zu seinem Wohnwagen rübergefahren, um seinen allradgetriebenen Kleinlaster auszuleihen. Wir haben jedes geländegängige Fahrzeug gebraucht, das wir nur auftreiben konnten, als wir diesen bescheuerten Surfercop gesucht haben.«

»Ist in dem Kleinlaster 'n Kassettenrecorder?«

»Ich denk schon«, sagte Paco. »Harry hat Musik gemocht. Ich hab gewußt, daß er 'n bißchen singt. Ich hab nicht gewußt, daß Coy ihm 'ne Uke gekauft hat, aber überraschen tut's mich nicht.«

»Was haben Sie mit Harry Brights Kleinlaster gemacht?«

»Ich hab einen von meinen Jungs damit in der Wüste rumfahren und nach dem Streifenwagen von diesem Blödmann suchen lassen.«

»Wer hat den Laster benutzt?«

Paco verlor ein bißchen von seiner Ungeduld und fing an, sich den Mund zu reiben. Dann sagte er, die Hand immer noch an der Lippe: »Es *könnte* Coy Brickman gewesen sein. Ich kann's nicht genau sagen. An dem Tag hab ich Jungs in der ganzen bescheuerten Gegend rumgeschickt. Aber was beweist das schon?«

»Jetzt *weiß* ich, daß es Coy Brickman war!« sagte Sidney Blackpool. »Es beweist, daß er direkt zu der Stelle gefahren ist, wo der Rolls zwischen den Tamarisken versteckt war. Er ist zurückgekommen und hat nicht das *geringste* über den Rolls berichtet.«

»Vielleicht hat er ihn nicht gesehen.«

»Er hat genau *dort* parken müssen. Ich glaube, O. A. Jones wird Harry Brights Kassette hören und sagen, daß *das* die Stimme ist, die er an dem Tag gehört hat.«

»Ist das 'n Beweis für Mord?« sagte Paco. »Heutzutage braucht's in L.A. ja nicht allzuviel Beweise.«

»Es gibt noch mehr«, sagte Sidney Blackpool. »Der Boß von den Kobras, Billy Hightower, der hat Harry Bright persönlich gesagt, daß er Jack Watsons guten Kumpel, 'n Kerl namens Terry Kinsale, in Watsons Porsche oben im Solitaire Canyon gesehen hat. Der hat in der Mordnacht versucht, Stoff zu kaufen. Hat Harry Bright das Ihnen gegenüber je erwähnt?«

»Nein.«

»Der Polizei von Palm Springs gegenüber hat er's auch nicht erwähnt. Er hat's *niemand* gegenüber erwähnt. Vielleicht 'ne Gedächtnislücke?«

»Er muß eine Erklärung geben«, sagte Paco. »Vielleicht *hat* er ja jemanden bei der Polizei von Palm Springs verständigt, und die haben die Information verschlampt. Wir könnten das klären, wenn wir mit Harry Bright reden könnten.« Dann brütete Paco einen Moment darüber nach und sagte: »Haben Sie das weiterverfolgt? Diesen speziellen Hinweis?«

»Ja«, sagte Sidney Blackpool. »Es hat nichts gebracht. Terry weiß nichts. Aber das Entscheidende ist, Harry Bright hat den Tip *nicht* weitergegeben. Ich glaube, Harry Bright wollte sie weiter in dem Glauben lassen, Watson wäre von Kidnappern und Rockern oder ganz gewöhnlichen, opportunistischen Gangstern umgebracht worden.

Ich glaube, Coy Brickman und Harry Bright wollten nicht, daß der Polizei von Palm Springs die Ganoven ausgehen und sie sich auf die Suche macht nach...«

»Nach was?«

»Nach Ihren Sergeanten.«

»Warum? Warum sollten Coy Brickman oder Harry Bright den Jungen kaltmachen? Nennen Sie mir *irgendein* Motiv!«

»Ich weiß es nicht.«

Paco Pedroza seufzte entnervt und sagte: »So kommen wir nicht weiter. Also, was wollen Sie jetzt von mir?«

»Ich will O. A. Jones eine Kassette vorspielen. Wenn es die Singstimme ist, die er an dem Tag gehört hat, will ich die Polizei von Palm Springs anrufen und feststellen, wie die den nächsten Schritt handhaben möchten.«

»Und der wäre?«

»Eine ballistische Untersuchung von Coy Brickmans Revolver. Und von Harry Brights Revolver. Die Kugel, die sie dem jungen Watson aus dem Kopf geholt haben, war nicht so verformt, wie sie's hätte sein können. Es gibt 'ne Chance. Bloß 'ne Chance für 'ne Identifizierung.«

»Fahren wir zur Station«, sagte Paco.

»Wo ist Coy Brickman heute?« fragte Otto.

»Er hat Spätschicht. Er hat in ungefähr fünfundvierzig Minuten Dienst. Sie können O. A. Jones jetzt gleich haben.«

»Dann mal los«, sagte Sidney Blackpool.

Die Anämische Annie wußte, daß etwas im Busch war, als Paco zur Eingangstür hereingestürmt kam und sagte: »Annie, ruf O. A. Jones her. Code zwei.«

Ein paar Minuten später sah sie die Kriminalbeamten aus Hollywood, die ganz genauso grimmig aussahen wie Paco Pedroza, hereinkommen. Als sie Pacos Büro betraten, knallte der die Tür zu, was er nur tat, wenn er im Begriff stand, einem seiner Cops einen Totalanschiß zu verpassen. Da wußte die Anämische Annie genau, daß etwas im Busch war.

Nachdem sie O. A. Jones über Funk erreicht hatte, klingelte das Telefon. Sie nahm ab und sagte dem Anrufer, daß Sergeant Coy Brickman frühestens in einer halben Stunde da sein würde. Der Anrufer hinterließ eine Nachricht, die sie notierte und in den Eingangskorb des Sergeanten warf. Der Anruf kam von einem Pfandleiher.

O. A. Jones wirkte nicht sonderlich glücklich, als er das Büro des Chiefs betrat. Auf dem Tisch stand ein Sony-Kassettenrecorder. Der junge Cop kriegte es mit der Angst, da er glaubte, sie wollten eine Aussage von ihm aufnehmen.

Dann sagte Sidney Blackpool: »Setzen Sie sich. Ich will, daß Sie sich ein paar Lieder anhören.«

Der Junge wirkte erleichtert und sagte: »Ist es ›Make Believe‹? Das hab ich gehört. Ich bin ganz sicher, das *war* das Lied. Sie brauchen mir nicht...«

»Wir glauben, wir haben eine Stimme, die Ihnen vielleicht bekannt vorkommt«, sagte Sidney Blackpool.

»Die Stimme des Killers? Wie...«

»Setzen Sie sich einfach, Junge«, sagte Sidney Blackpool. »Hören wir's uns an.«

Paco drückte die Play-Taste, und die drei Männer beobachteten den jungen Cop. Nach der Hälfte des ersten Liedes wollte O. A. Jones etwas sagen, überlegte es sich anders und lehnte sich zurück. Aber von diesem Moment an war er nicht mehr entspannt. Er saß starr da und muckste sich nicht. Sidney Blackpool wußte, daß er die Stimme seines Sergeanten erkannt hatte.

Als Harry Bright mit seiner Sprechstimme »I'll Be Seeing You« ankündigte, regte O. A. Jones immer noch keinen Muskel.

Als das letzte Lied gespielt war, sagte Sidney Blackpool: »Na?«

O. A. Jones sah ihn an. Dann Otto Stringer. Er sah Paco Pedroza an, dann wieder Sidney Blackpool. Er sagte: »Ich bin mir nicht sicher.«

»Was?«

»Sergeant Bright«, sagte O. A. Jones. »Ich ... er singt irgendwie schon wie der Typ. Ich meine, es ist altmodisch, sein Stil und alles, aber ...«

»*Könnte* er es sein?«

O. A. Jones sah erneut den Polizeichef an, und Paco sagte: »Du mußt die Wahrheit sagen, Junge. Das ist nicht die Zeit für falsch verstandene Loyalität. Aber es muß die *absolute* Wahrheit sein.«

»Na gut«, sagte O. A. Jones und wandte das Gesicht Sidney Blackpool zu, der so gespannt war, daß er kurz davor stand, vom Stuhl aufzuspringen.

»Es *war* Harry Bright!« sagte der Kriminalbeamte.

»Nein, das kann ich nicht sagen.«

»Was?«

»Ich *kann nicht*, Sarge! Ich hab fast 'n Hitzschlag gehabt. Es ist schon so lange her. Ich hab mir mittlerweile so viele Sänger und so viele Songs angehört, daß ich's nicht sagen kann.«

»Und wenn er ›Make Believe‹ singen würde?« Sidney Blackpool war verzweifelt. »Wär's *dann* was anderes? Wenn ich 'ne Kassette auftreiben könnte, auf der Harry Bright ›Make Believe‹ singt, könnten Sie's dann mit Sicherheit sagen?«

»Nein, könnt ich nicht«, sagte O. A. Jones. »Ich hab viel Phantasie. Ich kann mir Harry Brights Stimme vorstellen, wie sie ›Make Believe‹ singt. Aber ich kann's *trotzdem* nicht mit Sicherheit sagen.«

»Weil er Ihr Sergeant ist!«

»Nein, Sir«, sagte O. A. Jones. »Weil es zu ... *wichtig* ist. Ich muß da über jeden vernünftigen Zweifel hinaus sicher sein. Vielleicht muß ich *weit* über jeden vernünftigen Zweifel hinaus sicher sein, ehe ich ehrlich sagen kann, daß ich an dem Tag da draußen Harry Brights Stimme gehört hab. Ich kann's einfach nicht sagen.«

»Verdammt noch mal! Sie *wissen*, daß es Harry Bright war!« Sidney Blackpool sprang auf.

Paco Pedroza beugte sich auf seinem Stuhl vor. Otto Stringer löste sich von der Wand. O. A. Jones war verschüchtert.

»Immer mit der Ruhe, Sidney«, sagte Otto.

»Das wär alles, Jones«, sagte Paco. »Du kannst jetzt wieder deinen Dienst aufnehmen.«

»Tut mir leid, Sarge«, sagte O. A. Jones zu Sidney Blackpool, der sich, bleich vor Wut, wieder hinsetzte und die Armlehnen des Stuhls umklammerte. Der junge Cop kam gar nicht schnell genug hinaus.

Als Otto die Tür schloß, stützte Paco Pedroza die Ellbogen auf seinen Schreibtisch und sagte mit bebender Stimme: »Was glauben Sie eigentlich, wer Sie sind? Sie kommen in meine Stadt und versuchen auf meinem Revier, meine Polizisten einzuschüchtern? Was glauben Sie eigentlich, wer, zum Teufel, Sie sind?«

»Hören Sie, Chief«, sagte Otto. »Dieser Fall ist aus der Hand geraten. Sidney wollte bloß...«

»Dieser Fall sollte in den Händen der Polizei von Palm Springs sein«, sagte Paco Pedroza. »Das heißt, wenn ihr Vögel umwerfendes neues Beweismaterial hättet. Aber bis jetzt habt ihr, nach allem, was ich höre, bloß bewiesen, daß Harry Bright singen kann. Und das hab ich schon gewußt. Und daß eine Ukulele, die Coy ihm vermutlich geschenkt hat, im Solitaire Canyon gefunden wurde.«

»Das *ist* 'n bißchen ungewöhnlich, Chief«, sagte Otto in dem Bemühen, die Spannung im Zimmer zu mindern.

»Vielleicht für 'n paar großkotzige Gangsterjäger aus der Großstadt, die versuchen, die Leute rumzuschubsen, ohne zu wissen, wovon, zum Teufel, sie eigentlich reden. Wenn Sie mich gefragt hätten, wenn Sie sich wie *Profis* verhalten hätten, hätte ich das alles vielleicht sofort erklären können.«

Da meldete sich Sidney. Er hatte wieder Farbe im Gesicht, als er sagte: »Nur zu, Chief. Erklären Sie's.«

»Ich hab gewußt, daß Harry in der zweiten Nachtschicht im Solitaire Canyon seine Räusche ausgeschlafen hat, Herrgott noch mal«, sagte Paco. »In so 'ner Kleinstadt gibt's keine Geheimnisse. Ich dulde nicht, daß meine Jungs im Dienst betrunken sind. Normalerweise nicht, aber... na ja, Harry wird nächsten Monat fünfzig. Ich hab fest vorgehabt, mich dann damit zu befassen. Ich wollte Harry nehmen und ihm 'ne goldene Uhr kaufen und 'ne große Party schmeißen und ihn auf beide Backen küssen. Dann wollt ich ihn bitten, sich pensionieren zu lassen, und zwar zu seinem fünfzigsten Geburtstag, wo ihm die Pension sicher war. Außer, daß er letzten März den Schlaganfall gehabt hat.«

»Was ist mit dem Solitaire Canyon?« fragte Otto ruhig.

»Es überrascht mich nicht, daß Harry möglicherweise irgendwann nachts, als er im Dienst betrunken war, seine Uke da draußen verloren hat. Sehen Sie, er war nicht immer 'n Säufer. Aber... na ja, allmählich ist es schlimmer geworden. Die Sauferei, mein ich. Bei Harry Bright hab ich 'n Auge zugedrückt, wo ich jeden anderen gefeuert hätte. Ich bezweifle nicht, daß Harry vielleicht da draußen war und sich die Seele aus'm Leib gesungen hat wie so 'n alter Kojote. Und vielleicht hat er die Uke aufs Dach vom Polizeiwagen gelegt, und als er morgens losgefahren ist, ist sie wahrscheinlich runtergefallen und vom Sand zugeweht worden. Das ist 'ne logische Erklärung.«

»Und was ist mit dem Sänger, den O. A. Jones gehört hat?« fragte Sidney Blackpool.

»Ich hab gehört, wie O. A. Jones gesagt hat, er wär nicht sicher, daß es Harry Brights Stimme war. Das hab ich gehört. Aber damit Sie zufrieden sind, werd ich Coy Brickman ranschaffen, und wir werden ihn fragen, ob er an dem Nachmittag, an dem das Todesauto gefunden wurde, mit Harry Brights Kleinlaster in den Solitaire Canyon gefahren ist.«

»Ich nehm nicht an, daß er das zugibt«, sagte Sidney Blackpool.

»Hören Sie, Blackpool«, sagte Paco und hielt dem Kriminalbeamten den Zeigefinger unter die Nase. »Ich komm Ihnen noch weiter entgegen. Ich werde Coy Brickman in Ihrer Anwesenheit auffordern, mir seinen Dienstrevolver zu einer ballistischen Untersuchung auszuhändigen. Und Harrys auch. Ich weiß, ich hab keinen Grund dazu, aber der arme Harry weiß nicht, was los ist, also kann's nicht allzuviel schaden.« Dann hielt Paco inne, sah Otto Stringer und Sidney Blackpool an und sagte: »Ich hab sogar was davon, wenn das vorbei ist. Ich hab das Vergnügen, Ihnen beiden zu sagen, daß meine Jungs keine Killer sind. Und dann verweise ich Sie persönlich aus der Stadt.«

»Das ist mehr als fair«, sagte Otto. Dann warf er einen raschen Blick auf Sidney Blackpool, der die Wand anstarrte. Otto sagte: »Sie haben allen Grund, sauer zu sein, Chief. So wie wir diesen Fall behandelt haben.«

Paco stand auf, ging hinter seinem Schreibtisch auf und ab, zerrte sich das Unterhemd aus dem Hosenboden und murmelte eine Weile vor sich hin, ehe er sich wieder setzte. Er war kein Mann, der Ärger unterdrücken konnte.

»Okay, okay«, sagte er. »Vielleicht bin ich 'n bißchen stur. Also hören Sie mir zu. Ich will Ihnen 'n paar Sachen über Harry Bright erzählen.«

»Das fänd ich gut«, sagte Otto und nahm sich einen freien Stuhl, während Sidney Blackpool sich eine Zigarette anzündete.

»Sie wissen schon, daß Harry und Coy vor Jahren bei der Polizei von San Diego zusammengearbeitet haben«, begann Paco. »Harry hat Coy als jungen Cop unter seine Fittiche genommen. Vielleicht hat Harry ein-, zweimal für Coy den Arsch hingehalten, Sie wissen ja, wie so was läuft. Tja, vor 'n paar Jahren hat's die Frau vom alten Harry auf einmal satt gehabt, bei Fedco einzukaufen oder irgend so was. Sie war 'n blondes Gift, hat 'n reichen Kerl kennengelernt, und es hieß adios für Harry und ihren Sohn Danny.

Also findet sich Harry, so gut er kann, damit ab, weil er nach der Schnalle verrückt ist. Und er ist immer optimistisch. Und er glaubt, daß es ihr eigentlich gar nicht gefällt, in Thunderbird und in Hawaii zu wohnen und ihre Weihnachtseinkäufe in Paris zu machen. Harry, der guckt Danny an und sagt, das hier ist das eigentlich Wertvolle, genau das. Patsy wird das eines Tages erkennen und zu uns zurückkommen. Das ist Harry Bright, wie er *damals* war.

Tja, jeder außer Harry hat gewußt, sie kommt nicht zurück. Und ziemlich bald wird Danny erwachsen, und vielleicht gibt's Leute, die ihre Kinder mehr lieben als Harry, vielleicht aber auch nicht. Und Danny ist 'n guter Schüler und noch dazu 'n klasse Linebacker, und er kriegt 'n Football-Stipendium und geht ans Cal. Dann eines Tages im Jahre 1978 kommt Danny vom College nach San Diego zurück, weil 'n alter Kumpel aus seiner High-School-Mannschaft bei 'nem Autounfall verletzt worden ist und vielleicht nicht durchkommt. Danny hat den PSA-Flug genommen, der mit hundertvierundvierzig Leuten abgeschmiert ist.«

Paco Pedroza hielt inne, stellte sich hinter seinen Stuhl und schaute zum Fenster hinaus in die Wüstennacht. Die Hände auf dem Rücken stand er da und sagte: »Manchmal haben Polizisten besonderes Pech im Leben, weil sie irgendwo sind, wo andere nicht sind. Harry hätte dort, wo er war, nie hingekonnt, wenn er kein Cop gewesen wäre. Er wollte an dem Vormittag zum Flugplatz, und als die Sondermeldung im Radio kam, war Harry unterwegs zur Absturzstelle.

Harry hat sich seine Polizistenmarke an sein Zivilistenhemd gepinnt, ist durch alle vorläufigen Absperrungen durchgekommen und war einer der ersten Cops vor Ort. Und damit kommen wir zu Coy Brickman. Denn was als nächstes passiert ist, hätt ich nie erfahren, wenn's Coy mir nicht erzählt hätte. Coy hat 'n paar Kilometer entfernt Dienst geschoben, als die Zentrale anfing, Einheiten mit Code drei zur Absturzstelle zu schicken. Es war... nun ja... unglaublich. Nachdem er alles mögliche gesehen hat, was er nicht für möglich gehalten hätte, ist Coy rumgezogen, hat sich Ruß aus'm Gesicht gewischt und versucht, hysterische Leute zusammen- und von der Stelle wegzutreiben. Dann hat er zwei Cops ausgemacht, die er nicht gekannt hat. Die haben irgendwo mittendrin gestanden, wo's wie Klein-Hiroshima ausgesehen hat, und haben gelacht. Will sagen, vor Lachen gebrüllt.

Coy geht zu den Typen rüber und denkt, die sind vielleicht übergeschnappt. Er hat sogar 'n Zeitungsfritzen gesehen, der 'n Bild von den ulkigen Cops geschossen hat. Er hat gefragt, was so komisch wär, weil er in seinem ganzen Leben noch nie so dringend was zum Lachen gebraucht hat. Die deuten auf diesen Typ auf der anderen Straßenseite. Der kniet da und guckt irgendwas an. Sie sagen, sie müßten lachen, heulen oder kotzen.

Coy geht zu dem Typ rüber, und es ist 'n alter Kollege, den er seit 'n paar Jahren nicht gesehen hat. Es ist Harry Bright. Und dann hat er gesehen, was Harry da betrachtet.

Es war ein Gesicht. Kein Kopf. Bloß 'n Gesicht. An dem Tag sind mit menschlichen Körpern die merkwürdigsten Sachen passiert. Das war nur 'n Gesicht. Lag auf'm Boden wie 'n umgedrehter Teller. Coy Brickman hat gesagt, es wär 'n junges Gesicht gewesen. Hätte nach 'nem jungen Mann ausgesehen, aber Coy war sich nicht sicher. Er hat gesagt, es wär erstaunlich, wie unsicher man wär, wenn man 'n Gesicht von allem Drumrum loslöst. Aber es war kaum angeknackst, dieses Gesicht. Hat einfach dagelegen und ihn angeguckt.«

»Mein Gott!« sagte Otto. »Es war doch nicht... sagen Sie bloß nicht, es war...«

»Wir wissen's nicht genau«, sagte Paco und sah Sidney Blackpool an. »Keiner hat Harry Bright je gefragt. Nicht mal Coy Brickman hat Harry Bright *diese* Frage je stellen können. Aber es war der Sohn von *irgend jemand*, oder? Vielleicht ist es überhaupt nicht relevant, ob Harry Bright, bei 'ner Chance von hundertvierundvierzig zu eins, am Absturzort 'n ganz *bestimmtes* Gesicht gefunden hat. Vielleicht ist die Frage einfach irrelevant. Es war das Gesicht von *irgend jemand*. Das Gesicht des Sohnes von irgend jemand.

Wie auch immer«, sagte Paco seufzend, »Harry begräbt Danny, beziehungsweise die Menschenteile, die sie für Danny *halten*, und versucht, damit fertig zu werden, aber ohne großen Erfolg. Ja, ich wette, er hat oft dran gedacht, das gute alte 38er-Kruzifix zu küssen. Er hat das Haus, die Gegend, die Erinnerung an alles, was er verloren hatte, nicht ertragen können.

Dann hat Harry gehört, daß Mineral Springs aus der Zuständigkeit des County Sheriffs ausscheidet und seine eigene Polizei aufstellt. Er hat gelesen, daß ich zum Chef ernannt worden bin und 'n erfahrenen Sergeant suche, und hat mich wegen 'nem Gespräch angerufen.

Ich schau mir Harry Bright also an und seh keine vom Saufen geplatzten Äderchen an dieser vierundvierzig Jahre alten Nase, aber ich bin mir nicht schlüssig, ob ich die Altersvorschrift außer acht lassen und diesen alten Knaben einstellen soll. Ich frag bei der Polizei von San Diego nach und finde raus, das ist 'n erstklassiger Straßencop und 'n erstklassiger Einsatzleiter, und Sie wissen, das geht beides nicht immer Hand in Hand. Also hab ich Harry Bright eingestellt, und ich hab nicht lang gebraucht, um rauszukriegen, warum Harry seine Polizistenlaufbahn hier draußen beenden wollte. Ich hab erfahren, daß seine Exfrau in Thunderbird wohnt, und die Fackel, die er für sie hochhält, ist groß genug für die Olympischen Spiele.

Tja, ich kenne Leute, die auf dieser Welt 'ne Menge verloren haben, aber Harry Bright, der hat *alles* verloren. Also gut, ich hab die letzten paar Jahre 'n Auge zugedrückt, als ich gemerkt hab, daß Harry immer mehr trinkt. Ich wollt ihn auffordern, sich nächsten Monat pensionieren zu lassen. Das ist die reine Wahrheit.«

Paco setzte sich und starrte auf seine Hände. »Ich war nicht begeistert davon, daß er sich im Solitaire Canyon in 'nem Polizeiwagen betrinkt und pennt, aber ich habe mich dumm gestellt. Alle meine Cops haben Bescheid gewußt, und alle haben sie ihn gedeckt. Jeder einzelne, nicht bloß Coy Brickman. Ich *wollt* ihm aufs Dach steigen, wenn ich ihn morgens ganz zittrig und verkatert gesehen hab. Aber jedesmal, wenn ich's versucht hab, hab ich an diesen Tag in San Diego gedacht. Der Mann, der auf dem Boden kniet, mit dem Geheimnis, das er mit ins Grab nehmen wird. Ein Geheimnis, das irrelevant ist. Das Gesicht hat dem Sohn von *irgend jemand* gehört, und Harry ist da wohl auch draufgekommen.

Jedenfalls hab ich Harry Sachen durchgehen lassen, die ich keinem anderen hätte durchgehen lassen. Und jetzt sag ich Ihnen eins: Wir ziehen diese ballistische Untersuchung durch, obwohl Harry Bright oder Coy Brickman nicht den Hauch eines Motivs dafür hatten, den jungen Watson zu ermorden. Ich mach's, aber ich kann Ihnen mit Sicherheit sagen, Coy Brickman und Harry Bright, keiner von beiden könnte jemals *irgendwen* ermorden.«

»Er müßte bald kommen«, sagte Otto. »Wie kommen wir zu Harry Brights Wohnwagen? Wir kennen ungefähr die Gegend, aber wir wissen nicht, wo die Straße ist.«

»Nehmen Sie die Hauptstraße bis zwei Blocks vor dem Picknickgelände in der Oase. Biegen Sie links in die Jackrabbitt Road ein. Letzter Wohnwagen am Ende der Straße. Coy hat 'n Schlüssel zu Harrys Wohnung, und wir bewahren einen im Vorzimmer auf. Die ganze Truppe kümmert sich um Harry Brights Sachen.«

Es klopfte an der Tür, und die Anämische Annie kam hereingestürzt. »Chief«, sagte sie. »Auf dem Highway verfolgt 'ne Einheit des Sheriffs 'n Fahrzeug! Und eine von unseren Einheiten hat sich angeschlossen!«

»Wer?«

»Maynard Rivas! Hört sich an, als wären sie hinter 'nem Zwo-elf-Verdächtigen aus dem Seven-Eleven Store her!«

»Ach du Scheiße!« sagte Paco. »Wo ist O. A. Jones?«

»Der ist hinter ihnen her!«

»Wo ist Wingnut?« Paco schnappte sich seine Kanone vom Schreibtisch und rannte auf die Eingangstür zu.

»Der ist über Funk nicht erreichbar!«

»Verflucht noch mal! Ich bin zurück, so schnell ich kann! Annie, wenn Coy kommt, dann sag ihm, er soll in meinem Büro warten!«

Paco war weg, ehe sie schrie: »Coy ist schon auf der Straße! Und ich kann ihn über Funk nicht erreichen!«

»Was soll das heißen, er ist schon auf der Straße?« fragte Sidney Blackpool Annie.

»Er ist gekommen, hat seine Nachrichten eingesammelt und ist zu seinem Wagen rausgerast. Ich kann ihn nicht erreichen. Er meldet sich nicht.«

Während Annie zum Funkgerät zurückging, sahen Sidney Blackpool und Otto sich an und verließen Pacos Büro. Sie hörten Maynard Rivas dazwischenplatzen, um seinen Standort als zweites Verfolgungsfahrzeug zu melden.

Dann sagte Sidney Blackpool zu Annie: »Was hat Sergeant Brickman gesagt, als er gegangen ist?«

»Nichts, außer daß er mich gefragt hat, um welche Zeit die Nachricht eingegangen ist.«

»Welche Nachricht?«

»Ein Pfandleiher hat angerufen, um zu fragen, ob Coy die Ukulele zurückbekommen hätte, nach der der Kriminalbeamte sich erkundigt hat. Er hat nicht gesagt, welcher Kriminalbeamte. Ich hab gedacht, das wären Sie.«

»Beeilung, Otto!« brüllte Sidney Blackpool und stürzte zur Eingangstür hinaus.

»Leihen Sie mir 'ne Kanone!« sagte Otto zur Anämischen Annie.

»Sind Sie sicher, daß das okay ist, Sergeant?« fragte sie. »Sie dürfen mit 'nem Privatwagen nicht an der Verfolgung teilnehmen, und ...«

»Her mit 'ner Kanone, verdammte Scheiße!« bellte Otto, und die zitternde Frau schloß rasch die Schublade des Vorzimmerschreibtisches auf und schob Otto über die Schreibtischplatte einen 38er Colt-Revolver mit Zehnzentimeterlauf zu; er stopfte ihn sich in den Hosenbund und stürzte aus dem Revier.

»Wir sollten das bleiben lassen!« sagte Otto, als er in den Toyota glitt.

»Wir haben keine Wahl! Er weiß, daß wir ihm im Nakken sitzen. Er ist dabei, entweder seine oder Harry Brights Kanone verschwinden zu lassen. Wenn es seine Kanone ist, können wir nicht mal raten, wo er sein könnte. Wenn es Harry Brights Kanone ist, wissen wir, wo die ist.«

»Brickman versucht vielleicht, uns zu erschießen, Sidney!«

»Wir haben keine Wahl. Zumindest hab *ich* keine Wahl. Soll ich dich hier absetzen?«

»Ich geb dir Deckung«, sagte Otto ohne Begeisterung.

Sidney Blackpool rauschte bei Rot über die Kreuzung

und bog nur Minuten später nach links in die Jackrabbitt Road ein. Er machte seine Scheinwerfer aus und rollte in völliger Dunkelheit auf das Ende der Sackgasse zu. Die Straße lag am Rand der Stadt. Es gab keine Bürgersteige, keine Bordschwellen, keine Rinnsteine und keine Straßenlaternen.

»Wo ist es?« fragte Otto, kaum die Lippen bewegend. »Wo ist Brickmans Auto?«

Es gab nur sechs Wohnwagen in der Straße, und sie standen alle zehn Meter auseinander. Hinter ihnen war offenes Wüstengelände und freie Sicht bis zu den Ausläufern der Berge. Als sie parkten, hörten sie die von den Bergen herabschnürenden Kojotenrudel durchdringend jaulen, als sie ihre nächtliche Jagd aufnahmen.

»Er ist noch nicht da«, sagte Sidney Blackpool.

»Oder er war da und ist schon wieder weg.«

»Nein, er will nämlich zwei Dinge finden: Harrys Kanone *und* die Kassette mit Harrys Liedern. Dazu braucht er 'n Weilchen. Ich glaub, er kommt zumindest hier vorbei, um die Kassette zu holen. Sogar wenn es seine Kanone und nicht die von Harry war, mit der der Junge erschossen worden ist.«

Sidney Blackpool parkte rückwärts hinter einem Wohnwagen ein, der unbewohnt wirkte. An der Einmündung der Straße stieß ein Hund ein halbherziges Bellen aus. Man konnte meinen, der Hund sei wegen des Kojotenrudels einfach nervös, wozu er allen Grund hatte.

Sie stiegen aus dem Toyota und gingen über eine grasbestandene Einfahrt. Der Wind schnaubte und heulte, und die Kojoten stimmen darin ein.

Durch das Küchenfenster eines Wohnwagens auf der anderen Straßenseite konnten sie eine Frau sehen. Der Wagen, der Harry Bright gehörte, war nur groß genug für ein Schlafzimmer. Es gab eine Telefonverbindung und einen Kabel-TV-Anschluß, die von einem Mast am Rande der Parzelle kamen.

»Otto, ich warte hinter dem Wohnwagen«, flüsterte Sidney Blackpool. »Wie wär's, wenn du beim Auto bleibst?

Falls er mich entdeckt oder wegen irgendwas nervös wird, will ich, daß du die Scheinwerfer anmachst, 'n Mordskrach schlägst und direkt auf uns zurennst. Ich will, daß er glaubt, daß du Paco dabei hast. Ich will nicht, daß er mitkriegt, daß es bloß wir beide sind. Vielleicht wehrt er sich sonst.«

»Vielleicht *schießt* er.«

»Dazu geb ich ihm keine Chance. Sobald er in Harry Brights Wohnung drin ist, geb ich unsere Anwesenheit bekannt und sag ihm, das Spiel ist aus und er kann genausogut rauskommen und mit uns reden.«

»Wunderbar!« sagte Otto, nach unten blickend. »Dieser Scheißcolt ist nicht geladen!«

»Paco muß jeden Moment kommen«, sagte Sidney Blackpool. »Ich hoff bloß, er hält hier nicht gleichzeitig mit Brickman und verscheucht ihn.«

»Das ist ein ganz übler, beschissener Fall«, sagte Otto, eine Taschenlampe und einen ungeladenen Revolver in den Händen wiegend.

Ein Auto bog in die dunkle Straße ein und fuhr bis ans Ende der Sackgasse. Es war kein Polizeiwagen. Zwei Jugendliche saßen darin. Das Auto wendete und fuhr wieder auf die Hauptstraße. Die Kriminalbeamten hörten das Kojotengeheul verklingen. Diese Beute war ihnen entgangen.

Es gab noch andere Nachtgeräusche: das Zirpen von Insekten, das Johlen, Trillern, Brüllen und irrsinnige Kläffen in der nächtlichen Wüste. Eine zottige Tamariske hinter Otto begann im stöhnenden Wind zu rasseln und jagte ihm einen Heidenschreck ein. Er blickte ängstlich auf die fratzenhaften Formen hinter ihm und hinauf zu dem Gewirbel glitzernder Perlen in der klaren Nachtluft. Er dachte an aufgeblähte Geier mit häßlichen, nackten Köpfen und an sich windende, tödliche Schlangen, die wie die Bäume rasselten.

Sidney Blackpool meinte ein Kratzen zu hören. Zunächst glaubte er, es käme von der Vorderseite des Wohnwagens. Er schlich nach vorn und schaute auf die Straße. Nichts. Er ging an der Tür vorbei zurück und drehte, einer plötzlichen Eingebung folgend, den Knauf. Sie war unverschlossen.

Was das zu bedeuten hatte, erfaßte er nur halb. Sein Gehirn brauchte eine Sekunde, um die potentielle Gefahr zu signalisieren. Der Mann im Wohnwagen brauchte keine volle Sekunde. Er hatte sich geduckt und war schon seit mehreren Minuten fluchtbereit. Er trat in dem Moment gegen die Tür, in dem Sidney Blackpool den Knauf drehte. Die Tür knallte dem Kriminalbeamten gegen die Schläfe und schleuderte ihn zurück. Er kämpfte um sein Gleichgewicht wie jemand, der eine Treppe hinunterfällt. Als er in dem Wüstengarten landete, spürte er die Stacheln des Chollakaktus nicht einmal.

Er schmeckte Speichel, der in seiner Kehle sauer wurde. Dann kamen ein paar zuckende Blitze. Er hörte Otto rennen, hart aufschlagen und vor Schmerzen aufheulen.

»Sidney!« brüllte Otto. »Auuuuu, meine Hände!«

»Otto!« Sidney Blackpool setzte sich auf und spürte das Stechen im Gesicht und am Hals. »Otto, bist du okay?«

»Meine Hände!« stöhnte Otto. »Ich häng im Kaktus! Gottverdammter Kaktus!«

»Ich auch!« sagte Sidney Blackpool. »War er's? War's Brickman?«

Da hörten sie das Motorengeräusch eines auf der Hauptstraße davonpreschenden Autos.

»Ich weiß nicht, Sidney. Er war dunkel gekleidet. *Könnt* 'ne Polizeiuniform gewesen sein. Aber ich weiß es nicht. Auuuuu, meine Scheißhände! Das tut *weh*!«

Beide Männer rappelten sich auf, und Sidney Blackpool ging voran zum Wohnwagen. Die Tür stand auf, und er griff hinein und drehte das Licht an.

»Sinnlos, sich über Abdrücke Gedanken zu machen«, ächzte er. »Wenn Brickman die Wohnung hütet, sind seine Abdrücke sowieso überall.«

»Vielleicht sind wir bloß in 'nen rechtschaffenen Einbruch reingeplatzt«, sagte Otto. Dann dachte er darüber nach und fügte hinzu: »Klar. Und vielleicht bist du Robin Hood, weil du 'n ganzen Köcher voll mit dir rumschleppst.

Sidney, was haben wir eigentlich in dieser Wüste verloren?«

Otto ging ins Badezimmer des kleinen Wohnwagens. Er zog sich Stacheln aus Händen und Armen und schüttete Alkohol über die Wunden, während Sidney Blackpool die Kommoden und Schränke durchwühlte. Hinter dem Schlafzimmer, bei einem Stauraum, der ein Fahrrad und eine Reifenpumpe enthielt, fand er einen Kleiderschrank. In dem Kleiderschrank waren sechs Polizeiuniformen mit Sergeantstreifen. Er entsann sich, gehört zu haben, daß ein Wüstencop wegen der Sommerhitze sechs Stück braucht. An einem Haken hing ein Koppel. Das Koppel hatte ein leeres Halfter.

»Gottverdammter Scheißkerl!« brüllte er und trat gegen die Tür des Kleiderschranks.

»Okay, die Knarre ist also weg«, sagte Otto, ohne es eigens gesagt zu bekommen. »Komm in die Küche und setz dich hin. Laß mich diese fiesen kleinen Stacheln rausziehen.«

»Sieh nach, ob auf der Innenseite der Tür irgend 'n Fußabdruck ist.«

Otto stieß einen Seufzer aus, ging zur Tür und untersuchte sie. Er kam, seine Pinzette in der Hand, zurück. »Nichts.«

»Scheißkerl!« sagte Sidney Blackpool. »Dieser elende, beschissene...«

»Halt still!« sagte Otto, der seinem Partner die Stacheln aus der Hals- und Gesichtsseite zog und die Stellen mit Alkohol betupfte. »Vielleicht sollten wir zur Eisenhower-Klinik runterfahren und die mal 'n Blick drauf werfen lassen. Sind die bescheuerten Stacheln giftig?«

»Nein, das sind bloß harmlose Pflanzen«, sagte Sidney Blackpool, so fuchsteufelswild, daß er sich nicht einmal eine Zigarette anzünden konnte.

»Beruhig dich«, sagte Otto. »Du kannst gar nichts machen. Und was das ›harmlos‹ angeht, gibt's in dieser Wüste nichts, was harmlos ist.«

»Ich hätte dran denken müssen, daß...«

»Das hier ist nicht unser Pflaster«, sagte Otto ruhig. »Es hat keinen Sinn zu sagen, was wir *hätten* tun *müssen*. Halt still. Gleich hab ich das letzte von diesen kleinen Miststükken.«

Als er fertig war, räumte Otto Pinzette und Alkohol weg, und sein Partner saß in der Küche und versuchte, seine Wut unter Kontrolle zu bekommen.

»Ich finde, wir sollten morgen heimfahren«, sagte Otto.

»Ich finde, wir sollten diesen Scheiß-Brickman wegen Mordes einbuchten!« sagte Sidney Blackpool.

»Wir buchten niemand ein«, sagte Otto. »Wir haben 'n paar halbgare Theorien, und das ist alles, was wir haben.«

»Durchsuchen wir wenigstens die Bude hier.«

»Wonach?«

»Nach der Kassette.«

Otto beugte sich über seinen Partner und sagte, das Gesicht nur fünfzehn Zentimeter entfernt: »Gib... es... *auf*! Hast du mich nicht verstanden? Das Band ist jetzt bedeutungslos. Jones kann oder will Harry Brights Stimme nicht identifizieren. Die Kanone ist *weg*. Brickman ist hinter die ganze Sache gekommen. Und wir werden nie erfahren, was passiert ist. Kapierst du das? Kriegst du das in deinen Schädel? Ich bin mit meiner Geduld am Ende, verflucht noch mal!«

»Okay, du hast recht. Die Kassette würd jetzt auch nichts mehr ändern. Du hast recht. Ich klammer mich an...«

»*Sand*. In dieser Einöde gibt's noch nicht mal Strohhalme, an die man sich klammern kann. Fahren wir heim.«

»Die Wüste kann nichts dafür«, sagte Sidney Blackpool.

»Keiner kann was dafür, glaub ich allmählich«, sagte Otto Stringer.

Beide Männer fanden sich mit dem Scheitern ab, doch instinktiv schaute sich jeder mit typischer Polizistenneugier in dem kleinen Wohnwagen um. Otto trat in das winzige Wohnzimmer und sagte: »Sidney, sieh dir das an.«

Fotos. Manche in Fotowürfeln, manche in Goldrahmen, manche in Holzrahmen. Bilder, die in die Ecken größerer, gerahmter Bilder gesteckt waren. Es gab dreißig Fotos in dem kleinen Raum, manche bis zum Format 18 auf 24. Sie standen auf Tischen; sie füllten das kleine Bücherregal; sie bedeckten die Wände. Achtzehn waren von Danny Bright, zwölf von Patsy Bright. Harry Bright war auf vier Bildern. Otto nahm ein gerahmtes Familienporträt in die Hand, auf dem Danny etwa zehn Jahre alt war.

»Nett aussehender Junge«, sagte Otto. »Sieht genau wie sie aus. Sie hat sich nicht sehr verändert, muß ich sagen. Natürlich hab ich sie nicht aus der Nähe gesehen.«

Sidney Blackpool fühlte sich wie Siebzig. Er ging unter Schmerzen ins Wohnzimmer und setzte sich in Harry Brights Sessel.

Er nahm seinem Partner das Bild aus der Hand und sagte: »Doch, sie hat sich verändert. Das hier ist Patsy Bright. Das ist nicht Trish Decker. Sie hat sich verändert.«

»Harry Bright«, sagte Otto und betrachtete den strahlenden Cop. Es war ein Schnappschuß von ihm in der hellbraunen Uniform der Polizei von San Diego. Er hielt Danny in den Armen, und der Junge hatte die Polizeimütze seines Vaters auf. Harry Bright war ein stämmiger, gesund aussehender Mann.

»Er *sieht aus* wie Harry Bright, der heitere Harry«, sagte Otto. »Er lächelt sogar wie Harry Bright. Und jetzt nichts wie *raus* hier.«

»Brickman hat die Kassetten durchwühlt«, bemerkte Sidney Blackpool. »Ich schätze, er hat sie gefunden. Wir berichten das besser Paco Pedroza.«

Auf dem Boden neben dem Fernseher lagen mehrere Kassetten und Schallplatten. Die Tür eines Schränkchens stand offen, und darin befand sich eine bescheidene Stereoanlage. Zwei kleine Lautsprecher waren an der Wand über dem anderthalb Meter breiten Sofa angebracht.

Otto öffnete die Tür eines anderen Schränkchens über dem Fernseher und fand einen Videorecorder. Er stellte ihn an und schaltete den Fernseher ein. Dann drückte er die Play-Taste. Es war ein alter Film. Der Ton war abgedreht, und Sidney Blackpool starrte einen Stummfilm an, während Otto zum Telefon ging und die Vermittlung nach der Nummer der Polizei von Mineral Springs fragte.

Der Film war *Mit den Augen der Liebe.* Sidney Blackpool erinnerte sich vage daran. Robert Young spielte einen Soldaten, dessen Gesicht durch Kriegsverletzungen entstellt worden ist. Dorothy McGuire spielte ein Mauerblümchen, das neurotisch scheu ist. Sie verlieben sich ineinander und stellen fest, daß jedesmal, wenn sie ihr kleines Häuschen betreten, ein Wunder geschieht. Er verwandelt sich in das, was er vor dem Krieg gewesen ist. Sie wird zu der wunderschönen jungen Frau, die er in ihr sieht. Kurzum, sie verwandeln sich in Robert Young und Dorothy McGuire, zwei schöne Filmstars. Es war ein sehr schmalziger Film. Trotzdem begann Sidney Blackpool mit Interesse zuzuschen. Er stellte den Ton lauter und hörte sich sogar die Dialoge an.

Otto erreichte die Anämische Annie, die sagte, daß Paco am Schauplatz der Verfolgung sei, wo das Auto des Sheriffs und das Auto des Verdächtigen zusammengestoßen waren. Maynard Rivas sei leicht verletzt worden. Sie erwarte Paco nicht so bald zurück.

Otto machte draußen einen Spaziergang, wobei er darauf achtete, Kaktusgärten auszuweichen, während sich Sidney Blackpool weiter *Mit den Augen der Liebe* ansah. Schließlich kam Otto wieder herein. Er war erschöpft. Er sah auf die Uhr und fragte sich, ob das schon wieder so ein Abend würde, an dem es für den Hotelspeisesaal zu spät wurde. Irgendwie wollte er bloß noch einmal im Hotel essen, und dann würde er heim nach Hollywood fahren, ob sein Partner mitkam oder nicht. Aber noch ein Essen im Hotelspeisesaal wäre sehr schön. Er fand, das hatte er verdient.

Otto machte es sich auf dem Sofa bequem, während Sidney Blackpool in Harry Brights Sessel fläzte. Otto sah, daß sein Partner von dem alten Film über Leute, die sich etwas vormachen, gefesselt zu sein schien. Und bei Leuten, die sich etwas vormachten, mußte er an Harry Brights Lied

denken. Und beim Gedanken an Harry Brights Lied mußte er an Coy Brickman denken. Und während er an Coy Brickman dachte, hörte er vor dem Wohnwagen Schritte.
Dann ging die Tür auf, und Otto Stringer sagte: »Ich hab grad an Sie gedacht.«

17. Kapitel

Anschein

Paco hat mir gesagt, ich soll euch abholen«, sagte Coy Brickman. »Er hat sich gedacht, daß ihr hier seid, nachdem Annie ihm gesagt hat, ihr hättet euch 'ne Kanone geliehen, vielleicht um euch gegen Kojoten zu schützen. Nachts in der Wüste schießen kann 'ne kitzlige Sache sein.«

»Scheißkerl«, sagte Sidney Blackpool und machte Anstalten, sich vom Sessel hochzurappeln, bis Otto seinem Partner die Hand auf die Schulter legte.

Otto schaltete den Videorecorder ab, und Coy Brickman, der so tat, als hätte er Sidney Blackpool nicht verstanden, sagte: »Seht euch *Mit den Augen der Liebe* an, hä? Das ist Harrys Lieblingsfilm. Hat ihn bestimmt schon hundertmal gesehen. Ich hab ihn selber 'n paarmal über mich ergehen lassen müssen, wenn Harry betrunken war. Was ist mit Ihrem Gesicht passiert, Blackpool?«

Sidney Blackpools Kiefer war geschwollen und verfärbte sich vom Ohr bis zum Kinn langsam lila. Wo die Stacheln herausgezogen worden waren, bildeten ein Dutzend geronnene Blutflecken ein fünfzehn Zentimeter langes und zweieinhalb Zentimeter breites Muster.

»Sidney ist hingefallen«, sagte Otto. »Ich bin auch hingefallen. Stadtjungs gehören nicht in die Wüste.«

»Das hätt ich euch auch sagen können«, sagte Coy Brickman, der Sidney Blackpool aus reglosen, grauen Augen anstarrte.

Otto schaute sich Coy Brickmans Schuhe an, aber die waren blankgewienert. Er hatte Zeit gehabt, sie zu bürsten. Seine blaue Uniformhose war ebenfalls staubfrei. Sein schütteres, kastanienbraunes Haar war frisch gekämmt. Tatsächlich sah er so aus, als wäre er fertig zum Appell, was er, wie Otto klar wurde, in gewissem Sinne auch war.

»Wie kommt der Sprung in die Tür?« fragte Coy Brickman. »Und wie seid ihr hier reingekommen? Hat Paco euch 'n Schlüssel gegeben?«

»Treiben Sie's nicht zu weit, Brickman«, sagte Sidney Blackpool. »Nicht *zu* weit.«

»Wovon reden Sie eigentlich?« Coy Brickmans Frage war überhaupt keine Frage. »Ich hab von Paco erfahren, ihr hättet irgend so 'ne blödsinnige Theorie, daß Harry und ich den jungen Watson umgepustet haben. Er sagt, ihr wollt 'ne ballistische Untersuchung von unseren Kanonen.«

Dann erschreckte Coy Brickman Otto, indem er, mit starrem Blick auf Sidney Blackpool, seinen Revolver aus der Halfter riß. Den Kolben voran hielt er ihm die Waffe hin. »Vorsicht, er ist geladen«, sagte er.

»Lecken Sie mich«, sagte Sidney Blackpool, ohne ihn anzufassen.

»Sie wollen ihn nicht? Haben sich's anders überlegt?«

»Sie wissen nicht zufällig, wo Harry Brights Kanone ist?« fragte Otto.

»Klar«, sagte Coy Brickman mit etwas, das als Lächeln gelten konnte. »Die ist da hinten.« Er ging zum Garderobenschrank, machte ihn auf und sagte ungerührt: »Sie ist weg.«

»Wer hätte das gedacht«, sagte Otto.

»Sie sagen, Sie hätten den Wohnwagen unverschlossen vorgefunden?«

»Das haben wir nicht gesagt«, sagte Otto.

»Und, haben Sie?«

»Ja«, sagte Otto. »Wir haben den Wohnwagen unverschlossen vorgefunden.«

»Dann muß die Kanone gestohlen worden sein. Ich hab Paco gesagt, daß Harrys Schlüssel nicht auf dem Revier rumliegen sollten. Es kommen zu viele Leute hierher. Der Installateur ist 'n paarmal gekommen. Die Putzfrau kommt alle zwei Wochen. 'n Fensterputzer war da und...«

»Nicht festzustellen, wer die Tür nicht abgeschlossen hat«, sagte Otto.

»Genau«, sagte Coy Brickman. »Sieht so aus, als wär sonst nichts gestohlen.«

Da redete Sidney Blackpool Coy Brickman zum erstenmal nicht mit einer Verwünschung an. Er sagte: »Es ist noch was gestohlen worden.«

»Und das wäre, Blackpool?« fragte Coy Brickman und richtete die starren Augen auf den Kriminalbeamten.

»Eine Kassette. Auf der Harry Bright 'n paar Lieder singt. Eins davon ist ein Lied namens ›Make Believe‹.«

»Ja«, sagte Coy Brickman. »Paco hat mir gerade alles über diese Geschichte erzählt. O. A. Jones auch. Hab ihn vor'm Weilchen getroffen. Ihr seid überall in der Wüste rumgesaust und habt versucht, 'ne Uke aufzuspüren und 'ne Kassette zu finden? Ihr hättet bloß mich fragen müssen. Die Uke hab ich Harry zum Geburtstag gekauft, und ich hab das Band. Von Zeit zu Zeit spiel ich's ihm vor.«

»Sie spielen's ihm vor?« sagte Otto.

»Klar. Ich spiel ihm viel Musik vor. Harry liebt Musik. Man weiß nicht genau, ob er's überhaupt noch mitkriegt, aber ich glaub schon. Wissen Sie, was 'n Hirnschlag bei 'nem Menschen anrichten kann?«

»Vielleicht sollten wir uns *ansehen*, was er anrichten kann«, sagte Sidney Blackpool. Mittlerweile starrten er und Coy Brickman sich so wütend an, daß Otto dazwischentrat und seinem Partner Feuer gab.

»Sie wollen Harry Bright *sehen*?« sagte Coy Brickman. »Klar. Ich frag Paco, ob ich heute abend zum Pflegeheim fahren kann. Ich glaub nicht, daß er was dagegen hat. Wahrscheinlich wär's ihm recht, wenn Sie sich überzeugen. Mir ganz bestimmt. Damit wir euch aus unserer kleinen Stadt *verabschieden* können.«

»Nur der Vollständigkeit halber«, sagte Otto, »ich nehm

nicht an, daß Sie an dem Tag, an dem Watsons Auto gefunden wurde, oben im Solitaire Canyon waren.«

»Aber woher denn«, sagte Coy Brickman. »Wie kommen Sie denn auf die Idee?«

»Und ich nehm nicht an, daß Sie gewußt haben, daß Harry ein paar Tage danach von Billy Hightower einen möglicherweise wichtigen Tip bekommen hat?«

»Harry? Nein, von Billy Hightower hat er mir nichts erzählt.«

»Ich würd Harry Bright gern selber fragen«, sagte Sidney Blackpool.

»Na, warum besuchen wir ihn dann nicht?« sagte Coy Brickman. »Sie können ihn fragen, was Sie wollen. Und wie wär's, wenn ihr mir jetzt 'ne Frage beantwortet?«

»Und die wäre?«

»Was war der Grund für diese ganze abartige Schnüffelei, die wir miterlebt haben? Ich meine, das ist doch in jeder Hinsicht 'n Fall von Palm Springs. Die meisten Kriminaler, die ich je gekannt hab, haben ständig versucht, auszuklamüsern, wie sie ihre Fälle 'ner anderen Behörde *aufdrücken* können, und ihr versucht, Palm Springs 'n Fall *wegzunehmen*. Da muß ich mich doch fragen, ob Victor Watson nicht vielleicht gesagt hat, er würd euch Jungs gern die fünfzig Riesen Belohnung geben, wenn ihr was rauskriegt. Könnte es sein, daß es sich so verhält?«

»Beantworten Sie eine hypothetische Frage, dann beantworte ich Ihre hypothetische Frage«, sagte Sidney Blackpool.

»Okay«, sagte Coy Brickman.

»Ganz hypothetisch, nennen Sie mir eine Situation, in der jemand wie Harry Bright einen Jungen aus Palm Springs ermorden könnte, als der Junge irgendwo war, wo er nicht hingehörte. Was könnte der Junge gesehen haben, was einen Cop veranlassen würde, ihn zu ermorden?«

»Trinken im Dienst?«

»Verscheißern Sie uns nicht *zu* sehr, Brickman«, sagte Otto. »Sie haben schon gewonnen, aber verscheißern Sie uns nicht.«

»Was gibt's denn hier überhaupt zu gewinnen?« Coy Brickmans Gesicht verdüsterte sich jetzt. »Mir fallen da nur fünfzig Riesen von Daddy Watson ein, wenn ihr Vögel 'nem armen Schwein wie Harry Bright was anhängt.«

»Okay«, sagte Otto. »Nur ganz hypothetisch. Was *könnte* der Junge in dem Canyon gesehen haben, was Harry Bright veranlassen würde, ihn umzupusten?«

»Absolut nichts.«

»Warum, hypothetisch gesprochen, sollte der Junge dann ermordet worden sein?« fragte Otto. »Geben Sie mir irgendwas, was Victor Watson uns abkaufen könnte.«

»Sie wollen 'ne Fünfzigtausend-Dollar-Geschichte?« fragte Coy Brickman. *»Das* wollen Sie?« Der Cop setzte sich Sidney Blackpool direkt gegenüber auf das Sofa und sagte: »Sagen *Sie's* mir. Wenn es das ist, was Sie wollen.«

»Ja, ich will 'ne Geschichte«, sagte Sidney Blackpool heiser. »'ne Geschichte, die er mir für 'ne Menge Geld abkauft.«

»Na, das ist was anderes«, sagte Coy Brickman, der Sidney Blackpool mit seinen grauen Augen festnagelte. »Ich hab viel Phantasie. Mal sehen, wie wär's damit: Der junge Watson ist mit Daddys Rolls zum Canyon raufgefahren, um vielleicht 'n bißchen Stoff zu besorgen. Wenn Sie 'n anderen Grund wollen, bin ich aufgeschmissen. Ich kann mir keinen anderen Grund dafür denken, daß er da hochfährt.«

»So weit, so gut«, sagte Otto.

»Es ist 'ne tückische Fahrt da rauf. Die meisten nehmen dazu 'n Motorrad oder 'n Geländewagen. Wenn man falsch abbiegt, kommt man auf der windigen Seite vom Canyon raus. Da drüben bläst's wie bei 'nem Wirbelsturm, und die Straße wird so schmal, daß sie praktisch verschwindet. Wenn man das sieht, hat man 'ne Chance, zurückzustoßen und zu wenden; aber mit 'nem großen Rolls-Royce wär das wirklich kitzlig. Ich glaub, es wär furchtbar einfach, über die Canyonkante zu rutschen und vielleicht fünfundzwanzig bis dreißig Meter tief auf die Felsen bei den Tamarisken zu stürzen. Und diese Bäume könnten alles verbergen, falls nicht zufällig jemand vorbeikäme.«

»Soweit könnte uns der alte Watson das abkaufen«, sagte Otto.

»Tja, für fünfzig Riesen muß ich 'n langes Garn spinnen«, sagte Coy Brickman. »Wie wär's mit einem über den alten Cop, der sich da draußen in den Canyons betrinkt. Vielleicht 'n Cop, der in 'ner Bude voller Fotos von dem, was er verloren hat, wohnt. Je einen gekannt, der alles verloren hat, Blackpool?«

»Machen wir's kurz«, sagte Otto.

»Okay«, sagte Coy Brickman. »Also, Sie könnten sagen, da ist dieser alte Cop, der seiner Pensionierung ziemlich nahe ist, und der ist da oben im Canyon und macht, was er halt so macht. Betrinkt sich, spielt auf 'ner Uke und singt Lieder wie ›Make Believe‹ oder andere Oldies. Er hört ein Krachen. Und dann sieht er eine Stichflamme. Die schießt nach oben und senkt sich dann, als der Wind sie gegen die Felsen bläst.

Vielleicht glaubt er, es ist 'n Goldsucher oder 'n Camper, dem der Gaskocher explodiert ist. Er läßt die Uke fallen, rennt zum Kofferraum von seinem Streifenwagen, schnappt sich 'n Feuerlöscher, rast auf die Flamme hinten an der Canyonwand zu und hofft dabei, daß niemand verletzt worden ist. Natürlich ist 'n neunundvierzigjähriger Cop, der sich einen auf die Lampe geschüttet hat und den nur noch Monate von 'nem Schlaganfall und 'nem Herzinfarkt trennen, von vornherein nicht besonders gut in Form. Und bis er sich mit seiner Taschenlampe zwischen den Felsen durchlaviert hat, ist er völlig fertig. Dann kommt er hin. Zu dem zerschmetterten Auto. Das brennt.

Zuerst hat er gedacht, es wär nur der heulende Wind, aber dann geht er so nah wie möglich ran, und das ist ziemlich nah, weil der Wind die Flammen von ihm weg gegen die Felswand bläst. Er hört es und weiß, es ist nicht der Wind. Jemand schreit.

Er rennt zu dem Auto hin, aber es ist fast völlig von Flammen eingeschlossen, und sein kleiner Feuerlöscher ist nutzlos, und er sieht einen Jungen, der darunter eingeklemmt ist. Der Junge ist von der Hüfte abwärts in Benzinflammen eingehüllt, und das Feuer leckt nach oben, und der Junge sieht ihn und wirft die Arme hoch und fängt an zu schreien wie ein Kind nach seinem Daddy. Aber der Wind dreht sich, und das Feuer leckt weiter, und das Auto ist völlig hinüber, aber der Junge hört einfach nicht zu schreien auf, und vielleicht sieht das Gesicht im Feuer wie 'n Gesicht aus, das er mal auf dem Boden gefunden hat... aber das ist 'ne andere Geschichte. Jedenfalls, der alte Besoffene, der kranke, verrückte, besoffene Cop, der zieht seine Knarre und...«

Otto Stringer wurde sich, als seine Brust wogte, bewußt, daß er den Atem anhielt. Er sah seinen Partner an, der nur vor sich hin starrte. »Weiter, Brickman«, sagte Sidney Blackpool.

»Tja, für 'n Fünfzig-Riesen-Märchen sagen wir, er hat ein, zwei, drei Schüsse auf den rettungslos verlorenen Jungen abgegeben. Sagen wir, er hat nicht mal gewußt, ob den Jungen eine Kugel getroffen hat oder ob der Junge einfach weggetreten ist. Aber schließlich ist der Junge in die Flammen gekippt und hat zu schreien aufgehört. Dann, sagen wir, ist der kranke, verrückte, besoffene alte Cop zu seinem Wagen zurückgerannt, hat den Feuerlöscher reingeschmissen, ist, ohne an seine Ukulele zu denken, losgerast, direkt zu 'nem anderen Cop nach Hause gefahren, hat ihn aus dem Bett geholt und ihm mehr oder weniger erzählt, was passiert ist.

Sagen wir, der andere Cop hat ganz ruhig darüber nachgedacht und 'n paar Entscheidungen getroffen. Sagen wir, er hat den alten Säufer nach Hause gefahren, ihn ins Bett gebracht und ihn mit der Geschichte gedeckt, daß er krank geworden ist und nach Hause gehen mußte. Sagen wir, der Freund hat 'ne ganze Menge von dem alten Säufer gehalten, der's bis zur Pensionierung nicht mehr weit hatte. Und sich überlegt, wie der Säufer die Jahre, die ihm noch blieben, in 'n bißchen Frieden und Würde hinter sich bringen könnte. Sagen wir, als der Freund den alten Säufer ins Bett gebracht hat, hat er sich sogar 'n Zimmer wie das hier angesehen. Die ganzen Bilder. Das *Schein*haus. Vielleicht hat es der alte Säufer nach genügend Schnaps und Erinnerungen und Übelkeit *tatsächlich* mit den Augen der Liebe gesehen. Vielleicht hat der Freund einfach gesagt, scheiß drauf, der Mann hat *genug*.«

»Also ist in Ihrer Fünfzig-Riesen-Geschichte überhaupt kein Mord passiert!« sagte Otto und sah seinen Partner an. »Deshalb bist du nicht dahintergekommen, Sidney. Es ist überhaupt kein Mord passiert!«

»In *meiner* Geschichte nicht«, sagte Coy Brickman. »Ich weiß nicht, wie Watson das schmecken würde, aber was Glaubhafteres fällt mir für Sie nicht ein. Aber auch ohne einen Mord *ist* so etwas wie ein Verbrechen passiert: vorsätzliche Tötung? Vielleicht fahrlässige Tötung, wenn man alle Umstände in Betracht zieht. Tja, da Tötung aus Mitleid noch nicht mal für Ärzte legal ist, säße der alte besoffene Cop in meiner Geschichte ziemlich in der Tinte. Für Tötung aus Mitleid gibt's nun mal keine Pension, soviel ich weiß. Ja, Sie können drauf wetten, daß der Staatsanwalt sagen würde, er hätte andere Maßnahmen ergreifen können, wenn er nicht betrunken gewesen wäre. Auch wenn er keine Gefängnisstrafe bekommen würde, würde er rausfliegen, seine Pension verlieren und für den Rest seines Lebens von Almosen und Hundefutter leben. Deshalb hat sich sein Kumpel eingemischt.

Jedenfalls, so würd ich's erzählen. Der Freund hat also die Waffe des Säufers gereinigt und neu geladen und ist am nächsten Tag zum Canyon gefahren, sobald er gemerkt hat, daß die Uke weg war. 'ne Uke, die vielleicht zurückverfolgt werden könnte. Und er hat sich das verbrannte Auto angeguckt und zwei Einschußlöcher in der Windschutzscheibe gefunden, wo der Säufer vorbeigeschossen hatte. Also hat er die Scheibe rausgeschlagen und gehofft, daß der Säufer den Jungen, der so verkohlt war wie 'n Streichholz, nicht mal getroffen hat. Der Kumpel hat gehofft, daß der Junge durch das Feuer umgekommen ist. Aber der Kumpel hat auch nie soviel Mitleid mit seinen Mitmenschen gehabt wie der Säufer.

Aber mit sich selber hat der alte Säufer kein Mitleid gehabt, und als er wieder nüchtern war, wollt er sich stellen und erzählen, was passiert ist. Bloß, mittlerweile hatte sich das Blatt gewendet. Sein Freund hatte ihn bereits gedeckt und Beweise für die Schüsse zerstört. Ja, sein Freund hatte Beihilfe und Vorschub geleistet und könnte als Helfershelfer bezeichnet werden, falls es zu 'ner Anklage wegen Totschlags käme. Also hat der Freund den alten Säufer überzeugt, daß sie jetzt dichthalten *müßten*, dem Kumpel zuliebe, wenn schon nicht dem Säufer zuliebe. Und so kam es dann auch.

In gewisser Weise ist danach was mit ihrer Freundschaft passiert. Der alte Säufer, der in seinem erbärmlichen Leben mehr als genug Leid erlebt hat, hatte jetzt jedesmal, wenn er an die Eltern dachte, die nicht wußten, was ihrem toten Jungen wirklich zugestoßen war, eine Riesenladung Schuld zu tragen. Ständig dachte er daran, daß die Leiche zwei Tage lang bei den Tieren da draußen im Canyon gewesen war.

Vielleicht hat also der Kumpel des Säufers bei allen guten Absichten, die die Leute geradewegs in die Hölle befördern, in Wirklichkeit die Last *vergrößert*, die der alte Säufer im Leben schon zu tragen hatte. Und die geradewegs zu wahnsinnigen Kopfschmerzen und einem schlaffen rechten Arm und einem Bett führte, in dem er in Windeln und sabbernd wie ein Baby endete.«

Und nun sah Coy Brickman sie nicht mehr ohne zu blinzeln an. Er blinzelte ziemlich, denn seine Augen waren feucht.

»Das ist die Geschichte, die ich für fünfzig Riesen erzählen würd. Wenn ich so scharf auf fünfzig Riesen wär, wie ihr es sein müßt. Aber natürlich ist das alles 'ne Phantasiegeschichte, deshalb findet Watson vielleicht, sie ist keine fünfzig Cent wert. Vielleicht solltet ihr keinem je so 'ne lachhafte Geschichte erzählen, weil ihr ziemlich alt aussehen würdet, wenn ihr versucht, auch nur das geringste davon zu beweisen, stimmt's?«

»Ich kann mir nicht vorstellen, daß Harry Brights *fehlende* Kanone je irgendwo auftaucht, oder?« fragte Otto und gab Coy Brickman den geliehenen Revolver.

»'ne Kanone legt der Wüstenwind nicht so leicht frei wie 'ne Ukulele«, sagte Coy Brickman und sah dabei Sidney Blackpool an.

Dann stand der hochgewachsene Sergeant auf und ging zum Videorecorder. Er drückte die Taste und machte den Fernseher an. »Seht euch das Ende von dem Film an. Ich bin bei Paco auf dem Revier. Ich kann die Fünfzig-Riesen-Phantasiegeschichte für ihn wiederholen, wenn ihr wollt, aber warum sagt ihr Paco nicht einfach, ihr wollt euch verabschieden. Oder noch besser, verabschiedet euch gar nicht. Fahrt einfach nach Hollywood zurück, wo ihr hingehört.«

»Wie geht *die* Phantasiegeschichte eigentlich aus?« fragte Otto. »*Mit den Augen der Liebe*, mein ich.«

»Die geht richtig gut aus«, sagte Coy Brickman. »Das junge Paar heiratet und hat wahrscheinlich sogar 'n Sohn, wenn man sich gern vorstellt, wie der Film weitergehen könnte. Vielleicht ist er genau wie Danny Bright. Die drei leben wahrscheinlich glücklich bis ans Ende. Ich schätze, so würde man sich die Geschichte vorstellen, wenn man anfängt, 'n Phantasieleben zu führen.«

»Okay, Brickman«, sagte Sidney Blackpool. »Sie haben hier heute abend 'ne Menge phantastische Einzelheiten erzählt. Jetzt hab ich langsam genug von Ihnen und Patsy Bright und Harry Bright und den Hirngespinsten, die er sich in diesem Wohnwagen vielleicht zusammengesponnen hat. Ich hab genug traurige Geschichten von verlorenen Kindern und verlorenen Vätern und allem anderen gehört. Jetzt ist Schluß mit Phantasien. Jetzt will ich Harry Bright *sehen*. Mit eigenen Augen.«

»Gehen wir. Paco brauch ich nicht anzurufen. Der kapiert das schon.«

»Wir fahren Ihnen nach«, sagte Sidney Blackpool.

»Falls Sie mich verlieren, es ist...«

»Wir wissen genau, wo es ist«, sagte Sidney Blackpool.

Sie mußten nicht befürchten, Coy Brickmans Streifenwagen zu verlieren. Er überschritt auf der Fahrt nach Indio kein einziges Mal die Geschwindigkeitsbeschränkung. Sidney Blackpool rauchte Kette. Otto Stringer wurde allmählich übel, aber er wußte, das war nicht der Zigarettenrauch.

Sie waren auf dem Highway 10, als Otto sagte: »Das ist ein Drecksfall, Sidney. Du kannst Dreck nicht in Gold verwandeln, egal, wie sehr du's versuchst. Das hab ich hier gelernt. Hast du das auch gelernt?«

»Ich glaub, Harry Bright kann reden«, sagte Sidney Blackpool. »Oder vielleicht kann er sich zumindest verständlich machen. Mehr braucht's nicht.«

»Selbst wenn er's kann, selbst wenn er's tut, ich will nicht derjenige sein, der ihm Totschlag vorwirft. Und ich will Coy Brickman nicht in den Knast stecken.«

»Ich will aus allem raus«, sagte Sidney Blackpool. »Ich will so raus, wie Watson es angedeutet hat. Ist es so falsch, so was für sich selber zu wollen?«

»Es ist ein Drecksfall«, sagte Otto. »Das ist alles, was ich genau weiß.«

Um diese Nachtzeit standen beim Pflegeheim nur wenige Besucherautos. Coy Brickman stieg aus dem Streifenwagen, ging als erster hinein und wechselte ein paar Worte mit der diensthabenden Schwester. Sie nickte, und er winkte den beiden Kriminalbeamten zu. Drinnen war das Pflegeheim gar nicht so schlecht. Es war schäbig, aber sauber, und ein Arzt hatte Bereitschaft. Die Zimmer hätten ohne weiteres winzige Motelzimmer sein können, außer daß ein Umbau jeweils zwei Zimmerreihen durch einen Verbindungsgang zusammengefügt hatte.

Das Zimmer war am anderen Ende des Korridors. Es war ein Privatzimmer mit einem Bett. Auf einem Tischchen neben dem Bett stand eine Lampe. Auf dem Nachttischchen stand außerdem ein Radio mit eingebautem Kassettenrecorder. Der Patient wurde über Infusionen ernährt, und ein Sauerstoffgerät stand bereit. Otto sah den ausgezehrten alten Mann an. Nur die Füße zeichneten sich unter dem Laken ab.

»Wo ist Harry Bright?« fragte Otto.

»Schauen Sie genauer hin«, sagte Coy Brickman.

Behutsam ging Otto näher ans Bett, um ihn sich genau anzusehen. Das Gesicht war gelb, mit einem Gewirr spinnwebartiger Äderchen auf Nase, Wangen und unter den Augen. Die Tränensäcke waren braungelb wie Nikotinflekken. Sein Haar war büschelig, ausgedünnt und grau. Seine Fingernägel waren gelb wie Schwamm. Ausgestreckt wirkte er, als wäre er von Kopf bis Fuß etwa einen Meter neunzig groß. Otto schätzte, daß er fünfundvierzig Kilo wog, aber nur wegen der Größe seiner kräftigen Knochen. Die Augen waren gelb bis auf die Iris, die wunderschön und blau war.

Der Mann stierte mit offenstehendem Mund zur Decke. In seinen Mundwinkeln bildete sich Speichel, und seine Augen tränten leicht. Sein Blick war so starr wie der von Coy Brickman. Otto beugte sich übers Bett, um in diesen blauen Augen nach einer Reaktion zu forschen, und sah bloß das schwache Zucken seiner Zunge. Er hatte ein kräftiges Kinn mit Grübchen.

Alle paar Sekunden erzitterte das Laken von seinen Herzschlägen. »Der Mann gehört auf die Intensivstation«, sagte Otto.

»Ich denke, er stirbt lieber hier«, sagte Coy Brickman. »Ich glaub, Harry gefällt's hier.«

Sidney Blackpool wollte sich dem Bett nicht nähern. »Ist er's, Otto?« sagte er. »Ist er es?«

»Es ist Harry Bright«, sagte Otto. »Nachdem das Leben ihn restlos fertiggemacht hat.«

Und dann sagte Sidney Blackpool etwas, das Otto mehr erstaunte als alles andere, was er an diesem Tag gehört hatte. Sidney Blackpool trat drei Schritte näher ans Bett des Sterbenden und sagte: »Brickman, warum sagen Sie mir nicht, wo seine Kanone ist? Wenn die ballistische Untersuchung hinhaut, dann wär's das doch. Wir können den Untersuchungsbericht so abfassen, daß Sie völlig rausgehalten werden, stimmt's, Otto? Ich gebe Ihnen mein feierliches Ehrenwort, daß wir ihn so abfassen können, daß es aussieht, als hätten Sie nie erfahren, daß Harry Bright sich betrunken und den Jungen nach dem Unfall erschossen hat. Wir können es genauso erzählen, wie's passiert ist, und wir können es beweisen, wenn die ballistische Untersuchung positiv ist. Dann würd ich Victor Watson sagen, daß Sie die Belohnung verdienen, weil Sie rausgefunden haben, wie die Schießerei abgelaufen ist, und uns geholfen haben. Fünfzigtausend könnten *Ihnen* gehören.«

Coy Brickman wandte die Augen nicht von Sidney Blackpools Gesicht, als er um das Bett herumging. Er schaute unter das Seitengitter und sagte: »Verdammt, er ist leer.«

»Was ist leer?« fragte Sidney Blackpool.

»Der Katheterbeutel. Ich wollt ihn Ihnen ins Gesicht werfen. Von Harry und mir.« Dann wandte er sich an den atmenden Leichnam und sagte: »Verdammt noch mal, Harry, warum kannst du nicht pinkeln, wenn ich's brauche?«

»Gehen wir, Sidney«, sagte Otto. »Fahren wir heim.«

»Bevor Sie gehen, hab ich noch was, was Sie wollten«, sagte Coy Brickman. Dann drückte er die Taste des Kassettenrecorders und legte eine Kassette ein, die er aus der Tasche seiner Uniformhose zog. Er sah Harry Bright an, als er die Play-Taste drückte. Sie hörten ein paar falsche Akkorde der Uke, dann klang sie sauber. Noch einmal kündigte Harry Bright ein Lied an.

Harry Brights Stimme sagte: »Hier ist der heitere Harry Bright aus dem Mineral Springs Palladium draußen an der Jackrabbit Road, von wo ich einen starken Song, eine Spitzenscheibe, einen himmlischen Hit vorstellen möchte! Er heißt ›Make Believe‹. Und, Ladys und Gentlemen, ich möchte diese Nummer Patsy widmen.«

Otto Stringer wandte sich ab und brachte es nicht über sich, die ausgezehrte Gestalt in dem Bett anzusehen, während Harry Bright sang:

»We could make believe I love you,
Only make believe that you love me.
Others find peace of mind in pretending.
Couldn't you, couldn't I, couldn't we?«

Sidney Blackpool wirkte wie ein Schlafwandler. Er zwang sich, sich übers Bett zu beugen. Er musterte den Leichnam, der atmete. Er beugte sich auf der einen Seite übers Bett, während Coy Brickman auf der anderen stand und ihn beobachtete. Die Farbe wich aus Sidney Blackpools Gesicht. Er starrte in Harry Brights schöne blaue Augen. Auf der Suche wonach?

»Make believe our lips are blending
In a phantom kiss or two or three.
Might as well make believe I love you
For to tell the truth, I dooooooooo!«

Als es vorbei war, nahm Coy Brickman die Kassette heraus, langte übers Bett und stopfte sie Sidney Blackpool in die Hemdtasche. »Da«, sagte er. »Sie waren doch so scharf drauf. Nehmen Sie sie.«

»Gehen wir, Sidney«, sagte Otto. »Sofort. Gehen wir, *sofort*!«

Im Weggehen hörten sie, wie Coy Brickman das Radio auf den Sender von Palm Springs einstellte, auf dem Fred Astaire gerade »Putting on the Ritz« sang.

»Hey, es ist Fred«, hörten sie Coy Brickman zu Harry Bright sagen. »Nicht ganz so gut bei Stimme wie der alte Harry Bright, aber für 'n Stepper gar nicht schlecht.«

Otto Stringer blickte sich ein letztes Mal um und sah, wie der hochgewachsene Cop sich über Harry Bright beugte und dem Sterbenden sanft den Speichel vom kräftigen Grübchenkinn tupfte.

»Die Welt ist nicht mehr dieselbe, wenn der alte Fred mal nicht mehr da ist, stimmt's, Harry?« fragte Coy Brickman Harry Bright, während Fred Astaire sang, wie nur er es konnte.

18. Kapitel

Pläne und Absichten

Auf der Rückfahrt zum Hotel fand keine Unterhaltung statt. Als sie in ihre Suite kamen, ging Otto in sein Schlafzimmer, kam mit dem Spesengeld zurück und warf es auf den Kaffeetisch. »Fährst du morgen mit mir heim?« fragte er.

Sidney Blackpool nahm den Telefonhörer ab und sagte: »Ich rufe Victor Watson an. Ich mache, was *er* will.«

Als er Victor Watsons Haus in Bel Air erreichte, nahm eine Haushälterin den Anruf entgegen, und dann kam Victor Watson an den Apparat und sagte: »Sidney? Haben Sie etwas herausgefunden?«

»Mr. Watson«, sagte Sidney Blackpool, »ich weiß, wie Ihr Junge gestorben ist. Aber vor Gericht kann ich nie etwas beweisen.«

Victor Watson sagte lediglich: »Wir treffen uns morgen nachmittag um drei Uhr in meinem Haus in Palm Springs. Danke, Sidney. Danke!«

Als Sidney Blackpool auflegte, sagte Otto: »Gib ihm meine Präsident McKinleys. Oder behalt sie selber. Ich nehm gleich morgen früh 'n Bus nach L. A. Meine Golfschläger hol ich ab, wenn ich dich am Montag im Dienst seh.«

»Warum bleibst du nicht, Otto? Warum heimgehen? Was soll das? Was versuchst du zu beweisen?«

»Es gibt nichts zu beweisen«, sagte Otto. »Ich will nicht da sein, wenn du ihm von Harry Bright erzählst. Da käm ich mir vielleicht noch mieser vor als jetzt.«

»Ich will diesen Job, Otto«, sagte Sidney Blackpool. »Ich will 'n neues Leben. Wenn du das nicht verstehst, tut's mir leid.«

»Ich hoffe, du kriegst, was du willst«, sagte Otto Stringer.

Otto ging gleich zu Bett, ohne etwas zu essen. Sidney Blackpool verschwendete keinen Gedanken an Essen. Er verbrachte den Abend damit, sich zurechtzulegen, wie er Victor Watson am besten beibringen könnte, daß sein Sohn aus einem Akt des Mitleids heraus von einem betrunkenen Cop namens Harry Bright erschossen worden war. Er hoffte, er konnte Coy Brickman völlig aus der Geschichte heraushalten.

Harry Brights Stimme auf dem Tonband verfolgte ihn. Es hatte nach Tommy Blackpools Tod eine Zeit gegeben, wo er danach lechzte, die Stimme seines Sohnes noch einmal zu hören. Aber ihre Amateurfilme waren ohne Ton. Einmal hatte er versucht, sich einen Amateurfilm anzusehen. Er kam nicht über die erste Spule hinaus.

Irgendwann einmal hatte er sich törichterweise danach gesehnt, daß sein Sohn mehr wie *er* wäre. Heute gäbe er, falls er eine hätte, seine Seele dafür her, wenn Tommy einfach *da* wäre.

Er brauchte zwei Stunden und eine Menge Johnnie Walker Black, ehe er einschlafen konnte. Bevor ihm das gelang, kam sie heftiger als seit sehr langer Zeit: die Erinnerung an Tommy Blackpool. An das letzte Mal, als sein Vater ihn lebend gesehen hatte.

Sidney Blackpool hielt sich die Hände vor die Augen, während er im Dunkeln lag, aber das machte der Erinnerung kein Ende. Nichts machte ihr ein Ende, wenn sie erst einmal kam. Falls er je irgendwann seinen 38er küssen würde, dann um ihr ein Ende zu machen, dieser Erinnerung.

Lorie war zu Sidney Blackpool gekommen, um beide Kinder abzuholen. Tommy war damals schon schwer auf

Drogen, und Sidney Blackpool hatte Hasch in seinem Zimmer gefunden und stellte den Jungen vor seiner Exfrau zur Rede. Während der Auseinandersetzung hatte Tommy beide Eltern verflucht, und Sidney Blackpool war explodiert. Der Vater packte den Sohn am Hemd und sagte: »Du elender, kleiner Scheißkerl! Du kleines Miststück! Ich schlag dich *tot*!« Und er schlug Tommy zweimal und schleuderte den Jungen über den Küchentisch, worauf Lorie zu schreien anfing, als Glas splitterte und Blut aus Tommys Nase auf den weißen Vinylboden spritzte.

Die Mutter des Jungen warf sich zwischen Vater und Sohn, und Tommy schrie Obszönitäten und rannte, mit seinem Blut den Teppich volltropfend, durchs Haus, bis er zur Tür hinaus und weg war.

Später fanden sie heraus, daß er bei einem Freund in der Nachbarschaft übernachtet hatte. Am nächsten Tag schwänzte er die Schule. An diesem Tag ertrank er in der gewaltigen Brandung, als er in der kalten Winterdämmerung surfte.

Nachdem das Bild von Tommy, wie er blutbesudelt durchs Haus rannte, endlich verblaßt war, sagte Sidney Blackpool: »Ach, Tommy!« Das war alles, was er sagen konnte. Das war *sein* Geheimnis. Victor Watson hatte seines, und Harry Bright seins.

In dieser Nacht hatte er den Traum. In dem Traum sah sich der zwölfjährige Tommy Blackpool, mit seinem typischen, glucksenden Grinsen, im Fernsehen ein Football-Spiel an. In dem Traum war Sidney Blackpool noch mit seiner Frau Lorie zusammen, und er nahm sie beiseite und ließ sie versprechen, das wunderbare, *neue* Geheimnis nicht zu verraten: daß er Tommy durch Willenskraft zurückgeholt hatte! Zumindest sein Wesen. Aber nur sie beide durften es wissen.

Wie immer endete der Traum, als sie sagte: »Sid, jetzt können wir uns für immer an ihm freuen! Aber du darfst ihm nicht sagen, daß er mit achtzehn sterben wird! Du darfst es ihm nicht sagen!«

»Aber nein! Das werd ich ihm nie sagen!« sagte er im

Traum zu seiner Frau. »Weil er mich jetzt liebt. Und... und jetzt verzeiht er mir. Mein Junge *verzeiht* mir!«

Wie immer erwachte er schluchzend und in sein Kissen würgend.

Ausnahmsweise war sein Partner zuerst auf. Tatsächlich sah Sidney Blackpool, als er sich mit Kopfschmerzen, die fast so schlimm waren, daß *er* einen Schlaganfall befürchtete, aus dem Bett schleppte, zu seiner Überraschung, daß sein Partner weg war. Er blickte auf seine Uhr und sah, daß es nach neun war; so lange hatte er seit ihrer Ankunft nicht geschlafen. Er duschte, rasierte sich und starrte seinen geschwollenen Kiefer an. Sein Gesicht war in den Pastelltönen der Wüste gehalten. Er verzehrte in der Suite ein leichtes Frühstück und erbrach es fast sofort wieder.

Er meldete sich um 13 Uhr aus dem Hotel ab und ging bis 14 Uhr 30 über die Boulevards von Palm Springs. Dann fuhr er zu Watsons Haus.

Als Harlan Penrod ihn einließ und sein ramponiertes Gesicht sah, sagte er: »Herrje! Was ist mit Ihnen passiert? Mr. Watson hat angerufen und gesagt, er würde sich hier mit Ihnen treffen. Haben Sie Terry Kinsale erwischt? Ist er derjenige, der...«

»Nein, er ist es nicht, Harlan«, sagte Sidney Blackpool. »Wie wär's, wenn Sie mir Kaffee bringen.«

»Klar, aber sagen Sie mir doch, wer...«

»Stellen Sie mir keine Fragen, Harlan. Ich sag's Mr. Watson. Jack war sein Kind. Fragen Sie *ihn*.«

»Aber...«

»Stellen Sie mir keine einzige Frage.«

»Okay. Außer, wie Sie Ihren Kaffee möchten.«

Victor Watson kam mit dem Taxi vom Palm Springs Airport. Er war noch nicht einmal lang genug im Haus, um Sidney Blackpool die Hand zu schütteln, als er auch schon sagte: »Harlan, fahren Sie mit dem Auto zum Tanken, ja?«

»Es ist vollgetankt, Mr. Watson«, sagte Harlan. »Kann ich Ihnen...«

»Gehen Sie ins Kino, Harlan. Seien Sie um sechs zurück. Bitte.«

»Klar, Mr. Watson«, sagte der Hausdiener mit einem Blick auf Sidney Blackpools grimmig zusammengepreßten Mund.

»Wie sehen Sie denn aus, Sidney!« sagte Victor Watson. »Was ist passiert?«

»Kaktus«, sagte Sidney Blackpool. »Die Wüste ist voller Gefahren für Leute wie mich.«

»Erzählen Sie alles, Sid. Alles.«

Sie gingen ins Arbeitszimmer, und Victor Watson setzte sich hinter seinen Schreibtisch, während der Kriminalbeamte sich auf einem Sofa auf der anderen Seite des Zimmers niederließ.

Sidney Blackpool erzählte *fast* alles. Durch die Erwähnung von Coy Brickman war nichts zu gewinnen. Er erzählte Victor Watson von Terry Kinsale, von dessen Fahrt in Jack Watsons Porsche und von dem Revolver, der verschwunden und zweifellos die Waffe war, mit der Jack in einem Akt des Mitleids von einem kranken, betrunkenen Cop getötet worden war. Er deckte Coy Brickman, indem er durchblicken ließ, daß Harry Bright den Revolver wahrscheinlich selbst hatte verschwinden lassen.

Es war fast dunkel, als er fertig war. Victor Watson hatte während des Berichts sehr wenig Fragen gestellt. Er saß da, starrte Sidney Blackpool an und ließ sich kein Wort entgehen. Seine Augenhöhlen wurden im Schatten des Wüstenzwielichts zunehmend tiefer. Er wirkte noch älter, als Sidney Blackpool ihn in Erinnerung hatte. Der Kriminalbeamte trank während des Vortrags drei Gläser Wasser. Er hatte sich noch nie so ausgedörrt gefühlt. Ihm war leicht schwindlig und ein wenig übel, wie einem Diabetiker. Sein Kiefer schmerzte, aber er wollte keinen Johnnie Walker Black. Er wollte die Sache stocknüchtern hinter sich bringen.

Als der Kriminalbeamte fertig war, waren Victor Watsons Augen unsichtbar. Sidney Blackpool starrte leere Augenhöhlen an und konnte die granitenen Augäpfel nur ahnen.

Harry Bright hatte unvergeßliche Augen. Als er sich dicht an sein Bett geschlichen hatte, hatte er sie in ihren Höhlen starren sehen: wunderschöne, blaue Augen. Victor Watson hatte überhaupt keine Augen. Sidney Blackpool schaute auf sein Wasserglas und wartete.

Als Victor Watson sprach, sagte er: »Ich übernehme die volle Verantwortung für das tragische Ereignis.«

Sidney Blackpool wollte trösten, ihm sagen, daß Jacks Tod nicht die Schuld seines Vaters sei.

Doch Victor Watson sagte: »Ich hätte Sie nie in diesen Fall hineinziehen dürfen. Nicht *Sie*, Sidney. Ich glaubte, es gäbe vielleicht so etwas wie ein Band zwischen Ihnen und mir. Als ich von Ihnen hörte, hatte ich das Gefühl, es sei ein ...«

»Ein Omen!« sagte Sidney Blackpool.

»Ja. Jetzt ist mir klar, daß es bloß ein Irrtum war. Ein lächerlicher, tragischer Irrtum.«

»Was meinen Sie, Mr. Watson? Wieso ein Irrtum?«

»Vielleicht ist meine psychotherapeutische Behandlung doch etwas wert«, sagte Victor Watson. »Ich erkenne mich in Ihnen. Wie ich war. Die Wut. Die Verwirrung. Die Schuld.«

»Ich verstehe nicht, Mr. Watson.«

»Ich weiß, daß Sie's nicht verstehen, Sidney. Ich weiß. Nennen Sie's eine Form von Übertragung, aber Etiketten sind nicht wichtig. Sie haben Gefühle aus *Ihrem* Leben, Gefühle für Ihren eigenen verlorenen Sohn in diese Untersuchung projiziert. Sehen Sie das denn nicht?«

»Aber, Mr. Watson ...«

»Es ist meine Schuld. Es ist alles meine Schuld. Ich habe in Ihnen den verlorenen Vater eines verlorenen Sohnes gesehen, der Erfolg haben könnte, wo andere... nun, ich hatte recht, und indem ich recht hatte, hatte ich furchtbar unrecht. Es tut mir leid, daß ich Ihnen das angetan habe.«

»Bitte, Mr. Watson, ich verstehe nicht!« Sidney Blackpool rutschte nach vorn auf die Sofakante, konnte in den tiefen Höhlen aber trotzdem keine Augen sehen. Wenn er nur die Augen deuten könnte. Ein Ermittler *mußte* die Augen sehen!

»Mein Sohn Jack«, sagte Victor Watson, »war der feinste, gescheiteste, liebevollste junge Mann, dem man nur begegnen konnte.«

»Das glaube ich, Mr. Watson.«

»In unserer Beziehung gab es die zwischen Vätern und Söhnen normalen Spannungen, aber ich glaube, wir konnten damit umgehen.«

»Das glaube ich«, sagte Sidney Blackpool und stieß das leere Wasserglas um, als er nach einer Zigarette griff.

»Niemand, aber auch *niemand*, der Jack je gekannt hat, könnte je auch nur im entferntesten glauben, daß er homosexuell war.«

»Ich habe nicht gesagt...«

»Und niemand, aber auch niemand würde je glauben, daß er so dumm... so verrückt gewesen sein könnte, aus welchem Grund auch immer, mitten in der Nacht zu diesem elenden Canyon hinaufzufahren, es sei denn, weil ein Krimineller ihm einen Revolver an den Kopf hielt.« Dann stand Victor auf, aber seine Augen waren immer noch im Dunkeln, denn die Lampe strahlte ihn von hinten an. »Eine Tatsache, die dadurch bewiesen wurde, daß man ihm eine Kugel in den Schädel gejagt hat!«

»Bitte, Mr. Watson, bitte...«

Victor Watson setzte sich wieder und sagte: »Ich finde das alles sehr interessant, was Sie mir da erzählt haben. Es ist interessant, daß es einen Cop namens Harry Bright gibt, der jemandem erzählt hat, er hätte meinen Sohn erschossen, als er betrunken war.«

»Ich nenne den Jemand, Mister Watson!« schrie Sidney Blackpool auf. »Es ist Sergeant Coy Brickman! Er hat seinem Freund, Sergeant Coy...«

»Schweigen Sie, bitte!« sagte Victor Watson. »Ich finde es sehr interessant, daß ein alkoholabhängiger Cop möglicherweise im Rausch eine Halluzination hatte, als er erfuhr, daß man meinen Sohn in dem Canyon gefunden hat, in dem der Cop im Dienst seinen Rausch ausschlief. Es entbehrt nicht einer gewissen Ironie, daß der Säufer selbst der Vater eines verlorenen Sohnes ist. Das entbehrt nicht einer gewissen Ironie und ist sehr traurig. Aber das ist auch *alles*, was es ist...«

»Aber Coy Brickman, Mr. Watson! Coy Brickman ist zum Canyon gefahren. Er hat gesehen...«

»Hat dieser Coy Brickman das Ihnen gegenüber *zugegeben*, Sidney? Wird er diese Aussage *mir* gegenüber machen?«

»Nein, Mr. Watson. Aber ich *weiß*, daß es stimmt.«

»Hat er es Ihnen gegenüber *zugegeben*?«

»Er hat es nicht *zugegeben*, aber...«

»Wird er es irgend jemand gegenüber zugeben?«

»Er wird es niemand gegenüber zugeben, Mr. Watson. Aber ich weiß...«

»Lehnen Sie sich zurück und versuchen Sie sich zu beruhigen, Sidney«, sagte Victor Watson. »Versuchen Sie zu begreifen, was ich Ihnen sage.«

»Mein Gott«, sagte Sidney Blackpool. »Mein Gott!«

»Was ich Ihnen zugemutet habe, werde ich ewig bedauern. Ich hatte keine Ahnung, wie wenig Sie sich vom Grab Ihres eigenen Sohnes entfernt hatten. Ich habe versucht, Ihr Einfühlungsvermögen zu benutzen, aber jetzt habe ich Ihnen beträchtlichen Schaden zugefügt.«

»Mein Gott, Mr. Watson! Das...«

»Ich glaube, daß Jack mit diesem Jungen, Terry Kinsale, befreundet war. Wenn Sie meinen. Aber selbst dieser Junge hat nicht behauptet, daß diese Freundschaft irgend etwas... Ungesundes hatte. Ich glaube, daß dieser Junge sich Jacks Porsche geliehen hat. Ich glaube, daß er rauschgiftsüchtig war und daß Jack das herausgefunden und nicht gutgeheißen hat. Ich glaube an den Wahrheitsgehalt aller Fakten, die Sie aufgedeckt haben. Und ich bin beeindruckt von Ihrer Gewissenhaftigkeit und Ihrem Können. Aber was niemand, der meinen Sohn je gekannt hat, *jemals* glauben könnte, ist, daß er so etwas wie ein hysterischer Schwuler war! Der irgendeinem Hausdiener und Parkplatzjungen nachgejachert ist, hinauf in...« Victor Watson hielt inne, rieb sich die Stirn und schüttelte den Kopf. »Und alles andere, was Sie mir erzählt haben, ist Ihre Theorie, Ihre Hypothese, Ihre Vermutung. Können Sie irgendeine von diesen... *Ideen* von Ihnen durch eine unabhängige Quelle untermauern?«

»Mein Partner, Otto Stringer«, sagte Sidney Blackpool ruhig. »Er könnte... er *würde* meiner Hypothese zustimmen.«

»Wie ich sehe, ist er nicht einmal mitgekommen, Sidney. Wahrscheinlich war dem armen Mann nicht wohl bei dem Gedanken, hierherzukommen und sich Ihre... unglücklichen Schlußfolgerungen über einen Jungen anzuhören, den Sie nie gekannt haben und offensichtlich auch nie kennen werden, in *keiner* Hinsicht.«

»Was wollen Sie von mir, Mr. Watson?« flehte Sidney Blackpool.

»Nichts mehr, Sidney«, sagte Victor Watson. »Sie sind ein verdammt guter Kriminalbeamter, so viel, wie Sie getan haben.«

»Der Job, Mr. Watson? Der Job!«

»Welcher Job?«

»Sicherheitsdirektor der Watson Industries! Ich habe etwas bewiesen, oder? Auch wenn Sie meine Schlußfolgerungen für falsch halten, Sie geben zu, daß ich ein guter Ermittler bin!«

»Wir haben viele Ermittler«, sagte Victor Watson. »Und wir haben beschlossen, die Position mit einem unserer eigenen zu besetzen. Beförderungen aus den eigenen Reihen wecken Loyalität zur Firma. Sogar Ihre Polizei sucht sich den Chef stets in den eigenen Reihen.«

»Aber das ist nicht fair, Mr. Watson!«

»Sidney, ein törichter alter Mann hat Ihnen eine Menge zugemutet. Und nie habe ich mich mehr wie ein alter Mann gefühlt als heute.«

»Es ist nicht fair, Mr. Watson! Das ist nicht fair!«

»Sidney, wenn jemand wissen müßte, daß das Leben nicht fair ist, dann Sie.«

»Also gut, dann hören Sie mir zu, Mr. Watson. Dieser ganze Fall... vielleicht gibt es da ein böses Geschick! Sie und ich und Harry Bright? Ich hab gedacht, das wär alles ein Scheißzufall!«

»Was?«

»Alles! Aber vielleicht hab ich mich geirrt! Ich brauch mehr Zeit zum Nachdenken!«

»Worüber?«

»Über diesen Fall. Vielleicht gibt es so etwas wie ein Geschick. Gerade jetzt weht es mich an. Wie Sand im Wind!«

Nun zeigte ihm Victor Watson seine Augen. Er knipste die Schreibtischlampe an und zog ein Scheckheft aus der Schublade. »Ich will Sie für Ihre Dienste bezahlen.«

Sidney Blackpool stand auf und trat wie ein Schlafwandler näher. »Ich hab das meiste von dem Spesengeld hier. Ich kann es jetzt nicht gebrauchen.«

»Ich will, daß Sie das behalten, und ich will Ihnen einen Scheck ausstellen.«

»Jetzt nicht.« Sidney Blackpool warf den Umschlag auf den Schreibtisch. »Jetzt nicht.«

»Sidney, ich halte es für dringend erforderlich, daß Sie Ihren Polizeipsychiater aufsuchen.«

»Ich brauche keinen...«

»Hören Sie mir bitte zu«, sagte Victor Watson. »Ich verrate Ihnen ein Geheimnis. Ich hoffe, es hilft. Manchmal, Sidney, manchmal muß der Vater eines toten Sohnes aufpassen, daß er die schreckliche Empörung nicht *gegen* den Jungen richtet. Manchmal bekommt er vielleicht das Gefühl, daß der Sohn seine *Verpflichtung*, den Vater zu überleben, versäumt hat. Verwechseln Sie Ihre Qual nicht mit meiner. Mein Sohn hat mich nicht enttäuscht. Er wurde *ermordet.* Und jetzt bitte ich Sie. Nehmen Sie das Geld.«

Die Augen so strahlend wie Wüstenedelsteine, starrte Sidney Blackpool vor sich hin und sagte: »Ich kann nicht. Das würde jetzt nichts mehr nützen. Es ist zu spät.«

Epilog

Das Geheimnis

Es war kurz vor 22 Uhr, als Sidney Blackpool sich dabei ertappte, daß er sich Mineral Springs näherte. Anfangs war er ziellos umhergefahren, und plötzlich befand er sich hier. Er war überrascht, hier zu sein, und war es zugleich nicht. Er klammerte sich an einen formlosen Gedanken. Er entzog sich ihm ganz knapp, ein flirrendes, funkelndes Bild. Die flüchtigen Glühwürmchen schienen sich zu setzen. Dann schwirrten sie wieder. Es war etwas sehr Vertrautes, verflüchtigte sich aber immer wieder.

Er fuhr die Hauptstraße hinunter und sah Beavertail Bigelow in den Eleven Ninety-nine Club wanken. Er fuhr weiter zum anderen Ende der Stadt und bog links in die Jackrabbit Road ein. Er fuhr bis zum Ende der Sackgasse und parkte sein Auto. Er stieg aus, ging zur Tür von Harry Brights Wohnwagen und sah, daß die kaputte Tür provisorisch zugenagelt worden war. Er riß sich den Finger an einem Nagel, als er versuchte, ihn gerade zu biegen. Schließlich ging er zum Toyota und holte einen Schraubenzieher. Es stocherte die Nägel vom Türrahmen los. Er riß die Tür auf, trat in den Wohnwagen und machte das Licht an.

Harry Brights Sessel fühlte sich herrlich an. Er sah, daß sein Finger auf die Armlehne blutete, und wischte sich das Blut am Hemd ab. Er sah den Garderobenschrank an, ein leeres Halfter, in der nie mehr etwas stecken würde, jedenfalls nicht derselbe Revolver. Er mußte lächeln, ein schiefes Lächeln wie das, das er bei Patsy Bright gesehen hatte. Gut, daß Harry Brights Revolver nicht da war. Gut.

Dann stand er auf, ging in die Küche und fand eine Literflasche Bourbon. Das würde reichen. Er goß ein Wasserglas voll und ging zum Sessel zurück. Er saß da und trank und sah den Glühwürmchen zu, die durch sein Gedächtnis flirrten.

Er stand auf und ging zum Videorecorder. Er machte ihn an und spulte die Kassette zum Anfang zurück. Dann öffnete er die andere Schranktür und machte Harry Brights bescheidene kleine Stereoanlage an. Er nahm das Band, das Coy Brickman ihm in die Tasche gesteckt hatte, und legte es in das Gerät ein. Dann spulte er es zurück. Als alles bereit war, machte er den Fernseher an, stellte aber den Ton ab. Er drückte die Play-Taste beider Geräte, ging zu Harry Brights Sessel hinüber und machte es sich bequem.

Während er in Harry Brights Sessel saß und Harry Brights Whisky trank, sah er sich *Mit den Augen der Liebe* an. Da er die Handlung kannte, brauchte er den Ton nicht. Statt dessen hörte er zu, wie Harry Bright sagte: »Hier ist der heitere Harry Bright aus dem Mineral Springs Palladium draußen an der Jackrabbit Road...«

Während Harry Bright »Make Believe« sang und Sidney Blackpool sich *Mit den Augen der Liebe* ansah, flirrten die Glühwürmchen in seinem Gedächtnis davon. Das flüchtige, funkelnde Bild nahm Gestalt an. Er lehnte sich zurück und fühlte sich, wie man sich fühlt, wenn ein Fieber endlich nachläßt: müde, kribblig, doch seltsam ruhig. Ziemlich bald empfand er eine Art Frieden, der ihn erschreckte und erregte.

Der Sand hatte aufgehört zu wehen. Er wünschte, er könnte das mit Victor Watson teilen, wußte aber, daß er es niemand erzählen durfte. Niemals. Endlich begriff er. Den Traum von Tommy Blackpool. In dem er seinen Sohn wiedererschaffen konnte. Oder das Wesen seines Sohnes.

Sein Herz blieb fast stehen vor Freude. Nun war es vollkommen klar. So klar und rein wie der Wüstenhimmel in der Dämmerung. Er war so glücklich, daß er zu weinen begann. Jetzt gehörte es *ihm*. Es war seins und nur seins: das barmherzige, magische Geheimnis des Harry Bright.